沈尹默 著

戴自中 編

秋明詩詞集

充和敬題

上海書店出版社
SHANGHAI BOOKSTORE PUBLISHING HOUSE

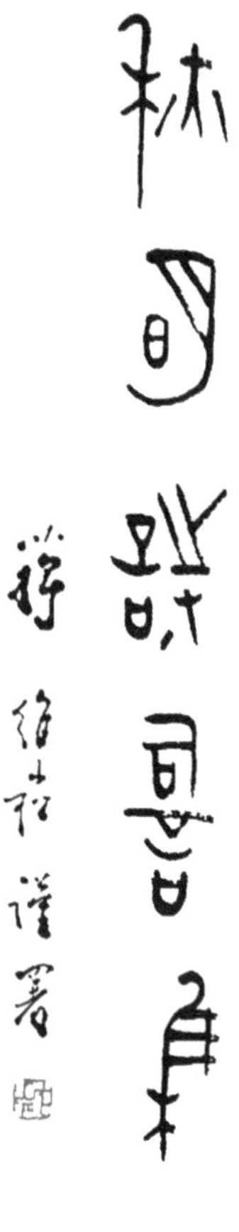

蒋維崧題字

謝稚柳題字

沈尹默（1883-1971）

沈尹默與朱雲于 1902 年成婚。圖爲兩人瓷板照

1926年夏攝於北京寓所東城什坊院36號的全家福
後排左起：次女沈令筠、沈尹默、三女沈令瑩、長女沈令融、妻朱雲、大妹沈毓玨、長子沈令揚
前排左起：四女沈令昭、四子沈令昕、母彭太夫人、三子沈令年、次子沈令翔

北大同人在“苦雨齋”合影
前排左起：沈士遠、劉半農、馬裕藻、徐祖正、錢玄同
後排左起：周作人、沈尹默、沈兼士、蘇民生

1934 年，與白經天偕行北上，車抵蚌埠

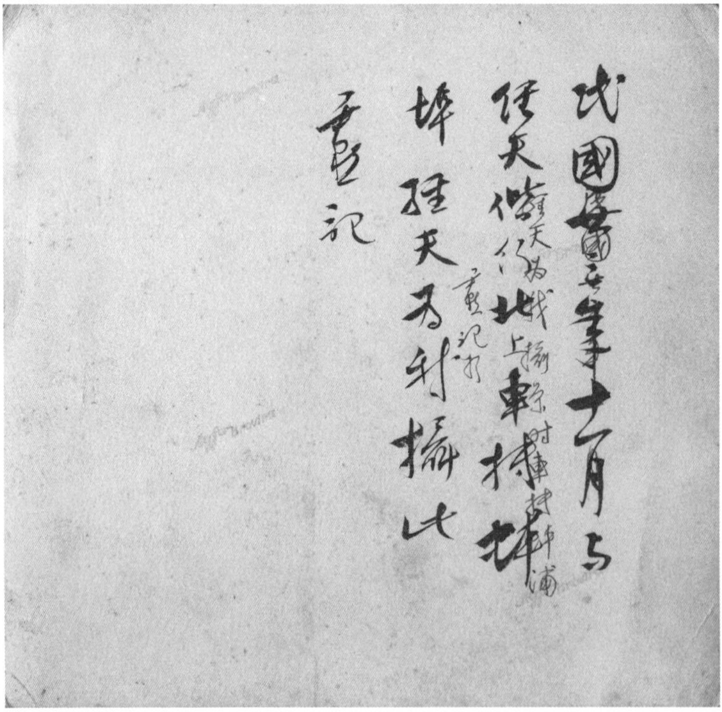

照片背面沈尹默手記

1948 年 3 月，沈尹默與夫人褚保權合影

1949 年，張充和赴美，沈尹默夫婦爲她送行

沈尹默與西泠印社社员合照，1962 年 12 月 14 日至 18 日之間攝
前排左起：唐醉石、邵裴之、沈尹默、馬一浮、張宗祥、許欽文
第二排：王个簃（左三）、傅抱石（左四）、潘天壽（左五）、沙孟海（右二）、金越舫（右四）
後排：褚保權（左三）、韓登安（左八）、陸維釗（右一）

1959 年，沈尹默伏案書寫，褚保權陪伴

1965 年，沈尹默爲戴自中做書寫示範
左二立者爲戴自中

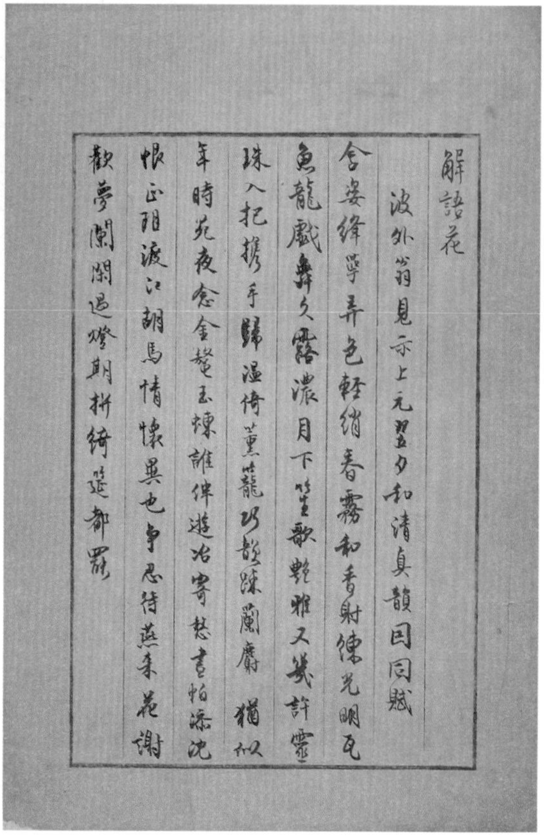

解語花

波外翁見示上元翌夕和清真韻因同賦

含姿綷學弄色輕綃春霧和香射練光明瓦魚龍戲舞久露濃月下笙歌艷雅又幾許靈珠入把携手歸遲倚薰籠巧散蹤蘭麝 猶似年時花夜念金鞍玉轡誰伴遊冶寄愁書怕添沈恨正阻渡江胡馬情懷異也爭忍待燕來花謝歡夢闌闌過燈期拚倚遊都罷

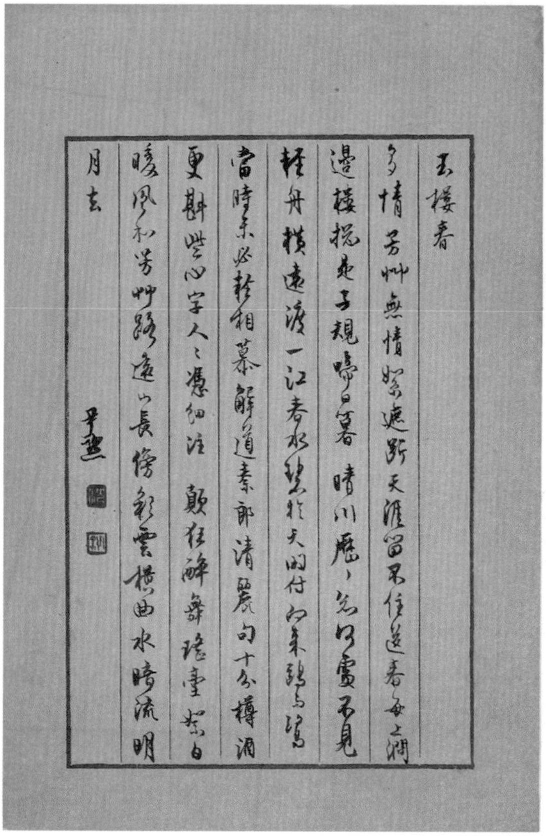

玉樓春

多情芳草無情絮遮斷天涯留不住送春無潤邊樓櫳走子規啼日暮 晴川歷歷知何處不見輕舟橫遠渡一江春水綠於天兩付向來鷗鳥當時未必移相慕解道秦郎清麗句十分樽酒更斟些心字人人憑細注 顛狂醉舞瑤臺萬白暖風和芳草路遠山長傍彩雲橫曲水晴流明月去

平盦

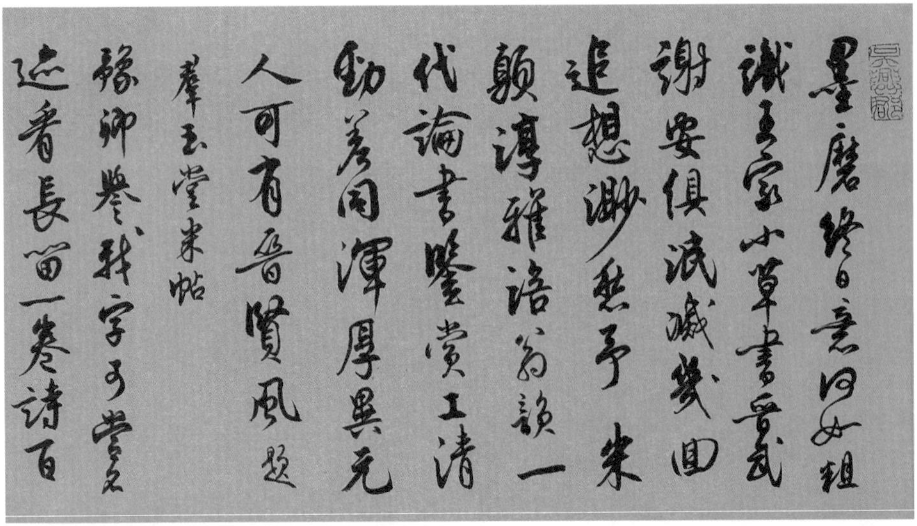

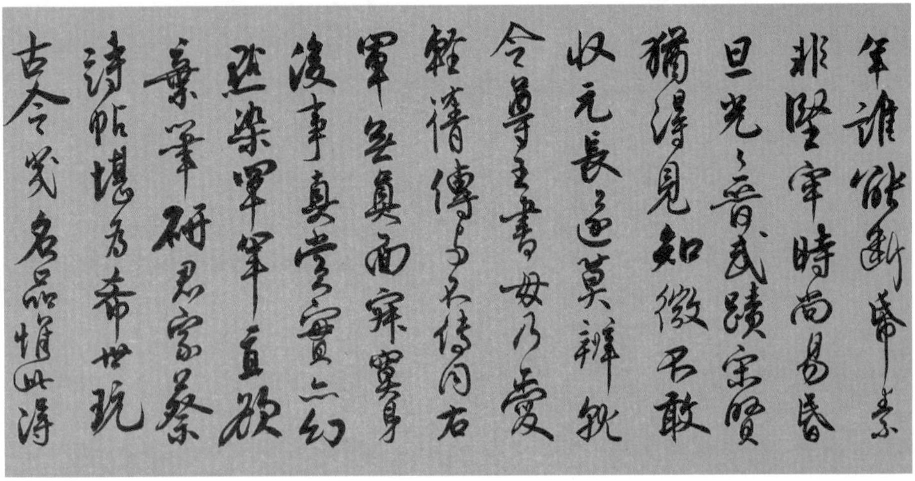

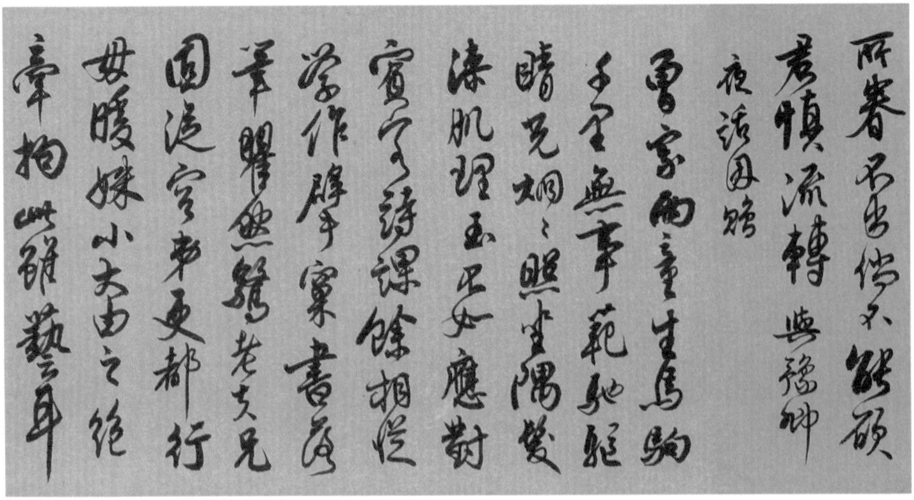

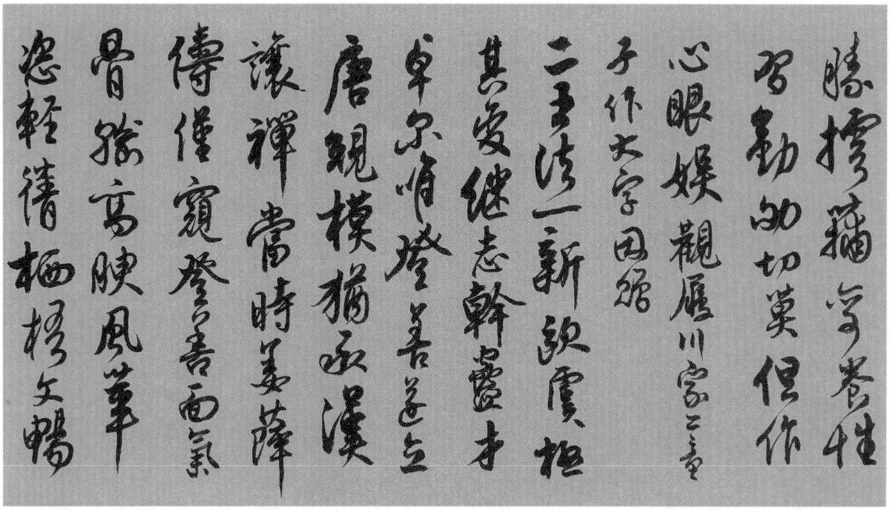

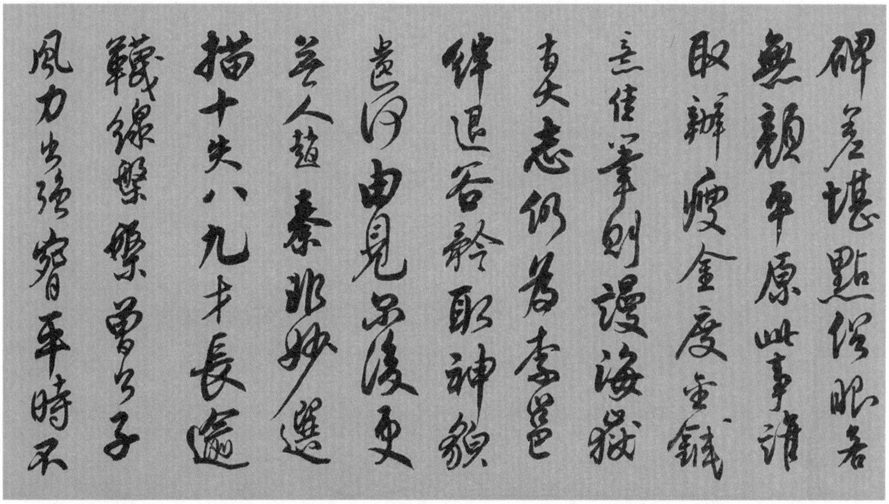

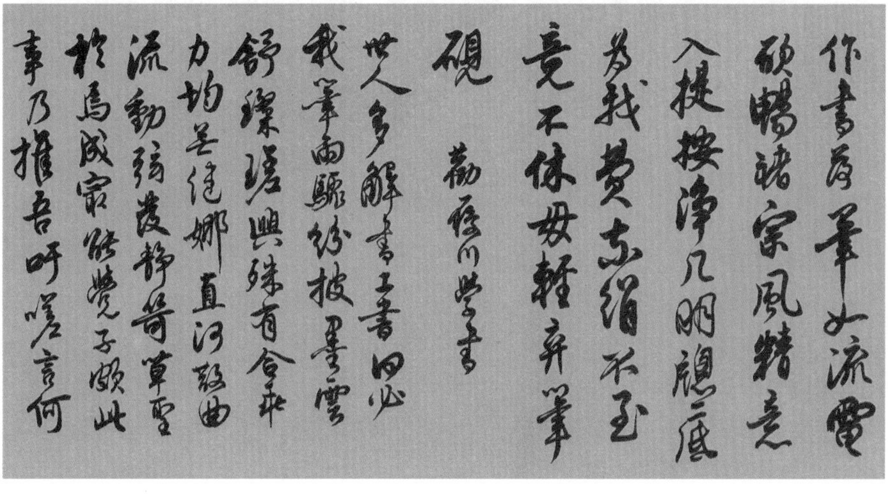

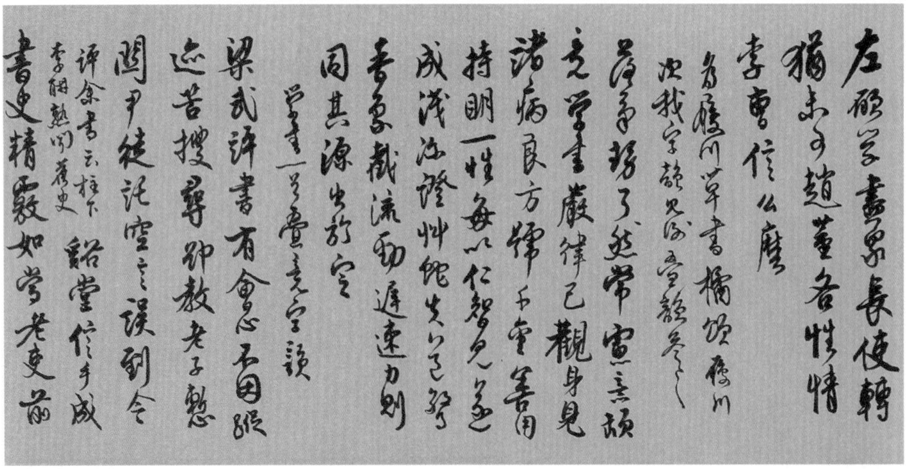

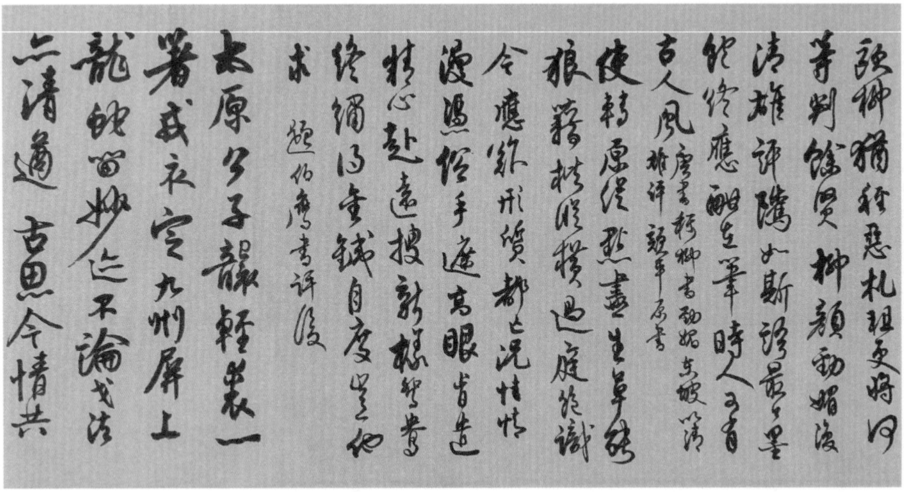

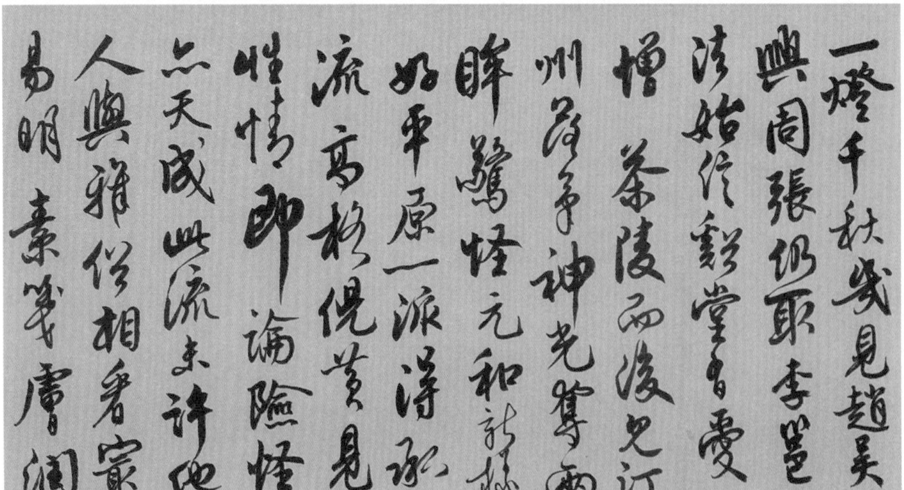

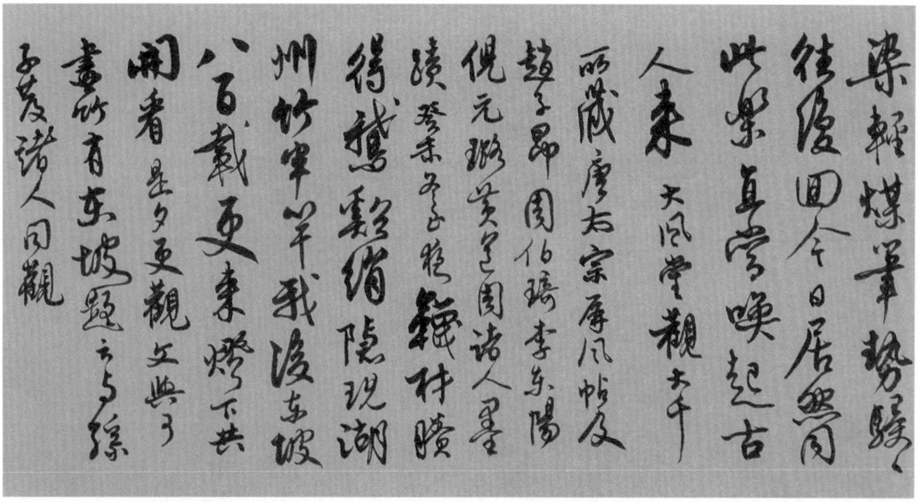

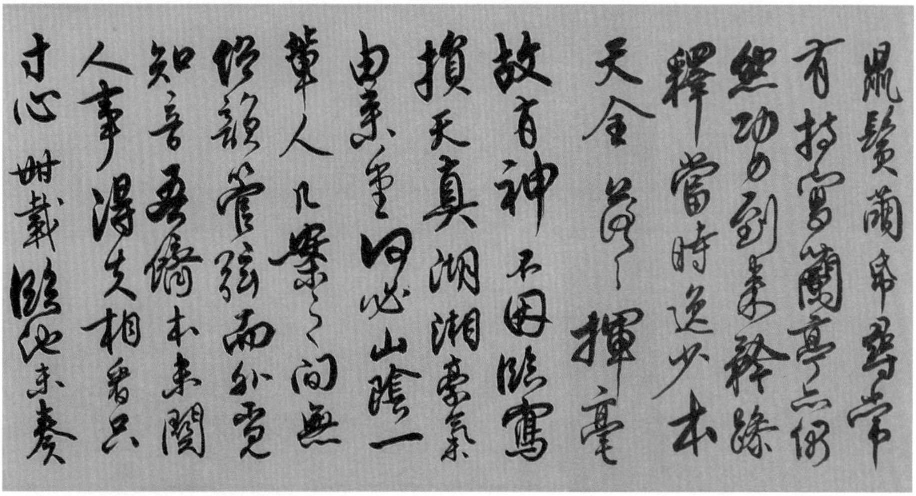

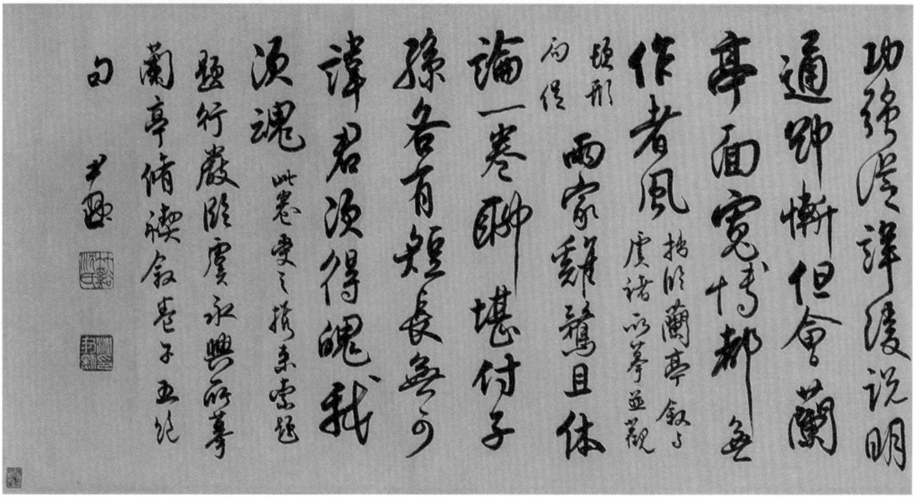

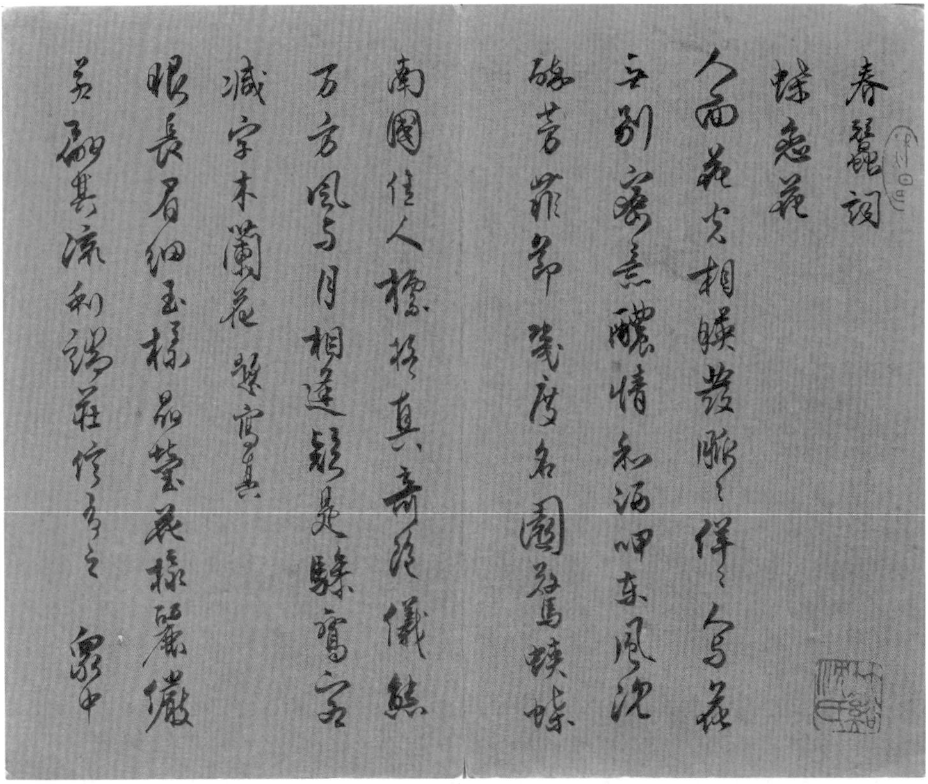

春蠶詞

蝶戀花

人面花光相映發脈脈佯佯人與花

無別寄意醲情和酒呷東風沈

醉芳菲節幾度名園簪蛺蝶

南園佳人標格真奇絕儀態

萬方風與月相逢疑是驂鸞客

減字木蘭花 題寫真

眼長眉細玉樣肌膚花樣麗纖

英翩其流利端莊修長之 叢中

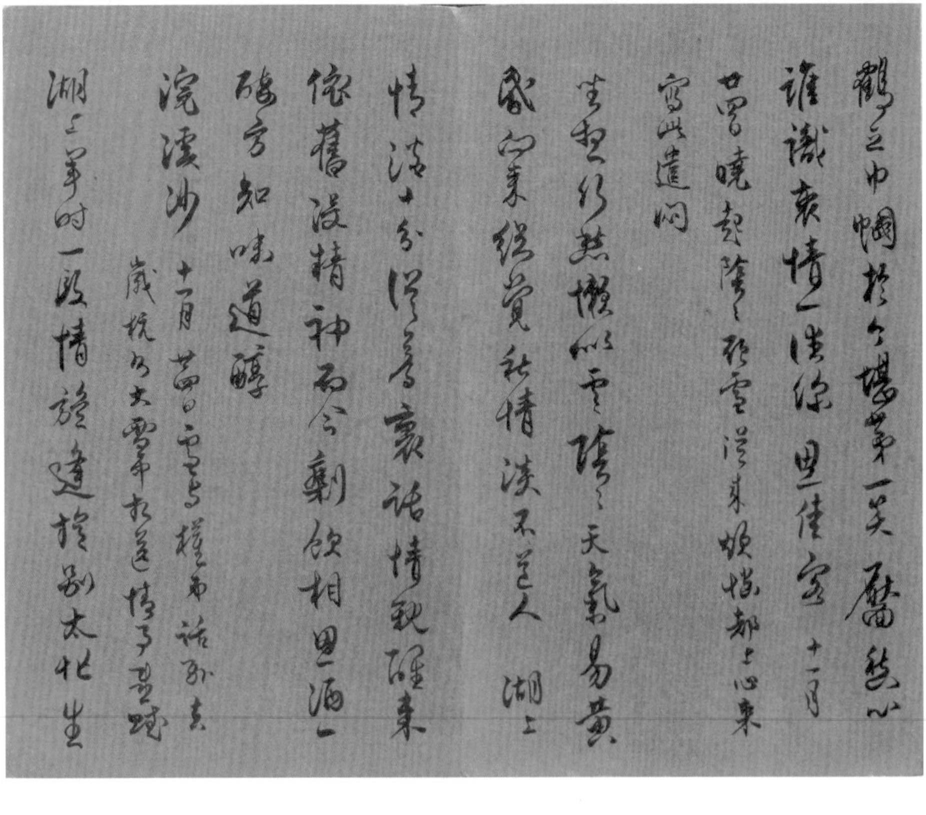

觀之巾幗於今堪第一笑靨愁心

誰識衷情情悰思佳客 十一月

廿四曉起陰陰彤雲漫來煩惱都上心來

寫此遣悶

生平獨熱懶似雲陰陰天氣易黃

昏寂寞繾綣私情淺不是人 湖上

情深十分深得意衷語情難陳

依舊沒精神而今剩飲相思酒一

醉方知味道醇

浣溪沙 十一月廿四日雨雪擁衾話別去

歲杭州大雪時送情人至蝶

湖上寒時一段情離逢離別太悲生

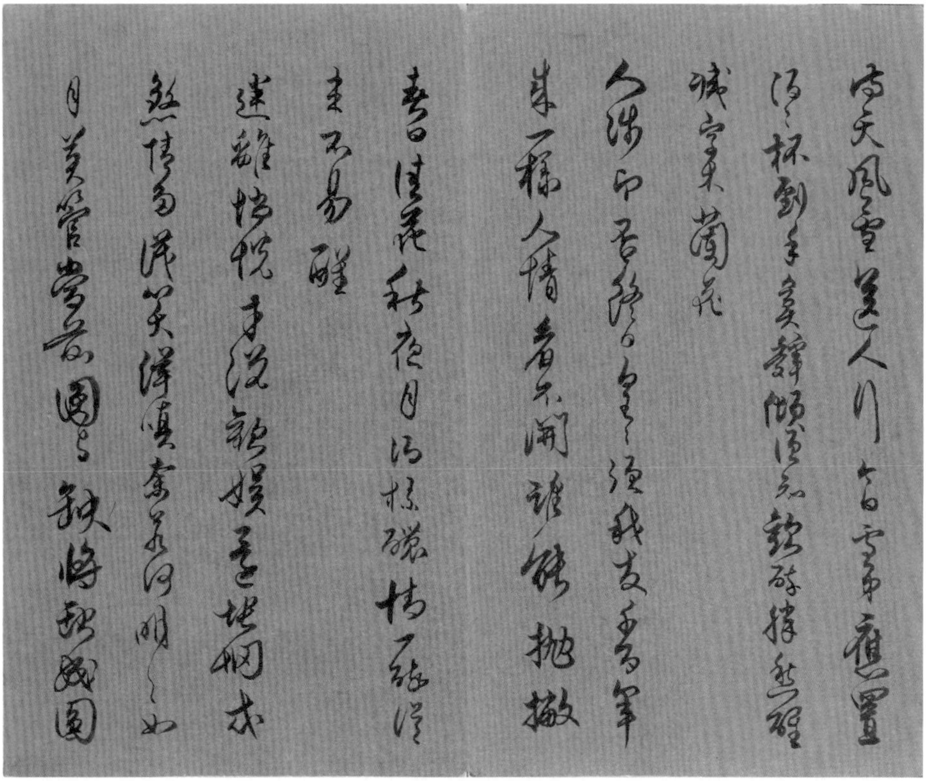
南天風雪送人行有客東南[illegible]
須[illegible]杯到手莫辭傾須知歡醉[illegible]
城空菊花
人海中吾輩[illegible]須我友[illegible]筆
其一樣人情看不周誰能拋撇
春情花秋夜月消[illegible]情不[illegible]
來不易醒
迷離恍惚手[illegible]欲[illegible][illegible]
愁情多淺笑[illegible]真[illegible]明明如
月莫管當窗圓缺將[illegible]圓

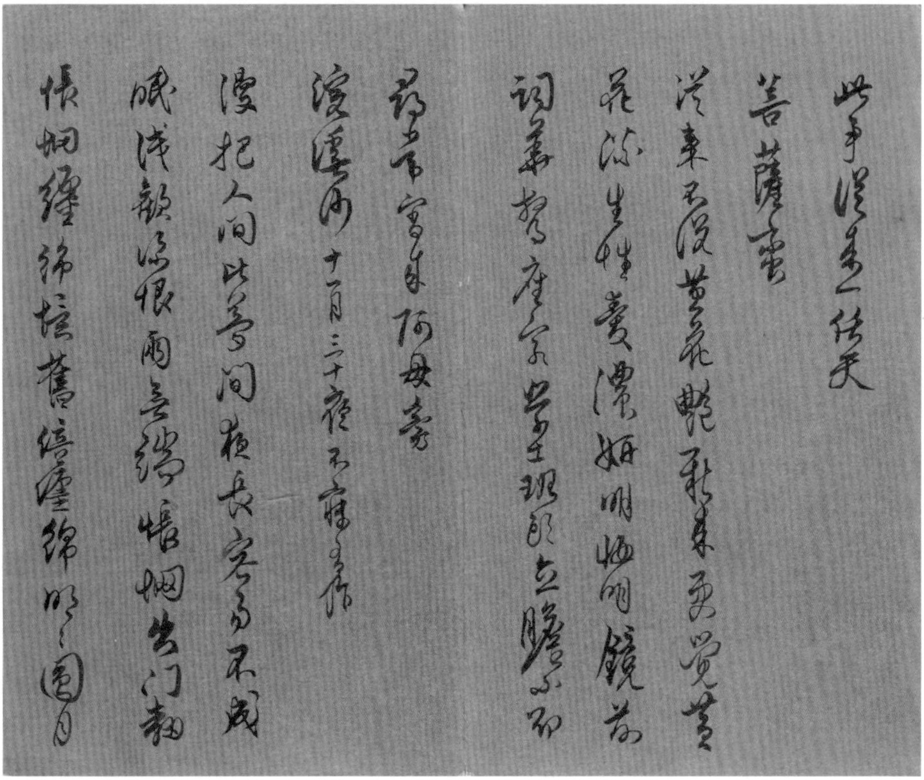
此身漫道是[illegible]天
菩薩蠻
從來不愛黃花艷秋來更覺黃
花淡生憐愛濃[illegible]明[illegible]鏡前
詞華驚座客[illegible][illegible]郎[illegible]陵[illegible]
[illegible]何[illegible]
[illegible]河 十月三十夜不寐作
漫把人間比夢間夜長宵易不成
眠淺歡深恨兩無端燈暗燭生門[illegible]
帳網纏綿續舊[illegible]綿明明圓月

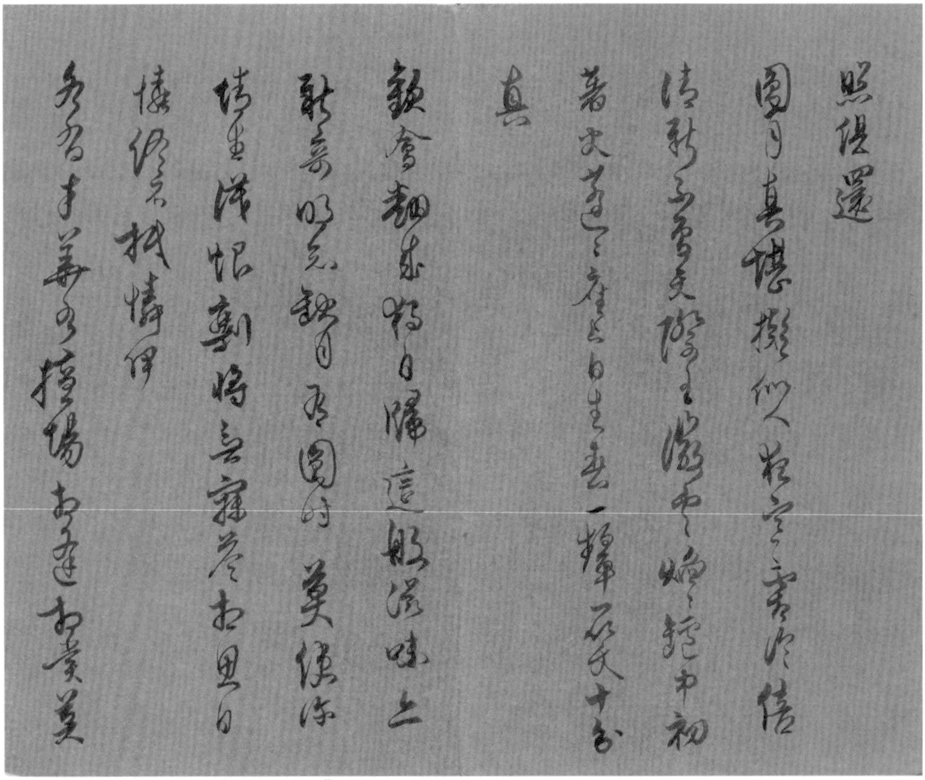

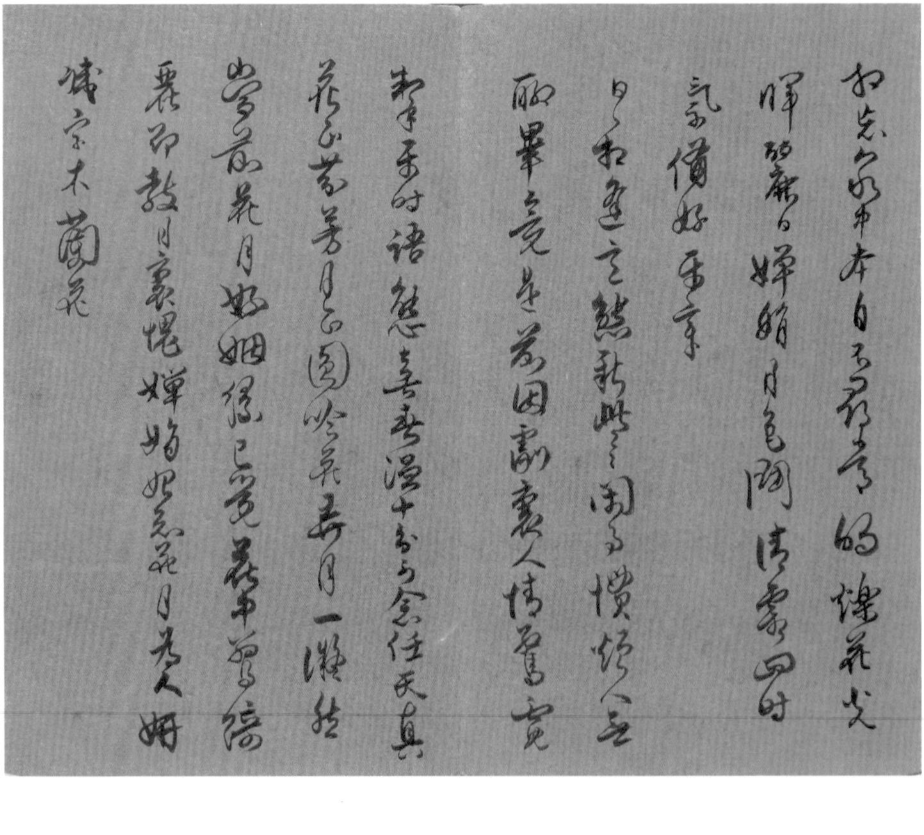

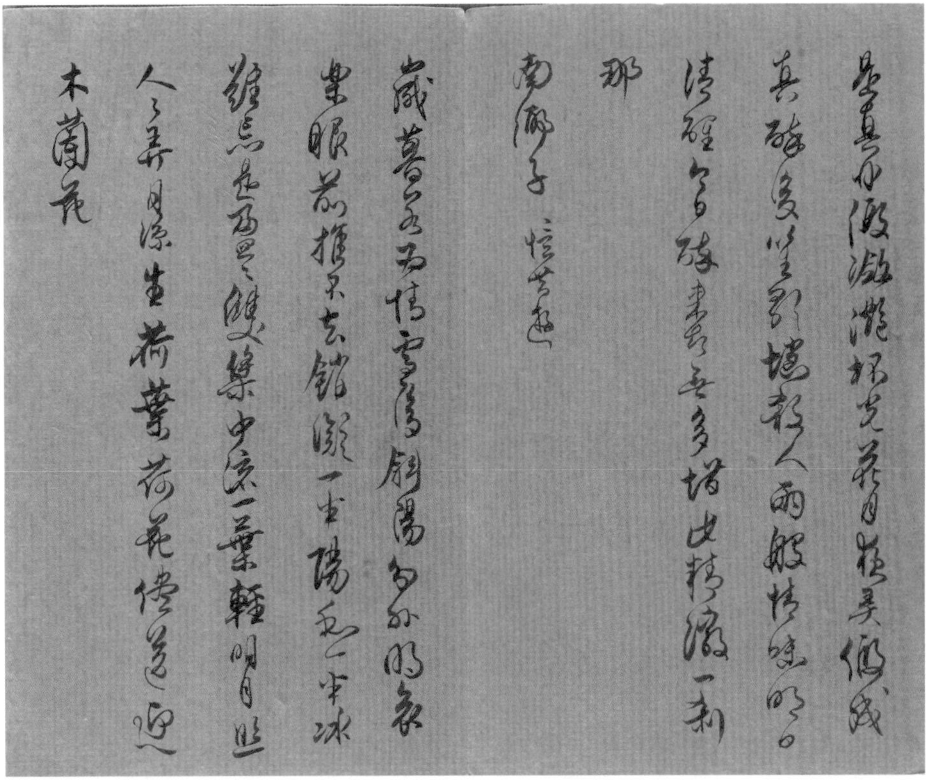
南鄉子
木蘭花

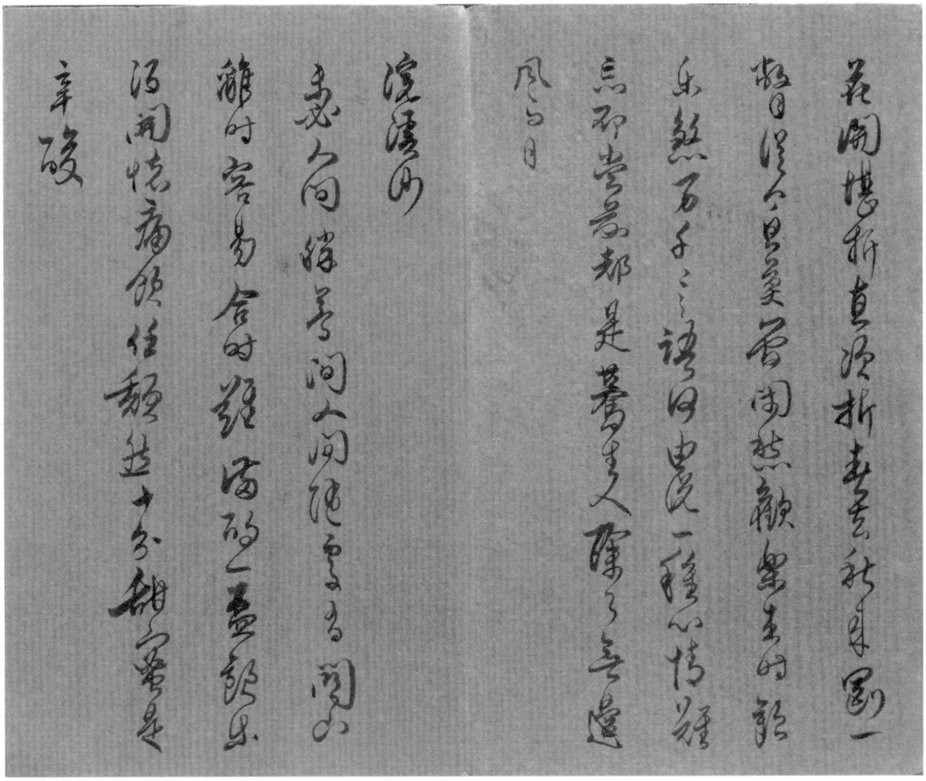

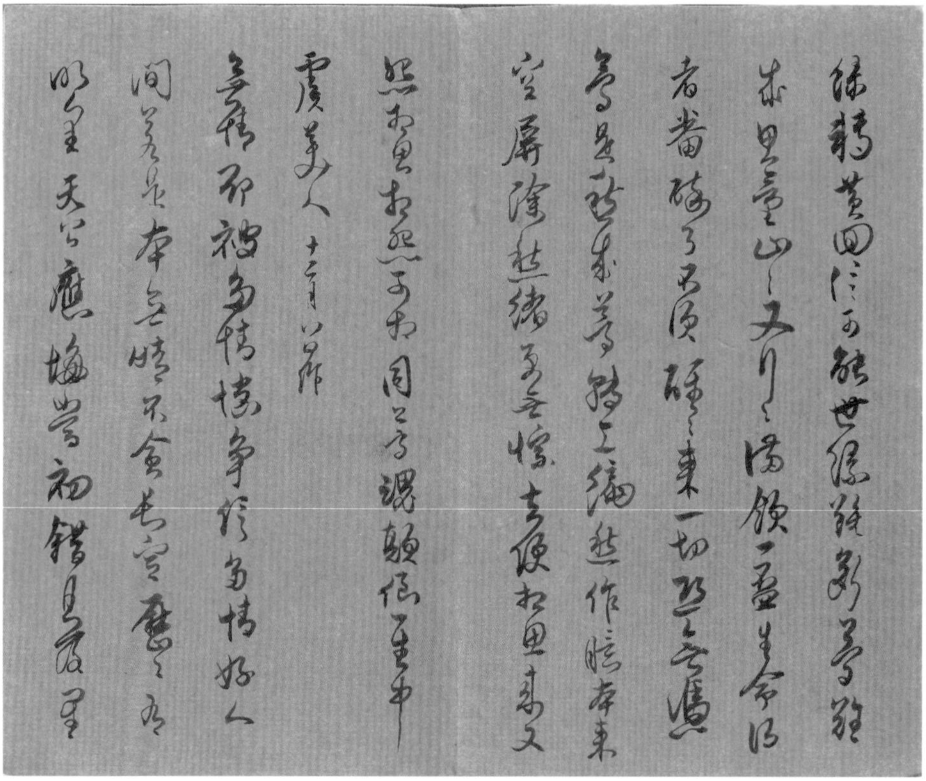

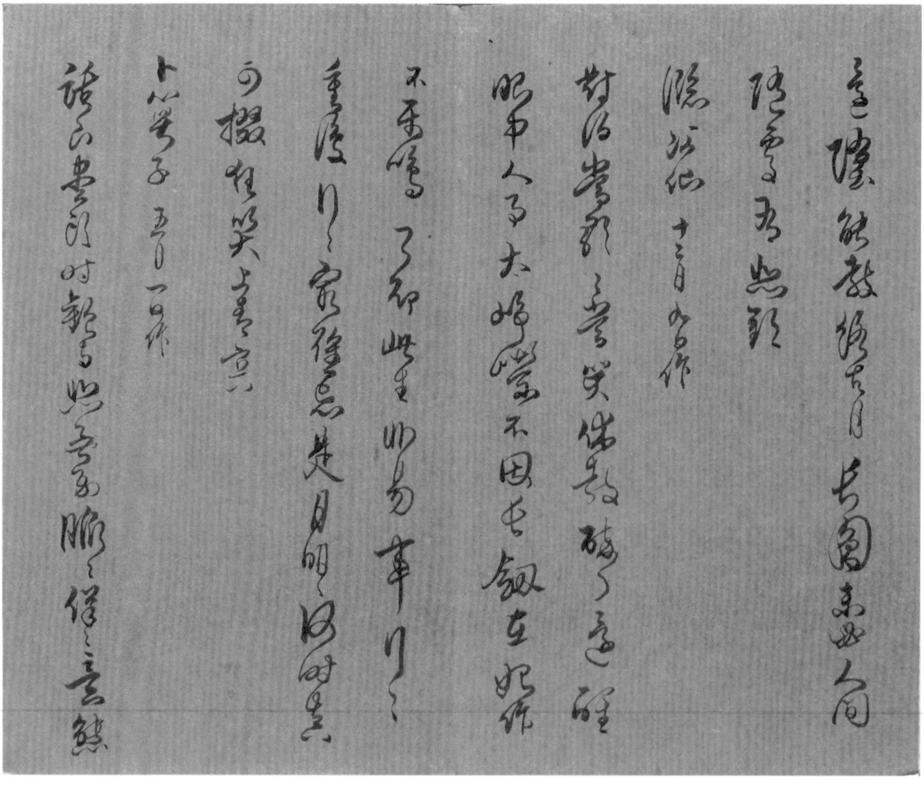

真一二詞三印花面豔雪 陳月白圖

世歌此三首 聊向天地中之之說

瀋陽司 戊子十二月作

閨中且道時見濃萊之瀋主

聊原莫羨時為 幾玉瀋 住縂冊

遠錐低窜 倩君幸無名莫不至

西枕皇涒吟

寧奉弱詞意因爲悉

栗業吕老於隆赤摇笁章撘一往忱苦是

此身小種青名逗辛其作不猫哦

戲墨支重屬公 吉燕

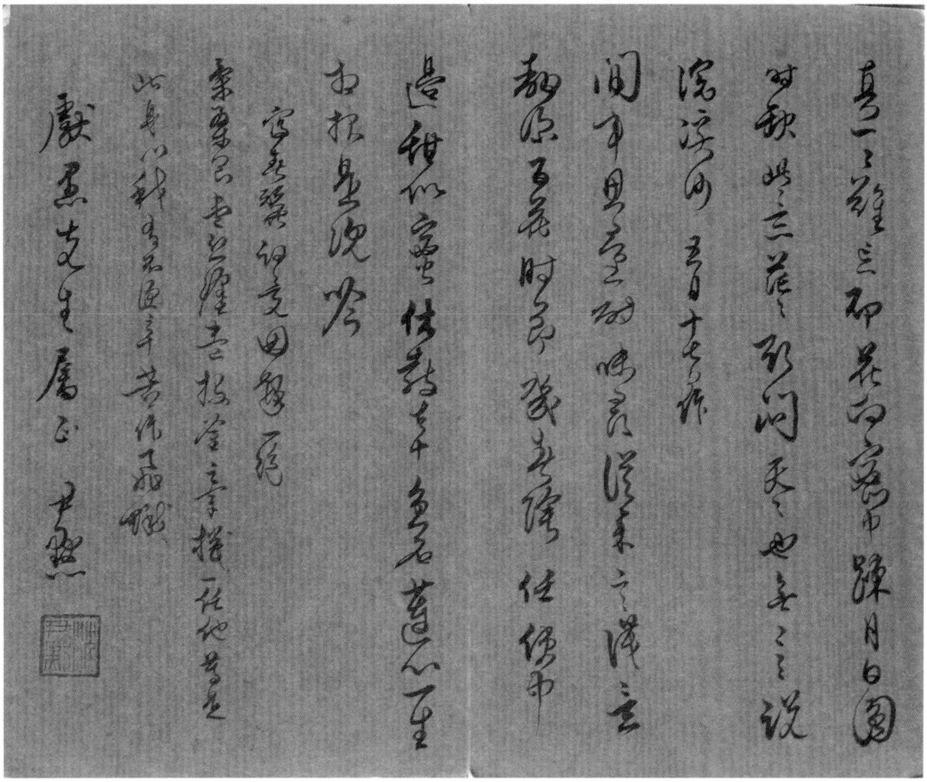

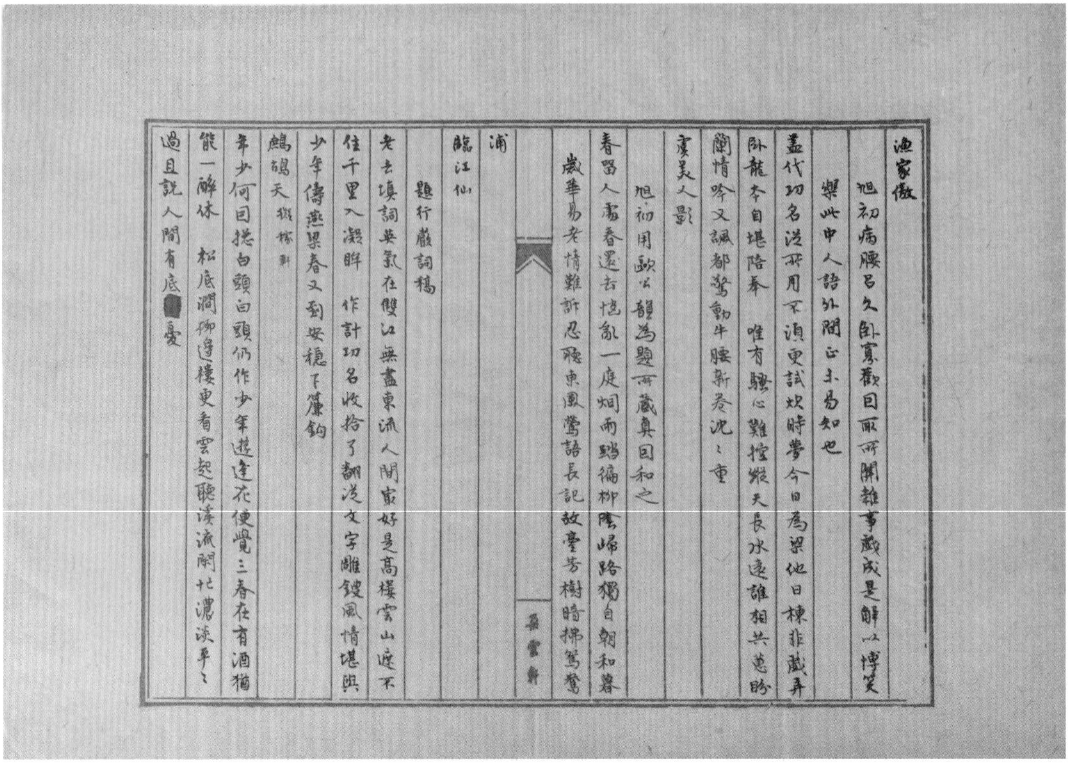

漁家傲

旭初病腰已久卧寡歡因取所聞雜事戲成是解以博笑
樂此中人語外間正未易知也

盡代功名浅所用不須更試炊時夢今日爲梁他日棟非戲弄
卧龍本自堪陪奉 唯有驕心難控縱天長水遠誰相共慈盼
閒情吟又諷都驚動牛腰新卷沈々重

虞美人影

旭初用歐公韻爲題所藏真因和之

春留人處春還去惱亂一庭烟雨鸝偏柳陰歸路獨自朝和暮
歲華易老情難訴忍聽東風鶯語長記故臺芳樹暗拂鴛鴦
浦

朵雲軒

臨江仙

題行巖詞稿

老去填詞英氣在雙江無盡東流人間底好是高樓雲山遮不
住千里入凝眸 作計功名收拾了翻浅文字雕鏤風情堪與
少年儔燕梁春又到安穩下簾鉤

鷓鴣天 擬稼軒

年少何因搔白頭白頭仍作少年遊逢花便覺三春在有酒猶
能一醉休 松底澗御邊樓更看雲起聽溪流闌干濃淡平々
過且說人間有底[redacted]憂

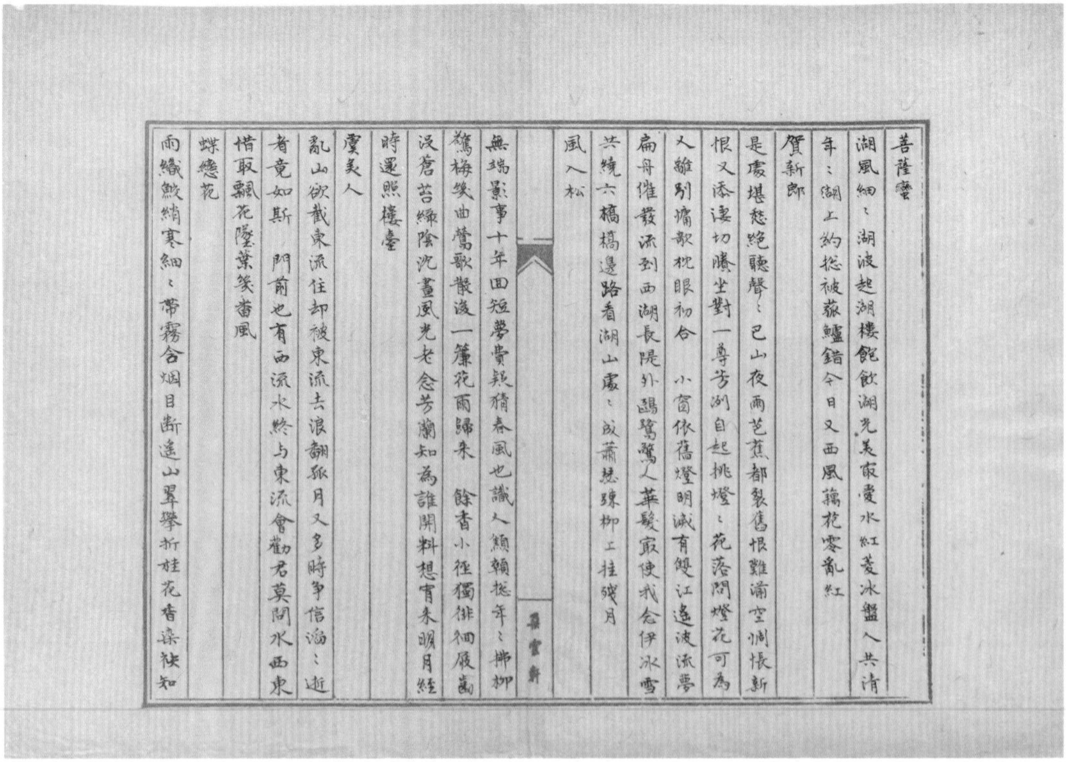

菩薩蠻

湖風細々湖波起湖樓飽飲湖光美家愛水紅菱冰盤入共清
年々湖上約摠被蓴鱸錯今日又西風藕花零亂紅

賀新郎

是處堪愁絕聽聲々巴山夜雨芭蕉都裂舊恨難漏空惆悵新
恨又添淒切幐坐對一尊芳冽自起挑燈々花落問燈花可爲
人離別痛歌枕眼初合 小窗依舊燈明滅有雙江邊波流夢
扁舟催發流到西湖長隄外鷗鷺々人華髮寂使我念伊冰雪
共繞六橋々邊路看湖山處々成蕭瑟殘柳上挂殘月

風入松

無端影事十年回短夢費疑猜春風也識人顛頓摠年々拂柳
籠梅幾曲鶯歌散後一簾花雨歸來 餘香小徑獨徘徊屐齒
沒蒼苔綠陰沈畫風光老念芳蘭知爲誰開料想宵來明月経
時還照樓臺

朵雲軒

虞美人

亂山欲截東流住卻被東流去浪翻孤月又多時爭信滔々逝
者竟如斯 門前也有西流水終与東流會勸君莫問水西東
惜取飄花墜葉幾番風

蝶戀花

雨織鮫綃寒細々帶霧含烟目斷遙山翠攀折桂花香染袂知

誰會淂淹留意　此際心情當日事兩〻相看記取飛鴻字綠
葉於人無好計紅蕉半落生秋思
清平樂
送春歸處便是秋來路林表斜陽紅易暮渺〻草頭清露　小
艞晨鷗昏鴉短籬紫蓼黃華鴈陣霜風凄際倚樓人在天涯
絳都春
和竹山韻
春痕似畫記江燕舊識當時王謝繡閣宴回月上初更明鐙佳
笙簫過却沈〻夜易風析酴醿堆架縱教扶起零紅委翠怎經
長夏　嫣姹倩娥斂黛恨紗暗秀句秋添涼榭認取勝情都在
朵雲軒
餘香輕羅帕紅塵猶自隨車馬更莫問樓陰花下從今未要春
歸為伊倦也
玉樓春
當時南浦曾輕別肯信芳菲真易歇無端蹤跡共萍分勝可心
情和夢說　藕花未了清秋節三五盈〻還二八載將穠李四
絃風來還桃根雙槳月
生查子
秋紅霜未添夏綠風猶展目斷北來鴻心繫南歸燕　怕上舊
樓臺還怯新闌檻揔道莫思量已自思量偏
淡黃柳

寄菴賦此解見詶依韻詶之
霜前柳葉猶帶江南色此際吟情輸白石任付紅牙按拍愁向
垂虹舊橋側　淡烟積遙山自凝碧綺窗底點梅額怨輕分薄
鬢成雙翼鴈陣書空暗添心字唯有愁邊見淂
百感狂吟
西江月
感憶兒時並南山晨出子午谷口豁然見朝日於天地際
子午谷前日出居然平視瞳〻牛車歷鹿地天通未覺風塵頃
洞　五十年來人事催教老却兒童金烏來去已匆〻莫更峰
頭迎送
朵雲軒
絳都春
晴暉做暖正天與畫長芙蓉明院翠幰繡匼不比尋常清秋宴
華堂畫燭深〻見共歡笑楠觴瀲灩醉中仙侶吹簫引鳳戲窺
妝面　人遠金英在把領雛畔勝趣頻攀芳踐舊袖舊痕新曲
情秋深淺月圓花好人如願更待取江樓歸燕紫煙籠處春多
地寬天健
江神子
清尋秀句漫相酬蓼花洲夕陽樓不是梧桐池館也驚秋臨水
登山閑送目山脈〻水悠〻　霜空鳴雁櫓聲柔誤歸舟記前
遊抛却吴城不住〻他州依苦三年仍在眼除夢裏可無愁

清平樂

題旭初畫梅

清愁難識開落閒山笛花是主人、是客莫負尊前月色 孤山鶴去千年西湖歸夢如烟不見當時處士踏香蹤影依然

浣溪沙

為少淵明一筆人東籬寂寞罷開尊落英枝上久沉塵 忽有疏花生眼底擬尋幽石倚松根細看秋意已嶙峋

祝英臺近

題旭初畫梧桐池館

綠生波紅綴樹依約舊池館圖畫春風客意自先暖是誰倚定

朵雲軒

鑪烟滿園坐穩更不管飛鶯語燕 思何限難忘別後江南當時燕鶯伴莫笑情多無分世緣淺好教囑付梧桐圓陰密葉漫輕為秋來驚散

卜算子慢

題旭初風雨歸舟圖用柳屯田韻

孥舟好去乘興閒遊消意波光嵐翠一霎沈陰做就晚來天氣動歸愁烟樹蒼茫裏恰似載一船畫稿風絲雨點相繼 漂泊雖鄉里感風雨孤舟亂山長水縱有芳醪怎解遣愁一二看當誰會淒其意仗水墨千烘萬染寫人生如寄

攤破浣溪沙

旭初畫櫻筍圖追憶玄武湖櫻桃之美感題

巾扇飄零類轉蓬撩人節物忒匆匆酒醒天涯人未倦有誰同 玉箸斑斕閒錦籜珠櫻的皪瀉筠籠湖上回舟風細細夢魂中

滿庭芳

題旭初山居圖

杜宇聲停杜鵑花謝空山寂寂春非清陰長晝松翠漸成帷不分鳴蟬乍起頻斷續暮雨斜暉驚節候西來伴侶猶自未應歸 依依留滯久荒蕪院宇且展襟期漫無端長歎怕有人知恰似南枝倦羽渺長天何處歸飛青山外知誰念我客寄寫懷詩

朵雲軒

酒泉子

題旭初畫水仙

環珮歸來江上風清月白寶罏溫畫簾陽久排佃 玉盤金琖難留客今夕知何夕莫相偎吹橫笛怨驚梅

八聲甘州

對流光客舍寂驚心切莫數歸期奈梧桐庭院幾番雨過易到涼時畫裏春情好在卻換薄羅衣又是荷花少綠漲秋池 舊恨何時能了便尋常細事還惹尋思步林園春晚獨自送斜暉倚微風前乍醒殘醉看餘紅冉冉下青枝園芳蝶過闌干去又買蛛絲

臨江仙
江檻藥闌人事改草堂看畫新題東川仍有杜鵑啼花開花落
幾度喚春歸　夜雨乍添新漲好首陷綫踏晴泥舊時情緒舊
時衣故人天末知否酒痕稀
清平樂
初食粽
小盤新粽無計留春共紅裾香羅金縷鳳比似櫻花情重　攜
人節物些些龍舟江上年華怕到端陽時節一尊常是天涯
祝英臺近
蚓吟長蛙語鬧月影漾池館翠被澀寒寂寂夜過半殘燈肯照
無眠試溫短夢甚處是東勞西燕　細尋檢遍寄錦字題封流
年暗中換幾叠新縫寒暖意千萬待教真箇承平西牕重到更
說与巴山幽怨
祝英臺近
日遲遲風細細紅做海棠瘦深步花間欲語意光滿依前草徑
迷烟蜂狂蝶舞怎道是無人庭院　未曾遠猶記雙燕窺簾太
液舊池畔綠遍春波照影更相見待教細訴芳心重拈新句便
短夢也都驚斷
漁家傲
白酒半殘一杯時在手爭比茶香鄉味杭州不可忘

朵雲軒

蟠紆山徑隔鐘人家看却近一樣江天不似江南好放船　三
年間俗堪笑半生思入蜀萬里橋東難得情懷勝放翁
應天長
琵琶又撥新絃索博取滿場人意樂道閒却爭閒却月暗燈明
無處著　當初真有約歸去畫樓來閣昨夜五更風惡宴時吹
夢路
生查子
幽花拂碧漪圓月開妝鏡無月便無花天与安排定　春隨酒
殘空夜向高樓迴銀漢自橫斜不照驚鴻影
青玉案
舞衣金縷愁多少曲未罷尊先倒月暗燈明人意鬧當時猶說
定場賀老家裏琵琶好　霖鈴雨溼關河道往事悲歡信難了
休共巴歈彈古調畫梁塵散燕歸還早陌上餘芳草
菩薩蠻
古今萬事東流水杯中領取從來意淺把淺深憑此時誰宜能
天涯人兩顧不遣濃情淡留与少年人春長花月新
菩薩蠻
好風不至澀過雨小池波上蕊成縷森木亂鳴蟬殘陽何處山
蒲葵裁作扇待向塵中見旋旋蔦衣涼晚庭花蕊香
清平樂

朵雲軒

黄梅過了綠樹鶯蟬躁客裏光陰依舊好留得幾人年少 夕
陽西下休嗟餘暉爛；晚霞更幻愁心作月流光照徧天涯
青玉案
新來多感還多病更不遣清尊近雨潤單衣猶自冷未樓應記
簾垂燕並漢漢鑪烟靜 情懷不怕闌干迴怕對當時舊鸞鏡
付与江山情不盡芭蕉乍展綠牋誰者音信無憑準
菩薩蠻
斜陽烟樹鶯遮目連雲芳草低迷綠細細落花風馬嘶人語中
江南歸尚早算道江南好一雨客衣單 時情寂難
青玉案
朵雲軒
能船載得愁多少酒易盡愁難了歸燕簾櫳人悄悄子規才住
新蟬又噪斜日明林表 故國山河雲浩渺月斷長安舊來道
雖亂心情難自好高樓花近當時杜老一樣傷懷抱
青玉案
娟娟初月生新暈恰相稱人情分帶結同心香一寸輕羅乍捲
繡鸞還並生怕明燈近 醉勻粗粉添嬌困愛向花枝對鸞鏡
事与孤鴻成去影珠樓春夢銀河秋訊密意憑誰問
清平樂
落紅低舞細細風[redacted]吹雨燕子不來人又去綠盡庭芳樹 江
花江月年年雙隄歸夢如烟往事新情多少賸教都付吟牋

清平樂
落紅低舞細細風吹雨燕子不來人又去綠盡小庭芳樹 江
花江月年年雙隄歸夢如烟往事新情多少賸教都付吟牋
拜星月慢
地覆輕陰空搖狂絮便了却一番春事曲院回闌憶當時同倚
寂凋悵盡日江樓高處凝望細數歸舟天際一雲羈愁被驚風
吹起數瑤池阻絕雲千里傳芳訊未有青鸞使盼斷細字銀鉤
抵千金一紙漸鳴蟬斷續斜陽裏催詞賦又動悲秋思怎奈向
庾信生涯老江關獨自
清平樂
朵雲軒
雨響烟障六月靈江上溼透芭蕉新綠漲綠意添寒深幌 補
身薄薄吴棉知曾幾費鑪烟何日五湖一舸輕裘小簟閑眠
八聲甘州
奈西風未動杳冥冥長空已雲羅盼天開金鏡塵清瓊宇愁洗
銀河恨事當前還淌蕉葉雨聲多明暗遶牕底書魚銷磨 春
艷旋成秋罷促酒邊倦客強起高歌幻文貍山鬼窈窕媚烟蘿
五蒼茫人間何世有魯陽空自解揮戈賸橫笛載扁舟去流響
層波
高陽臺
）明日立秋矣愀然賦此寄遠

乍飲冰斃旋收羅扇新來天氣全殊繞屋枝條不關晴雨秋疎
吾盧信美非吾土況涼飇又動輕裾漫輕嘲張翰當年只爲鱸
魚　鬢絲輸與垂楊綠共流紅照影笑庭愁予舊篆新詞天涯
有恨重書秋來春去江南岸伴銷凝應是平蕪怕歸遲漾碧秦
誰不比當初

水龍吟

高蟬鳴〻鷩秋客窗長日人初倦一番雨過斜陽烘潤涼飔送
晚小檻臨芳曲屏寄意誰家庭院似年時蹤跡詩遊未了趁輕
夢期相見　事與春雲俱散又誰教夢緣偏短早知今日爭如
未遇東風人面裁壁爲環紉蘭作珮多時經慣賸待將月上含
光留影住高樓畔

高陽臺

無限山河無窮壁壘更有無盡遙天痛飲長吟輸他幾輩豪賢
旌旗未共殘虹卷又西風鼙鼓聞然嘆驚心獨自登臨花近危
闌大河流阻長淮闊送雙魚尺素不到江干柳意槐情都應付
與鳴蟬黃雲萬里行人少莽中原葵麥迷烟說荒郊戎馬新來
猶自屯田

高陽臺

四合岡巒萬重樓閣雨涼曾試宵綃西子明妝秋來一倍堪憐
傷[redacted]湖水依前碧亂菱花暮靄蒼煙更誰攜芳侶來遊重上蘭

船淒涼莫怨關山笛怨當時明月偏照關山折柳飄梅笑人淡
落尋前曉星不動長河迴料姮娥應悔嬋娟怕遲〻靈鵲橋邊
江冷楓丹

綺羅香

瑤殿旋空雕闌未改都記從來吟句猶是人間不隔輭紅塵土
池水漫風皺春波苑花靜日睎秋露更千章古柏參天織苔如
篆偏行路　迢遞望斷京國總被清遊惱徹還牽情住地勝人
宜易就眼前歡聚搖晴綠荷蓋聲時認墜紅畫棟停處料橫橋
塔影沈〻夢痕難細數

八聲甘州

渺涼雲四合掩青空雨洗出新秋對紅[redacted]翻蕉慈綠添桐韻併
是清愁怕起登高望遠歸思總難收瀏〻雙江水相與東流
恨事平生有幾愧未能趙瑟不解吳謳但斜行矮紙盡意寫離
憂算無探美人芳草甚情懷終擬託靈脩牆陰下聽幽蛩語肯
爲誰休

月下笛

用清真體韻

小檻沿波遙空度月水明沈壁牆限岸曲引起誰家笛共梧
桐飄落縠聲耳邊斷續應盡識想梅花舊譜頻添新韻訴人情
聽回腸自轉賸獨倚闌干細吟輕拍聽秋聲若況久關河爲客

夢幽皖瘦蛩倦啼迸珠露點成淚滴點凝愁過却連雲雁足無
信息
踏莎行
玉露團ゝ金風細ゝ看來總是驚人意幽篁不分獨棲欒高梧
何故先憔悴　有限詩情無邊秋思年ゝ儘有登高地ゝ偏心
遠到而今黃花肯共東籬醉
紅羅襖　用清真韻
遠楚銷凝盡猶自未成歸歎水闊山長征程千萬尊前可有風
月相知　奈此際鴻杳音稀西窗剪燭誰期秋色晴江蘺憶舊
日賸結夢中悲

訴衷情
年ゝ金殘醉金英畫閣宴秋晴紅妝格外嬌楚長記此時情
尊更把句還成祝長生幾時風月重到當前共看承平
虞美人
菊花請豔芙蓉好已是秋光老年ゝ風雨送重陽誰道今年白
酒尚能香　南山不共東籬改依舊悠然在寂寥千載一淵明
隨分霜叢來ゝ漫飡英
漁家傲
十月廿九夜雷雨達旦適聞江南近來寒甚因有作
撼枕驚雷仍電驟激烜已失三秋候天意不如人意久翻覆手

陰晴一例難參透　夜雨洗秋愈更瘦青林却自添朝岫鬧說
江南唯泥酒憐翠袖蕭ゝ晚竹寒生後
虞美人
鏈瓶菊叢中芙蓉豔發燈前忽有欲謝之意感賦
芙蓉沈醉西風晚省識紅妝面也無離合也無愁贏得一生嬌
豔門清秋　折來長伴金英好韻与歌難老料應未慣對青燈
已是十分憔悴不勝情
臨江仙
細雨還晴ゝ又雨落英已自繽紛萋ゝ芳草礙行人歡情餘白
袷賸意失紅巾　往日有誰堪共惜流鶯不解傷春離騷心事

遠遊身西江何限水南陌幾多塵
清平[redacted]樂
巴渝芳草綠遍連天道此日江南應更好誰信歸期尚早　闌
邊雨潤煙迷青枝漸度黃鸝不意遠山眉嫵新來也有嚬時
玉樓春
依前省識桃花面裝日東風隨處見遠山爭學畫時眉流水更
橫臨去眼　春情漸老春光賤浪擲榆錢拋柳線繫紅著酒太
醺人回首來遊無一半
雕闌又拂春風暖不道天長人更遠旋驚浪蕊望中休却惱游
絲空裊亂　江流那管西人怨東下連波無顧及蓬萊清淺幾

時曾三見梁間棲海燕

漁家傲

客裏光陰閒杜宇桃花水漲迷津渡雖有春歸無間阻來又去
黯然幾陣黃昏雨　簾燕年年仍好住輪他王謝堂前侶畫棟
雕梁知幾許君莫訝連雲芳草來時路

浣溪沙

心字羅衣淺淺紅迴廊細細落花風不成小立意猶慵　短懨
易醒終是夢激波可託更無憀惱人雙燕語匆匆

玉樓春

柳枝低曳黃金縷暗拂朱闌迷繡戶春殘庭院更無人落盡紅
香風不住　綠波騰自浴浴去任是無情知去處江南歸夢有
時醒記取雲中天際樹

朶雲軒

臨江仙

百折闌干情不盡高樓有恨誰知樓前流水故遲遲浣紅空墜
葉鏤恨罷題詩　真使人間無好會不應更有良時南枝未雪
已垂垂春風先在手切莫放空卮

卜算子

題傅抱石畫用稼軒韻

不署昔賢驢不學前朝馬偶亦風情愛者似無意稱尊者　善
鼓不張絃善注何須瓦寫得松風萬壑聞聽取無聲也

減蘭

呈旭初

中年易過檢點從來真少可無盡無休來者堪追底用憂　平
生志業不負當前風與月莫問兒曹足與吾流未易遭
蜀醪清醴風味平生應視此不患不慮人物前頭食蛤蜊　翰
林風月各有千秋何用說能者得之一笑相看畫我師
巴山夜雨做盡愁聲仍解上簾底殘紅明日晴來未要風　瀘
州白酒半琖一杯時在手爭比茶香鄉味杭州不可忘
盤紆山徑隔嶺人家看卻近一樣江天不似江南好放船　三
年閒俗堪笑平生思入蜀萬里橋東難得情懷脉放翁

朶雲軒

應天長

流波一去知難再夢短歌長無計奈花相會月相對此際故人
千里外　愁深情似海情重怎生擔待翻是了無牽挂能教人
意快

鷓鴣天

四月山居物候移子規聲裏轉黃鸝水紋乍展琉璃簟樹色還
分翡翠幃　白團扇夾羅衣新情根觸舊歌詞無多風雨和雲
過又還輕寒上鬢絲

虞美人

初夏山居雨後作

四山重疊環人住遮斷來時路料應留著聽啼鵑不到杜鵑啼
歇莫教遲　出山流水渾閑事儘有悠然意春花春草摠難留
禁得幾番陰雨便如秋

玉樓春

亭〻綠葉翠紅朵水面日長無計那莫憑涼意願秋風蓮子成
時花已墮　笑從肯放芳尊過雪藕調冰歡亦頗赤闌橋畔舊
年人檢點當前無一箇

玉樓春

碧桃開盡紅榴過便是黃梔無一朵不因年少最憐伊但覺少
年終去我　樓臺夢後仍高鎖明月照人添酒涴蘋飄雲散四

桑雲軒

絃愁小晏當時真計左

小重山

紅是相思綠是愁排徊花樹下未能休幾番客裏罷春遊梅雨
後淳意在簾鈎　老去減風流縱教逢舊燕也應羞江山如此
一凝眸山隱〻江水自悠〻

蝶戀花

鎮日相思無處著江檻花闌一例成蕭索薄酒一杯聊自酌明
明圓月當簾幙　萬事休〻還莫〻聽雨聽風已是春歸却縱
使春歸應有約明年江上看紅藥

青玉案

[redacted]

翠翁雨〻珍叢底却不道情如此醇酒著人春夢裏雨總初瞑
風簾還起醒醉都無意　望中可有青鸞使客舍光陰似流水
珍重江南書一紙遠山重疊連雲千里黯〻生離思

水龍吟

一椽準擬幽棲野烟漠〻迷林表徑迴地僻情麼還惹層巒白
繞花將融泥鶯歌新雨但餘芳草算西南浪迹清遊未試春又
去人空老　極目關河古道倦沈吟這番懷抱故人不見闌干
依舊酒邊殘照去國亂戍登樓王粲鄉愁多少縱雲羅萬里秋
風動也怕飛鴻杳

桑雲軒

虞美人

相如卧病文君老賸有尊罍好琴心依約似當年已是歷生絃
柱莫教彈　悲歡從古依人在花月年〻改高樓花近月徘徊
未必畫梁雙燕肯重來

漁家傲

　　題旭初為公武所作望雲圖

慈竹成陰清可愛慈烏反哺情無改負米歸來心意快春長在
北堂歲〻嬉萊綵　此日遠游無計奈登臨多難還堪慨親舍
[redacted]迢遙雲靄蓋窮眼界白雲更擁青山外
[redacted]

生查子
題謝稚柳白桃蝶石
蝶夢乍醒時猶記天台客長立待春風唯有瓏瓏石　桂白愛
桃花褪盡當時色劉阮莫重来重来頭搔白
臨江仙
密霧籠鐙朝未散濛濛煙透簾衣望中漸遠漸低迷嶺雲如有
接荏苒過江湄　莫怪不来来搔去更應無計留伊胡脉頻為
好花移江樓前夜夢併入覺来時
浣溪沙
日射油窗霧乍開堡螺山色壓闌来闌前萬一見江梅　攬鏡
華年思錦瑟迴落歡意託金杯他鄉休負好樓臺
曲玉管
用柳耆卿韻
寶篆閒銷珠簾不卷闌干幾曲留人久却愛當時花月江上清
秋對明眸　莽莽雲飛軒軒波起失群斷雁應難偶四望菰蘆
暝色還満沙洲恨悠悠　似此江山儘供取興王國霸怎知大
海揚塵麻姑又話新愁忍歡遊只先春梅蘂尚觧殘年心事不
須料理雨雪天涯獨倚危樓
山花子
立春日作

[illegible]
剗意吟秋宋玉悲牆東孫負曉梅肥昨夜春從江上至更誰知
雨態做成人意懶寒情憑仗酒杯持小閣熏鑪添畫永記年
時
清平樂
望江樓下江水奔於馬千古風流人物假留得瞿塘閒話　乞
開梅萼旋空小闌昨夜東風即是春情未改都歸啼鳥聲中
臨江仙
不信銀屏猶有恨曾来夢過牆東歸時已是五更鐘客光何皎
潔曉月在簾櫳　自古遊仙終有詠杜蘭香綠應同英雄老去
美人空悠悠山共水長日鎮相逢　于右任有句云山似英雄水美人
鶯啼序
用夢窗韻
東風弄簾乍起墮蛛塵宵户旋看取梅萼都稀似惜春到遲暮
記揉皺霏霏雨雪生香帶曉依瓊樹瓣陰晴芳徑還過但飄狂
絮小閣初筵醉裏暗眼惱玉烟綺霧妒賤悠樓蝶深叢那時曾
秘情素繡芳華無生恨切貴多少春蕤冰縷甚扁舟空泛煙波
寺閣鴛鷺　登樓望極去國愁多四方正兵旅別後歎輕孫蘭
盼未損英氣萬里相闊晦明風雨新亭忍淚功名非願闌干還
見舞楊陌況流波漲綠臨江渡後来搔說吳城老卻今生底緣

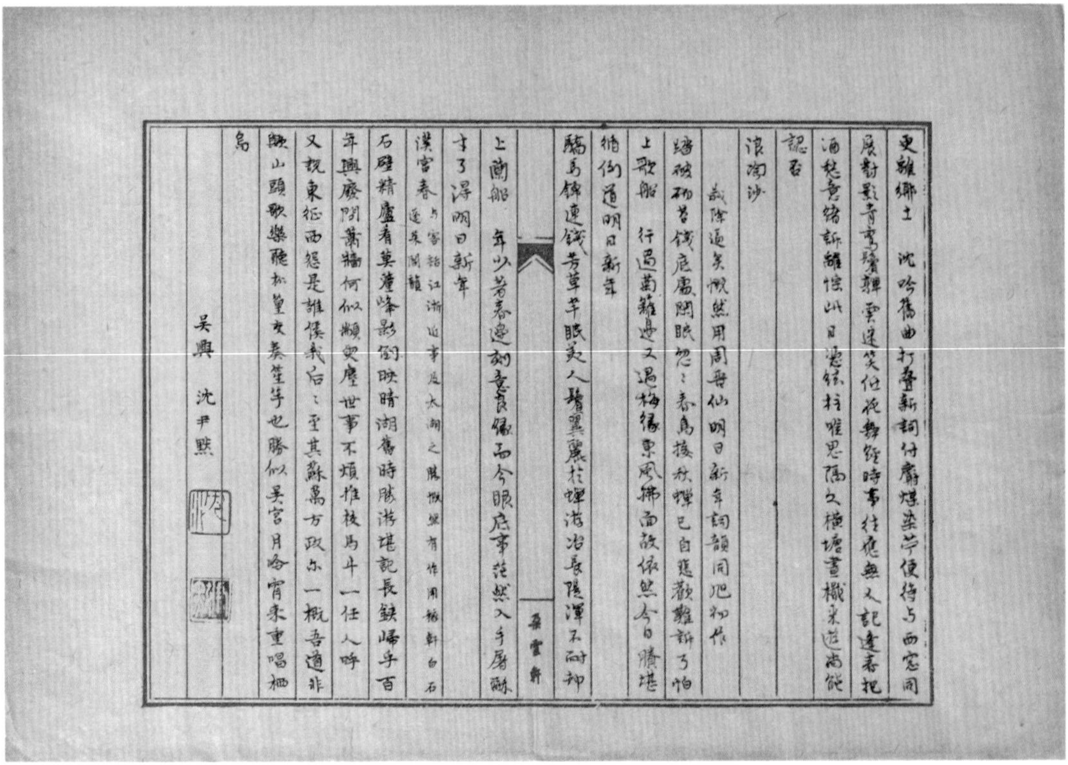
更漏子　沈吟舊曲打疊新詞付簫娘染苧便待與西窗同
展對影青鸞鬟雜雲迷笑任花舞經時事往應無又記逢春把
酒愁意緒訴離悰此日還絃柱唯思隔又橫塘畫檝來遊尚能
記否
浪淘沙
歲除追笑慨然用周晉仙明日新年詞韻同旭初作
繡被初香餞底處問眠怨怨春鳥接秋蟬已自蹉跎難訴了怕
上歌船　行過蘭舟邊又過梅梢東風拂面故依然今日賸堪
猶倒道明日新年
驕馬錦連錢芳草芊眠美人髻翠麗花蟬游冶長隨渾不耐神
上蘭船　年少若春邊剗意長緣而今眼底事茫然入手屠蘇
才了得明日新年
彙雲軒
漢宮春　與客話江浙山事及太湖之勝慨然有作用稼軒白石蓬萊閣韻
石壁精廬看莫釐峰影倒映晴湖舊時勝游堪記長訣歸乎百
年興廢問蕭牆何似頻更塵世事不煩推校馬牛一任人呼
又說東征西怨是誰傒我后后至其蘇萬方政爾一概吾適非
鄉山頭歌樂聽松篁交奏笙竽也勝似吳宮月冷宵來重唱棲
烏
吳興　沈尹默

秋明長短句

臨江仙

細雨還晴晴又雨、落英已自繽紛、萋萋芳草礙行人。歡情餘白袷、暖意失紅巾。往日有誰堪共惜、流鶯不解傷春、離騷心事遠遊身。西江何限水、南陌幾多塵。

玉樓春

雕闌又拂春風暖。不道天長人更遠。旋驚浪蘂望中休、卻惱游絲空裏亂。江流那管西人怨、東下連波無顧反。蓬萊清淺幾時曾、三見梁間棲海燕。

生查子

花枝亞小闌、似共人憑處。一夜綠楊風、暗畫庭前樹。黃鸝枝上啼、欸欸闌邊語。不見舊年人、仍是前時雨。

臨江仙

江檻藥闌、人事改、草堂看盡新題、東川仍有杜鵑啼。花開花落、幾度喚春歸。夜雨乍添新潤好、苔階緩踏晴泥。舊時情緒舊時衣、故人天末、知否酒痕稀。

玉樓春

柳枝低曳黃金縷、暗拂朱闌迷繡戶。春殘庭院更無人、落盡香紅風不住。綠波騰自溶溶去、任是無情知去處。江南歸夢有時醒。記取雲中天際樹。

生查子

幽花拂碧漪、圓月開妝鏡。無月便無花、天與安排定。春從酒殘空、夜向高樓迴。銀漢自橫斜、不照驚鴻影。

減字木蘭花

共寄菴談感而賦此

即以奉呈

中年易過。檢點從來真少可。無盡無休。來者堪追底用憂。平生志業。不負當前風與月。莫問兒曹。足與吾流未易遭。

濁醪清醴。風味平生應視此。不惠不夷。人物前頭食蛤蜊。翰林風月。各有千秋何用說。能者得之。一笑相看盡我師。

巴山夜雨。做盡愁聲仍解止。葉底殘紅。明日晴來未要風。瀘州白酒。半琖一盃時在手。爭比茶香。鄉味杭州不可忘。

盤紆山徑。隔嶺人家看卻近。一樣江天。不似江南好放船。三年問俗。堪笑平生思入蜀。萬里橋東。難得情懷勝放翁。

應天長

琵琶又撥新弦索。博取滿場人意樂。道閒卻。爭閒卻。月暗燈明無處著。當初真有約。歸去畫樓朱閣。昨夜五更風惡。霎時吹夢落。古今萬事東流水。杯中領取從來意。淺把復深憑。此時誰最能。天從人所願。不遣濃情淺。留與少年人。春長花月新。

菩薩蠻

好風不至微過雨。小池波上蒸成縷。森木亂鳴蟬。殘陽何處山。蒲葵裁作扇。持向塵中見。旋旋葛衣涼。滿庭花藥香。

47

高陽臺

明日立秋矣愀然賦此

乍飲冰漿、旋收羅扇新来天氣全殊。繞屋枝條、不關晴雨扶疏。吾廬信美、非吾土、況涼飈又動輕裾。漫輕嘲張翰當年只為鱸魚。鬢絲輪与垂楊絲、共流紅照影、幾度愁予、舊葉新詞、天涯有恨重書、秋来春去江南岸、伴銷凝應是平蕪、怕歸遲、漾碧秦淮、不比當初。

水龍吟

高蟬嘒嘒驚秋、客窗長日人初倦。一番雨過、斜陽烘潤、涼颸送晚。小檻幽香、曲屏密意、誰家庭院。似年時蹤跡、清遊未了、趁輕夢、期相見。事与春雲俱散、又誰教、夢緣偏短。早知今日、爭如未遇、東風人面。栽璧為環、紉蘭作珮、多時經慣。賸待將月上、含光留影、住高樓畔。

鷓鴣天

擬稼軒

年少何因總白頭、白頭仍作少年遊。逢花便覺三春在、有酒猶能一醉休。松底澗、柳邊樓。更看雲起聽溪流。閑忙濃淡平平過、且說人間有底憂。

臨江仙

密霧籠燈朝未散、濛濛瀰透簾衣。望中漸遠漸低迷。嶺雲如有接、荏苒過江湄。莫怪不来来總去、更應無計留伊。胡牀頻為好花移。江樓前夜夢、併入覺来時。

48

高陽臺

四合岡巒、萬重樓閣、雨涼曾試宵絃。西子明妝、秋来一倍堪憐。傷心湖水依前綠、亂菱花暮靄蒼烟。更誰攜芳侶来遊、重上蘭船。淒涼莫怨關山笛、怨當時明月、偏照關山。折柳飄梅、幾人淚落尊前。曉星不動長河迴、料姮娥應悔嬋娟、怕遲遲、霅鵲橋成、江冷楓丹。

綺羅香

瑤殿旋空、雕闌未改、都記從来吟句、猶是人間、不隔輭紅塵土。池水漫、風皺春苑、花靜日晞秋露。更千章古柏參天、繡苔如篆遍行路。迢迢望斷京國、總被清遊惱徹、還牽情住。地勝人宜、易就眼前歡聚。搖暗綠、荷蓋簪時、認墜紅、畫棹停處。料橫橋、塔影沈沈、夢痕難細數。

青玉案

翠禽兩兩珍叢底。卻不道、情如此。醇酒著人春夢裏。雨窗初暝、風簾還起。醒醉都無意。望中可有青鸞使。客舍光陰似流水。弥重江南書一紙。遠山重疊、連雲千里。黯黯生離思。

虞美人

初夏山居雨後作

四山重疊留人住、遮斷来時路。料應留著聽啼鵑。不到杜鵑啼歇、莫教還。出山流水渾閑事、儘有悠然意。春花春草總難留。禁得幾番陰雨、便如秋。

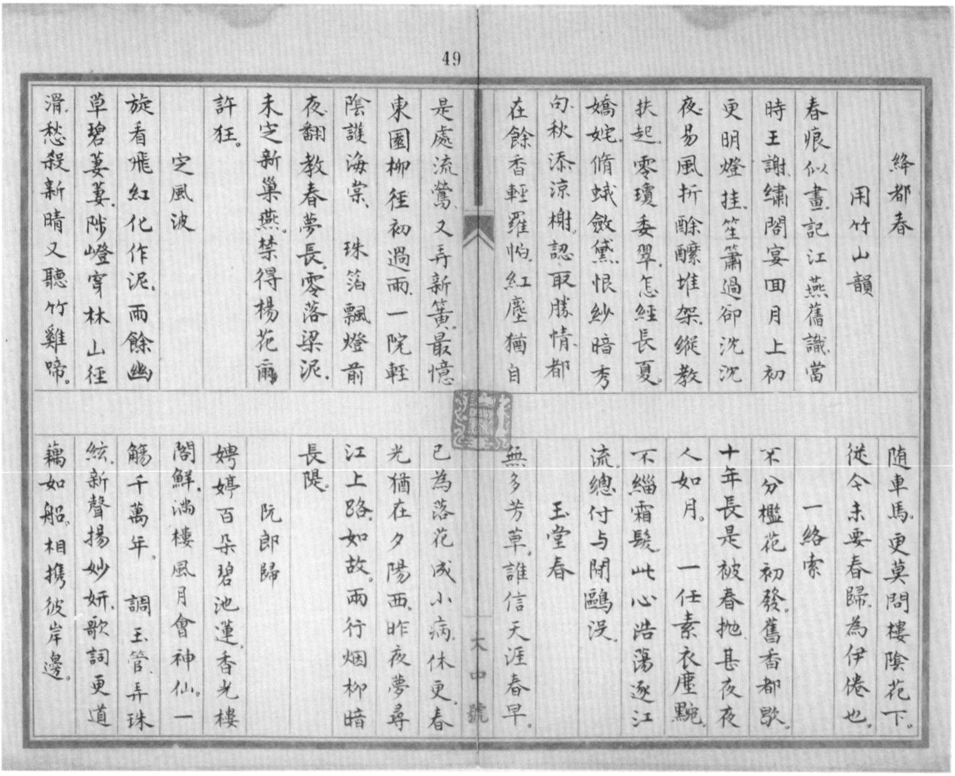

49

絳都春

用竹山韻

春痕似畫、記江燕舊識、當時王謝、繡閣宴回月上初更、明燈挂、笙簫過卻、沈沈夜、易風折酴醾堆架、縱教扶起、零瓌委翠、怎經長夏。嬌姹、脩蛾斂黛、恨紗暗秀句、秋添涼榭。認取勝情、都在餘香、輕羅怕、紅塵猶自隨車馬、更莫問、樓陰花下。從令未要春歸、為伊倦也。

一絡索

不分檻花初發。舊香都歇。十年長是被春拋、甚夜夜人如月。　一任素衣塵涴。不緇霜鬢。此心浩蕩逐江流。總付与閒鷗沒。

玉堂春

無多芳草。誰信天涯春早。是處流鶯、又弄新簧、最憶東園柳徑、初過雨、一院輕陰護海棠、　珠箔飄燈前夜、翻教春夢長。零落梁泥、未定新巢燕。禁得楊花爾許狂。

定風波

旋看飛紅化作泥、雨餘幽草碧萋萋、陟磴穿林山徑滑、愁殺新晴又聽竹雞啼。已為落花成小病、休更、春光猶在夕陽西、昨夜夢尋江上路、如故。雨行烟柳暗長隄。

阮郎歸

娉婷百朵碧池蓮、香光樓閣鮮、滿樓風月會神仙。一觴千萬年。　調玉管、弄珠絃、新聲揚妙妍、歌詞更道藕如船、相携彼岸邊。

大中號

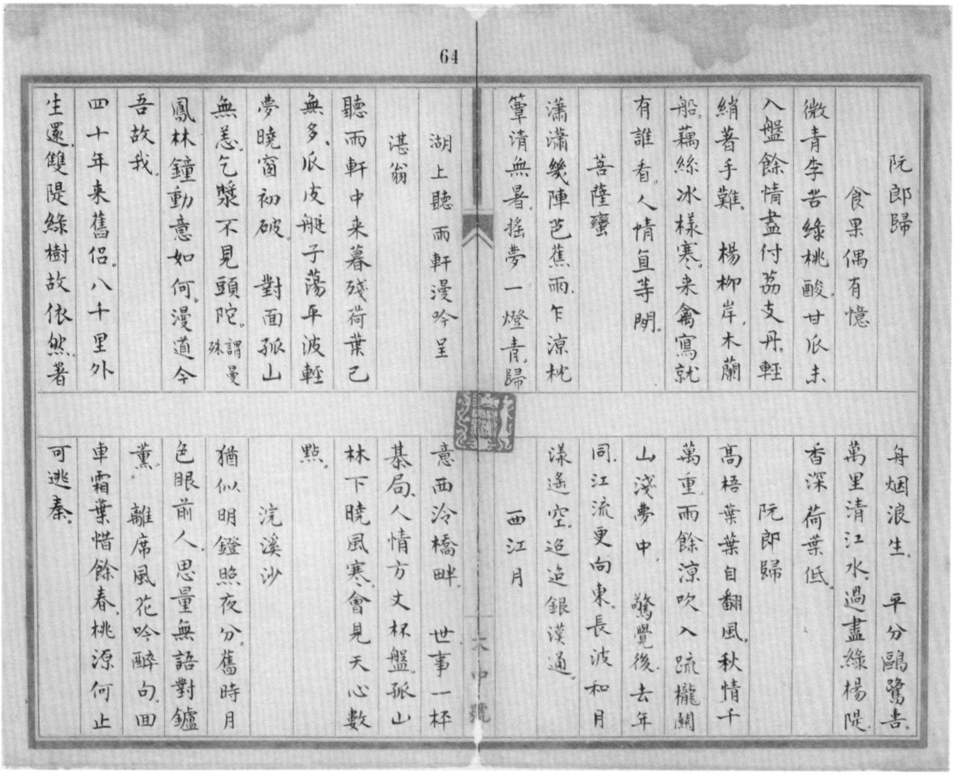

64

阮郎歸

食果偶有憶

微青李苦綠桃酸、甘瓜未入盤、餘情盡付荔支丹。輕綃著手難、　楊柳岸、木蘭船。藕絲冰樣寒。來禽寫就有誰看。人情宜等閒。

菩薩蠻

瀟瀟幾陣芭蕉雨、乍涼枕簟清無暑、搖夢一燈青、歸舟烟浪生、　平分鷗鷺喜、萬里清江水、過盡綠楊隄、香深荷葉低、

阮郎歸

高梧葉葉自翻風、秋情千萬重、雨餘涼吹入疏櫳、閑山淺夢中、　驚覺後、去年同、江流更向東、長波和月漾遙空。迢迢銀漢通。

西江月

湖上聽雨軒漫吟呈湛翁

聽雨軒中來暮、殘荷葉已無多、瓜皮艇子蕩平波、輕夢曉窗初破、　對面孤山無恙、乞漿不見頭陀。（謂曼殊）鳳林鐘動意如何。漫道今吾故我。

四十年來舊侶。八十里外生還。雙隄綠樹故依然、著意西泠橋畔、世事一杯棊局、人情方丈杯盤、孤山林下曉風寒、會見天心數點。

浣溪沙

猶似明鐙照夜分、舊時月色眼前人、思量無語對鑪薰、　離席風花吟醉句、回車霜葉惜餘春、桃源何止可逃秦。

大中號

訴衷情

擬珠玉詞

留人不住送人行。烟柳望中青。春暖春寒朝暮。愁接短長亭。吟舊句。感今情。念平生。此時此地。多少風光。閒付啼鶯。

年年花下喜逢人不道惜離羣。駸駸長陌車馬。朝雨浥輕塵。憑後約。證前因。更傷神。從今唯有。觸目牽情。嶺樹江雲。

故枝新有好花開。妍暖放春回。明年知在何處。相對且銜盃。人意好。莫疑猜。重來。誰能辜負。楊柳和風。燕子樓臺。

蝶戀花

憑仗今情思往歲。花氣春濃猶取人間楣。綠酒未傾歡已醉。朱弦可解當筵意。去去芳叢回繡袂。過眼飛紅。相送東流水。重疊遙山深淺翠。朝籠暮卷經行地。

滴滴金

清明用珠玉詞韻

雨晴草釀新香息。菜花黃。野烟碧。此際相看漸頭白。空有人相憶。清明一向愁羈客。酌金罍。醉春色。澔目江山念離陽。況韶年堪惜。

清平樂

黃梅過了。綠樹鶯蟬噪。客裏光陰依舊好。留得幾人年少。夕陽西下休嗟。餘暉爛爛成霞。更幻愁心作光。照遍天涯。

吳興　沈尹默

太中號

目録

詞

新詩鈔

分卷説明

詩一千二百四十八首系經過三十多年努力蒐訪，所得雖爲原稿之一小部分亦彌足珍貴。兹分十卷，簡述如下：

卷一起一九〇五年至一九一二年止，作於西安、杭州。除北京書局《秋明集》外，又從柳亞子輯《蘇曼殊全集》第五册中，補得先生題曼殊畫一首。先生一九〇八年在明聖湖與子穀相識，子穀繪畫，先生題詩。兹録之，爲八十九首也。

卷二起一九一三年至一九二七年止，從《秋明集》得詩一百二十五首。一九一三年二月先生北上在北大教了十六年書，其間作了不少詩篇，結集時進行了汰選，留存在集子中。一九二七年後之詩作，因原稿在『文革』中劫灰，不得復見矣。

卷三起一九三三年至一九三九年春。一九三二年先生辭去了北平大學校長，年底卜居上海，以中法教育基金委員會中國代表團主席身份在上海創辦中法文化交换出版委員會及孔德圖書館。工作清暇，詩友特廣，時代動盪，感慨頗深，作詩甚多。詩友劉三遺稿中多次用尹默詩韻，如『説到劉三比肉甘』，此詩不載《秋明集》，想是删稿。又《尹默病中示詩，次韻答之》《答尹默示詩，再報一絶》《用尹默題邁士畫韻》《日來作書覺憧擾不寧，非復昔日安閒矣，漫成一首用尹默韻》等。《郭鼎堂（沫若）自日本歸用魯迅韻作一律以示抗日決心》。唐弢先生云：沈尹默、張菊生（元濟）皆有和韻詩。郭先生致先生函有『沖字韻承奬言，竝蒙吟贈感知謝知，尊詩擬製版於《救亡日報》上發表』等等，因詩稿劫灰，以上提到諸詩及數百首詩無法復見。雖四處找尋，遍覓不得，只蒐五十一首，良爲惋惜。

卷四至**卷六**略述如下：一九三九年春末入蜀。期間有《山居集》《短籬集》，毁於『文革』，詩稿留存在外間尚有很多。予從友人處覓得汪辟疆（方湖）藏尹默詩復印件，蔣峻齋（維崧）藏先生《五字執筆法》後寫了許多詩，翁慧仁（闓運）亦有長卷重慶所作詩稿及市檔案館藏有先生寫給仲弘（陳毅）詩稿，皆重慶所作。張充和藏沈尹默《蜀中墨蹟》亦有大量詩，《秋明室雜詩》五十九首，按謝稚柳藏本自注年份分别鈔入各年份詩中。特别是周金冠先生賜寄寺字韻油印本沈尹默部分三十六首。油印本全帙千餘首。一九三九年章行嚴（士釗）與曾履川（克耑）競作寺字韻詩。往復過百疊，一時和者有陳仲恂、沈尹默、汪東、潘伯鷹輩十數君。爭强鬥險，愈出愈奇。汪東亦疊至五六十首。當時稱爲詩戰，推敲論難，辯辭云湧。履川嘗欲匯付油印，而寇襲頻煩，工料難得，遂罷。先生將此詩删存十之二三以藏之，但亦失於『文革』中。所幸，此油印本仍在流轉於世。可能是曾克耑抗戰之後油印亦未可知。是書是詩史，是瞭解敵後方詩壇活動之紀實。可惜無緣見全帙矣！據鄭因百（騫）《永嘉室雜文》，有題沈秋明師自書詩卷。知先生居重慶時自詩書贈臺静農。所惜静農亦去世多年，此卷不知在否。去年馬國權夫人阮淑貞致函故居，欲出沈尹默作品，作品來源是沈尹默寫給馬國權及臺静農的，不知臺静農藏品是否自書詩。臺灣養正堂出版《沈尹默先生詩書集》有臺静農藏沈尹默詩多首，其中有二十首爲我所無，補録之。又劉鳳橋藏章行嚴舊藏沈尹默蜀中詩稿近三百首，一百三十二首亦爲我所無而補上。因詩蒐得較多，分爲三卷，分述如下：

卷四起一九三九年至一九四〇年止，共得詩一百七十二首，皆重慶所作。

卷五起一九四一年至一九四三年止，共得詩二百七十七首，重慶爲多，少量作於成都。

卷六起一九四四年至一九四五年止，共得詩六十八首，皆重慶所作。

一九四五年下半年，抗戰勝利，次年夏，先生東返，闊别聖湖四十年，山色依舊，人事皆非，能不無詩。返滬，以鬻書爲生。翌年，共師母保權游杭州蘇州皆有詩存，雖詩稿在『文革』中失去，但尚有《歸來集》殘稿，有勝於無，只少蒐幾首詩而已。

卷七起一九四六年十月至一九四九年五月止，輯自《歸來集》，雖然稿本撕去三頁，但數量不少，有一百十二首。

卷八即解放後至一九五八年，少部分鈔自《歸來集》，大部分鈔自報刊、散稿及友朋處，共一百十二首。

卷九一九五九年國慶十周年，先生向中央獻詩一百一十五首，原件獻給中央。從副稿輯録，單獨爲一卷，以存真。

卷十起一九五九年至一九六七年『文革』，雖然稿紙散失不少，但尚能蒐一百十五首。

補遺得詩十二首。

詞録四百二十二闋，曲三十七首。詞分六卷，曲爲附録。

卷一起自一九〇五年至一九二八年。系一九二九年北京書局印行《秋明集》之下册，詞八十闋。作於西安、杭州、北京。予增加三闋，共八十三闋。一九一八年舊曆五月初七爲先生生朝日。是日，先生作四闋西江月。越四日，北大同人宴集冷凍城東金魚胡同之海軍聯歡社。先生出示生朝述懷之作。翌日，馬彝初（敘倫）繼造數闋，張孟劬（爾田）、倫哲如（明復）繼和之。稱之金魚唱和詞。先生結集時删去第四闋。予據彝初金魚和唱詞增補第四闋，此其一也。偶然見到一九二三年先生二册秋明小詞手稿。起一九一四年至一九二一年。詞五十二闋。此集一九二九年經彊邨過目。第一册有朱孝臧（彊邨）題辭；第二册朱孝臧又有跋语。此集都收在《秋明集》中。唯遺漏浣溪沙（獵獵霜風競打圍），今補上，此其二也。數年前，古籍書店購得葉遐翁（恭綽）之祖葉蘭臺

（衍蘭）的《清代學者象傳》及遐庵續作合爲一部。前集一九二八年由商務印書館印行出版。康有爲、王秉恩作序，樊樊山（增祥）、沈尹默題詞代序，遐庵亦作一序。是書題簽者有譚組庵（延闓）、蔡孑民（元培）、羅雪堂（振玉）、于伯循（右任），冒鶴亭（廣生）爲跋。後集爲葉恭綽續補，一九五三年自費印行，題簽者爲陳敬弟（叔通）、郭鼎堂（沫若）。先生爲蘭臺題人月圓當在一九二八年，因此卷止一九二八年。又因一九二八年至一九三九年所爲詞，在『文革』中失去，所以只能補在卷一中，此其三也。

卷二爲春蠶詞一卷，作於一九三〇年之北京。此卷是爲褚保權所作之情詞，詞意綿綿而情深，詞句華麗而多婉。共三十一闋。

卷三爲念遠詞一卷，起一九四〇年八月十一日至一九四二年二月十四日，重慶所作。先生答馬湛翁（一浮）書有入蜀以來，始習長調，猶愧當行之句。所收詞共一百一十二闋。其中訴衷情（年年金琖醉金英）以下九闋爲沈祖棻、程千帆藏本補。東返後夏劍丞（敬觀）爲作序。

卷四爲松壑詞一卷，起一九四二年三月至一九四五年六月，重慶所爲。此卷原稿在『文革』中遭劫灰，不得復見矣。七十年代，無相盦施北山（蟄存）贈予《雍園詞鈔》一册。詞鈔者楊公庶爲楊皙子（度）之公子。抗戰時入蜀，卜居巴縣沙壩之雍園，並嗜倚聲，雅志蒐訪。當時並世詞客，多聚重慶。他後蒐得葉麐、吴白匋、喬大壯、沈祖棻、汪東、唐圭璋、陳匪石諸家，沈尹默之《念遠詞》、《松壑詞》皆蒐之。一九四六年一月自費刊印。惟章行嚴（士釗）久遲録示，未及刊印。久違之松壑詞得於一旦，其樂無窮矣！亟鈔録而藏之。此卷共七十三闋詞，當是先生之寫定稿。後見沈祖棻程千帆家藏之寫印本，只有四十六闋，是未全之稿本。八十年代，巴蜀出版郭子傑（有守）藏本，二〇〇一年廣西出版張充和藏本，所寫之詞皆在念遠松壑兩詞卷中。

卷五起一九四五年至一九四九年五月，詞爲重慶、杭州、上海所作。是卷鈔自秋明長短句家藏本。前有沈兆奎（羹梅）題辭。詞六十七闋。其中二十闋已見於松壑詞，十六闋爲解放後作。所存三十一闋。在大時代轉換之時，感慨頗深，詞意更婉，堂廡特大。先生七十歲生日時，印一百一十六闋詞，就是從念遠詞、松鬘詞及此卷中選出，亦名秋明長短句。上海教育出版社出版更名爲《沈尹默詩詞手跡》。

卷六中華人民共和國成立至一九七〇年，上海所作，蒐得八十一闋。前十六闋輯自家藏本秋明長短句。其餘皆得自散稿、報刊及他人油印本之題辭。『文革』中之稿本，因未及時結集，散失不少。如一九五零年作好事近（集宋人句寄瞿禪），不見原詞。汪旭初鷓鴣天（得尹默和詞再次韻寄），且不見和詞。馬一浮臨江仙（和尹默湖上近興韻），亦不見原唱。題周鍊霞（螺川）繪貴妃上馬圖之水調歌頭詞，都無法蒐得，洒憾事也。

散曲一卷經過歷年蒐訪，得散曲二十四首。近見周金冠之《沈尹默先生佚詩集》，有匏瓜庵小令。十三首爲予所無，喜極，因亟録之。散曲爲先生偶然爲之，大有元賢風度，後即屏曲而不爲，良爲惋惜。

新詩鈔二十九首分上下二卷，上卷是白話初創期間，發表在《新青年》上的十八首白話詩。下卷爲五十年代隨作隨棄之作，未曾結集。大多是配合形勢而爲，留存作參考云爾。

二〇〇五年四月戴自中謹記

詩

卷一　一九〇五——一九一二年

即時偶占二首　一九〇五年

鴻鵠元無燕雀媒，乾坤俯仰一傾盃。篋中尚有能鳴劍，未是風塵大可哀。

海上煙雲意未平，春風不放十分晴。會須一洗箏琶耳，來聽江潮澎湃聲。

述夢八首

天風吹暖過蘭堂，親受飛瓊進玉漿。坐我三熏三沐已，低頭一笑大輕狂。

牢落情懷酒百觴，惺忪塵夢費思量。微微心上温馨在，賸孕天花散後香。

樓外春雲易化煙，春聲留夢不曾圓。金箏雁柱從頭數，撥到當胸第幾弦。

十二珠簾敞畫筵，酒痕和月上眉端。那堪一曲瀟瀟雨，翠袖紅鐙照夜寒。

窗紗慘緑上單衣，一抹遥山小苑西。半是低徊半惆悵，萬花如夢一鶯啼。

團欒宫様製湘紈，不繡鴛鴦不畫鸞。細字寫他歡喜語，替他禮佛爇沉檀。

油壁香車載别愁，繞城駿馬霎時休。不堪更向城東路，細草垂楊盡帶秋。

一花一葉尋常怨，惱我沉吟萬古情。打散天涯芳草夢，寺樓鐘鼓太淒清。

擬古二首　一九〇六年

月色何清腴，團團明鏡姿。玲瓏媚瑶篳，窈窕映蘭閨。秋花不自好，含意弄霏微。座有雙明珠，流彩入幽菲。攬以慰我懷，忽忽生遐思。願言托靈鵲，銜之西北飛。
迢迢西北馳，去去洛陽道。洛陽非無花，清露滋秋草。豈唯滋秋草，水深多泥淖。驅車若爲行，馬鳴風浩浩。悽我羈旅心，沉憂恐速老。東鄰有新聲，間以箏琶抱。强起理清尊，一醉顔色好。

洛陽道中作

草樹萋圓未似秋，孤蟬低咽怨清遊。車聲歷鹿河聲死，碾破西行五日愁。

飛雲曲

萬劫千秋感，三生一面難。浣花溪上水，從古訴悲懽。
我有南樓曲，曾傳玉版箋。春潮流不到，何況五湖船。
細燭煎春恨，繁絃散夕薰。停杯欲誰語，延佇爲飛雲。

後述夢八首

桃花還比海棠柔，嬌小端應字莫愁。聽取曉牕鸚鵡語，唤人開幔替梳頭。
也無情思賦朝雲，辜負金罏竟夕薰。一種難忘好心性，湘蘭香息玉温文。
牡丹開過懶填詞，緑妬紅憨兩未知。山色樓頭朝暮見，了無幽怨到蛾眉。

蒼松翠竹嘯龍鸞，小有亭樓當畫看。解道詩腔勝絲竹，宫詞珠字寫冰紈。
玲瓏秋玉嫭晶盤，細語幽芳小比肩。凉絶藕花池畔路，羅衣如水月如煙。
梅花落盡百花遲，肯信芳華未有期。愁絶寒堂開夜宴，燈痕紅瘦別離時。
柳花漠漠罨春城，猶記當時相見情。誰分湘絃未終曲，空教鸞鶴怨三生。
沉沉草樹暮煙斜，愁想芳茵糁落花。無法識卿還自識，秋鐙夜夜泣靈華。

賦罏香

盡有温存意，愔愔那可名。瑶琴生悱惻，繡幕不淒清。薦以三春夢，銷兹百感情。簾衣勤護惜，爭奈玉鈎輕。

秋日雨中寄師愚

幽花寂寂媚蒼苔，凉風蕭疏秋更哀。江水何心流夢遠，嶽雲無意撥愁開。故人天際飛鴻疾，消息南中遲雁來。漸近中秋更重九，可能松菊共清醅。

悵望

東南金碧入煙濛，悵望還期一水通。珠絡香韉閑寶馬，私書芳意約征鴻。夢中草色沉沉盡，醉裏霜花旋旋空。賸與海棠尋舊約，斷腸無奈夕陽紅。

寒雨催秋，重陽近矣，即時感懷，與星姊聯成四韻，寄士遠南潯，兼士東京

雨意沉秋煙景微　默，林鴉暮帶濕雲歸。黃花觸我年時感　星，白酒泥人今日非。松老苔荒嗟晼晚　默，蟹肥稻熟夢依違。羈懷放浪無餘事　星，欲賦登臨遲雁飛　默。

歲暮感懷，寄江海故人

出門竟安往，牢落且登臺。叔世迫陽景，寒天憂廢材。長安無米乞，江海少書來。何日春花發，相期共酒盃。

賦銅瓶梅花

銅瓶尺半不爲短，清泉尺半不爲淺。中有兩枝三枝梅，短枝拗折生冰苔。長吟曼語千徘徊，秘香飛出盤雲罍。瑶妃幽窅無鸞媒，璚華瘦盡還須開。龍卵初破鳳初胎，座中隱隱聞春雷。玉女十萬朝天回，火玉六出雜明瑰。玲瓏窻户飛紅埃，步虚聲落雲屏隈。坐笑劉徹非仙才，巾笈百卷胡爲哉。人生壽命徒疑猜，尊酒全勝登蓬萊。對此一飲復一咍，丹鶴散去旋歸來。時讀《武帝内傳》。

幽靚　一九〇七年

朱樓十二玉爲房，幽靚難成時世妝。雲錦牽絲愁宛轉，月輪碾夢怨飛揚。春娥乾死蘭膏歇，幺鳳重生錦瑟張。錯向太平坊底過，被人猜作踏摇娘。

小齋兀坐感舊詠懷，寄遠兄兼弟，並呈星姊

遠思凌浮雲，澄懷悦棐几。緬彼林泉居，云何在官裏。雖無山水勝，頗具花竹美。短亭愜遊目，曲沼盪心滓。哦詩送白日，流光驚電駛。十載四出入，人事悲生死。頓令風雅緒，一紊不可理。馬尾南山雲，馬首黄埃起。鬱鬱返故廬，敝褐長安市。道旁連甲第，喧赫者誰子。輿服何豪華，言狀何下俚。芒芒九陌間，萬轍同一軌。冀北藐神駒，遼東珍白豕。井鼃語滄海，見小多如此。儻蕩中時忌，動輒得謗毀。和光嗟偃蹇，同俗費鉤揣。世敝縟禮文，指摘及冠履。莽莽元規塵，汙人莫可邇。頗憶終南逕，延亘餘千里。險巇詎所安，清曠乃足喜。處境難具良，得半亦云已。若論獨善懷，未必非昨是。獨慚烟霞儔，謂非今世士。所貴精神完，焉可議形似。挾藝事權要，志士亦足恥。吾輩榮浮名，有如長江水。

泛舟湖上

短舸微吟一粟身，蒼然煙雨眼中新。亭前孤鶴去千載，湖上遊人歷幾春。南國英靈枯樹在，古祠荒意野梅貧。可堪滄海横流日，來與閒鷗話苦辛。

感時詠懷憶師愚

彈指茫洋現十洲，可應無地與埋憂。耽精彗業原多患，被服芳馨詎自由。遯世潛龍無日起，生郊戎馬幾時休。昇平歌吹渾疑夢，惱我無端發醉謳。

以酒賞殘菊

淡淡霜花綴細莖，一叢冷豔古今情。籬邊山色看猶是，隴上歌聲久不賡。正氣乾坤隨歲盡，沉憂風雨一時生。不應獨抱江湖感，來向荒畦醉落英。

春日感懷　一九〇八年

東風迤邐柳婆娑，橫笛聲中奈此何。未必春心是黃檗，枉憑清淚續流波。當歌對酒真成醉，閉户焚香易著魔。底事欲窮千里目，短屏深處落紅多。

五月五日

節物忺人角黍香，榴花到眼益清狂。當筵對客渾欲笑，照座入盃無自芳。巾扇飄零幾今昔，芸蘭焚歇一炎涼。避兵續命人間事，舉手還期酒滿觴。

雨晴訪芸生歸而有作因贈並寄寰塵

坐愛微涼一散襟，酒盃還與澹相尋。閒身可飫風塵味，末俗難知道路心。劫急一枰終擾攘，雨鳴連日暗銷沈。前頭已試風波險，要與先生放浪吟。曾共芸生，寰塵遊雲巢，過碧浪，湖風大作，幾覆舟。

重九臥病憶兄弟前年是日雨在長安與姊聯句寄懷因成一律

九日風烟淡不收，茱萸懶插憶吟儔。清疏坐雨仍三地，黃落凋年又一秋。可有高丘勞蠟屐，寧非吾土怨登樓。賸教卧病酬佳節，白酒霜螯未許求。時疫，醫云忌食蟹。

次韻伯兄和張泠題研屏詩

幽花閑掩讀書堂，詩力令人起慨慷。百感情懷成説劒，千金歲月待傾觴。江山祇合驚秋雨，樓閣何曾戀夕陽。勝具不殊塵事在，坐有黄葉轉風廊。

被酒一首呈原丈

被酒殘鐙耿欲然，孤懷差共使君賢。千秋碧血原遺憾，一世黄書祇浪傳。倒海龍蛇剛起陸，畫江旗幟敢遮天。成名豎子嗟無識，緑水青山又十年。

曼殊贈畫屬題漫寫二韻

張琴鼓天風，時答松濤響。坐冷石牀雲，孤鶴將安往。

偶有感

手翻手覆事難工，人哭人歌理自同。漫倚高懷成酒病，不緣獨駕識途窮。紙明窗暖蟲爭日，人去廊回葉轉風。獨抱遺芳向江海，故人憐我未須東。

用太夷春歸韻贈仲愷

憶從剪燭話春歸，風雨經年夢不飛。時復一尊歡會短，中更多病世情微。琴書送日寧今是，貧賤驕人恐昨非。此際猶堪共清醒，明明初月上簾衣。

孤憤

南北東西足苦吟，樓高天遠望沉沉。獨憐烏鵲羣飛意，誰挽江河日下心。孤憤終朝成抵几，故情從古惜亡簪。窮途窮律猶非是，對酒當歌已不禁。

掩卷

稍從隱几明無我，暫得逍遥物外遊。莽莽蟲沙一凡楚，紛紛螻蟻幾王侯。孤明如月何堪掇，澹蕩爲雲已不收。掩卷茫然天地大，高吟聊發海中漚。

譜琴獵得兩麞因贈

一九〇九年

入世端須有殺機，健兒身手未應非。生更憂患言難好，禍及禽魚事已微。飲血黄麞剛耳熱，突林雙雉又心飛。南山有虎仍當道，更請從君獵一圍。

春雨感舊寄兄弟並呈伯姊

醉夢騰騰有此身，朝糜一呷便忘貧。春風澹宕能容我，夜雨蕭疏更憶人。花事幾編棠社草，馬鞭十里柳隄塵。如今雙鬢猶堪在，攀竹烹茶一愴神。『烹茶雙鬢濕，攀竹一襟風』，星姊山中舊作也。中更變故，兄弟姊妹散在四方，春朝秋夕，猶如昨日，而優遊觴詠之樂，不可復得矣。

今日不樂，拉雜爲此

今日不樂復何喜，風雨沈沈動江水。越臺雲物望中新，吴苑鶯花塵底死。去年城頭烏夜啼，坐中有客含愁悽。今年烏飛夜將旦，東方大星光爛爛。星光忽墮酒光紫，杯酒英雄數誰子。屋頭老樹紛披離，百年彊幹無醜枝。拗枝作箸食不下，彈劍長歌淚如瀉。

題曼殊畫册

賣酒罏邊春已歸，春歸無奈酒人稀。賸看一卷蕭疏畫，合化荒江煙雨飛。脱下袈裟有淚痕，舊遊無處不傷神。何堪重把詩僧眼，來認江湖畫裏人。

秋日雜詩

霜日普無精，暉暉動寒色。開軒延朝氣，清露泫然入。中庭無草木，秋光胡由得。涼風在户牖，何時不相及。天時固遒迫，人事待比飭。悠悠歲暮懷，感之百憂集。匪唯衣裳單，我民念食息。年少愛春華，歷兹終嘿嘿。莊殺天地然，嘅嘆中腸直。何須酤美酒，濁醪猶足挹。黄菊以樂飢，相將葆貞德。

晨雀噪檐端，啁啾不能休。寄言謂晨雀，爾鳴將焉求。飄摇風雨急，何用事綢繆。八表儼同昏，日月固不周。兹迺天攸爲，要非人可謀。浮湛匪我願，避世資車舟。羡爾健兩翼，倏忽任所游。廖廓詎不遠，罻羅安足仇。世途多荆棘，人禽共一憂。寄言謂晨雀，爾鳴將焉求。

赴宴夜歸聞雁

風霜一雁叫，鐙火幾人歸。獨倚高樓望，繁星忽滿衣。難將歌吹遣，端與性情違。此際嗟生事，高吟未免飢。

酬兼士弟懷舊山居之作　一九一〇年

山城既多暇，況富少年情。理亂懷未營，舉家歌太平。陽春二三月，桃柳粲已盈。觴詠陶嘉日，惠風和且清。

風和理易愜，時清韻益遼。聯吟坐臺榭，逸響出林皋。何言朋從樂，分揚兄弟鑣。獎借念先德，四序儼崇朝。

四序各懽悰，攜手共言遠。遨遊無近林，登城望雲棧。川流帶縈紆，風烟日在眼。荒陬倘隱淪，緬言時已晚。

時晚意多違，人事紛拘牽。生死十載情，離憂熟能蠲。卧疴鶯花笑，耽静池館妍。夢寐在烟蘿，微尚逐浮□。

浮塵詎易遠，微尚託前修。今時雖云合，難爲夙昔遊。□酒寫深尊，清言與子疇。舊懽信難再，舊念慨徙留。

二月雨中漫賦

高樓呼酒醉何曾，嫩柳傞傞已不勝。十日東風吹雨過，坐看白晝我猶能。

棠社坐雨同兄弟作

亂雨沉春色，寒風轉故叢。儵然蘭蕙意，塵事百無功。四海有兄弟，十年幾雁鴻。滄浪天未喻，尊酒念何窮。

謁墓

涉世風波急，平流渡亦難。室家尚南北，骨肉足悲歡。鵑血三年碧，松濤二月寒。墓門今日誓，生死一儒冠。

春夜漫興

柳昏花暝愁風雨，二月餘寒在畫屏。獨夜高樓春思迴，轉鐙出户見春星。

湖上雜詩

江潮與湖水，兩地不相逢。繡裙雙蛺蝶，何處着夫容。
湖風拂郎面，湖水見儂心。郎面有寒暖，儂心無淺深。
二十好男兒，飛馬高樓下。何處蹴香塵，秋孃墳上土。

雜感八首

洪濛闢宇合，大古崇二皇。遂令搆治亂，君臣紊天常。仁哉混沌氏，七竅以鑿傷。聖哲終何營，跬步嗟迷陽。

董生佐武皇，六經日月懸。自從倉沮來，事象窮其玄。啾啾鬼神泣，憂患何時蠲。燬書坑儒生，遠矣嬴政賢。

日月麗中天，衆星安在哉。元經接獲麟，藐爾王佐才。被髮祭郊野，名山望君來。懷生知順則，經綸布九垓。

伐國不肯言，寂寞揚子雲。淵淵陶彭澤，曾無代禪文。明哲古所希，危行寄人羣。飲酒復飲酒，侵晨達日曛。

求仙復何許，云在三神山。海風引舟去，望見三青鸞。餌朮不獲年，持齋使人鰥。寄謝塵世人，長醉保朱顏。

壯士夢田獵，射虎南山頭。朝來淚盈握，功實不相侔。寶劒爲我友，黃金爲我仇。駿足輕萬里，羈絆將何求。

憧憧出門去，黃埃雜車馬。相逢大道傍，誰肯爲我下。仰天招白雲，御我之曠野。呦呦麋鹿音，和者一何寡。

朝日射櫺檻，暮雨灑床帷。圜道絶偏私，無喜復何悲。攬鏡對形影，還問子爲誰。當身本無物，焉知有是非。

上巳脩禊作

良時託高詠，耆德集羣賢。幽情暢惠風，何必永和年。妙道喻觀水，適我感自然。今昔理一致，隨遇羲唐前。

三月廿六日漫興

流轉風光送却春，鳴鳩乳燕故愁人。依城小築花事晚，隔岸牽舟楊柳新。辛味充餐殊不惡，甘香發酒未妨貧。眼前塵土除何易，鍤畚園中媿此身。

泛舟至孤山作

平波蕩輕舟，徐風散煩襟。孤山在人境，避俗暫幽尋。疊嶂挂微陽，澄湖淼且深。昔時充隱地，梅花成故林。高人不可見，空谷歎遺音。舉世無伯牙，誰爲寫瑶琴。長嘯感玄鶴，逌然江海心。

題靈峰寺補梅庵

淩虚靡勁翮，逍遥陜八荒。霜雪交四序，冥色生高堂。坐閱塵世人，憂艱競侯王。淵淵山水理，於兹異炎涼。誅茅媚穹谷，懷哉此周行。高名今見殉，寂寞豈其常。沈淪既不易，萌志即高翔。昔聞市朝隱，今見丘山性。循隙遵荒途，服御迫從政。高懷緬前修，倞志崇逸行。靈峰何年闢，山寺彌幽夐。故老厭喧囂，頗言寄觴詠。風雪滿天地，不踏孤山逕。寒葩豈終榮，根枯隨歲竟。三椽寫新構，百樹復前盛。障巘修竹密，鑿土方池淨。愜心在寓目，蒼翠深相映。棲止愛長夏，非必悦冬令。沈冥契妙理，世緣絶將迎。幽籟發清虛，知情信予聖。

少欲決世網，叔季鬱憂心。嘉遯詎不念，歲月坐浮沉。淹留力事蓄，塵穢媿書琴。鄉邦佳山水，及茲頗幽尋。出意埃墟内，微尚感苔岑。清賞寄高詠，逸情美薄斟。仁德樂崇峻，林巒理致深。豈要通俗韻，烟霞餉知音。嘒嘒新蟬響，冥冥灌木陰。良候伊可懷，當風願投簪。

西湖觀荷，半已零落，即時有作，且當太息

人生快意少年狂，蕉萃何爲惜日光。掉頭且踏西湖路，眼底藕花凌亂香。打槳穿花襲花氣，西風宛轉生秋思。此際何人解苦吟，並將芳緒作秋心。秋心一夕成白首，尊前安能剛制酒。

遲伯兄長安消息

一九一一年

四海嗟多難，從人恥弊衣。平身無好計，到處有危機。擬辦西湖去，猶遲華嶽歸。眼前書一紙，失喜意偏違。

題靈峰補梅圖

種梅人不見，花發逐飛塵。古寺驚烽火，清尊失主賓。荒涼成勝地，辛苦覓殘春。愛好周居士，垂垂百樹新。

贈夢坡

寄題憐拙筆，慚愧草堂新。一壑能專美，寒梅與細論。江湖千日酒，文字百年身。流轉何多態，從君謝世人。

梅雨獨坐，呈陳劉二子

堦痕滋碧蘚，雨氣熟青梅。閉户成幽隱，出門非世才。長貧文字賤，多難管絃哀。尊酒平生意，旁人莫浪猜。

久雨

平生飛動意，何事在蒿萊。欲盡深尊酒，終慚賢聖才。浮雲猶蔽日，久雨不聞雷。日夜長江水，遥從萬里來。

題劉三黄葉樓

眼中黄落盡凋年，獨上高樓海氣寒。從古詩人愛秋色，斜陽鴉影一憑欄。

秋日湖上呈蓮士、紫封、師愚

尊酒休辭盡，相逢意興寬。湖山隨地美，歌舞歎才難。臨水秋生眼，餐英露在肝。祗應將此意，珍重歲時寒。

破曉　一九一二年

破曉聞清角，翻飛葉滿林。風塵千里目，霜露九秋心。涉世應多故，哀時方自今。卧龍去已久，憂思一何深。

卷二　一九一三——一九二七年

鸚䳇前頭作　一九一三年

簾押輕寒酒罷盃，春塵寂寂護盆梅。前頭終是無言語，慚媿當筵作賦才。

春日感賦　一九一四至一九二五年

兩度京華賦感春，當春仍是怨離人。東風何意催花發，開遍紅香便作塵。

二月二十三日作

鴻雁南回有報書，已拚魂夢落江湖。花枝照眼愁多少，春色還人事有無。塵世況逢兵火急，中年爭耐旅情孤。御河冰泮微波綠，如此風光舊帝都。

杜必簡《春日洛京中有懷》詩：『寄與洛城風日道，明年春色倍還人。』

崇效寺看牡丹口占

楸香幾樹風吹盡，蝶舞蜂狂未有涯。誰是夢中傳綵筆，一編重記洛陽花。

舊公主宅楊花

景陽鐘斷散棲鴉，積雪飛殘更作花。莫向東風怨飄泊，春來雙燕入誰家。

春盡作

遮道楊花送卻春，苦隨車馬逐黄塵。如何一段傷春意，輸與橋邊贈藥人。

雜歌

清風緑槐道，車馬日經過。素衣無皁莢，當奈黄塵何。
古禮有獻果，含桃方及時。人無稷嗣聖，弦誦徒爾爲。
東觀徵故事，高館禮羣才。借問監者誰，彦深與士開。
胡兒具赤心，未敢殿前嬉。但覩侏儒飽，甯聞臣朔饑。
蔡邕有異狀，萬衆動相隨。漢事竟莫續，乃逢王子師。
靈均處江南，啜醨得清醒。箕子實佯狂，觀者乃云病。
白髮黑肌膚，大袖著小領。堪作洛陽人，柳花夢未冷。

詠史

上壽儀成日未醺，殿庭光景自淩雲。繡衣羣師新開府，綿蕞諸生久策勳。贍落竟無温御史，心驚猶有李將軍。名駒漫許誇千里，手詔當時紀漢文。

堯鶴猶能語歲寒，九華新殿聚衣冠。靈光五時開三輔，雪色平陽接上蘭。已見掃門除内史，幾聞襆被出郎官。天闕蕩蕩天衢闊，細馬高車著意看。

早春雜興

春風漸有意，吹送隔年情。愁怯花枝發，歡依酒盞生。所欣惟日暖，堪冀豈時榮。獨處舒懷抱，安閒聽鳥聲。

春風一披拂，物物各春情。一樣江南草，偏先塞北生。三年滯京邑，萬態閲枯榮。車馬黄埃裏，時聞歌吹聲。

發春頌太平，歌詠動春城。萬象開金闕，千官降玉京。文章隆氣運，術業濟簪纓。定使慚邢魏，空驚六合名。

舊歲延新意，新年感舊情。春盤薦生菜，節物憶山城。婦孺無欣戚，交親有死生。東風何太喜，吹暖意峥嶸。

文儒詠並序

初意欲上溯漢魏，下迄近代，爲《文儒詠》。序文成者且十許人，會被猜嫌，謂有所斥，遂爾斷手，不復述焉。

司馬相如

相如詞賦之雄，文章華國，不以細謹爲高。長卿工謝病，一坐倒金樽。知音在新寡，琴心春以温。孰云傭保賤，牛酒獻當門。時無楊狗監，終負卓王孫。

建安七子

七子以文詞事主，而偉長抱樸，公幹任奇。濟濟羅諸彦，明時信康哉。南皮樂高會，西園良夜開。綢繆結君心，自竭理無乖。不覩楨與幹，誰論鄴宫材。

顔延之

延年非澹泊之性，故多刻麗之文。官堦何足論，太守猶步兵。時既失斟酌，怨憤亦殊情。旨酒信無功，新詩厲金聲。異彼竹林詠，不及山王名。

温子昇

子昇深沈，好豫事際，故及荀劉之難。伊人實北秀，在璞媲楚玉。不作侯山碑，誰知馬坊辱。德素敷文表，深情藴終曲。虚慚食弊襦，終餓晉陽獄。

劉晝

晝本渤海樸儒，發憤屬文，自矜絶異。

劉生賦六合，才識自驚衆。酈李不蔽賢，魏邢何多諷。幹君敷帝道，除令志神夢。堪嗟時不濟，鬼語徒矜重。

春日遣興簡季剛

楊柳依依春水生，桃花灼灼滿春城。風光自與遊人便，到處相看眼盡明。
江南二月花如烟，十頃平湖多畫船。青春白日黄塵裏，獨向燕臺買醉眠。
酒後誰能被花惱，韶華獨惜少年場。香車寶馬時時出，紫蝶黄蜂陣陣忙。
解放傷春杜牧之，春來閉户自吟詩。牡丹已是芳菲節，只恐佳期更後期。

京中春日有作

紫陌春雷走鈿車，柳陰深鎖館陶家。人間瑶草難爲珮，天上璚枝盡作花。有酒終澆趙州土，多金惟買越溪紗。昔人行樂今人笑，玉樹流光起暮霞。
草色雲容今古同，春情似絮惹晴空。千株苑樹有新緑，十里宫牆無故紅。金策賜秦成已事，連城輸趙定誰功。無人解作援笳者，入塞愁聲倚晚風。

出遊見落花有感

高柳參差雲影低，幾家樓閣望中迷。房蜂分户成新蜜，檐燕營巢墮舊泥。有恨風飄花豔豔，無言人去草萋萋。春情如此誰關得，簫鼓纔停日又西。

柳棉薄薄怨春遲，深院棠梨已滿枝。蜂蜨自忙花自落，更無人賞未開時。

題樊川集

工部文章驚海内，司勳健者合登壇。玉彈金版誰能説，虎脊龍文試與看。珠箔長懸明月去，佳人易得此才難。何當更向楊州路，借得千金拾古懽。

頤和園

遊人躑躅大堤旁，舊日昆明緑未央。黄竹應能憶王母，金牛還解説高皇。海空樓櫓銷兵氣，人去亭臺峙夕陽。七國三邊憂不到，宸遊真不繫興亡。

小飲醒春居東園，憶舊日山居，賦示兼士

謝家池草動清吟，難忘幽棲十載心。暫過林塘逢驟雨，欲尋臺榭怯層陰。年光人事俱流轉，山色溪聲自古今。卻向燕京同載酒，醉來應爲拂塵襟。

有感

風暖名園鬥綺羅，偶來燕趙爲聞歌。溶溶流水情無盡，片片飛花意若何。精衛應愁東海闊，杜鵑仍伴一春過。中年哀樂俱難遣，未怪人間鬢易皤。

爭信一首

綵鳳迴翔一枕中，碧霞隱隱起朱櫳。鐙飄蘭燼朝疑霧，簾戛花鈎夜有風。扇影初閑香乍斷，珠光不定意何窮。瑤宮貝闕三山遠，爭信微波語可通。

珠館一首，用義山碧瓦韻

海氣開珠館，雲光散綺寮。粉多捎蝶翅，香重壓蜂腰。即席才猶艷，懷人感未銷。簾須犀角押，鑪倩麝臍燒。車走明鐙市，船通暗柳橋。曲房棋欲罷，良夜瑟仍調。彩鳳飛難定，青禽去自遥。離情和雨斷，幽恨共風飄。故閣明蛛網，新妝耀翠翹。他年未經意，虛遣見嬌嬈。

贈季剛

中巧才高見楚賢，鎦豪馨逸盡堪傳。偶吟策馬升皇語，痛絶春歸叫杜鵑。

不薄儒林愛翰林，戴（子高）汪（容甫）詩筆重南金。文章閒業成虛語，得失終關一寸心。

風塵局促堪誰語，把卷高吟意自回。若論文章千古事，能如李杜豈凡材。

知音久服丁生語，潤色終推子建能。竟使輸君才八斗，不辭飲我墨三升。

從來名士多於鯽，灸轂雕龍稷下看。自笑未攜行卷子，敢云居易是長安。

讀《北史·儒林傳》二首

天水違行語豈虛，小人君子竟何如。不妨夢裏看星墜，祇恐人間有謗書。

能説訛文八十宗，居然鄭學號明通。今人何事輸儒雅，吹笛彈箏恨未工。

詠懷五首

吉人非自吉，賢士竟誰賢。墋黷風塵裏，冥漠曌槽前。物情著未兆，人意輕未然。不值永嘉末，寧思正始年。

新沐宜振衣，新浴必彈冠。如何芳潔性，舉世見其難。鬱鬱青雲路，由來非一端。桃李熙春陽，松柏生夏寒。誰將兩種意，取併一朝看。

天心既不憒，人心亦不危。紛紜驚白晝，千古勢如斯。歌哭川原改，俯仰市朝非。不作遠遊想，悲哉懷采薇。

世俗愛朝榮，古人玩芳草。朝榮零露前，芳草天涯道。時序暗已移，鶗鴂鳴非早。安得神仙人，今我顏色好。石室與瑤池，寂寞三青鳥。人生竟何待，所憂不速老。

龍性固矯矯，鶴翼亦翩翩。孰知網羅密，仰視無青天。伊人逝焉如，縱横陌與阡。寧聞窮鳥賦，續造疾邪篇。

讀《晉書·陸雲傳》有作

淵淵王輔嗣，弱冠尚玄虚。解老既洞鑒，學易亦超攄。若人忽云歿，斯道歸丘墟。百年得陸生，精契遥相符。酬酢通神明，幽顯道不殊。迷塗吾不歎，所歎失其居。空令百世後，遊想在遺書。

擬古

念彼巢林鳥，嚶鳴復何爲。託迹人羣裏，離羣良可悲。接交自密邇，君子淡相期。至性非骨肉，世事多危疑。在昔管鮑交，何能無所欺。久久精誠著，道義猶未虧。

答季剛

愁中卧病曾非惡，亂裏離鄉尚有家。若使此生安穩過，不辭談笑送年華。
天心民意本難明，物我相看豈有情。多少東山携妓客，何曾揮涕爲蒼生。
凜凜寒冰意自傷，由來才命恐相妨。山陽一賦千秋恨，不比尋常話斷腸。
木落天高感易深，更兼冷雨滴愁心。山妻有意憐殘菊，留與蕭齋伴苦吟。

中央公園小遊偶占四首

古木陰陰石逕開，葛衫蒲扇趁凉來。無人解致門冬飲，且對荷花進一盃。
閑中風味愛詩家，乞取新荷爲煑茶。一椀清香清澈骨，始知荷葉勝荷花。
依然樓閣棲金碧，爭信遊人盡已非。唯有當時歌舞伴，至今還踏月明歸。

疏林燈火接遥星，風送遊人笑語聲。清露漸多知夜久，花間猶自有人行。

崇臺

崇臺寧不頽，曲池寧不夷。如何輕薄子，坐觀昧成虧。熙熙羣歸往，攘攘自昏迷。殉財難終殉，垂名焉所垂。駟馬歡朝會，華軒悲夕辭。辰事固難量，祇爲世笑嗤。

《新青年》五卷六期（一九一八·十二·十五）

劉三來言，子穀死矣

君言子穀死，我聞情惻惻；滿座談笑人，一時皆太息。平生殊可憐，癡黠人莫識；既不游方外，亦不拘繩墨；任性以行游，關心唯食色，——大嚼酒案旁，呆坐歌筵側。尋常覺無用，當此見風力。十年春申樓，一飽猶能憶；於今八寶飯，和尚喫不得！

注：「尋」字，《新青年》本作「紹」字，據手稿改。

讀子穀遺稿有感

四海飄零定夙因，青山綠水最情親。袈裟滿漬紅櫻淚，愛國何如愛美人。讀君遺畫更遺詩，真抵相逢話別離。紅葉滿山秋色好，莫教傳語女郎知。

誦子穀踈鐘紅葉之語，感而賦此

雨散雲飛夢未成，多情畢竟是無情。踈鐘紅葉當時語，爭信人間有死生。

紅葉每從吟際落，疎鐘更向斷時聞。葉色鐘聲自惆悵，於人何事惜離羣。

擬讀曲歌

打得兩情濃，歡時總相逢。雄蜂雌蛺蝶，莫道定成雙。
一滴清泉水，飲偏儂與汝。井上轉轆轤，何時得停止。

贈别新知諸友

春草茁，春鶯啼。樂新知，悲遠離。樂莫樂，悲莫悲。陽和節，少年游。别雖苦，當忽憂。花四時，月千里。情無已，長如此。賦新詩，相寄與。

追賦舊歲觀夜櫻

東風吹我出門去，草緑鶯啼日易斜。可惜當筵少楊柳，春光浪屬夜櫻花。

病中過重九，因憶十年前九日，卧病湖州，有九日風煙淡不收之作，偶成一首

難禁白酒薄於水，可要黄花貴勝金。一例風煙重九日，十年前事此時心。

偶有憶

歡樂難長愁復短，玉簪花盡已無秋。而今池畔淒清月，莫向人間照别愁。

聞雷峰塔傾壞

梧葉披離荷葉乾，西風吹夢過江干。斜陽古寺西湖路，無復嵚奇老納看。

猶有

葉下高梧一夜霜，薄陰輕冷過重陽。秋光淡到無尋處，猶有葵花映日黄。

晚晴

木落天高氣最清，小庭幽處轉通明。憑誰描取西風色，紅蓼疏花倚晚晴。

閒拈

豆籬垂莢瓜牽蔓，著樹霜紅次第明。最識清秋情味永，閒拈殘管寫秋晴。

秋憶

炒栗香中秋已深，高秋能有幾登臨。西京紅葉南山桂，併作閒窗坐憶心。

共云君閒話二首

淡淡秋陰薄似羅，美人蕉好莫嫌多。西風幾日閑庭院，不見枝頭裊女蘿。
籬落荒寒色漸工，小庭疏樹意無窮。葵花慣作高秋格，不學紅蕉爛漫紅。

秋情

秋情澹澹菊花天，白蓼黄葵各自妍。風細日斜閒佇立，霜紅吟墮暮鴉前。

追題昔遊

南山新雨洗秋光，澗水泠泠渡石梁。飯罷意行無遠近，楓紅杉翠草花香。

紅蕉

往日人情向黄菊，今年秋色屬紅蕉。人情秋色長堪在，月下風前慰寂寥。

莫漫

莫漫將心擬塞鴻，南天盡被戰雲封。可堪月冷霜清夜，坐聽嚴城幾杵鐘。

是處

葉障花林一埽空，秋情轉在寂寥中。仰天負手看歸鳥，是處斜陽分外紅。

見平伯致頡剛信，説雷峰塔傾圮事因題

千秋佳勝屬斜陽，塼塔巍然擅此場。竟共黄妃委黄土，虚憑錢水説錢王。

雜感　一九二六年

陶醉心情清醒眼，笑筵歌席淚痕多。柳絲牽盡花飛盡，一任春情脈脈過。
榴葉萋萋榴實繁，榴花好向别枝看。當時年少春衫客，不憶松窗憶藥欄。
金碧東南傷爛漫，煙塵北地苦凄涼。春風遲到花遲發，猶是人間草樹香。
怱怱車馬花時别，已覺人間歲月長。酒色花光總相憶，不關春月與秋霜。
無盡生中有盡身，定於何處證前因。一溪春水悠然去，照徧人間現在人。
四時最短惟春日，一事難忘是少年。此際歡情隨酒發，好花依舊映當筵。
筵前花枝莫漫折，筵上酒杯莫漫乾。留取花光映酒面，醒睡脈脈醉時歡。

大雪中寄劉三

漫斟新醞寫新愁，苦憶杭州舊酒樓。欲向劉三問消息，不知風雪幾時休。

輓念劬先生四首

從容文武一時了，小試經綸飲啖中。杯酒高談驚座客，堂堂真見古人風。
秘閭耳熟星軺記，一代書成費剪裁。史料重重束高閣，伊誰解喚寫官來。
世人才氣慴縱横，我獨温恭敬老成。二十年來知己感，尋常一飯見交情。
平生禮數原疏闊，車馬經時始一過。今日相看應腹痛，山丘華屋恨如何。

春歸雜感　一九二七年

燕子來時花作茵，燕飛花舞門時新。柳陰漠漠春歸路，送罷春歸又送人。
青楊葉大海棠稀，無數丁香作雪吹。幾日風狂春色减，一簾新雨緑滋滋。
遊絲掩亂柳絲垂，已是春歸更莫疑。難道今年春不好，等閒閒過看花時。
閒卻春光欲怨誰，衹今情緒已無詩。廿年春夢醒何處，細啜新焙苦茗時。
十年讀得杜甫詩，於今一句不能奇。春去翻成被花惱，紅石榴豔紫藤肥。
剩憑芳草玩年華，每到春歸足怨嗟。濃緑鮮紅俱礙眼，新來情緒厭榴花。
榴花豔發已嫌人，夾竹桃紅次第新。不是花開春便在，牡丹開過已無春。
有酒不能飲，有淚不能流。忍淚復忍酒，悲歡脈脈何時休。桃花紅過柳絲白，人生有情深自惜。深自惜，當語誰。逢春歡笑逢秋悲。杯酒易盡淚難盡，枉教淺淚溢深巵。
年少人人愛春風，幾人識得紅花紅。春血染成色透肉，不是尋常臙脂浴。春殘血盡花才乾，願君莫作等閒看。等閒相看實相薄，無怪花開甘自落。
一春長是看花時，每到看花卻後期。堪笑窮忙兼病懶，依前無緒坐吟詩。

晚起

葉重花低曉露溥，枝梢春盡有微寒。珠珠恰似離人淚，莫當宵來雨點看。

過豐台

風塵一日欠安排，又被飆輪載夢回。一事耳邊差可喜，聽呼紅藥賣新莓。

偶成

酒薄了無生意味，詩清能破睡工夫。人間活計原多樣，坐有瓶花德不孤。

會詩

檜樹緑張風定後，屏花紅暗雨來時。詩中會得閒生理，説與旁人自不知。

自寫

自寫情懷自較量，不因酬答損篇章。平生語少江湖氣，怕與時流競短長。

靜對

静對瓶花玩歲芳，偶從簷花話行藏。興來試墨移新硯，鼻觀時參芍藥香。

題兒島星江所著《支那文學概論》

莫憑高古論風雅，體製何曾有故常。寂寞心情誰會得，齊梁中晚待平章。
退之奪得陸機席，竟使文章百態新。可惜從來宗派論，風情抹殺宋明人。

文筆分途自一時，硜硜終竟被謾欺。八十三體從何説，更與蕭梁理亂絲。

詩餘小技況詞餘，道義從來不涉渠。嘗徧人間真意味，始知此外更無書。

詩中情味畫中禪，相賞天機滅没間。漫共锺劉爭品第，流傳詩話總須删。

心畫心聲豈失真，遺山高論失安仁。史編要是他人筆，寧比當家語意親。

千載文章紙上看，後生端合愧前賢。文心若個尋吾契，剩與雕龍作鄭箋。

縱横文藝論千秋，大筆如椽仰勝流。太息神州才士盡，一編高價出瀛洲。

題《鴨涯草堂詩集》並序

近重博士介吾友張振南君見示手寫所著《鴨涯草堂詩集》，且屬爲點定。尹默平生雖喜詩，然不輕易作詩，亦不輕易説詩，況爲人點定詩耶，是非懶非傲，實自知其難耳。博士深味此中甘苦者，必不以所言爲妄。此卷遂爾留置多時，既愧對吾友，且無以答博士懇款下問之意，因復時一披閱三四。讀竟若有所感，欲爲博士進一言而終不可得。蓋博士之詩，率皆放筆爲之，真氣盎然，不規規焉措意於字句繩墨。其佳處正在有意無意之間。與夫尋常江湖名士之所爲固自異趣，輓近真詩人，求之吾邦，不三數覯，乃不期而遇之於東隣日出之國，感欣交併，何可言喻。爰題四小詩於册尾而歸之。他日脱有機緣，會當把晤於鴨涯草堂間，一傾懷抱，亦人生一快心事也。

海國詩人聖物庵，新詩一卷味醰醰。東山煙雨長隄月，都向先生句裏探。

天機活活便清佳，不是誠齋定簡齋。江月松風原自好，尋來踏破幾芒鞋。

詩三百首無邪思，學道工夫一色醇。彭澤悠然少陵拙，從來真摯是詩人。

昔遊入洛趁閒身，浪被櫻花惱幾春。畫裏今知鴨川好，羨君真作此中人。

卷三　一九三三—一九三九年

寫《春蠶詞》竟因題一絶　一九三三年三月一日

柔桑食盡絲纏盡，投釜牽機一任他。等是此身非我有，不須辛苦作飛蛾。

園中偶有感　六月廿九日

葉密常經雨，花踈不畏風。此花當此葉，寂寞兩情同。

病中遣悶　一九三三年一月

寂寞竟何待，迢迢空自持。行行成獨往，定定入沉思。病與寒爲伴，癡將拙所宜。淺深憑酒盞，酒盞復誰期。

題黎鶴廉先生山水册　一九三四年二月

胸中有邱壑，筆下生雲煙。平生不盡意，偏向此中傳。　子鶴兄出示其尊翁鶴年先生畫册屬爲題詠，謹撰二十字應教，廿三年二月三日

題許玄谷《獨樹山房圖》

月静風幽不徑斜，當門老樹影交加。此間終竟無塵事，把卷高吟意自賒。

和豈明五十自壽打油詩韻

兩重袍子當袈裟，五十平頭算出家。懶去降龍兼伏虎，閑看縮蚓與紆蛇。先生隨喜栽桃李，博士偏勞拾豆麻。等是閒言休更説，且來上壽一杯茶。

昨遇半老博士云：相約和袈裟字須破用，因更和一首

制禮周公本一家，重袍今可簡稱裟。喜談未必喜捫虱，好飲何曾好畫蛇。老去常常啖甘蔗，長生頓頓飯胡麻。知堂究是難知者，苦雨無端又苦茶。

自詠二首用裟韻

論文不過半行家，若作和尚定著裟。反正無從點林翰，端底何必揣沙麻。圖中老虎全成豹，壁上長弓盡變蛇。睜眼何妨也瞎説，苦茶以上更無茶。尚作平，底作平。

莫怪人家怪自家，烏紗羡了羡袈裟。似曾相識攔門犬，無可奈何當地蛇。鼻好厭聞名士臭，眼明喜見美人麻。北來一事有勝理，享受知堂泡好茶。

南歸車中無聊，再和裟韻得三首

無從説起國和家，何以了之袈也裟。三笑良緣谿畔虎，一生妙悟草間蛇。唐詩端合稱黄絹，宋紙無由寫白麻。好事之徒終好事，開門七件尚須茶。

牛有牢兮豕有家，一羣和尚有袈裟。剩居杜老東西屋，莫羨歐公大小蛇。解道人生等蒲柳，休從世事論芝麻。回黄轉緑原無定，白水前身是釅茶。

學詩早歲誦千家，險韻居然敢押裟。吟裏聳肩嘲病鶴，陣中對手認長蛇。知堂春意幾枝豆，半老風懷一點麻。詎及諸公知罪過，甘心罰飲熟湯茶。

題文徵明《烹茶圖》

佳石清泉隨處有，安排筆硯寫新奇。松間著個陸鴻漸，絶勝山中老白衣。

悼夢坡先生

周公用世人，而不爲俗累。馳騁貨殖場，料量風雅事。五十高達夫，辛苦吟一字。工拙何須論，奇懷頗得寄。西溪花隖間，昔時觴詠地。秋色不覺老，廿載猶明媚。霜紅烏桕樹，會我重來意。山水失斯人，靈光一時閟。蕭條歲暮心，牢落懷舊思。剩有靈峰梅，爲君寫高致。花隖西溪廿年前曾與夢坡先生暢遊，秋雪彌望，倘佯竟日，信一時之至樂也。今秋重履斯境，追維昔遊，歷歷如在目前。而先生辭世四時已將一周矣，感念不置，賦此遣懷。適健初兄屬爲先生題詠，即録此奉教，廿三年十一月。

黄晦聞輓詩　一九三五年

晦聞不避世，於世無所悦。攢眉事苦吟，一寫肺肝熱。晚好亭林集，夙善毛詩説。揚扢非尋常，爲人立大節。置身千載上，邈與時代絶。君真作古人，亦復可歎息。蒹葭儼在望，從之何由得。

題寄《苦水詩存》

吟君苦水詩，亦自有甘味。温馴出辛酸，平凡藴奇恣。老駝秀髮姿，穩踏千里地。頗與牛羊殊，無復水草意。黄沙莽莽風被天，眯目時見無由緣。江南好花自開落，安得到君尊酒邊。

邁士以春日小詩見示，偶然興至，遂復繼聲，適豈明以雜文近著二種寄贈，媵以小箋言，文無足觀，比諸飲酒，亦是一種消遣法耳，北平天氣漸暖，人皆郊遊，自謂樂遊不如苦坐，故有末章　一九三七年

春冷猶遲百草芳，春光漸共柳絲長。清明前後多風雨，自住江南已慣常。

眼中有法手無法，失卻當前好畫圖。已復安排詩句寫，到頭還是一言無。

狂遊枯坐總無端，春色撩人太可憐。消遣苦茶庵裏法，只參文字不參禪。

羨季問近來有詩否

奈此一場春夢何，高樓又見柳縒縒。花明草軟饒情思，爭比長條意態多。

看花病眼怕春晴，雨裏郊原亦嬾行。不是當窗有楊柳，恐無一字報先生。

讀《誠齋集》

好詩那費吟哦力，搜索枯腸自是癡。兩宋三唐但不朽，幾人文字炫珍奇。
萬有從渠放眼看，寰中象外本相干。半山心力渾拋盡，吟到黄陳始覺難。
唐賢温婉宋尖新，風格難殊意趣真。蠅腳弄晴詩好在，誠齋猶是眼前人。

答知交問

無才何事羨紛華，深汲應教短綆嗟。用舍行藏君莫問，詩書爛熟是生涯。
謀國知慚天下士，敢將蔬食傲何曾。人間風月仍多暇，收拾聲名恐未能。

日日讀《誠齋詩》再題

凍蠅寒雀亦奇才，都入荆溪集裏來。訴説深人吴淺語，淺之又淺見誠齋。
萬端經緯莫關渠，暇即吟哦得即書。成就素描生活史，始知文字不應無。

湖帆、蝶墅各爲拙書卷子題句，輒以小詩報之

落筆紛披薛道祖，稍加峻麗米南宫。休論臣法二王法，腕力遒時字始工。
李趙名高太入時，董文堪薄亦堪師。最嫌爛熟能傷雅，不羨精能王覺斯。
龍蛇起伏筆端出，使筆如調生馬駒。此事何堪中世用，整齊猶愧吏人書。
暮年思極愧前賢，東抹西塗信偶然。好事今看君過我，虚因點畫費詩篇。

注：『不羨』一作『不數』。

遣興二首

院宇開今日，郊原改昔時。園花無野趣，盆樹有新枝。多暇方諳病，長吟豈費詩。一春容易過，風雨更相欺。

僻逕攜春入，芳叢晚欲迷。無塵即勝事，有客愛幽棲。夜靜樓偏迥，窗明月已低。清愁續殘夢，遠樹子規啼。

題朱屺瞻《梅花草堂詩》

窗間光景晚來新，半幅溪藤萬里春。從此不貪江路好，剩拚心力喚真真。

奪得斜枝不放歸，倚窗承月看熹微。墨池雪嶺春俱好，付與詩人說是非。

簡劉三

清新詞句賦江南，濩落隨人諫苦甘。詩酒正堪驅使在，彌天四海一劉三。

八分能寫令阿買，凡鳥真成不敢題。物論他年爭得免，紛紛野鶩與家雞。

答劉三

門墻敢望褚河南，隸草推君意自甘。清鑒飛揚俱在眼，漫歸賀八付朱三。

大難佛出救不得，黍離麥秀且莫題。民力雖微民氣在，此聲非惡喜聞雞。

晨起得三兄自壽詩簡，步韻奉祝，爲歡笑之助

清名逸氣滿東南，蔗境從來老益甘。梅鶴稱觴千萬壽，不須邀月自成三。
不採蘭根笑所南，從容慷慨意彌甘。雙星伴月中天麗，四拜陳詞願只三。

臨池

自斷此生百不如，只應作計付親疏。墨香寂然通鼻觀，晴日閑窗自課書。

偶題　一九三八年

無暇跨唐邁漢，念到寫成便算。向來一是一非，何妨説真説幻。

偶題旬日來大熱，無聊賦此示權弟

雨過兼旬熱，風生一瞬涼。出門愁襏襫，伏處愧昂藏。作字渾成癖，吟詩有底忙。寧揮如雨汗，不令石田荒。

憶劉三

寫得新詩欲寄誰，一尊相對賞心違。高樓黄葉落應盡，望斷孤雲人不歸。

知堂近有詩見寄，讀罷怏然，若有所觸，不得不答，輒依韻和之，語意在可解之間，唯覽者自得之耳

冤親平等非作達，但得相逢總是緣。古井吹將籬外去，聽他謊語不須圓。
一飯一茶過一生，尚於何處欠分明。斜陽流水幹卿事，未免人間太有情。
在家居士據禪榻，只可尤人莫怨天。蓴羹千里不著豉，更向酪中錯點鹽。
夢中作夢有時醒，五十年來蠟炬紅。難覓兒時新歲味，眼前爐火暖烘烘。
永夕陶陶前事在，一回相憶一茫然。眼前無盡非無盡，莫怪前賢歎逝川。
兼憶玄翁，往昔投贈有「與君俱是眼前人，領取從來無盡趣」之語，今日適得其計，故云然。

卷四　一九三九—一九四〇年

春末入蜀，居重慶，書所見二首　一九三九年

江水夾城市，山光滿近郊。行人經屋上，坡路出林梢。鶯好如聞曲，蝦稀不入庖。盡多幽勝地，隨意可誅茅。

好景猶堪玩，殊風莫漫嘲。樹多鶯亂入，花細蝶輕捎。離亂珍生命，悲歡見故交。吾行本乘興，棲頓此江郊。

所逢一首

寒暖渾無定，巴中四月時。江遥天欲合，山險地逾卑。小摘供蔬饌，相邀把酒卮。所逢多故舊，語罷惜流離。

讀杜集偶題

詩老聲名大，棲棲共此哀。人情真可惜，天意未應回。只説江魚美，知從秦隴來。東南望吴越，酒罷一徘徊。

聞梔子香有憶

梔子花開韻最清，緑陰長晝憶山城。新茶飲罷渾無事，寂寂虚廊竟日情。

次韻奉答邁士贈别之作

吾宗老孫子，清淳有風骨。送我江上行，黯然離緒結。衆中一握手，意滿語不發。人生果何有，看此頭上髪。詩書明道義，世路暗津筏。誰歟北走胡，羡我南之粤。國步何艱難，人心何嵲屼。賢聖非無過，光明如日月。丈夫志四海，胡爲惜此别。有力終當盡，珍重爲君説。

巴中偶吟

市近人情幻，山深禮俗寬。長裾仍可曳，赤脚了非難。有屋紛高下，無時定暑寒。夏蟲作秋語，往往到更闌。

雨中漫興

雨細渾疑霧，雲多不辨山。縱横泥滑滑，高下水潺潺。草履非吾貫，竹輿聊自閑。案頭玉帶硯，相對破愁顔。

戲吟遣悶

赤足親泥塵，毛頭裹重巾。瞞天不瞞地，笑殺坎脚人。山多氣候異，生活實相因。頗疑桃花源，遠接荒江濱。避囂非避世，正要風俗淳。緬然起幽情，吾欲任吾真。

雜題傚放翁體

北馬南帆著意忙，一生功業熟黄粱。縈居肯信朱顔改，旅食真教白日長。賴有詩書堪味道，不求丹藥爲知方。死生大矣能無痛，此念新來亦漸忘。

客裏人情莫浪猜，眼中活計亦悠哉。晉賢筆劄容追憶，杜老詩編可更開。但得看花仍有興，若論使酒便無才。志思不壯關年事，新解歐公筆記來。

怕説戎州緑荔支，每因節物倍相思。悲歡入世憑誰遣，寒暖由人要自知。小愠偶嫌朝誦久，不眠深惜夜歸遲。從來細事關懷切，珍重題封爲寄詩。

偶記

鄰語無心鬧，瓶花隨意香。晴窗何動定，堅坐看斜陽。

晨出行田野間有感

兵火燒空動地殷，青郊耕者自閑閑。穿田野水縱横静，隱岸幽花細碎斑。賴有深寧堪致遠，若無拂亂豈投艱。匹夫擾樂先天下，敢道興亡事不關。

題《群玉堂米帖》

墨磨終日意何如，粗識王家小草書。晉武謝安俱泯滅，幾回追想渺愁予。

米顛淳雅洽翁韻，一代論書鑒賞工。清勁差同渾厚異，元人可有晉賢風。

吴瞿安輓詩

歌曲當時重，宗師一代尊。藏書微尚在，耽酒至情存。涕淚辭家祭，風塵避寇奔。昔聞遏雲響，今日竟無言。

隨遇

有僕持門户，無憂歷暑寒。莫因一飯易，須信萬家難。陶令竹輿穩，拾遺苑宇寬。前賢仍有此，隨遇總能安。

與豫卿夜話因贈

豫卿譽我字，可當名跡看。長留一卷詩，百年誰能斷。紙素非堅牢，時尚異昏旦。光光晉武跡，宋賢猶得見。知微不敢收，元長遂莫辨。就令尊王書，毋乃愛輕蒨。傳與不傳同，右軍無真面。寂寞身後事，真賞實亦幻。點染四十年，直欲棄筆硯。君家蔡詩帖，堪爲希世玩。古今幾名品，惟此得所眷。不出倘不能，願君慎流轉。

饑鼠

饑鼠蕭然語夜闌，一燈明暗坐相看。極知此亦求生者，無角無牙小作難。

夢中得聞道二句，漫足成之

平生不識湖南路，夢落西南亦等閒。聞道洞庭春水滿，更於何處著君山。

臘寒飯後偶書

入臘三日雨，寒於三日雪。天豈不恤人，知爲歲事設。農家富經驗，從不怨栗冽。貪呷蕷粥煖，更喜葱韭熱。幽尗和生薑，所嗜猶未缺。得此復何求，守約在養拙。不出信不能，出亦安所悦。萬態付悠悠，寂寞門長閉。

柬植之

植之譽我書，二王唐諸賢。其實何能爾，形似非神全。世俗筆苦驕，東坡所不然。歐公評蔡筆，謂行上水船。二論有妙理，取捨吾所緣。轉益更多師，俯仰四十年。藝精良近道，探珠龍在淵。自歎駑駘姿，難度驊騮前。淹留遂無成，筆硯直欲捐。君當復何教，開示佇來篇。

爲湖帆題静淑夫人《緑遍池塘草遺詞圖》

一夜將愁向敗荷，西亭幽恨未爲多。東風吹遍江南緑，奈此池塘草色何。

讀杜老夕烽詩有感

飛將從天降，轟雷豈定時。共藏猶有窟，相失遂無期。警急聲仍切，平安信每遲。艱難殊未已，愁誦夕烽詩。

次行嚴韻贈曾通一

吾愛曾夫子，高枝出桂林。堪歸四八月，未有二三心。善本分兼獨，交無論淺深。寒齋方一飽，即此已難尋。

寄贈白蘇即題其集

自蘇明達人，往往能率真。半生事戎馬，亦復能牧民。備嘗世間味，調和甘與辛。經綸有如此，爲詩定深新。近聞客僻邑，樂道安其貧。老妻共操作，炊汲必躬親。事已還讀書，一室無雜塵。遂今霸陵尉，欲呵未由嗔。滔滔四海内，寧與子爲鄰。

壽佛岑先生

德業無潛曜，聲名自炳如。爲官善平理，有子大門閭。菊醞千尊滿，堂陰百畝餘。萊衣仍獻壽，歲歲舞階除。

壽千里先生

日射波翻碧海邊，乍逢旋别亦前緣。黄花又負三年客，麗句猶堪四坐傳。袖裏雲根鐫姓字，眼中霜幹養風煙。於今用甲開新曆，任是白頭也少年。

權弟誕辰，遠在巴渝，因寄詩賀之

秋菊揚金英，秀色含芬芳。芙蓉湛清露，的皪明鏡光。好花不自媚，爛然升君堂。輝輝列紅燭，娥娥耀明妝。今日良宴會，賓至各獻觴。爲君蔽圓月，中秋空相望。念我倦登臨，風雨連重陽。天涯感令節，紀歷志辰良。蜀錦可將意，欲贈阻河梁。蜀江有雙魚，江流清且長。雙魚可寄書，尺素安得詳。願君千萬壽，歡樂未渠央。

次行嚴寺字韻即贈

自公退食餔池寺，一簾風日理文字。明珠草木借光輝，詩成始信涪翁異。源流清濁分江泯，是非爭辨何闠闠。文章得失寸心事，拗性肯爲他人馴。騷人墨客論車載。中有幾人面目在。洛陽紙貴自一時，何用聲華溢四海。十年相遇還相卿，白髮盈顛未足驚。後生且莫謗前輩，孝章要爲有大名。

再用寺字韻贈旭初

與君同寓上清寺，君樂丹青我耽字。小豁得肌在於斯，不徇俗風不立異。西上泝江直到泯，巴鶯見語何闠闠。野逸自成白鷗性，浩蕩萬里誰能馴。闡聲相思二十載，相逢恨少季剛在。不然三峽倒詞源，會看百川東入海。但愁文字壓公卿，一語橫教四座驚。知我貴希今始信，無名畢竟是常名。

三用寺韻贈友

鐘聲苦憶鳳林寺，經卷還思塔裏字。於今西子是東施，啼笑皆非何足異。故人東吴我西岷，剪燭夢語空闍闍。匣中龍吟三尺劍，意氣由來不可馴。誰言道喪向千載，祭神自爾如神在。精誠信足感鬼神，此理無殊東西海。不須猛將似花卿，未要文章海内驚。且了一朝一夕事，何有千秋萬歲名。

四用寺韻

庶政多門出省寺，不尚功能尚文字。遂令天下益棼然，各黨其同伐其異。濁江金沙清江泯，投清以濁仍闍闍。混流滚滚遂東下，泥沙一瀉終能馴。趣舍萬殊同覆載，同歸豈礙殊途在。鬩牆禦侮不辭難，忍見桑田變滄海。籲嗟庶士大夫卿，往往伯有來相驚。癡聾不會當前事，冥漠何論身後名。

五用寺韻答行嚴

不唱佛陀不住寺，閑向人間弄文字。雖然一首俳體詩，落筆便令人詫異。快談恍似江導岷，休論侃侃與闍闍。險韻迴旋少餘地，入籠翮羽終當馴。孤桐之脈已千載，典型更有汪東在。而我依違兩大間，直以一粟投滄海。當年意氣淩樊卿，五十無聞何足驚。剩爲先生牛馬走，强從遊戲掠時名。

六用寺韻前詩誤俳爲佻，本詩正之，因答行嚴

招提非寺仍是寺，眼蒙不審俳佻字。煩君七步答我詩，珍重磨勘辨同異。江名孰是汶與岷，法言不別訔與闇。鞭勒一朝入我手，要使惡馬如鹿馴。吾家休文重千載，自慚謂有雲仍在。何如旭初足典型，不是潘江即陸海。東山不出無人卿，點染空教紅袖驚。太息還君詩一紙，擲筆惆悵無由名。

七用寺韻行嚴我詩爲典型文字故有此答

詩榜傳聞道林寺，羅池碑外無一字。子言墨妙實擅場，米顛師之乃大異。隱侯四聲江導岷，齊梁新體方闇闇。四傑沈宋費機巧，直至少陵用始馴。吾宗二妙俱千載，承流愧云老夫在。好詩猶下陳簡齋，惡劄應輸李北海。更何敢望顏真卿，吟哦李杜空震驚。典型典型顧如此，能不令人慚其名。

八用寺韻

勝絶雞鳴南朝寺，昔日記游曾題字。敲鐘警夢猶未醒，眼中已覺人物異。東至金焦西巴岷，何處當用言闇闇。世情可曉不盡曉，野性難馴終莫馴。明月照人歷萬載，人間仍有酒杯在。好將醉眼向青天，莫用癡心窺碧海。凡百休關大夫卿，黃塵動陌車馬驚。下簾賣卜者何事，世不可避唯逃名。

九用寺韻旭初以七疊韻詩見示，頗豔麗動人，因作

西廂何必蒲中寺，歡喜原爲佛名字。天女花香寶殿開，無遮會起壇場異。暮雨朝雲過峽岷，啼鶯語燕羣闇闇。簷前青鳥隨緑墮，茵上烏龍出意馴。人生有情向千載，其間那有賢愚在。當時竊藥悔姮娥，夜夜青天連碧

海。耳中不慣聞卿卿，此事何嘗不可驚。若從人願探天理，始信風騷有大名。

十用寺韻，呈行嚴旭初

未入翻經弘福寺，難通柱下五千字。年少愛誦三唐詩，遂覺文中有此異。萍飄梗泛燕與岷，衆中邂逅相誾誾。於今兩賢吾勁敵，伸紙落筆氣已馴。風塵澒洞三十載，中有幾許悲歡在。强將詞句寫心情，未要聲名落湖海。五言長城劉長卿，區區如此無足驚。若論文字關時代，未必唐賢最有名。

十一用寺韻思得蘭亭禊敘看，遂成此詠

蘭亭墨寶鎮山寺，何來蕭翼炫文字。賺之而去傳有圖，記載紛紜小同異。江流萬里源導泯，波濤入耳聲誾誾。右軍雄强乃類此，俗書拗論終當馴。昭陵玉椀喪千載，幸有雲仍定武在。凡骨欲換此金丹，不用求仙東入海。當時模搨遍公卿，登善改字群所驚。界奴虞書差足喜，不爾八柱空留名。

登善改字本蘭亭帖，在黄晦聞處，蓋即米海岳所見蘇氏所收者，故宫八柱蘭亭中，有張金界奴所進墨蹟，思翁謂爲虞伯施所臨寫，殆不可信，但清逸可喜。

十二用寺韻，與友人談故宫博物院事，因紀以詩，並柬叔平豫卿證之

妄題舊拓麓山寺，鹿山止此當文字。故宫餘物未點汙，書畫不應有差異。清濁終要分江岷，與上大夫言誾誾。凡事皆須内家辨，虛矯意氣宜稍馴。翰墨丹青歷年載，流傳自有端倪在。今無蘇黄馬夏才，强摹難於超北海。作僞無過王晉卿，當時米顛爲所驚。子春若肯證贋鼎，鼎鼎亦當傳其名。

十三用寺韻贈盧冀野

盧君小住上清寺，便便滿腹好文字。遇空雖少久知名，猶欣臭味無差異。聞君幾度遊峨岷，公卿倒屣言誾誾。酒酣高談驚四座，意氣如斯難可馴。我忝長君廿二載，以年先人真愧在。詼諧調笑無不爲，馬中風及南北海。甚願君爲關漢卿，每歌一曲人盡驚。摒除百事就此榮，他時壓倒霜崖名。

十四用寺韻冀野覆車折腰，戲以打油詩贈之

盧公蹣跚上清寺，馬路縱橫成十字。車夫呼之不肯來，此時心中知有異。上坡路似江溯岷，再與轎夫言誾誾。轎槓怕斷請莫坐，不是我輩不良馴。往來蜀中已數載，此種情形仍舊在。良久得車悠愁登，其樂恍如魚入海。折腰猶未向公卿，路滑車覆真堪驚。腰痛幸有人扶起，忘向此人問姓名。盧君自言惜未曾問扶持者之姓名。

十五用寺韻答逷先

新扁首題雲頂寺，清奇如覩永叔字。見獵心喜良足多，達夫究與常人異。邂逅白下今西岷，稀逢久別彌誾誾。面光頭童老益壯，意氣差比中年馴。京華遊衍二十載，當日錢劉俱健在。尊酒論文各率真，開懷盡意藏人海。國家之事歸公卿，山頹梁壞竊可驚。書畫有益非玩好，喜君夙有收藏名。

十六用寺韻答旭初

少書不中化度寺，晚學妄思窮文字。才疏見短無師承，開卷往往失珍異。羲之苦欲登峨岷，我今得至情誾誾。而況逢君獲開示，冠劍氣象能頓馴。江南塞北歷年載，眼中不見錢黃在。强令陪奉肩背行，誰歟彌天誰四

海。空教詞賦推馬卿，如君才行始可驚。磊落長松有節目，不愧春華蓋世名。

十七用寺韻答潘伯鷹

天骨開張龍藏寺，楷則大備陳隋字。漢魏晉唐各擅場，兩宋猶能盡其異。筆法根源江導岷，雄强姿媚相闠闠。雙鉤平腕腕出力，任是龍象猶當馴。嗟余學堂四十載，苦思尚有精力在。唐風始暢褚河南，惡劄休輕徐季海。景度坡谷繼真卿，我無一弟何足驚。敢同安石批劄尾，如君詞翰大有名。執筆有回腕懸腕兩法，其實只是一法，作字時肘不離案則動掣不得。主回腕者，以腕回則肘自起，不知腕平肘亦自起，且比之回腕，按爲便，故余不言懸腕而言平腕也。

除夕在心如家作

曩寓京師，偶憶兒時，山城歲時樂事，得小詞一闋，有「小閣春燈長夜飲」之句，匆匆又十餘年矣。不是吟邊即酒邊，華燈照坐思華年。山梅自向寒中老，未慣春風與門妍。歡情不合著愁邊，酒色花光媚少年。小閣春燈真似夢，夢回燈燼有餘妍。

觀履川家二童子作大字因贈

一九四〇年

曾家兩童生馬駒，千里無事範馳驅。睛光炯炯照坐隅，髮漆肌理玉不如。應對賓客詩課餘，相從學作擘窠書。落筆瞿然驚老夫，兄固從容弟更都。徐墨不疾復不徐，已能不爲字作奴。千載書法貴心摹，追勝宛如追逃逋。尤貴多師毋暖姝，小大由之絶牽拘。此雖藝耳勝摴蒲，亦可養性習勤劬。切莫但作心眼娛。

去歲與鐵尊相見於上海，以新刊半櫻詞見貽，别時會飲甚懽，今聞其喪，極難爲懷，詩以哭之，兼感念古微翁

乍逢久别意彌閑，才異情同好往還。海内論交餘白髮，人間懷舊有青山。一尊離席期相見，幾卷新詞賸自删。從此風流吾郡盡，弁陽無路可躋攀。自中注：林鐵尊卒於一九四〇年一月十六日。

春來

哀勝今應會，乾坤戰伐聲。群倫久顛沛，微物要生成。花發驚年事，春來動客情。崎嶇巴蜀道，終古未能平。

頃見大壯所作何處難忘酒五詩，極有風致，亦成五首

何處難忘酒，東風入綺羅。咲筵翻有淚，離席乍聞歌。草色依前遠，花光不自多。此時無一琖，其奈柳條何。

何處難忘酒，新涼亦未寒。疏星隔河漢，明月上闌干。鴈去人千里，書來意萬端。此時無一琖，清夜自漫漫。

何處難忘酒，温情淺夢中。故人千里至，美景四時同。對月光應滿，吟花語易工。此時無一琖，爭掩咲顔紅。

何處難忘酒，餘情一往間。眼中山起伏，意外水回環。花柳春仍好，樓臺影自閑。此時無一琖，除是不相關。

何處難忘酒，然疑意兩存。青門思遠道，白帝問真源。柳眼臘寒凍，桃腮春雨翻。此時無一琖，底物最芳温。

勸履川學書

二王法一新，歐虞極其變。繼志幹蠱才，卓爾唯登善。遂立唐規模，猶承漢讓禪。當時姜薛儔，反窺登善面。氣骨輸高腴，風華恣輕蒨。棲梧文暢碑，差堪點俗眼。若無顔平原，此事誰取辦。瘦金度金緘，意佳筆則謾。海嶽有大志，仍爲李邕絆。爾後更無人，趙秦非妙選。描十失八九，才長逾韈綫。槃槃曾公子，風力出强腕。平時不作書，落筆如流電。頗暢褚宗風，精意入提按。淨几明窗底，爲我費東絹。不至竟不休，毋輕棄筆硯。

蔡孑民輓詩

飲酒温克有初終，小德大德將毋同。君子不爭亦不讓，胸中何止百輩容。憶昔北學昌宗風，要與時人分過功。成毁論定百年後，當前物議非至公。無首之吉見羣龍，天德終當愧此翁。

鵷雛以詩稿寄示因贈

公事非難了，世情良易知。亂中憐客久，江上念歸遲。婉孌何多感，辛勤更遠思。流傳入蜀集，不減武功詩。

次韻奉答鵷雛先生

我亦黄葉樓上客，尊前相親問語默。蓬飄萍泛會合難，雨散雲收光景疾。曼殊久作塔中骨，劉三已失雲中翼。新知歡樂信難量，感舊傷時增太息。向人懷抱聊復爾，高談豈敢輕捫虱。書生何計赴時艱，應慚詭爲蒼生出。幾輩牢愁出忠憤，競夸新詞惜往日。要知讀書重肝膽，未怪舉世輕儒術。天生我才必有用，不賢識小須量力。經國事業付英豪，遊藝精誠專楮墨。時論未公我不憑，古法欠疏今當密。直從點劃究根源，棐几堪書聽削拭。有用無用各一時，王翁扇論資口實。妙語抵我撩我答，君由何處得此筆。

答友人勸勿飲酒

古來賢達人，飲酒不愧天。我識酒趣無酒量，自從眼病尤頹然。有時不合杯當前，撫杯如撫琴無弦。妙趣要令無聲傳，故人千里長太息。爲我愛酒心熬煎。既不是李太白，又非學陶彭澤。詩中偶爾提酒字，屠門大嚼空自適，其實何嘗飲一滴。

再答行嚴

風雨高樓有所思，等閒放過百花時。西來始信江南好，身在江南卻未知。
花光人意日酣酣，容我平生七不堪。説著江南放慵處，如君能不憶江南。

絶句四首

去年微雨濕香塵，今日江頭又送春。無數楊花過無影，流鶯惱殺眼前人。

襟上杭州酒作塵，餘香細細惜餘春。十年夢醒知何處，日日相看陌上人。
碾花擣麝共成塵，心字香留一段春。無語小窗深處坐，知應慣作避愁人。
莫教行篋硯生塵，打疊情懷付與春。有限風光無限意，可堪已是倦遊人。

贈董壽平畫家

山水妙理備四時，誰歟寫之窮神奇。昔者北苑立標格，渾然蹊徑絶險夷。思翁翰墨本多韻，煙雲舒卷清淳姿。勝朝公卿亦好藝，富春名字猶昭垂。君今年少筆已老，才堪紹述同襟期。自是君家有根柢，不比尋常稱畫師。學與年進理當爾，看君更極深沉思。

夜雨感懷

幾家落落白成村，避地無由更避喧。土俗粗諳緣客久，陰晴難問識天尊。重陽已過驚風雨，一榻頻來憾夢魂。最使巴江江上水，東流日夜漲新痕。

同植之詠府中木芙蓉

文官花擬大夫松，臭味由來草木中。陟嶺相看緣實好，涉江可採愛名同。當年及地曾窺鏡，鎮日依欄但弄風。頓使秋光轉春色，牡丹易賦此難工。

得旭初來書知龍洞口木芙蓉之盛，不讓文官處，再戲簡植之

露池的歷明珠葉，霜檻輕盈粉面花。分與夏秋增綺麗，共看水木競清華。化工已盡畫師妙，文士猶將宫樣誇。閑愛朝霞成夕彩，漫憑官府傲山家。

次韻行嚴觀劇之作

明燈今夕果何年，急管繁弦倍黯然。劇裏人情終可惜，世間物論未應偏。花開陌上餘歸夢，河滿樽前了勝緣。肯著深思寫幽恨，練裙翻墨劇堪憐。

再次韻

斷送沉冥四十年，淚痕襟上自依然。酒從罷後人初倦，歌正圓時月易偏。場上衣冠已陳跡，坐中哀樂是前緣。高樓簾幙春歸衣，猶覺明燈劇可憐。生平聞弦歌聲，則易下淚，故有第二句。

十八用寺字韻答右仁

身手未入少林寺，韜略不諳孫吴字。長打短打徒爾爲，敢向衆中誇獨異。從來華嶽尊於岷，以岷對華當闖闓。公今出手來應戰，使我聞聲氣已馴。神州兵火經年載，淨土幾無一片在。東南彫弊實堪哀，剩可關中稱陸海。旭初昨日惜荆卿，一椎不中萬代驚。安得洪流今日再，洗盡人間戰代名。旭初偶言當時秦始皇若被擊中，自無徐福入海之事，則日本或亦無有也故云。

十九用寺韻答行嚴

傳書如織上清寺，祇爲諸公鬥奇字。愈唱愈高高愈難，眞信異中還有異。不朽盛事遊峨岷，逸少言此情闇闇。向來入蜀詩必改，人力可爲江山馴。我居新都已半載，能來舊雨幾輩在。萬方多難一相逢，積懷傾吐如翻海。先生才大薄公卿，餘事高歌梁塵驚。何須浪發巖下電，但使有耳皆聞名。

二十用寺韻

碧紗籠詩舊時寺，慍喜頓殊題扇字。莫嗤耳食貴聲華，俗目何由辨瑰異。攬勝未暇登峨岷，應對紛然侃與誾。蒼鷹畫壁神色王，野鶴乘軒情性馴。槖筆天涯三十載，明月照人肝膽在。此生自斷休問天，吾道不行終浮海。向來人物惜君卿，事業未如書足驚。寒木春華吾欲可，恥從紙上博功名。

廿一用寺韻答遏先兼呈旭初

投詩未睹上清寺，三寺詩僅見其二。懸知必有好文字。自道粗豪未是眞，通神萬卷出詭異。千里遠峰接隴岷，羣峰揖讓俱誾誾。風流豈到吾輩盡，意氣漫爲他人馴。歐梅往還曠千載，眼前誰信千秋在。君今一上崑崙巔，我竟再探星宿海。旭初答詩有「直上崑崙巔」之語，伯鷹旭初皆用「探星宿海」字見贈故戲云爾。旭初才思過飛卿，密石礱詞殊可驚。卻能放筆爲直幹，壓倒當年韋偃名。

廿二用寺韻登善書法爲一時所宗，魯公能不襲其形貌，最爲傑出

未睹通泉唐代寺，金榜鬱鬱蚊龍字。薛公大書天下無，剩從杜句窺奇異。皚皚積雪冠峨岷，神寒意靜氣闇

闓。信行孤本毋乃似，曜也擬之差不馴。姜晞妙跡足千載，棲梧惡劄猶堪在。瑶臺青瑣褚河南，一時百川宗大海。承流傑出數真卿，波瀾壯闊人頓驚。巍巍伊闕神理會，始信坡老清雄名。

廿三用寺韻得見遏先見贈詩，再答

妙諦未通永欣寺，墨磨終日漫書字。詩三百篇義未諳，徒工韻語何可異。有源之學如導岷，自視不足言闓。以文爲詩退之筆，江湖名士聞聲馴。文省事增新紀載，宋歐仍有詩名在。詩不可學理或然，此論井蛙語滄海。君不見、老儒作賦有荀卿，麗則應教班馬驚。顧我周旋執鞭弭，敢將小枝競聲名。

廿四用寺韻叔平有和章，因贈

院務清閒異官寺，讀書落葉掃誤字。三代兩漢几案間，禮俗不同名物異。爬梳流派分沱岷，無言則已言斯闓。金石考訂用心細，雖有議論終當馴。岐陽石鼓究年載，正名更著鴻文在。當時同調有王君，静安，一日聲華被東海。不數阮公與俊卿，訛文乖體還相驚。祗今宇内推尊宿，唯許沫若分其名。

廿五用寺韻，行嚴屢以詩家兄相稱因戲答之

月色到門僧歸寺，苦吟不決推敲字。詩人易爲不易爲，置之衆中了無異。標靈自昔説華岷，流風揚馬仍闓。我來未得江山助，但教意氣彌加馴。青燈有味逾十載，敝廬依舊青氈在。更尋此樂今知難，人事牽率溷塵海。未能長揖謝公卿，亦不飛鳴使人驚。詩家兄則吾豈敢，既慚其實斯慚名。

廿六用寺韻答遏先

汴京昔稱相國寺，廠肆差可搜文字。憶居京華清暇時，每有所獲相誇異。天地干戈震西岷，吾心禮樂仍闇闇。「天地雖干戈，吾心仍禮樂」，此一浮舊歲去杭州時所作。湛翁吐屬得道妙，我慚意氣獨未馴。滬濱留滯經年載，杜門賴有文史在。漫珍退筆積如山，豈厭求詩深入海。晦庵學富足十卿，玉輝珠媚自可驚。登山吟哦見真率，此事君家舊有名。

廿七用寺韻再戲答行嚴

蕭齋從古類蕭寺，永師子雲皆習字。新來門限稍欲穿，始信世人唯好異。江流滾滾出於岷，奔濤回洑仍闇闇。吟詩送日忽千首，如公才捷難可馴。相逢何必論年載，薛弟米兄前例在。卻看翡翠戲蘭苕，旋對鯨魚掣碧海。詩國無帝安有卿，非分受寵真若驚。我輩幸曰三代下，好此區區世上名。

廿八用寺韻與友人縱談，漫成此篇，以當笑謔

習聞雅集法源寺，燕市高吟弄文字。名流自古愛徇名，盧仝任華競詭異。流風遺韻被西岷，酬酢二爵斯闇闇。唯酒無量如川決，狂瀾既倒誰能馴。杜二拾遺去千載，可畏乃有後生在。掌中人自握靈珠，一粒晶瑩出滄海。酒肆神仙石曼卿，狂歌痛飲市人驚。當時若不遇歐九，到今誰理曼卿名。

廿九用寺韻奉同行嚴，聞吳檢齋爲敵人支解，感賦之作

寇氛張甚海光寺，吳公竟被知名字。機事不密害其成，臨難堅强死尤異。忠義凜凜陵嶓岷，平生言論何闇

闇。始信讀書有肝膽，士固可殺不可馴。常山之舌傳千載，今日艱難應倍在。露布旦夕出人間，身名困頓埋塵海。願將此事上公卿，但觀大節且莫驚。裁成吾黨賴有此，何止長留青史名。

三十用寺韻行嚴見示柬一浮詩，並索同作

湛翁精舍類古寺，修竹出牆蝸篆字。避俗卻向城中居，定與孤山處士異。持危濟蹇來巴岷，誦説先聖言闇闇。求身立己民自化，此論聞者終當馴。歸墨歸楊亂千載，是非中有一脈在。開物成務倘求能，無用何殊東西海。極言性惡有荀卿，習染由來最可驚。多君攬轡澄清志，保此淵微淡泊名。

三十一用寺韻戴中甫憂生憤世，因作此篇以廣其意

簿領終朝困官寺，斜風瘦雨臨川字。昔解觀書今不觀，未必書卷有差異。流遷西華更西岷，遇下你你上闇闇。細看仍是儒家法，時春訐激行則馴。富貴浮雲幻千載，忘老忘憂乃自在。既不愛古復薄今，斷港何由通遠海。性惡唯習明荀卿，非故高論使人驚。一室凝然有天地，君但求己毋求名。

三十二用寺韻，定遠廳，今之鎮巴縣，廳署對岸，有正教寺，寺壁有先大夫所題富桂詩，兄和寺韻詩及之，因同作，並柬叔平

丹桂香濃滿山寺，老僧爲説壁上字。先人醉墨何淋漓，扶牆模榻心駭異。飽經喪亂還巴岷，山花山鳥仍闇闇。俯仰之間已陳跡，悲從中來安可馴。籲嗟乎，一藝精微綿千載，契合自有羹牆在。不知老至强臨池，直願入蠡測大海。於今幸不爲公卿，仲將覆車漫相驚。窗明几淨筆研好，吾行樂耳何須名。

三十三用寺韻，叔平以飛機炸彈，何以不入詩來相質難，旭初有詩解答，遂亦繼聲

駝經初止鴻臚寺，僧居無煩別造字。招提蘭若仍入詩，詩人沿襲不爲異。遊目貼中汶來岷，未聞地域辨閩閶。事繁物增字孳亂，約定俗成斯雅馴。試看開天年易載，中間豈有古今在。別裁得體明所親，其勢順於河傾海。朝廷製作任公卿，盡雅盡俗皆莫驚。一言蔽之曰運用，能盡其實始成名。

三十四用寺韻有自新疆來者，以哈密瓜分餉坐客，各次寺韻記其事

内典初開白馬寺，中邊皆蜜佛文字。新疆有瓜名曰甜，色香味與此土異。紅塵不動忽至岷，天風遠送來閶闔。盤擎細切看初破，賓衆引領如駝馴。數典何勞翻記載，流傳王翁有賦在。縷皮翠裹淺黄瓤，幻出流沙與瀚海。餐雪當年憶子卿，邊庭風味每心驚。青門學種非今事，抱蔓詞成或有名。

三十五用寺韻履川等贊拙書，令人顏汗，因以爲答

暖叟跪禱法華寺，歐公晚好李邕字。歲寒何凝春性情，致力雖同心手異。五嶽之外有峨岷，一坐一掩神俱閶。深山大澤龍蛇遠，物象入紙淼以馴。懷瓘善品評千載，羲之上有數輩在。涼傳筆劄何多奇，信難爲水觀於海。近慚叔未與馬卿，遠愧瓚景草蛇驚。謹飭應殊吏人辨，他年差比留臺名。

三十六用寺韻爲右任院長題標準草書

高論嘗聞靜安寺，整齊五體删草字。美觀適用兼有之，用心大與尋常異。追隨執事來巴岷，敢矜一得言閶閶。文宗三易理當爾，結字尤宜明便馴。分明使易辨識，簡便使易摹寫，雅馴使易信用。章草今草傳千載，紛紜中有

條貫在。窮源竟委搜剔勤，譬疏洪流東入海。勝業直欲薄公卿，公嘗語人，若使吾能專意，竟斯功，一切皆可放下。一尊既定無眩驚。匆匆不及今可免，愛此標準草書名。

詩三首

漸覺避囂非易事，聽他塵雜鬧柴關。無冬無夏風侵牖，一雨一晴霧掩山。鼠跡每從初夜動，犬聲難得片時閑。田居到耳無車馬，猶自紛然一枕間。

丹桂飄殘久作塵，近來寒雨最無因。人間那有愁堪解，老去方知酒可親。落落幾莖黃菊在，沉沉一幀墨華新。此中可有難明意，不問江濱問海濱。

萬里雲陰遂不收，已從暗淡失高秋。唯應籬菊存芳性，稍見山泉有濁流。過雨晴開原自好，履霜冰至復誰尤。天心人意俱寒甚，此際村醪倘可求。

雜詩

禮非爲我輩，我輩莫能外。法緣人情生，人情有向背。天地至不仁，了無憎與愛。恢恢一網羅，萬物遊其內。

昔者學優仕，今仕學乃優。養子固未習，甯貽嫁時羞。群趨遵大路，陋巷方仄幽。治理倘未愜，無爲謝冥搜。

斯民類濡弱，動定取諸水。混流無津涯，澄清可鑒止。道得利濟生，情失覆溺死。神禹豈徒勤，疏導窮其理。

學書一首疊竟字韻

落筆勢了然，常慮意頓竟。學書嚴律己，觀身見諸病。良方號千金，善用無萬應。博取窮衆相，約持明一性。每以仁智見，遂成淺深證。草蛇失道驚，香象截流勁。遲速力則同，其源出於定。

題王氏寓樓

王生今王生，清奇昔秀士。高楼入煙霞，分明秀州是。况有聰明妻，更合秀州住。渝州望秀州，江雲引江樹。

歸自南岸，與兵士同濟，賦呈同遊諸公，仍用我字韻

涉江恆遊蹤，欣然契物我。衆鳥語聲閑，萬緑波光瑳。桐花凍初蘇，意態尤婀娜。此事爭心平，兩忘弦與笴。風雲世方亟，一念憂入頗。干城任丁壯，行列紛道左。氣沈動無譁，神哀勝差可。家居豈不好，破壞由纖麽。

爲履川草書《橘頌》，履川次『我』字韻見謝，疊韻答之

世人多解書，工書何必我。筆雨驟紛披，墨雲舒瑑瑳。興殊有乖合，力均無健娜。直河散曲流，動弦發静笴。草聖於焉成，最能覺子頗。此事乃推吾，吁嗟言何左。願學盡衆長，使轉猶未可。趙董各性情，李曹信么麽。

聞受之兄言，近時作畫，幾不得好顔色用，私以何不但以墨爲之，因有此作。獨恨於畫爲門外漢，復窘於韻腳，意遂不得盡耳。録奉行嚴先生一笑，不足以示受之

繪事無我分，耽書差數我。獨喜一味墨，濃淡五光瑳。皴皮石嶔崎，没骨花婀娜。曲窮有意像，不費無的笴。八法各限程，六法嚴亦頗。靈腕入神思，右有復宜左。遊戲規何遂（敘甫指墨竊不謂然），幽賞進章可。阿筌信墨妙，董巨不微麽。

次韻伯鷹答紀夢之作

吾生一夢幻，有盡逐無盡。投足行郤曲，開心吟競病。倏爾天風生，自然虚籟應。爲有耳目玩，寧無食色性。花中維摩詰，微疾示何證。染空色不渝，散罷香猶勁。其實過中年，心情能入定。

遣興用右任韻

床前幾見月如霜，遠思微情未易忘。萬里征程連徼外，一時歸夢落江鄉。干戈動後吟彌苦，薄領閑來事轉忙。風月於人豈無分，不妨直入少年場。

以事至金剛坡途遇雨

風篁終細細，霜柏故森森。微雨時還作，濕雲天半陰。蒼然萬里意，寂爾九秋心。已是塵中客，山居未易深。

一轍

豈必兕虎棲曠野，莫爲爰居憂鐘鼓。千年行事出一轍，後來視今今視古。涪翁演雅趣横生，能盡當前物性情。中有白鷗閑似我，每吟此句眼猶明。

植之來縱談，因及東晉人物，詩以紀之

謝傅功名信偶然，唯應風度勝當年。矯情傲物成時尚，林下何嘗止七賢。
麈毛入飯談空健，便面障塵汙已多。當日風流原爾爾，四郊多壘奈愁何。
書號雄强推逸少，詩宗隱逸論陶公。一時人物虛評藻，二子風規最不同。
昭明不取臨河敘，遂使文人浪致疑。絲竹管弦小疵耳，死生言議謬當時。

早起

凡事從人稱好易，此心于我得平難。林巒到眼何多態，風露侵衣已漸寒。夜半雞聲驚乍起，天明鴨語鬧無端。山家春早開門出，那許貪閑一枕安。

得行嚴旭初和詩，再次韻奉呈

遠翥高舉翼如雲，低起槍籬亦有羣。凡事未應嫌早計，恒情唯解惜臨分。天荒地老仍消息，北馬南帆幾見聞。轉益多師成宦學，莫將政俗問邦君。

月夜獨吟

小園枯樹語彌真，厭蜀思吴意倍親 語見杜集。未免淹留當此日，可堪寂寞向時人。涼風乍至如欺扇，圓月孤明不受塵。杳杳長空生遠思，高秋雲物太清新。

夜有空襲，暗坐偶成

村居聊適意，最愛晚山青。兵火今偏急，雞豚遂不寧。幽蟲仍倦夜，涼月自空庭。此際無人過，孤吟動杳冥。

行嚴和詩有新篇難盡喻之語，率爾有作

風月相撩未易閑，閑來尚自有憂患。向人言語差堪盡，名世文章久不關。書爲寡聞輸海嶽，詩仍費解愧香山。此生頓著知何處，空使霜華點鬢斑。

遣意

世間百事不挂眼，分内一端唯盡心。黄絹偶然留妙語，朱綺鏗爾待知音。秋風已損蒲葵扇，嵐翠還分松柏林。時節於人太關切，登山臨水思難任。

次韻戲答旭初見邀並簡行嚴

克己理利有，勝人力卻無。平生不敢多上人，安能縱意之所如。何況堂堂吾氣類，非有差異若越胡。偶然

轉丸弄蘇合，豈必投抵金彈珠。二公劍氣胡爲乎，勝我不武終虚圖。巴江浩蕩接五湖，頗思東下尋陶朱。不爾三舍避成都，又嫌非鳳羞凰孤。以待來年塵事了，爲君躬作掃門夫。

今夕

天涯幾度逢今夕，涼滿衣襟露坐中。水調歌頭誰與聽，金樽檀板意俱空。桂開桂落中秋過，月暗月明千里同。如水碧天有雲影，雲隨河漢一時東。

朝霧

朝霧欺人入鬢涼，小冠聊抵枕中方。山間晴雨真無定，塵外悲歡可兩忘。矮紙書成難付與，虚牕坐久起思量。拾遺淺把深樽酒，猶有新詩寄草堂。

遲行嚴不至，夢見旭初，因寄二君

鳥倦歸飛戀故林，塵勞息影懶登臨。新詩味淡從人説，陳迹痕稀剩自尋。稍覺松篁堪卒歲，非關風月有知音。夢中識路吾能往，潭水由來抵意深。

在昔

在昔國有君，郅治仍貴民。今世號民治，民乃輕於君。君耶抑民耶，其實皆空文。治者被治者，秩然有其倫。要使樂所樂，當各勤所勤。上能與教化，下自風俗醇。利害本一體，上下還相親。爲邦茍昧理，有如治絲棼。試觀歐陸上，莽莽生風雲。貪者恣於位，黠者劫其人。民主非惡名，詬病何紛紜。此事須三思，傾國非無因。

植之爲説秋來欒樹之勝，此事俗亦謂之摇錢，旭初曾題二絶句，因同之

烏桕丹楓唯有葉，欒枝葉實間紅黄。行人不用停車看，夾道明明送夕陽。

風物閑看愛此州，客囊羞澀未須愁。榆錢縱被東風散，猶有摇錢買得秋。

再題欒樹

好共霜紅一例看，十分秋色暎朱顔。天神取藥大夫種，閒事於今更不關。舊説大夫塚上樹，山經謂帝焉取藥。

三原圃中貽過客，重慶道上伴行人。平生最識秋光好，暗眼相看不當春。于公三原苗圃培植甚多，來觀者多贈之。

夾路青紅葉未稀，緇塵不動静秋暉。樹頭豔色一時好，莫爲行人染素衣。舊云即楝，其葉可染。溥泉謂此説不可信，楝樹北方多有之，與此絶殊。然此間人每呼此樹爲苦楝樹，或是别一種也。

滿擬

三年蓄艾計非疎，鎮日看花病未除。滿擬從天乞如願，不知如願願何如。

行嚴書來，言近作詩始覺難望嚴繩之，因答

尚未能繩己，安能便繩人。老松閲世久，霜皮生龍鱗。有時解作風雨響，謖謖滿壑疑有神。還將無諍答君意，相視而笑寧非真。

鴨陣

鴨陣生波動，高低隨地起。搴空愧行雲，下坂寫流水。語雜不可聞，模胡過雁字。倘遇白鵝羣，神情定自異。

雨夜

灑牕淅瀝連三日，入夜蕭踈斷四鄰。眼底鐙青書有味，案頭帖舊字通神。寒蛩在户初驚客，飢鼠登床不畏人。遲暮飢寒有如此，相看何怪意嶙峋。

次韻答旭初見和題蘇黄詩卷之作

枕竅功名付大槐，若爲使見筆花開。一生襟抱虚今日，百世文章愧此才。得髓樊川續韓杜，同心歐九狎蘇梅。卷中嵩洛風流在，帳望清時意可哀。

官道車馳夾緑槐，板扉猶得對山開。一窗朝日初成趣，幾卷新詩未見才。肯向路旁爭苦李，差堪坐上煮青梅。西風摇落江潭樹，最使當年庾信哀。

次韻聖奘秋雨

秋來寒雨滿山林，幾日愁添野老心。没水新蔬憐碧玉，登場濕穀惜黄金。鈴淋蜀道聲仍苦，楓落梧江感最深。遲暮流遷生事迫，頓教留意到晴陰。

林公鐸挽詩

玄談出雄辯，波瀾舌上翻。從來永嘉學，盡付北海尊。二季風流絶君與季剛季平相契，襟懷向誰論。如何不忍死，北定待中原。

秋感

窗紗陰重暗朝暉，山霧侵人欲濕衣。菊蘂恐須霜後把，桂花愁向雨中稀。泥深車馬無來往，道遠音書有是非。已作岐陽微雪感，蕭條歲暮意多違。

嘲村童

侵晨出擔水，向午薪在把。尚當治田園，終朝不得假。日落百事了，羣嬉大樹下。亦復解談天，揚聲肆鄙野。淨洗兩腳泥，一枕過午夜。莫學吴家豬，僨欄時著罵吴嫗所養豬最頑劣，嫗當飼養時輒申詈之。

久雨中感懷

秋裏蕭疎梧葉悲，雨中牢落桂花稀。猶堪一卷供朝飽，誰信豐年感歲饑。玩世依還方朔技，隨時單夾管寧衣。從來中道非容易，夷惠之間孰與歸。

雨霽聞煙

無聲含雨意，有意檣風聲。只爲聲難禁，非關意不平。

馬君武挽詩

十年前遇君武于上海功德林，酒闌燈炧，愀然執余手而言曰：「愈行愈遠矣。」時彼將歸桂林也。今聞其喪，彌復哀感。

今日真成遠，當年未足悲。鴻冥寧畏迹，豹隱可憐皮。禮數將軍重，文章博士師。雲臺高議在，成毀至今疑。

書愧

大道多岐亦易明，有人行處可經行。史稱劉四唯能罵，世信嗣宗猶未醒。千載相看餘幾輩，五車盡讀了平生。寒螿粗糲真堪愧，空發蘇門長嘯聲。

書概

世路安能絶險巇，芒鞋猶解踏艱危。鳥飛不盡長空意，水逝唯興川上悲。戎馬生郊誰念亂，龍蛇起陸自乘時。軒然風及東西海，心理由來未易知。

重陽後偶題

白酒幹香味欠和，黄花冷豔意偏多。松篁三徑虚勞望，風雨重陽肯放過。避地甯無憂樂事，傷時猶有短長歌。一生出處須商略，絲竹東山奈若何。

巴山雨夜吟

夜雨巴山愁，入話卻可喜。試想剪燭時，西窗情何似。燭跋明月上，著人清輝裏。不然仍聽雨，淒切寧當爾。關河阻復通，悲歡自相倚。分明東海頭，盈盈但一水。

夢回有作

秋聲漸老雁行邊，千里關山有夢還。吴江楓冷巴江雨，總在宵來一枕間。

客眼

巴水寒波起，巴山秋翠來。日光明雨腳，朝顔向夕開。殊景驚客眼，晚序動鄉懷。任憑腰腳健，莫上最高臺。

吾黨寄餘清

遥遥望千載，蕩蕩示周行。吾党屬今日，裁成那可忘。攢眉陶令醉，白眼阮公狂。自是尋常事，人間有謗傷。

雨中雜感

逐處雲陰合，相隨雨點來。秋深稀見日，霧重更無雷。避亂人情動，得時敵勢催。當前憂喜並，宿火看寒灰。

于範亭挽詩

院中十八日會議，期君不至，不謂即於是日辭世。詠古人安歌撤瑟之語，能無泫然。

高門東魯士，儼厲有温顔。議事猶相待，修文竟不還。石交餘舊硯，玉錯失他山。萬紙傳高論，傷哉願已慳

君著《格致説願》書萬本，傳佈於世。

伯鷹見謂，近益多憤激語，因作六言二章自解且以自警

與人何能無諍，遯世尤慚無悶。若真心直眼平，便利求祖身分。

道短論長怎底，呵佛罵祖憑他。畢竟是階下漢，不曾了得自家。

夢中賦久雨新晴詩，所得大略如此，醒後爲寫定之

本來無意緒，失喜看新晴。辛苦媧皇力，歡嬉稚子情。野花含雨色，溝水效溪聲。空翠微陽裏，山光晚更明。

苦雨二首

大雨間微雨，終朝雲四垂。絲飄蛛斷網，檐宿鳥離枝。蜀水無情漲，巴山盡意底。西南天本漏，莫望有

晴時。

爲欲洗干戈，干戈竟若何。蝶愁飛不起，鴨喜語偏多。塵外無消息，人間有哭歌。亂離奉雨節，涕泗總滂沱

連聞範亭、善孖之喪。

善孖新自美洲歸來，即病歿，詩以吊之，兼唁大千

畫虎歸來騎虎去，人間空有大風堂。二難兄弟今應少，幾幅丹青淚萬行。
虎嘯長風動九煙，神州猶有好山川。擔頭收拾須心手，能者得之張大千。

夢中又得句云：「雨過僧離寺，風來月墮門」，義不可解也，因廣之

雨中生夢幻，離寺安有僧。開户月到地，當窗月還升。近來月真墜，唯照短檠燈。遍翻無相偈，不見秀與能。

午睡初起，翻閲蘇黄集感題

嘒嘒高蟬出緑愧，夢回午枕卷初開。能知經史千秋業，始見蘇黄一輩才。豈少文章供酒食，盡多世事誤鹽梅。黔州安置瓊州謫，何止當時事可哀。

寂坐

寂坐一窗風露清，高林黄落滅秋聲。殘燈耿耿思遥夜，短卷寥寥閲此生。久客人情真足惜，倦歸鄉夢遂難

成。新來慣聽巴山雨，山月何心亦肯明。

新作短籬成因題

滔滔有如此，緩緩漫言歸。最使憐新雁，誰當綻故衣。拒霜明夕秀，高樹静斜暉。來往妨多病，編籬未可非。繞屋石添徑，依園竹補籬。遂成朝夕計，莫作去留思。黄菊終宜酒，紅蕉亦費詩。高秋響清角，久久不能悲。

雜詩

讀書無近功，浸淫義乃見。簡編三絶韋，意精易可贊。輕浮矜一知，文字黠者衒。安足致世用，遂爲世所賤。有書如無書，識者同一歎。束書更不觀，事功方炳焕。

全知既不易，安行良獨難。可由不可知，圖始理則然。所賴有先覺，前民民循焉。嘗試少成功，謂知有所偏。已知行斯易，未知何所緣。一切矜易行，此訓或誤傳。

寒凍與暑鑠，困人人鮮怒。小苦致大順，天道行之素。時令即有乖，終必復常度。是以民信天，於天無所忤。雖死而無怨，文王法天故。

老馬嘶故櫪，殘蟬咽枯條。安得復嘒嘒，猶自思蕭蕭。異形有同心，百感共一遭。氣結不能言，萬里寒刀騷。

樂天勸酒詩有何處難忘酒、不如來飲酒各七章。前者已賦得五首，今更作不如來飲酒五首以遣悶

莫説應官去，何方有二天。難輕五斗米，要費幾囊錢。異樣流民畫，新翻彈鋏篇。不如來飲酒，清聖濁猶賢。

莫往三林去，於今有是非。綺疏朝霧入，繡户夕煙霏。鬼瞰高明室，人羞單夾衣。不如來飲酒，醉裏得安歸。

莫駕牛車去，難逢有道家。紫衣真不愛，白眼卻相加。精舍虚生竹，神壇盡護花。不如來飲酒，一醉思無邪。

莫共漁樵去，山鄉更水鄉。伐柯焉取則，解網遂遺網。一勺煩魚鼈，千章委棟梁。不如來飲酒，醉了少思量。

莫入書城去，文章飽蠹魚。古人呼不出，世事問何如。圂厠甘抛落，玉堂虧掃除。不如來飲酒，醉眼向空虚。

村居暮歸寄諸友好

老桂常經眼，群公美里仁。平生思入蜀，此日愧逃秦。五里初成聚，三家亦有鄰。蒼茫嵐翠合，牢落暮歸人。

聞絡緯夜起

葉落高梧感九州，曬竿又見敝衣裘。昏燈絡緯蕭疏夜，河漢盈盈望女牛。

卷五　一九四一——一九四三年

七絶四首　一九四一年

山林朝市兩無成，中隱聊堪假此名。俯仰之間餘愧怍，篋中司命是神明。

白日堂堂去不回，莫將短景付深杯。天公不會相料理，更著淒其風雨來。

吟詩差喜機杼熟，接物終嫌情性生。半月十天不出户，閑牕定定看陰晴。

稍取詩畫歸實際，更從柴米用功夫。不因出户知天下，一葉飄然墜井梧。

次韻行嚴見示訪梅之作

攬勝南山第一迴，梅花遲客未全開。影疎香遠仍多思，緑淺紅深信費才。霧雨輕寒著春酒，陰何佳句撥鑪灰。他時雪棹西湖去，難忘横江度嶺來。

三月晦日雨曉起偶成

簾幙清淒抵早秋，春歸幽思在樓頭。市潮一閧初驚曉，鳥哢千般不解愁。雨洗巴氛山活活，風迴江路水油油。三年爲客慚詩卷，慣是長吟捻未休。

次韻答兼士司鐸書院看海棠，和羨季用東坡惠院東海棠詩韻卻寄

造物一視凡草木，春情樂同不樂獨。陋邦大邑皆春風，衆人熙熙總成俗。自無始來即樂此，不道世間有陵穀。回黄轉緑已堪哀，幾輩山丘幾華屋。感時濺淚百花前，況複亂離傷骨肉。杜鵑久啼那得已，流鶯巧囀何由足。山鳥山花但惱人，心不能平身焉淑。望遠欲到荒江頭，避兵時竄幽岩腹。百骸困頓慚輕絜，萬事平安託修竹。有弟有弟天一方，忽寄新篇豁愁目。若逢清宴賞花遊，定爲海棠樂西蜀。於今翻憶司鐸園，安得聳身跨黄鵠。飛去共子花下飲，更邀羨季酣歌曲。並取千日供一醉，世上紛紛任蠻觸。

偶題

四月巴渝道，花林生暖煙。野風紅不斷，山雨緑還連。萬里逢新燕，三年聽故鵑。碧波春共遠，虚泛下江船。

次韻答戴中甫

流轉相看各惘然，温情愧此出山泉。花灘縱似嚴灘好，未必心情勝昔年。

夢中得暝色二句，蓋詠柳也，遂足成之

暝色常如此，高樓青可憐。雨深難到地，雲密易連天。黄鳥東風裏，玄蟬夕照前。更無人解惜，生意自年年。

園樹

幾株整整復斜斜，礙帽鈎衣意自賒。不爲鳥棲方著葉，豈因人賞更開花。江頭杜老思遷客，園裏蘭成念故家。如此相看一樽酒，酒樽傾盡即天涯。

偶倣義山之作

風起長河隔九天，橋成靈鵲動經年。水紋簾下疑無月，寶篆鑪空若有煙。子夜聞歌鶯歷歷，西樓歸夢蝶翩翩。連環自是無情物，付與齊椎亦枉然。

擬謝宣城

有約期不來，朝顔漸已合。午風扇鳴蟬，流響滿山閣。林陰閉復開，光景自周帀。明明蒼苔徑，足音無由答。

雜詩用寬字韻

江柳三年别，山花二月寒。春情隨水遠，樓望接天寬。倦矣嗟飛動，泠然費控摶。坐吟聊一快，的歷寫珠盤。

共説三春暖，今知廣廈寒。不因生事迫，猶覺客懷寬。石爛寧堪煮，砂乾不受摶。紆迴歷巴峽，更有幾多盤。

花開人意暖，料峭耐春寒。愛酒嫌杯淺，耽詩覺韻寬。癡應方顧愷，懶或羡陳摶。一定無來望，鑪煙看屈盤。

時艱方火熱，代易久灰寒。損益文章在，包羅几案寬。功名隨水逝，人物出泥摶。可有求伸意，相看尺蠖盤。

民意如明鏡，高懸照膽寒。力窮山莫拔，石盡海仍寬。贔屭終當負，扶摇未易摶。鍾山王氣歇，猶自説龍盤。

雞鳴風雨候，共此一窗寒。時難風規重，交親禮數寬。草茶猶可啜，麥飯不妨摶。了了百年意，無慚苜蓿盤。

臈與礬梅暖，春生桃李寒。莫愁人事舛，終信世緣寬。有翼色斯舉，無風空自摶。枋榆可乘興，快意視鵾盤。

次韻奉答鵷雛先生

雨晴風静絶塵沙，籬落清疏意有加。豈少新詞酬九日，不因故事愛黄花。平生最領三秋趣，此際休驚兩鬢華。凡不相違復相與，鬥詩勝似鬥名茶。

爲鐸民題畫册二絶句

崇效寺牡丹

黛抹黄披意最深，風塵鎮日卻相尋。百年鼎鼎春婆夢，付與高楸半畝陰。　注：前二句原作：『墨染黄鉤春思深，幾叢深色到於今。』

極樂寺海棠

極樂寺前無限春，隨蜂趁蝶踏紅塵。畫圖省識芳菲意，一樣逢春不見人。

稚柳作歲朝圖見詒，詩以謝之

歲朝圖本尋常樣，卻引春風入座來。瓶裏茶花羞壁上，真疑幻藥爲移栽。
漫驚畫史善調脂，來與春工鬥此奇。昔日老蓮今稚柳，一般風趣要人知。

題目寒所藏善子巫峽揚帆圖卷子

山峽長如許，江流湧不開。平生萬里意，盡入卷中來。

題大千居士爲目寒繪峨眉山色卷子

細寫峨眉形，只欠峨眉色。莽莽連雪嶺，神寒意無極。楊左虛文詞，張侯妙筆墨。斯圖今始有，羲之見未得。心馳不可言，不朽空太息。我尤愧羲之，眼饞惜腳力。卧遊非躋攀，終焉路不識。

寄別吴稚鶴

往來如一日，久歷歲時寒。交友見温栗，論書濟猛寬。最能投轄飲，何事培風摶。遠別念行李，腸迴車幾盤。

聞行嚴將歸長沙

聞君將去此，瑣瑣訊温寒。峽路心常窄，湘流面定寬。故鄉炊米賤，樂土避兵摶。似此猶堪別，薫蘛日飣盤。

初遇雷雨

今晨安有暖，昨日本無寒。地被氈初潤，窗垂幙漸寬。溼雲連霧起，飛雨與風摶。始發雷聲澀，横空硬語盤。

贈禺生用詩持韻

自笑平生但解詩，漫憑風月浪撑持。論書未見蔡天啓，注史猶奉裴世期。不取單文徵故實，每拈一字出新思。隨緣四坐成嘲弄，垂老低頭肯爲誰。

題大千畫

窈窕含芳意，霏微動遠思。涼風捲幃幙，常值月圓時。

戲題大千白描人物仕女六言二首

水墨旋成粉黛，濃抹不如素描。眼底風流人物，何分北國南朝。

有美美不在貌，傳神神其添毫。終覺虎頭未遠，老蓮一樣時髦。

旭初枉顧携示行嚴見贈之作，次韻呈二公

豪端紙上欲生雲，落落篇章故不羣。有道論交神自合，多岐涉世迹仍分。衆中語默知誰是，酒後悲歡剩我聞。昏澀當前同一視，眼明今日見諸君。

小龍坎至黄桷樹道中

風日清新田野寬，滑竿一上乍心安。飛機又掠長空過，猛省當頭事大難。活活清泉瀉道周，鳥鳴蟬噪四山幽。巖陰幾盞涼茶水，輸與擔夫作汗流。

山中雨夜

稍覺新涼意，微添静夜情。耳邊聒蛙蚓，和雨到天明。

次韻答行嚴見調之作

過眼奇峯幻夏雲，忘形鹿豕可爲羣。高情怕被時人見，雅興嫌教俗累分。行樂中年驚聚散，寫憂短韻寄知聞。主持壇坫非南面，此事終當付與君。

次韻旭初和行嚴述山居之樂，招諸朋好詩，兼呈行嚴

瘦骨蒼顔面碧巖，興來藉草亂青衫。渭涇好自分清濁，河海終教有淡鹹。入世情懷心若痗，向人言語口須緘。奇文疑義成滋味，煨芋猶堪飽老饞。懶殘之饞，唯嗜煨芋而已。文義好尚，亦其比也。

次行嚴韻

擇筆爲書衆所諳，何當以此短河南。中書君果中書否，第一須防德二三。

再次韻呈見過諸君

縱使山川似淡巖，也因淪落感青衫。北思羊酪空成雋，東望蒓羹止欠鹹。勝事且談金谷聚，微吟可付玉瑙緘。人生快意原須尔，大嚼屠門未是饞。山谷有題淡巖詩有云：淡山淡姓人安在，徵君避秦亦不歸。又云：閬州城南果何似，永州淡巖天下稀。陶岳零陵記云：淡山巖在永州西南，狀如覆盂，其第宜淡竹。故云：淡山中有巖空闊可容數千人。東南角有缺處，仰望之如窗户。同照甚明。又云：周貞實零陵人，居淡山石室。秦始皇三徵不起。

相從龍虎感風雲，短翼由來不及羣。謾詡篇章堪立辨，卻欣山水得平分。玄蟬嘒嘒生秋思，野鹿呦呦託昔聞。三益不煩開逕望，團欒桂樹正留君。庭隅有一桂樹爲諸公所賞。

植之信口唱一句，戲爲足成之

同爲灣裏客 但，俱是異鄉人。燕子能無洞 但居燕兒洞，蝦蟆亦有鄰 朱鐸民居蝦蟆石。每談必書畫，相見總情親。漫道吾將老，流離愧此身。

戲爲歌催，但、朱、曾、潘諸君和詩

植之詩興被炸無，行嚴投詩炸彈如。旭初應戰不含胡，我愧魚目抵明珠。曾潘少壯當早圖，更看老宿海鹽朱。吁嗟乎，但公不作終憾事，坐令章老稱寡孤。坐令章老稱寡孤，公與下走寧非夫。

附：尹默調植之不肯作詩，因及章、朱、潘、曾與余，走筆和之　旭初作

沈侯勝者貌轉腴，信口詠嘲衆不如。興來爲我鼓朧胡，握中自有靈蛇珠。我請植之當改圖，一鞭已著潘曾朱。調琴緪瑟天下無，龍門迴眺孤桐孤。噫吁嘻，孤桐之響元不孤，我何畏哉彼丈夫。

用前韻戲簡諸友

嚶鳴求友誰能無，可以人而鳥不如。性分縱異非越胡，豈其按劍報投珠。發興酬唱洵良圖，各近所近墨與朱。新覺吾德遂不孤，從諸公後亦大夫。

偶有感

亂離惜筋力，遊賞寄林丘。野老能無愧，山花倘見留。過秦知有漢，小魯解從周。信好談何易，誰歟就尔謀。

立秋日作

夙愛南風薰，今苦東川熱。晝坐浹背汗，衣卧困蠓蠛。鎮心瓜似金，兼少藕可雪。賸得臨墨池，千辛供一悦。願鞭義和車，迅届清秋節。倏尔涼風生，爲我解瘦苶。今日已立秋，欝蒸猶未輟。天豈欺我哉，會當有更迭。旅人無奢願，所憂在乏缺。佳辰常苦少，又將歎栗冽。

行嚴居龍洞口因贈，兼簡旭初

竹蔭纔通徑，山光恰到門。新知龍洞美，未訝虎溪喧。相視成三笑，端居定一尊。多文爲巨富，至道託微言。空北寧無驥，圖南亦有鯤。從來非避世，何用更尋源。

題行嚴詩稿

述往思來大小詩，百篇題目看移時。拾遺有識堪稱史，務觀能多豈炫奇。東逝流波嗟晝夜，西來行李閲安危。如君風力當前少，自致千秋更莫疑。

晚坐

乍見月眉如有怨，新幹蘭蕊尚能香。誰人爲製蒲葵扇，併作閑時一味涼。

次韻旭初夜坐

竹陰晴更好，山色晚猶青。蟲語通幽寂，鴻飛念杳冥。此時成晏坐，何日出羶腥。連嶺松濤壯，悲吟不可聽。

瓦鐙用退之短燈檠歌韻

瓦鐙短短半尺長，何止一囊螢火光。緣釉暗淡不奪目，顔色稱此静夜涼。愛之遂忘眼昏澀，取筆在架墨在牀。憶昔山城年少客，夜夜虚堂攻簡策。青鐙卌載依舊青，鬚鬢相看幾莖白。古今變换具當前，城中鐙火照晏眠。憂樂煎人難自恣，轉向深巖覓蒼翠。玻璃貯電事已難，短檠雖短那可棄。

次韻張聖奘洛陽夏雪

洛中夏雪壓薫蒸，劍戟嚴威氣倍增。莫問何祥驗休咎，諒無不若恣憑陵。中原久困逢豺虎，冬令權行掃蚋蠅。天意民心應有會，由來多難啓中興。

次韻戲答旭初《晝睡甚美聞尹默送詩戲和》之作中有「詩國讓君且南面，再拜辭卻公與孤」之句，故答言不敢承也

自笑五技一長無，飲墨三升空空如。有口不解讀化胡，有手不堪持念珠。荒誕莫究山海圖，論説仁義慚程朱。詩國近苦戰，揖讓猶欲及公孤。藐躬安敢承，當關未足敵萬夫。午蟬聲裏一事無，高枕不動自如如。胡然而粵胡然胡，夢中流轉盤走珠。可向蟻蛭參雄圖，歸來黑白戰何朱。才堪將率堪公孤，此之謂也大丈夫。

次韻再戲，簡但、汪、章、朱四君

但公簡札天下無，汪子丹青衆不如。章老墨辯壓適胡，又能脱手瀉明珠。遏先字樣非新圖，盧陵歐陽新安朱。才異相儕信不孤，我合更名題凡夫。

敵機肆虐中，夢庵將行嚴意來相存問，且告將適遠縣兼敦勸去，此仍疊霜字韻謝答

世味年來冷似霜，感君意氣未相忘。夢中仍有檀蘿國，塵外初聞水石鄉。漫卷詩書渾欲喜，閒攜筆研轉成

忙。識途老馬玄黄甚，歷盡人間瓦礫場。

煩憂中聞破賊，適行嚴送再和詩來，率爾依韻奉答

蒼皮老樹飽經霜，掩仰人間意欲忘。身倦日長愁遠道，心遐地僻愛閑鄉。艱難破賊猶垂涕，珍重移居豈畏忙。人事紛紜有如此，苦思白墮飲千場。

聞雷有作

炸彈轟地裂，驚雷震天翻。天威良可畏，人禍尤煩冤。震驚而不傷，終然靡怨恩。千鈞持强力，天理遂難言。

頃間

蹩躠何堪更遠遊，於今滄海信横流。治安策在餘垂涕，督責言行少竊鉤。民欲小康非侈望，歲能中熟抵深謀。斯文興喪關天意，二鳥哀鳴動九州。

韶覺近作有「老知柴米是經綸」之句，極可誦，因借其句言懷，賦呈同集諸公

亂裏相逢亦夙因，還將篇什答情親。懷歸松菊能無恙，得助江山似有神。少薄功名非事業，老知柴米是經綸。新來更會淵明意，不獲辭難語最真。

仲恂謂「少薄功名非事業」句之「薄」字雖好猶可議，以只道得一半，不稱「老知」句之一貫直下也，此言誠然，一時亦苦無以易之，因賦此爲謝

中妍貌古骨崚嶒，文質由來兩合蠅。詩味醇於千日酒，禪心雋似六朝僧。尊師重道今非易，與友論文子最能。愧我粗踈久成習，推敲一字亦堪矜。

真如索贈詩，賦呈一首，用前韻

攬轡澄清衆所因，時還杯酒樂情親。摩崖書與人俱老，横槊詩驚筆有神。每涉波濤仗忠信，更從文字展經綸。知公不作尋常想，儒雅風流見性真。

伯鷹愛袖手吟邊語因贈

好語無多盡可删，餘情賸付酒盃寬。先春梅蕚撩人發，神手吟邊亦大難。

問樵贈詩因答

出手新詩琢玉成，如君真合有才名。聯吟韓孟爭標格，和韻蘇黄見性情。老共詩書敦夙好，閑從風月話平生。江山如此猶堪住，況有梅花耐冷清。

就履川食因贈

莫道春來好，春風慣作寒。山川如可縮，衣帶未應寬。入市甘隣榼，干霄任鳥摶。平生飢渴意，歷歷視懷盤。

題李復堂花卉册

明明秋葉非無色，的的蠟梅定有香。不識道人何所懊，還將老眼向穹蒼。

書堂風月興不淺，花刺關心應最深。此事畫師終莫辨，丹青冷落到於今。

和禺生兼呈養復

龍城遠去昔爲家，陸賈功虧語卻賒。挾策何心戀帷帟，揚舲無計豁風沙。誰言澤畔能張楚，未料戎州竟亂華。得失此中難檢括，佇看落日散成霞。

破産王孫不爲家，嫖姚北斗夜營賒。郴州南盡湖邊柳，大水東連漢時沙。㪍歷廿年真好漢，文章今日兩光華。西園投翰來公幹，綺麗相高共燦霞。

答養復南風句意

何處堤封屬漢家，楚山楩梓舊情賒。衡陽雁逸長無信，喬口江空早見沙。聊向詩書窺世澤，敢隨桃李門容華。使君興好應遊日，將散還餘是晚霞。

無能作計願還家，況憶潭州酒味賒。日夕幾時閒把釣，風湍知我懶眠沙懶眠沙草愛風湍嚴武贈杜二句。名叨端禮門前別，頭更渝州郭外華。倘許貞符珍重寫，他年芝菌也成霞。

九日寄養復

匈奴未掃恥言家，各有登臨望眼賒。鳥送千盤開寫國，曾陰萬里落長沙。東巡觀海心通壯用魏武帝事，西鎮還朝鬢失華。應念后山爲客久，臨風祇詠水明霞。

遣興

秋深詩瘦定誰家，並使玄暉春帶賒『徒使春帶賒，坐惜紅妝變』，玄暉句。蠟盡莫從灰覓淚，江空枉説水冲沙。寒篁高柳爭風色，圓影方暉競自華『方暉竞入户，圓影隙中來』，隱侯句。著力不關吾輩事，祇於山頂看餘霞。

答禹生見贈

對客姑言憶故家，故家何處海天賒。坊前依舊靈和柳，江畔縱横正則沙。兒女從亡容體簡，朋遊契闊詫顔華。賴君一吐干霄意，噴鼻高吟散入霞。

重陽前三日作

履霜誰念客無家，秋爲撩人節物賒。徵士辭殷三逕菊，功曹詩在浣溪沙。况聞令甲移旁有聞政府又有令，各部會均須遷至數百里外，同是辛酸閲歲華。京洛玄暉急歸鞅上聲。玄暉句「行矣倦路長，無由稅歸鞅」，望鄉時一詠餘霞。

人生

塵世了無清净日，伯倫仍有醉醒時。人生真際陶潛解，不作田家快樂詩。

讀史

巢許高情久已無，史書隨代有唐虞。敢誇叔夜爲良治，總覺劉伶是酒徒。避世要非賢者事，立身恥作小人儒。雖然窮達殊兼獨，一貫修齊道在吾。

聞宰豬

世人快大欲，一快不問餘。天下盡可殺，何有一肥豬。屠夫無惡意，平淡視宰割。真教刀放下，能使殺機遏。

初入睡

合眼瞢騰入睡時，人間此際太精微。歌衫隨幕徐徐下，舞蝶穿花緩緩歸。枕畔雞鳴聲漸遠，床前蟻鬥意全非。兩忘心跡斯差可，静坐何由得息機。

遣悶

杜二拾遺嗟亂離，藥欄江檻護生機。東川詩友仍相合，南舍酒徒常不歸。偃蹇蒼松堪作蓋，檀欒翠竹自成幃。巢居已歎非今日，屋上重茅有是非。

所思二首

遥望停雲寄所思，萬方多難欲何之。江山隨處還相待，風月於人不自私。五柳名高陶令傳，四松情重拾遺詩。前賢未覺風流遠，猶仗尋常草木知。杜老愛風竹，飲罷心清凉。陶公玩弱柳，枝條意何長。頓令百世下，草木借輝光。盡多閒草木，斯人未可忘。不尔三才缺，白日虚堂堂。

共友人説詩，偶吟二絶句

後學涪翁精一律，前賢杜老益多師。博文約禮從來事，成就詩中一段奇。
竟日吟詩句未成，成來猶自欠分明。鈍根我亦童行者，終被法華轉一生。

兒童

擾攘一室内，其間足險巇。兒童最頑劣，不受條教施。梨栗奮爭奪，嗔罷還相嬉。且莫惱兒童，兒童百世師。

此日

天下滔滔未易知，欲從何處訪安危。一生不慣平章事，此日端應付與誰。標格松篁猶可賞，風流晉宋已難追。主人莫問遑論客，人物當前食蛤蜊。

首夏偶吟

春去餘花在，萋萋葉作陰。載賡康樂句，猶是永和心。洲渚江波没，岡巒夜雨深。一身幾俯仰，隨分是行吟。

雜吟

處世既匪易，自處良復難。日旰不甘食，披衣起夜闌。皇皇欲何補，時逝力亦殫。古來賢達人，引酒强自寬。老松卧雲壑，蕭瑟生風湍。

野人中夜起，相呼勤所事。食力不憂貧，斯理信無二。群狗吠哤哤，促織何多思。此際誰能閑，一榻恣酣睡。

宋固有南北，唐亦分三四。六朝與兩漢，雜然競鼓吹。其實就詩論，止一非有二。一言以蔽之，託興以言志。所貴無邪思，淺深隨文字。合作自有人，未因時代異。

少讀涪翁詩，每發下士笑。晚學差有味，猶愧未聞道。寥寥千載間，斯人惜懷抱。森泓不可言，悲深知語妙。

得幼漁北平來書，感其所言書，因寄

門外黄塵不可除，從來寂寞子雲居。北人南望南人北，珍重寥寥一紙書。

塵事今宜斷往還，怪君禮數未全删。遠遊底俟一婚過，逸少陳詞直等閒。

三十年來舊講堂，堂前柳老更難忘。冶花茂草城東路，置蝶遊絲白日長。

坐閑塵尾久生塵，放論高談跡已陳。今日文章循故事，他時氈蠟付何人。

鳩婦呼姑屋角鳴，薄陰張幕雨初成。杏花自作融融色，眼底何人惜此情。

擾擾攘攘百慮煎，莫從清醒惱狂顛。東風又緑池塘草，剩寫新詩寄阿連。

秋雨歎

秋雨十日不肯止，新穀欲芽禾入水。農夫仰天末如何，雨點稍稀往割禾。且盡我力遑論他，豚蹄之祝非求多。農家力田商家賣，斗價已過二倍外。連歲豐登富蓋藏，今縱小歉何倉皇。穀歉高抬豐著底，農賣賤穀吃貴米。吃貴米，過豐年，田夫辛苦還種田。

見蠅腳弄晴有感

誠齋不作向千載，弄腳晴窗尚見蠅。萬事悠悠空過日，世情無減亦無增。

戲效放翁詩體

盤馬彎弓愧此身，素飡尸位怨何人。吟詩易學陸務觀，從政難爲范景仁。世態真堪三日嘔，家風未厭一囊貧。堂堂歲月相饒否，總覺當前百事新。

病室中吟

人間容我且徐徐，小病深思一啟予。豎起脊梁絶傾倚，放寬腹笥著空虛。不須開卦參周易，好自擎杯下漢書。五十九年今日是，是非畢竟看何如。

山霧

山霧霏霏現日輪，春陽活活動車塵。三巴無復當年險，莫共茲軀惜此身。

吾駕駸駸不可回，歷山環谷老驚挨。癡頑莫了公家事，敢道今能力疾來。
養生論者嵇叔夜，交道非歟山巨源。掩抑自成多蚤性，漫矜談辯向人捫。

簫雲

簫雲自詡能成典，卻被書名了一生。鐃是謝安能啟請，只緣子敬無高情。

次韻酬行嚴見嘲之作

群怨興觀幾字詩，心欽骨刻已深劙。無端哀樂誰能免，有用文章此最宜。事盡乘除生妙解，語通消息有余師。數回未遇何相訪，微意旁人那得知。
家中簡作寒溫語，暇日耽吟淡遠詩。視昔枉能明世故，通今猶未合時宜。詩書以外餘君輩，風月當茲盡我師。東佩癡符任用笑，情懷未必要人知。

近爲犬所傷，痔復劇發，行嚴有詩見贈，輒次韻報之

聲名晦已久，不卦齒頰間。時乘遂入市，典盡宜歸山。吾行歌迷陽，卻曲不辭彎。險巇生歸步，一失安得還。犬歟吾臭味，此事殊汗顏。百端合一巧，乃適丁其環。懲吾舉趾高，其實行姍姍。不爲桀所喜，幸與堯同奸。踵汙無光輝，血滌有良關。無故何能殺，敝蓋聽空閒。冤親信平等，直流那得灣。小大不狺狺，吾猶服其姍。
禍遂不單行，因依如有恃。大害難遽除，疾來更莫止。未欲秦王尊，乃有秦王痔。寵人無位望，誰甘恣一

紙。安得待圖窮，脱身已見匕。痛意分善惡，私情難懼喜。小苦致大順，刓肉良有以。筋骸嗟散漫，腰腳無官紀。旬日卧榻間，懶豈尋常比。文會曠莫逢，孤吟托澂旨。平生凝寂性，飛集鳧雁是。此語特拈出，君當喻月指。

雜詩

一念生參差，萬端付怠惰。騰騰十二時，並作一日過。連山屹不移，澄江淨莫唾。相看不相涉，瞇目飛塵堁。禮樂在衣食，道義出凍餓。爲己抑爲人，兼獨兩無那。昔嘲夷齊陣，今遂無一個。此輩誠清流，旋供濁流涴。彼哉求田人，亦就床下卧。

叔夜論養生，嫉惡性未改。遂令柳陰下，空餘鍛灶在。伯倫頌酒德，用意絶危殆。猶賴雞肋嘲，紛難暫得解。兩賢非不智，浮沉閲人海。吉凶信有由，影響還相待。凡百貴率真，率真生吝悔。

光輝爛朱閣，摩天插雲裏。平陸忽掀簸，牆宇傾欲圮。閣上戲明瓊，酣嬉誰家子。翻翻巢幕燕，火炎無全理。誰無骨肉愛，憤然挾之起。獨醒衆已醉，寧故别人己。推枕起徬徨，世事何遽爾。

贈郭先生

吾愛郭夫子，耽思入反聽。精粗疏古事，新舊立新型。已訝多文富，還能大户醒。行途剛半百，珍重鬢毛青。

得湘北捷報

建國三十年，曰維辛巳歲。九月廿一日，日蝕事非細。是時初過雨，天高秋氣霽。朝陽出杲杲，圓景無纖翳。已刻漸已逼，晝色乍微晦。中庭聚測候，滿水盆盎内。倒映儼食餅，規圜虧齒際。黑陰旋侵升，晶光遂掩昧。餓頃現鉤月，淡掛薄雲外。世間所是如是。嗚鉦喧童孺，護視返故態。歲數歷四百，嘉靖垂所載。全食今重覩，雍揚亘地帶。奔走天文家，研窺得機會。倏爾隱陽曜，因之顯衆麗。舊説疑玄虛，新察切實在。惜哉多事秋，舉一十還廢。文明孕喪亂，倫類嗟破碎。兵氣干日月，天象示成敗。災祥非所論，感召堪驚怪。桓桓戚將軍，殲倭盛明代。云在全食年，依例勝當再。未要稽往乘，父老言可佩。羣力赴徵驗，海隅足慰快。食既復光輝，光輝更盛大。中華民國三十年九月廿一日，舊曆八月壬申朔也。午前九時許日蝕，吾國可見全食地帶，有新、青、甘、陜、鄂、贛、閩、浙八省。史載，最近日全蝕爲明嘉靖廿一年七月己酉，且聞父老言，戚繼光於是時擊破倭寇。

旭初女弟子沈祖棻近詞見示，因題

一九四二年

漱玉清詞萬古情，新編到眼更分明。傷離念亂當時感，南渡西來一例生。

鄉里休誇斷腸集，吾宗不櫛一清真。王吳周柳終非遠，肯與前朝作後塵。

風流歐晏接重光，才調蘇辛亦擅場。一事終須論格律，鳧能用短鶴能長。

編將愁病作詩囊，奇絶天孫有報章。最是情絲能續命，不教枉斷九回腸。

昔時趙李今程沈，總與吴興結勝緣。我共寄庵同一笑，此中緣法自關天。

按：此詩原在一九四三年補題于成都，題云：『往歲寄庵出示子苾學士所爲詞，屬爲題詠，得絶句五首，一時興到之作，未曾寫寄。比來游成都，始獲晤對，因補奉録奉教。』一九五四年五月，子苾夫婦攜全稿求教先生，讀畢即以舊作重新題之，首詩末句『南渡西來一例生』之『來』改爲『還』，次首次句『吾宗不櫛一清真』之『清真』改爲『書生』，第三句『王吳周柳終非遠』之『周柳』

改爲『秦賀』，並增題記，題記云『戊稿中薄幸一首有「便明朝真有書來，還應祇是閑言語」之句，極平凡而極生動感人，真詞家當行語也。一千九百五十四年五月二十日尹默讀竟並題記。』

病中口占

到海無還水，當塗有斷山。自知無定在，幾輩信緣慳。

旭初有詩壽經宇六十，經宇以和篇見示，因用其韻。

六十老人那作嬌，霜髭未許向翁驕。杯盤每日懷鄉土，博弈猶堪破寂寥。字寫胸中鵝頸扨，詩吟門外馬蹄消。思公文秉今猶昔，試看江流湧怒潮。

赴道鄰之約因贈

和風送我上山行，山下江流一帶横。未合與人爭眼界，不妨到耳聽松聲。蘭閨才思驚□絮，嬌女歌喉巧囀鶯。自是徐公有經略，室中户外捴澄清。

籬落間，有山礬一株，旭初題以新詞，因繼成此詠。

可是唐昌玉蘂那，團條細碎柳婆娑。違山七里香猶在，遮徑一株蜂已多。題詠當年矜介甫，風流仍世愛涪皤。水仙梅蕚俱蘦落，奈此盈盈季女何。

同子規

雜花生樹亂鶯飛，如何江南付與誰。渝州春又濃於酒，不比尋常聽子規。

客中逢九日

去年閉户過重陽，今日依然在異鄉。隨處菊花難自好，一時風雨苦相妨。避災不盡登臨感，念遠應憐鴻雁行。客裏茶蹺憐節物，莫憑詩句笑劉郎。

行嚴送詩卷來因題

章侯幾日詩千首，不是東坡定退之。肯共牛腰爭分量，但憑學力壓當時。

論政歸來感慨多，鬢絲禪榻奈愁何。權門不是無章七，直爲雪堂須老坡。與禺生評詩有『連床爾我各東坡』之句。

書生畢竟無凡態，老樹作花能盡妍。抱膝長吟原易事，風流文采更誰賢。

醇士贈畫詩以報之

昔聞戴醇士，今見彭醇士。異同藺馬間，精熟山水理。荒寒茭蘆庵，中藴鹿床美。開卷真赝别，墨彩泛眸子。素𠂆娟淨筆，胸中寫山水。未要規巴岷，江南在窗几。一幅忽相投，既覯胡不喜。東絹未易求，毋輕藥裹紙。

三十年前寓杭州，偶遊茭蘆庵，得見鹿床山水卷子，墨光爛爛，至今猶在目也。鹿床嘗因行旅無紙素可供點染，輒於藥裹紙上作畫，神致灑然，世有傳本。

前數日大熱，一雨便有秋意，頗難將息也

漲水鳴溝山陰霧，奔雷散熱雨生涼。江南大好清和日，冷暖渝州要兩防。

題伯鷹書評後五絶句

梁武評書有會心，不因蹤跡苦搜尋。卻教老子慚關尹，徒託空言誤到今。

評余書云：柱下老聃，熟聞舊史。

溪堂信手成書史，精覈如當老吏前。歐柳猶稱惡劄祖，更將何等判餘賢。

柳顔勁媚復清雄，評騭如斯語最公。墨飽終應酣在筆，時人可有古人風。

《唐書》稱柳書勁媚，東坡以清雄評顔平原書。

使轉原從點畫生，草能狼藉楷縱横。過庭絶識今應歎，形質都亡況性情。

漫憑俗手遮高眼，肯遣精心赴遠搜。新樣鴛鴦終繡得，金鍼自度豈他求。

微雨中至龍洞口

每來龍洞口，不爲聽潺湲。帽壓烏雲色，衣添細雨斑。沿山蟲語静，暎水野花閑。愧對勞勞者，都無事可關。

雜詩

仁義本易知，易知復難行。始知知未盡，淹留將焉成。魯叟勤彌縫，日月有晦明。六籍寧懼燬，往事微狂

羸。所歎莊周言，禮樂生煩刑。樂道無陋巷，儒術資公卿。始料詎及此，賢聖惜素情。服儒未明習，不如老與佛。般若足了性，清淨可安國。善獨誠若私，理民庶非賊。禮樂有本根，文章豈藻飾。往矣大聖人，甯復間語默。典册非空言，實義當意逆。因時制其宜，斯乃百世則。

自從無始來，盡人解食色。俯仰見日月，作息候朝夕。渾然千載間，凡百有經歷。久久遂滋多，既損還復益。詩書理行事，禮樂盡潤飾。擷華豈不好，遺實良可惜。

吾生誠苦晚，紛然欣多遇。瞻前非一新，察往非一故。損益今攸爲，因革古所具。只此斟酌間，遂成當世務。向來注六經，安知無謬誤。聖賢蓄德音，讀者在章句。

世情得失間，蹙蹙靡所便。達人解其會，作易寫憂患。日月昭明示，陰陽復幽贊。理静無懸殊，跡動有異變。易簡得要約，三易還一貫。遠説固莫窮，近察終可見。無爲心眼役，離經成虚玩。

呈汪旭初

平生昆弟交，況在憂患間。寥寥此中語，稱意無增删。山居一月娱，勝抵十年間。筆墨不自私，爲人破愁顔。豈故弄狡獪，妙推解連環。彼己理一致，欣感仍相關。倦矣不獲休，途遠未可還。澗水和松濤，日夜響潺湲。流潤被四野，清源只此山。

雜詩二首

黄流接昆茫，浩浩下泥沙。九曲如有讓，千里誰能遮。懷哉利濟功，漂溺復無涯。始以一線源，納彼萬派差。不息成其大，感之長咨嗟。

淵明但飲酒，詩成倩人書。既書還閣置，所懷良已舒。翻從千載下，津津味其餘。好鳥鳴林間，枝條仍扶疏。三復當日言，不樂復何如。

雜詩六首

山川異風土，朝夕變氣候。一切循自然，於何爲病詬。竭來稍更事，明當去所圃。慨自三季還，凡百未改舊。淺知生迷罔，率行乖先後。得理失宜間，功過居然就。

風吹庭前樹，不復分昨今。花花更新朵，葉葉生舊陰。月照堂上樽，何由別淺深。朱顔映瀲灧，華髮看侵尋。泠泠七弦琴，寥寥萬古心。一彈再三歎，持此感知音。

灼灼雞冠花，昂然當階前。涼飆翻豈動，秋陽曜更妍。泯彼開落跡，無爲圖畫傳。雜之百卉間，所立卓不偏。向來絶品題，此事或當賢。

小草守本根，而不殉世情。庭野無二致，古今同一榮。每被秋霜殺，還共春陽生。踐踏隨所遭，俯仰豈不平。尋常乃如此，松柏有高名。

羲之籠白鵝，乃寫道德經。山陰一道士，亦遂與聲名。雖然同所好，正爾異其情。區區形神間，誰復別重輕。

團枝非一實，連林非一花。風翻明勝錦，霜垂爛若霞。狂蜂不禁入，好鳥還思家。正爲色味來，此事堪咨嗟。

雜詩

平生少酒量，亦不爲醉困。領彼陶然趣，持此介然分。尊中有斟酌，坐上無喜慍。陶劉自優劣，往矣非當論。

永叔不工書，謂解筆硯趣。從申非真好，北海非久惡。只此好惡間，誰能明其故，耳目有改玩，張李無異處。

人生憂患間，非病即驚老。神意固有餘，形骸難久好。白日去堂堂，悲歡跡如掃。赴此百年期，終須一日保。

霜風驚草木，葉落還歸根。流水赴大壑，不復顧其源。此自何得喪，百慮煎精魂。悠遊可卒歲，世事難具論。

向來愛松柏，青青終歲好。細較枝葉間，亦復有枯槁。如何持此身，不令病與老。病來有去時，老至誰當惱。

西風飄落葉，哀蟬噤無聲。嚴霜殺百草，唧唧寒螿鳴。豈不感氣候，而能持素情。微物有如此，因之念平生。

風前芙蓉花，既開卷始落。霜下黄金英，枝頭乾灼灼。春紅豈不好，分飛意落漠。生死還相保，感念平生約。

眼中秋園花，無由别妍醜。花花各自好，葉葉正相守。人情厭寂寞，往往酣杯酒。既醉還復醒，此事終何有。

夜雨怨巴山，巴山那得知。巴山常夜雨，未異從來時。悠悠古人心，沈沈今日思。且莫論古今，但詠西窗詩。

喔喔雞相和，聞知非惡聲。細雨灑燈前，夜窗殊未明。萬里有同心，千載無異情。感兹不能寐，坐起何由平。

良藥常苦口，每與人情殊。願甘遂得苦，誰當明其樞。憂樂相煎熬，道勝乃數腴。言之誠匪艱，舉足無坦途。

少年每自喜，費時如揮金。謂此明日事，安用惜寸陰。明日誠當有，要知已非今。一生只此日，易過難重尋。

蜀道最崎嶇，難於上青天。氣流有波折，御風善泠然。涉灘更陟嶺，動成溺與顛。有跡終可辨，世路誰能便。心兵久已起，談笑方樽前。

太白每邀月，淵明還賦詩。爾時若無酒，此懷誰與持。沈湎遂及亂，從來誡在兹。斟酌實由人，亦自有其宜。帝女與杜康，善惡兩未知。

綺窗紫霞杯，王母妙顏開。誰能輕萬里，一上昆侖來。蟠桃滿玄圃，圓月臨瑶臺。似聞天上樂，還爲人間哀。長謡思周穆，當時亦費才。

淩風花凋顔，承露葉如掌。花葉爲秋盡，尊前幾俯仰。悠悠有所思，襟期彌嚮往。已罷鳴琴彈，遑論知音賞。

至動歎逝水，至静仰高山。山水各動静，人意參其間。儼若握樞機，息息遂相關。一身備萬物，行之寧匪艱。

江北望江南，迢迢儼千里。江南隔江北，盈盈但一水。將心託明月，併入流波裏。流波青天色，夜夜情無已。一任往來風，吹波連岸起。岸上倚樓人，脈脈當會此。

次公醒而狂，斯語良可喜。强於劉伯倫，終日沈醉裏。其實亦難言，濁醪有妙理。本不與狂期，但思飲酒耳。石醉斗亦醉，誰能計較此。

世紛信難解，會當決以時。瓜熟蒂自落，詎能謬所期。時義大矣哉，莫或後先之。持此驗成毁，昭昭若筮龜。

退之號闢佛，於佛少所損。梁武崇功德，劃然離其本。虔佞與妄呵，功過胡相反。

向來貴法天，法天自有要。一切盡取法，往往乖惡好。人力有用處，旋轉成其妙。所以往哲言，修道乃爲教。

得稚柳敦煌千佛洞來書，備言壁間書畫之勝，因取其語賦寄，並簡大千

左對莫高窟，右倚三危山。萬林葉黄落，老鶴高飛翻。象外意無盡，古洞精靈蟠。面壁復面壁，不離祖師禪。既啟三唐室，更闖六朝關。張謝各運思，顧閻紛筆端。一紙倘寄我，定識非人間。言此心已馳，留滯何時還。

吾友

吾友黄季剛，爲學具條貫。惜哉過珍秘，子弟無由見。遺書紛在篋，朱墨爛盈卷。此事無傳人，終悲廣陵散。晦聞愛苦吟，亦不厭枯槁。位置每自高，風騷恣探討。詩派塞已久，能開豈不好。陳三終莫及，此語誰解道。霜崖能度曲，亦解作豪飲。往往恣狂酣，謹願出酩酊。置胸少芥蒂，在喉有骨鯁。幾卷納楹書，妙趣誰當領。

雜詩

斯人非聖賢，差失孰能免。觀過可知仁，是非難驟辨。貽害固在惡，敗績或因善。流弊每易滋，安得不加勉。

中夜彈鳴琴，阮公起徘徊。無夕不飲酒，陶令胡爲哉。一燈照暗室，五字藴奇才。今情殊未盡，古意卻漸回。持此一卷書，叩彼千載懷。佳城閉已久，鬱鬱誰爲開。

雜詩

未遇熏風手，無弦良自好。愔愔終有託，明當會意表。千載一淵明，晏然赴枯槁。不獲辭此難，斯語嘗所道。

多難歷詐虞，鳥獸可與群。禮法日以疏，野性日以親。未要返三古，正爾任其真。世間事文字，辨析方斤斤。

循髮視所親，終焉墨而止。正以無言詞，彌復有情理。蒼黄隨所染，榮辱一彈指。天人將何由，唯當盡在已。

霜中

霜中索笑共寒梅，暖意深憑淺淺杯。自是人生長寂寞，一江宿霧放船回。

次韻答旭初

麻箋慚十萬，歲月惜三餘。去住緣同淺，功名事已疏。有詩題過客，何計愛吾廬。籠霧寒梅發，閒庭晚更虚。

元詩有『十萬麻箋客，飄然興有餘』之句。

寒夜聞槖

槖聲起遥夜，寒意入孤燈。正使鄰雞唤，還教旅雁興。客愁殊未已，鄉夢復何曾。倘有梅堪寄，高枝出手能。

山齋

山齋長寂寂，小別念青燈。有酒終當醉，吟詩或可興。亂離哀庾信，飲食累何曾。此際禁風雪，梅花卻最能。

感題呈旭初元龍

天心難忖度，世事幻風燈。兵火愁胡底，衣冠望中興。長吟吾輩慣，痛飲幾時曾。憂樂相煎迫，忘情苦未能。

登樓

杯空酒灩灩，闌迴霧冥冥。環嶂添寒色，踈梅發晚馨。登樓念王粲，無地著劉伶。生事悲何益，干戈久慣經。

偶閱晦聞詩即效其體以寄慨

塵陌巾車每獨行，當年湖海有聲名。詩篇可爲窮愁好，世味還由酒食生。初雪歌筵含暖意，晚風花檻寄深情。沉哀即在懽娛際，此事從來未易明。

辟疆贈詩因答

早歲緣情賦物華，新來隨分門尖叉。不曾丸藥聽鶯囀，枉過溪頭杜老家。

工詩何與人間事，遺恨爲歡兩未能。賸似春蠶飽桑葉，糾纏恰與日俱增。

消息

但養爲官拙，猶慚處世工。吟成半苦樂，飲罷一窮通。户外花當日，簷前鳥弄風。會心誰到此，消息有無中。

次韻答伯鷹

老梅霜中始作妍，後於衆卉其實先。送臘回春久經歷，即此非易仍非難。
袖間手在枝可攀，變動莫問暖與寒。百忙例以一閑應，能無事忙更得閒。

伯鷹用閑字韻贈元龍仲恂因和

臘梅霜中始作妍，正爾不爭百卉先。葉公於詩晚乃好，見推此事今知難。
無人不識陳后山，苦吟照夜燈火寒。況復請君善撩拔，筆墨雖凍安得閒。
千錘百煉供一妍，凡百有開必有先。散原冥心契山谷，船翁琢句不畏難。
天留此翁作泰山，峻嶒骨瘦神益寒。語澀底妨吟詠事，大難不死翻得閒。

閑吟用旭初韻

朝顏壓籬繁且妍，黄華拒霜未能先。誰歟孤吟念疇昔，深杯傾盡不辭難。

兩腳著地雲罨山，幽蛩轉寂蒼苔寒。此時此境動車馬，始覺塵中無我閑。

高樓雨望

緑蕉葉翻雨，修梧幹摇風。秋氣固欲高，沈沈煙靄中。渺然樓上望，不見前山峰。余懷何所寄，日夜江流東。

虎嘯口

磵回嶝轉隔江塵，松密亭虛翠漸分。懸壁飛流猶待雨，横灘亂石欲生雲。龍拏不與岩阿事，虎嘯還從劍外聞。乘興來遊緣地勝，幾人心折北山文。

閑庭

高樹漸黄落，閑庭對夕暉。弦歌初不輟，鐘鼓未應稀。世事祇如此，客情何所違。長空飛鳥盡，目斷四山圍。

小徑逢僧

磵阿高樹響殘蟬，一徑秋陽夜雨幹。莫説道人無個事，不將光景等閒看。

仙洞

仙洞靈蹤久已無，竭來鐘鼓轉清踈。老僧禮罷齋前佛，分與山禽啄食餘。

山泉

山泉雷動夢魂中，曉過溪橋滿面風。濺沫飛流不經意，泥沙瀉盡濯晴空。

雨中遣悶二首

望望行無極，依依坐屢遷。年光詩卷裏，客思酒盃前。階草寒仍碧，籬花瘦可憐。高秋雨中盡，雲色暗遥天。

雨意猶難盡，雞鳴遂不休。餘情酒闌夜，殘夢水邊樓。世亂年華晚，江空木葉秋。萬端紛一枕，何止惜淹留。

温泉口占

寒暑何多態，山泉無世情。從來一垢淨，慚愧濯温清。

次韻酬旭初不寐之作

鄉物燈前最堪憶，一番相憶一番新。夢回依約聞過雁，驚起江樓笛裏人。

霜夜

寥寥燈火新霜夜，落落情懷薄酒杯。一雁叫羣銜月去，萬梅含意待春回。

喜聞三弟攜節任抵洛陽

橫空雁陣看成行，雪路迢遥向洛陽。嶺上梅開迎臘雪，江干楓落飽秋霜。此時相憶仍千里，晚歲能來共一觴。細事還應語阿滿，莫驚汝伯鬢毛蒼。

泰姪以雪景一幀寄兼弟，兼弟感而賦詩，因次韻

有弟同羈旅，無家足隱身。詩書委懷抱，酒食念交親。畫裏寒光在，愁邊捷報頻。關山幾風雪，草木自知春。

題王暉石棺青龍圖

王君碑記建安年，一旦雕龍出世間。歡喜題詩同郭老，千秋無改漢河山。

題王暉館玄武像　沫若老兄囑題

昔聞巨蛇能吞象，今見蛇尾纏靈黿。四目炯炯還相向，思欤怨歟孰得知。物非其類卻相從，蛇定是雌黿是雄。相與相違世間事，悠悠措置信天公。

讀旭初憶海棠詩感而成詠三首　一九四三年

兒時未解惜流光，但覺山中春晝長。紅髥海棠花裊娜，白飄楊柳絮微茫。亂離此際誰能料，哀樂平生那許忘。四十年來家國恨，登樓贏得客心傷。

柳葉低垂意已迷。楊花曾惹舊時衣。門前溝水流春去，陌上車輪碾夢歸。西閣梧高青作蓋，東園杏老緑成幃。義山愛託詩消遣，往恨新愁未易稀。

日日言歸未得歸，夢中路是覺來非。山河百戰添新壘，新桂三年長舊圍。攜酒放翁遊興在，看花杜老賞心違。古今閒事知多少，一卷長吟自掩扉。

從今二首

阿堵從今口不言，眼明萬事過雲煙。卻慚淡墨鰕湖句，擬上人間五百年。

見卵知求時夜來，惡聲翻動祖生哀。從今莫道能鳴雁，等是人間至不材。

閒情

霜月移殘夜，鳴禽遂及晨。夢回草堂路，歲晚錦江濱。短日仍思酒，閒情更畏人。蠟梅芳意在，落落眼中新。

酒畔

未厭交遊冷，翻愁勝事頻。晚菘知歲盡，霜橘薦時新。酒畔長爲客，花前更憶人。尋常啼鳥慣，驚動總因春。

寂寞隨歡至，聲名與願違。愧爭雞鶩食，寧羡刺天飛。遠道思難盡，長吟事已微。宴回初夜静，霜露暗需衣。

此時

草色動江波，風光轉磵阿。酒添春睡重，花發故情多。生事悲戎馬，心期倦薜蘿。微吟意無盡，當奈此時何。

癸未三月三日燕集，分韻得金字，是日極寒，雨雪交至，率爾成詠

清明迫上巳，寒雨連芳林。既飛楊花雪，還吝柳絲金。皚皚遠嶺際，寂寂春江潯。瀏清詠在昔，訏樂思難任。不有羣賢集，誰聞正始音。秉蕑非戲謔，舉觴抗高吟。俯仰一室内，張皇千載心。所欣脩禊事，何必在山陰。

上巳

三月花含雨，千家樹滿煙。春江無故水，沙岸少新船。湔祓情何限，悲歡境屢遷。細斟今日酒，長詠向來篇。

偶成

江水流春去，掀船風浪生。好吟詩過日，强借酒爲名。萬衆勞行役，寰區苦用兵。盤飧細生事，親切感人情。

怕見

破寂寒蛩夜未央，闌杆短短意何長。前山薄霧蒙頭睡，怕見當樓月似霜。

癸未歲晚留滯成都雜題

期上峨岷訪蜀賢，右軍筆劄故依然。閑身小動遨遊興，慚愧成都卜肆錢。

杜二拾遺多感傷，藥欄江檻識行藏。到今未覺風流遠，盡有遊人説草堂。

蠟蕚緗苞次第新，沉沉欲動古時春。天迴地轉無窮思，總付當罏賣酒人。

誰信千年百亂離，錦城絲管古今宜。薛濤箋紙桃花色，乞取明燈照寫詩。

大風堂觀大千所藏屏風帖及趙子昂、張伯雨、周伯琦、李東陽、倪元璐、黄道周諸賢墨蹟

太原公子襲輕裘，一著戎衣定九州。屏上龍蛇留妙跡，不論戈法亦清遒。

古思今情共一燈，千秋幾見趙吴興。周張仍取李邕法，卻怪溪堂有愛憎。

茶陵而後見汀州，落筆神光奪兩眸。驚怪元和新樣好，平原一派得承流。

高格倪黄見性情，即論險怪亦天成。此流未許他人與，雅俗相看最易明。
素牋膚潤染輕煤，筆勢騣騣往復回。今日居然同此樂，直當唤起古人來。

是夕更觀文與可畫竹有東坡題云與孫子發同觀

襪材剩得鵝溪絹，隱現湖州竹半竿。我後東坡八百載，更來燈下共開看。

何所

何所非吾土，聞情寄此邦。未須愁五嶺，猶自愛雙江。客夢久應熟，鄉心殊未降。楊梅最堪憶，虚對酒盈缸。

偶有感

南朝風日總優遊，山自連雲水自流。草長鶯飛春又到，莫愁終古可無愁。
小風吹雨濕紅芳，襟上題痕黯若亡。柳線牽春渾未得，燕飛雙剪剪春光。
梅枝和葉漸低垂，梅子青青更滿枝。不是幾番經雨打，未應青子有黄時。
無言桃李發春腴，蝶夢蜂魂漸已蘇。行樂未能應止酒，酒杯到手怎能無。
幾番桃李送斜暉，才道春來願已違。漫著春衫藉青草，遊人枉自惜芳菲。
桃李容光顯作春，暗香猶憶探梅人。而今隨處餘芳草，更使來時百感新。
東風桃李病猶妍，細雨青梅熟豈難。綠葉成陰春又夏，莫將光景等閒看。

繁紅暗緑一番春，幾日東風萬斛塵。乞取江流與湔袚，陌頭猶自涴行人。
悲歡離合信無端，爛漫春光又一年。輕蝶狂蜂何意思，時時飛舞到樽前。
美人芳草事常新，傷別傷春意已勤。一語樊南爲拈出，人間唯有杜司勳。
小別能爲一日留，眼前人物總悠悠。莫言飲啄尋常事，淺意深情不自由。

雨坐

雨洗芭蕉緑欲流，風翻新緑上窗休。案頭差可一日坐，坐久抛書聞雨鳩。

聞蛙

雜花二月弄風光，一兩蛙聲便滿塘。最使下江人不慣，早冬午夏换衣裳。
犬聲人語夜紛紛，添著蛙聲更惱人。小扇輕衫來眼底，杭州夢裏過殘春。

鑒齋雜興六言六章

古今只此山川，望中不絶風煙。一丘一壑予聖，半醒半醉誰賢。
明日何如今日，尊前勝似花前。一呷芳辛俱了，千般開落紛然。
芙蓉爲誰嘩嘩，露斯如此盈盈。萬里相看眼底，從來未異平生。
凡百但關知者，莫逢不可與言。小徑居然繞屋，短籬未隔塵喧。
鑒齋果何所鑒，此語拈出由他。皺面觀河見影，還應持問流波。

病來不妨語默，病去仍此形骸。些些去來兩事，枝頭花落花開。

題畫

山色清如此，江流思煞人。薄雲經雨斷，遠樹帶秋新。壓棹詩兼夢，盈襟酒問塵。向來對圖畫，忘是客中身。

次韻奉酬無量

朝衣著懶羨輕簑，風雨幽人倘見過。歲晚鄉關差有興，時艱觴詠苦無多。漫詢宅裏梅開未，將奈池中筆長河。賸欲從君撥新火，煮茶煨芋味甘和。

旨酒

世間旨酒是狂藥，一飲能教狷者狂。九有茫茫神禹跡，但成洪水不懷襄。

遣悶

倦開襟抱向江山，孤負當前百尺欄。萬事到頭終似夢，好花在眼易爲歡。乍晴小徑蜂爭鬧，微雨高樓燕作難。中酒情如風皺水，於人底事得相干。

再呈壯翁

閑庭風日鳥鳴陰，獨倚危欄百感尋。世事果能歸一諾，人間何有重千金。壺中小試藏身術，弦外如聞變徵音。山遶江迴終不住，周遭寂寞識愁心。

再贈喬老

喬侯才思邁何陰，意繡鴛鴦跡可尋。珠字清詞新片玉，秘方靈藥舊千金。狂來自命樽中聖，愁極誰傳水上音。非復高樓臨大道，呼歸石畔覓歸心。

寄呈波外翁

白酒能令公喜怒，澄江肯爲我西東。掀翻欲動波瀾意，冥漠還希陶阮風。已露文章驚海内，稍收涇渭置胸中。轉頭萬事非今日，行樂及時誰笑翁。

憶太平花

故宫苑内之太平花花白而小，香遠聞，疑即山谷所題爲山礬者，俗呼之爲七里香，江湖山野中所産，故北方貴之。

白衣大士今何在，漠漠塵香散鹿車。猶自宫溝春水滿，御園深鎖太平花。

讀山谷詩偶題

軋鵲噪晴知驟暖，小風吹雨釀芳春。誰能得見桃花悟，總道桃花似美人。

試院夜起

功名誠草草，磴道重行行。忙事槐花發，閒情春水生。鵑啼愁月落，蛾撲喜燈明。利善從人辨，孳孳苦未成。

偶題

柳花飄夢遍江南，長日鶯啼故不堪。幾輩相逢非舊好，有情難得是狂酣。漸驚客鬢添蒼白，苦憶春袍藉翠藍。隨分巴江夜來雨，望中煙浪没層嵐。

端午後一日作

蒲緑榴紅意已多，戎葵凝咲奈伊何。楚詞高詠誰能聽，角黍堆盤午日過。到眼花林捲地空，清和雨過緑濛濛。如何獨上高樓望，飽受開簾燕子風。

遣興長句

無言日月司賓送，著意江山變古今。飛鳥影中明世事，落花聲裏了春心。當年美酒輕輕醉，老去詩篇淡淡尋。稍待風來解餘慍，不須料理七弦琴。『醉』，一作『盡』，『詩篇』一作『名篇』。

石田小藥雜題五首

兵火彌天地，樓遲敢擇音。一廛猶可受，百慮自相侵。船笛臨江近，街鑼入市深。畏人成小築，杜老亦何心。

未必逢王翰，衡門美可稱。堆盤老蠶豆，覆地母豬藤。瓦礫從人拾，琴書與債增。高籬南竹插，來往莫相憎。

美酒斟時盡，良朋望裏來。乍張新畫障，還憶舊樓臺。萬里吴船系，千年蜀道開。秋鶯猶解語，留客小低徊。

薄瓦寧禁雨，新泥未盡乾。蛛絲連户起，鼠跡近床看。俯仰今猶昔，依違易亦難。出門江水闊，秋至足風湍。

信有江山美，鶯花過幾春。漫營新住宅，猶是未歸人。簷蝠出將暮，砌蟲吟向晨。物情衹如此，離亂轉相親。

席間誦壯翁近作『忠孝清門身負負，春秋佳日意匆匆』之句，感而成詠即以奉貽

忠孝清門名不朽，春秋佳日意難忘。與君雞黍他年約，有好湖山即故鄉。已自平生付樂哀，莫教惆悵酌金罍。江樓如此清秋夜，看取明燈照坐來。

過花灘溪感懷

細雨能教土脈舒，野風吹緑上襟裾。難從巴峽通吴嶽，每過花灘憶聖湖。坐上枰棋終有劫，村中杯酒任相

呼。劍南一集流傳舊，壯句閑詞近覺殊。

九日

山城斷續風吹雨，留取清陰罨水濱。九日不殊應有菊，一樽淺把漫逢人。避兵塞雁沉雲影，入饌江魚損錦鱗。不敢題糕緣興盡，登臨贏得是傷神。

伯鷹觀瓶中花其將謝有作因同賦

無多花絮惹遊絲，始信人間春事遲。舞蝶暗穿將密葉，流鶯空度最高枝。卻從瓶影添新意，儘有香痕印舊思。放浪形骸焉所託，一生情分好禁持。

卷六 一九四四——一九四五年

春日雜詠 一九四四年

花竹風煙兒女態，强於閑過一春天。黃鸝紫燕真如願，看盡人間最少年。

荆公詩云：『更作世間兒女態，亂栽花竹養風煙。』

風日何嘗解動人，好花領取自家春。兩三鳴鳥飛還止，眼底心頭異樣新。

鯿魚春筍入相思，水緑平湖雨細時。今日風晴江浪闊，江深杯淺不堪持。

南北看花歲歲過，客愁未覺酒邊多。東風於我仍相與，肯向樽前喚奈何。

小坐燈前聽雨聲，朝來簷際看新晴。養花天氣多如此，酌暖斟寒故有情。

李花雪壓要人扶，風裏稀疏看欲無。一幅春愁描不盡，淡煙村舍雨鳩呼。

雜花生樹柳絲長，二月春風不可當。如此江南最堪憶，莫嫌細雨濕流光。

花月春江年復年，幾回花好月剛圓。江花含意入歌裏，江月照人來酒邊。

不是看花即索死，有情應解拾遺詩。縱教天地干戈滿，江上春風不斷吹。

春工何與人間事，但覺眼前光景明。暖日和風無氣力，百花開了歲功成。

竹籬晴日樂鳴禽，水滿池塘花滿林。生怕東風吹出户，樽前覓取少年心。

李花揚袂障晴雲，桃葉褰幃對夕曛。傷別傷春世間事，不應唯有杜司勳。

亭亭苗樹未生枝，沐雨摇風亦有時。他日清陰能覆地，路人來此聽黄鸝。
春風江上動清吟，江水吟情相與深。認取芳叢舊來處，高枝猶自有鳴禽。
樓頭當面失群山，霧氣侵入獨倚闌。才喜山移仍霧掩，目窮千里已知難。
春星昨夜耀微茫，共此閒庭燈燭光。誰道杏花消息斷，夢回短枕雨浪浪。

喜見大千時初自敦煌歸舍館尚未定也因贈

三年面壁信堂堂，萬里歸來鬚帶霜。薏苡明珠誰管得，且安筆硯寫敦煌。

題南萱所摹溪山無盡卷子

清香凝畫小房櫳，不晴不雨鳩聲中。幽閒無事茶破慵，墨花泛泛回春風。點染縑素百日功，裁成一卷彌從容。江本王摹聊發蒙，憑古意匠攄今胸。岡嶺遠並江流東，水重山掩肺腑同。行李騷然循舊蹤，溪山無盡年無窮。

觀稚柳畫展歸因贈

小謝山水亦清發，短幅點作巨然師。春陰爾許秋色媚，四序暗移人莫知。虛堂愔愔衆忘機，嘉禽仙蝶相委隨。壁間大士示微笑，霜鬢一時盡年少。畫師作畫能逼真，願君更作如花人。莫向老蓮取粉本，態殊意遠世人嗔。

追懷黄劉二子

蒹葭黄葉故樓空，黄大劉三根卻同。空有楹書遺後世，賸憑詩卷説衰翁。華涇薜荔墻翻雨，北海芙蕖棹送風。轉眼堪驚陵谷改，當時唯顯路西東。

朱遏先輓詩

劬學忘年歲，尋常有發明。思來因述往，救過勝談兵。筆勢參歐老，詩驚並子京。崑崙猶未至，何以慰平生。

戲贈浴室中人

當筵笑認作回回，入浴驚從蒙古來。一事相關莫相訝，南人北相費君猜。
居士從來説無垢，若真無垢淨應無。試看不染蓮花種，大陸高原那有渠。

今昔

雙角戴花增嫵媚，四蹄著屨踏泥沙。傷禾入草當年事，近共老僧爲一家。
三十年來老牯牛，會人言語卻應休。如何炯炯開雙眼，閑看人間不轉頭。

四弦

四弦撥盡情難盡，意足無聲勝有聲。今古悲歡終了了，爲誰合眼想平生。

甲申中秋前夕夢中得句，嘉陵江上石田小築中

山城燈火霧張幃，雨氣沉沉濕舞衣。任是十年愛羅綺，莫持羅綺怨光輝。

賀黄苗子郁風新婚

無雙妙穎寫佳期，難得人間絶好辭。取譬淵明遠風句，良苗新意有人知。民國三十三年十月廿六日爲祖耀定子兩君結褵嘉禮，期近始知，不及備儀，輒即眼前細事成二十八字寫以奉貽，戲謔之言，聊供笑樂云爾。

題行嚴臨虞永興所摹蘭亭修禊敘卷子五絶句

鼠須繭紙尋常有，持寫蘭亭亦偶然。功力到來矜躁釋，當時逸少本天全。

落落揮毫故有神，不因臨寫損天真。湖湘豪氣由來重，何必山陰一輩人。

几案之間無俗韻，管弦而外覺知音。吾儕本未關人事，得失相看只寸心。

卌載臨池未奏功，强從詳緩説明通。卻慚但會蘭亭面，寬博都無作者風。

拙臨蘭亭敘與虞褚所摹並觀，頓形局促。

兩家雞鶩且休論，一卷聊堪付子孫。各有短長無可諱，君須得魄我須魂。

此卷受之攜來索題。

題晦聞觀劇詩後

一士流淹遂不還，長餘七字卷中看。嗚蜩嘒嘒猶隆暑，漂雨森森又小寒。多歷星霜諳俗異，未緣戰伐歎時

難。九京可作吾誰與，此際聞歌恐少歡。

憶湖州六絶句

憶曾登眺弁峰巔，湖水漫漫欲浸天。四十年中風浪闊，蜀江灘畔望歸船。
碧浪湖心塔影長，道場山腳野花香。當時擬借雲巢宿，風惡驚濤不可航。
祭掃歸來百感傷，十年去國恨何長。春風又過黄泥嶺，緑水青山草自芳。
摩肩彩鳳坊頭過，信腳駱駝橋上行。落落幾人真識我，淹留今始愧無成。
桃柳峴山爲好春，和風相趁出南門。已嗟逸老風流盡，更與何人共酒樽。
門前系艇月河街，也向花樓小住來。梅雨年年倍惆悵，東川一樣雨肥梅。

爲履川題曾氏家學

閩中自古詩之鄉，晚近陳鄭世所望。孤軍特起卻尋常，累葉勿替道乃昌。君子五世澤已長，況十一世綿世香，自是君家有義方。先德德厚心地好，心聲百世猶琅琅。率由無改謹寫藏，孫賢子孝留芬芳。寒家向亦重詩教，雙溪一集僅未亡。新刊持贈增慚惶，欲爲頌之難成章，感君嘉惠銘不忘。

江邊

江邊終日水車鳴，我自平生愛此聲。風月一時都屬客，杖藜聊復寄詩情。

寓所漫題　一九四五年

巴山西起最能奇，巴水東流更不疑。六載未歸緣戰伐，一生難遣是吟思。泡桐得地干雲上，蔓草爭籬帶露垂。眼底盡多他日感，漫從卉木樂無知。

讀晦聞宿潭柘寺詩因次其韻

萬種春情生柳陌，一痕秋夢墮槐街。西山舊約隨年往，短卷新題與古儕。掃徑風回花正豔，當筵月落酒偏佳。心頭眼底都難遣，始信勞生未有涯。

讀《蒹葭樓詩》因題

詩思森泓久所參，卷中尋味更潭潭。高情一往入寥廓，流輩能言無二三。陂澤納喧從草蔓，欄幹透雨助花酣。社園春日風沙惡，欲北驅車卻向南。

和邁士滬上寄詩次韻寫懷

兩腳終當踏九州，一身何事老江頭。花開詩劄頻勞寄，柯爛棊枰未易收。東望關河生百慮，西來猿鳥與先憂。朱櫻玉筍還期待，共載湖風泛莫愁。

次韻答邁士見寄

畫情涉想入玄冬，雪滿江天鳥絶蹤。白篾篷低詩蘊藉，紅泥鑪小酒從容。及時短景仍行樂，遠害閑身且放慵。古寺鐘殘炊夢斷，知君惜取小園龍。

次韻鵷雛悼舒澤卿

姚子新篇咳唾成，不因南社有名聲。恢恢風月光騰座，寂寂江山霧掩城。萬里流遷憑膽劍，一樽冥漠息心兵。高懷入世誰相與，伐木吟成念友生。

八月八日立秋後二日，喜聞日本向同盟國請降

佇看細柳散金甲，未用高城築受降。時日偕亡勝衆口，清秋纔到静雙江。八年力戰知民困，一簣虧功懔政龐。天下一家從此始，海東邦接海西邦。

四國憂同屢會盟，一丸力大促行成。鯨吞蠶食終何益，虎擲龍拏最有聲。得喪東西如奕局，安危今古視民情。從新更作百年計，始信哀矜善用兵。

立冬日雷雨慨然有作

立冬動峽雷，陰雨散微暄。飛蠅固已掃，鳴蚉亦不煩。形影閟燕處，襟懷敞前軒。矯首望寥廓，曾雲八表昏。置身峻嶺上，不得見中原。似聞泣子遺，聲共九河翻。慘怛還入室，憂思塞周垣。昨者北客至，舉燭語夜温。居難例憤悶，所苦不待喧。寇退益辛勤，惘惘念故園。懷安情之恒，歸來飽難豚。立人已斯立，事不及怨恩。亂流總趨壑，散葉終覆根。在人義亦爾，樂生義乃存。朝野抒宏議，豈不爲元元。及觀所行施，誰肯顧其言。安危本由人，人情轉風旛。大欲殘無辜，平地起高墳。殃遂及動植，水火連墟村。此自非細故，幾乎息乾

坤。天道常可摧，人心幻難論。撥置雨中歎，開霽迎朝暾。

附：馬一浮敬和立冬日聞雷

巖居被高詠，峽雷記冬暄。非時軫民瘼，發聲厲朝乾。春秋推五行，月令祀井泉。今也斥陰陽，蟄蟲肆飛騫。斯人安草昧，孰測幽冥原。激石夷崑岡，豐隆折其轅。怒者將爲誰，乃令地軸翻。林摧識鳥亂，川沸知魚煩。變色起中夜，懍此高臺軒。疾風正蕭颯，顛頓憂黎元。天地豈不仁，草木亦尚蕃。雷風永相薄，四序今無安。仲任述雷虛，物理疑未殫。方冬竟行夏，對食不能餐。曠野驚兕虎，枳棘竄騰猿。同雲密以布，霰雪忽又繁。大麓懼先迷，卻曲傷丘樊。薄俗定何恤，詩人義無諐。覽君匕鬯思，令我涕汍瀾。氛祲由人興，災祥可齊觀。反者道之動，物復歸其根。逝消冰炭懷，終驗黃老言。

冬雷三首

關河迢遞路西東，世難悠悠去住同。白酒醉人循故事，黃花得句見新功。已嗟愁露零階上，不道冬雷殷峽中。人事天時知有異，此身好在任飄蓬。

歲時歷歷看猶是，江水湯湯去不回。劫後餘生歸帝力，兵間積厲發冬雷。山河離合新詩卷，今古悲懽濁酒盃。底事更須窮遠目，非關筋力怯登臺。

收京未了亂中原，河岳英靈帝子孫。一代雄圖掩功罪，千秋心史待評論。國家大有安危事，人已同深骨肉恩。盡遣斯民赴湯火，諸君何以奠乾坤。

戲疑義山

畫角聲聲催暮寒，排空甲第與山連。霧迷陰洞疑無地。雲暖陽臺別有天。東閣向來疏禮分，南樓隨遇接恩緣。劉安未必憐雞犬，卻比旁人總得仙。

行嚴題來劄尾

秋氣隨落葉，蕭然滿庭除。籬蔓上朝顏，明綴夜雨珠。誰信昨日事，汗蒸毛髮濡。鎮心希甘瓜，眼渴夢江湖。事過境自遷，涼燠理未殊。發興清秋節，且言蒓與鱸。浩然望歸路，勞君問何如。

乙酉重陽日，于、程二公會飲賓衆，以『建國必成』分韻。因用『必』字韻賦呈一首

樽俎開九九，干戈憶七七。頻年喪亂懷，勝事誰能必。軒軒天宇高，清秋在今日。西上以避災，否極斯逢吉。衆心和且平，幽情暢一世。載賡採菊詠，不費題糕筆。佳節昔所有，嘉會今惟一。願秉長房心，弘兹活國術。遠瞻慮無窮，近接趣已溢。公能嚴酒兵，我遂失詩律。喜懼並當筵，雜然聊短述。

秋晚

對酒能無悶，逢花信自然。一身堪作客，萬事不關天。歷歷秋將晚，暉暉日故妍。柴門東望久，聞棹下江船。

閑情二首

吾亦能高詠，且登江上臺。至今黄菊好，定向故園開。鳥墮翻風葉，蟲吟過雨苔。閑庭竟何待，只是爲秋來。

桐葉稀踈蕉葉黄，牽牛籬落正經霜。去年光景猶堪憶，小院閒情對夕陽。

秋雨中作

山容稍清削，江勢且奔騰。葉底秋情見，雨邊寒意增。逢人嗟久旅，到處説中興。漫寫孤斟句，東籬念友朋。

秋晚有客

秋情静而迥，秋色淡以奇。揭來牽牛花，熠熠光□籬。何必採黄菊，亦可賦新詩。對花酌芳酒，爲君進一卮。酒罷望江南，山長江渺瀰。莫言萬里道，保此百年期。

贈别元龍赴安徽任善後救濟署

葉公方吟哦，百端不一省。及其事當辦，明鋭如脱穎。是真讀書人，通理無所梗。曾游西方學，長鯨吸滄溟。歸復習文史，汲古用修綆。故無詩失遇，出句每警警。懷以風月高，興爲江山永。聞今當東還，新政得把柄。濟難在富庶，不獨急災眚。鴻聲頌中興，知君有本領。浩蕩江上鷗，參差水中荇。江南伊可懷，歸歟吾將請。他日倘見過，定開新詩境。公事且莫關，清談一甌茗。平生妄欲默，在喉有骨鯁。臨歧一傾吐，不顧人齒泠。男兒重功名，亦當愛光景。恢恢一室内，世紛可以屏。出處非一途，賢愚難比並。君其語我來，吾當居何等。

東川詩友合

塵中少樂事，觴詠偶經過。風日得清佳，鳴鳥嚶相和。汪子擅風騷，幽蘭託興多。章侯才力健，磊落長松柯。曾潘時點綴，婉孌蔦與蘿。喬老海棠精，劉翁剪春夢。二姚異情性，竹猗柳傞傞。方湖老少年，風情未消磨。元龍稍晚至，遠韻揚秋荷。賤子實小草，春生緣磵坡。草木吾臭味，短長無私阿。此亦一時好，寒日倏已俄。聚散覆杯酒，感之酣且歌。東川詩友合，昔爾今如何。

次韻冀野九日之作

極目寥天萬里秋，一生襟抱倚危樓。重陽例合添詩債，黄菊偏宜與酒謀。亂久關山畏行止，信稀雲水有沈浮。説兵兩力猶嫌少，海外茫茫更九州。

一局用前韻

一局安危見弈秋，難憑寸木逾岑樓。自來力服非心服，今日人謀勝鬼謀。不信遺黎從此盡，直須舉白共君浮。中宵又入昇平夢，兩腳真堪踏九州。

塵中

迎帽黄塵不待風，九衢人意竟匆匆。嗚弦鏗爾知何世，萬古冥冥幾塞鴻。

夜宴得縱觀紅薇老人及曼青所作畫因賦詩奉貽

南樓去遂遠，清於亦不作。近來常州派，細甚氣已涂。畫史信手寫，幾輩矜磅礴。人間花鳥春，丹青久冷落。紅薇乃法宗，神明無所縛。臨軒調露脂，精心寫風蕊。潛伏昭淵魚，高舉來雲鶴。勤飛與歧行，隨意顯活躍。眼前萬姿態，胸中一丘壑。動植無遁形，出手姿抄掠。化工窮其妙，巧奪毋乃虐。鄭生承家學，此事得付託。既展破蕉葉，還能新竹籜。蓮蓬春簇簇，菊窠黄灼灼。幽蘭有神情，空穀不寂寞。徐陳近鄉縣，吳王異城廓。駸駸分馳去，不受老人約。讀樂遊藝林，無私開畫閣。山陰道上行，空回定如昨。衆聲同諮嗟，吾文費添削。不如閉其口，面壁契冥漢。秉彼繼日燭，快此賞心酌。

卷七　一九四六—一九四九年

春事　一九四六年

詩囊酒榼總應持，容易人間春事違。大道高樓塵漠漠，珠簾錦瑟意暉暉。含桃過盡鶯初囀，芳絮飄殘燕未歸。十載扁舟江海夢，夢回隔雨卧遥幃。

三月廿二日偶題卻寄湛翁

合眼能教心太平，暮年難遣是詩情。樽中有酒方知味，坐上無棋早息爭。山鳥不來晨角動，湖魚仍躍夜船行。人間擾擾春風裏，看柳看花過一生。

四月三十日宴集雙燕堂詩

惡客何爲者，低佪康四家。閒尋棋搭檔，慣理畫生涯。妙在無心學，狂來信口誇。傷時嘆麟鳳，驚座起龍蛇。白屋心情好，朱門意氣賒。能行老翁樂，兼作小兒譁。長夜眠偏少，豐筵食轉加。山頹頻醉酒，水厄屢憐茶。謔入三分木，神開頃刻花。有誰能辨此，莫道主人差。

『惡客』二字，見於東坡詩，心遠用之也。然東坡云：『客惡何如主人惡』，則心遠之謙衷又可見矣。余故樂爲之記。汪東。

爲保權題邁士畫

紅意紅情畫不如，秖今見畫亦清於。櫻脂端合吟新句，蕉碧猶堪作好書。

邁士畫菊花茶具，尹默補竹並題

竹葉甯無分，黄花亦有情。不妨沈醉了，七盌袖風生。

湖上小住，去後有作

多憂借酒破愁顔，久别逢人説故山。林鳥競隨朝日出，湖船偶載暮雲還。干戈道阻魂猶悸，鐘梵聲長意乍閑。留固未能行亦可，岸花堤樹總相關。

十一月十二日與邁士乘京杭早車返滬，道中得五絶句。車中望棲霞山色，邁士謂松雪所寫鵲華取景正復如此

南朝山色愛棲霞，點染知應勝鵲華。衰柳殘荷無限意，可堪隨處著啼鴉。

鎮江停車，近見岸側金山寺塔

金陵霧引走平岡，曉日曈曨樹老蒼。相送東行更懷古，金山非復水中央。

荆公金陵絶句三首，託興遥深，有丹樓碧閣之感

坐對金山憶半山，愧無佳句鬥身閑。丹樓碧閣關時事，古思今情未易删。荆公雜詠有云：證聖南朝寺，三年到百回。不知牆下路，今日幾花開。
每過金陵説半山，行吟證聖寺門前。風荷邂逅牆陰路，未必南朝有此賢。

題金陵雞鳴寺豁蒙樓壁

勝絶雞鳴寺，蕭然幾杵鐘。南朝煙水夢，猶自碧濛濛。

對月小酌

萬古一月色，人間幾杯酒。空滿不能無，圓缺亦何有。昔時美少年，今當成老醜。霜綻江頭梅，風落門前柳。往矣彭澤宰，懷哉杜陵叟。宵來喜見月，一杯猶在手。飲酒不愧天，此事差不朽。

爲邁士書寬齋額題句

樓迥何須大，窗明便覺佳。恢恢范中立，即此是寬齋。

鵷雛以久未通問，自監察院寄詩，將意慨然有答，即用來韻

一九四七年

燕處學書寧好事，澄觀得句本無心。每逢春至知年往，卻憶邱高望海深。南社酒悲君過我，柏臺官冷古輪今。交遊遲暮情彌淡，莫道無弦不解琴。

歲暮寫懷

世路棋紛非一道，人情煙動最多端。兕邊鬭鹿能無懼，弦外飛鴻故作難。爲有香醪開歲盞，更看野薺處春盤。殘年又得平平過，憂樂熬煎且一寬。

次韻行嚴過訪見贈之作

自笑居恒愛楚狂，歸來行徑卻尋常。字同生菜論斤賣，畫取幽篁閉閣藏。懂會底須過趙李，劇談時復見劉王。煩君爲説閑中事，已足人間一世忙。

立春前一日，稚柳偕元龍見訪，感而有作，示平君並簡諸鄰好二首

鐘鼓催人不自閑。陰暗朝暮一窗間。神傷雒下東西屋，興託淮南大小山。封籙誰當思憒憒，役車時復聽班班。老知書畫真多益，未悔相從晝掩關。

死生契闊誰能料，眼底相看漸白頭。酒與長年唯所願，詩吟卒歲可無憂。驚梅拂水春猶是，載雪乘船興未遒。道阻不忍鄰里約，虀鹽賓主肯來否。

戲畫墨竹

胸次何嘗有此君，偶然信手寫凌雲。粗才應被樊川笑，孱榦疏枝不中軍。

晴日漫興

晴日微寒意轉新，谷風習習陌間塵。乍逢好鳥留連我，漫把新詞驚動人。坐照花光沈酒琖，江涵帆影接天津。十年聚散干戈裏，桃李無妨作好春。

風雨中吟

燕忙鶯亂終何事，五月陰晴著意難。樓日過雲生晝晦，海風吹雨入江寒。物情落落仍相與，世網恢恢故一寬。卻病無方虛止酒，朧憑清醒倚闌幹。

端午日口占

東來便覺不尋常，節物濃然糉箬香。只欠兒時一杯酒，淺斟細酌點雄黄。

端午後二日余生辰，平君蒔竹爲壽，賦詩紀之

六十五寒暑，小兒成老翁。更經幾朝暮，憂樂諒不同。平生無盡意，閲世如長松。有時恣吟嘯，謖謖滿簾風。即此博一快，誰云非至公。晏居敢忘勤，生物日趨功。一昨端午日，蒲緑榴花紅。鄰舍焚芸蘭，轉頭香散空。有錢不買香，换取新竹叢。此君耐歲寒，匪唯絶塵蹤。與子共醉竹，一樽且從容。

新種竹

領取出塵意，兼收卻暑功。新移細竹活，稍覺晚庭空。舒葉終須雨，調枝更待風。卻慚勝果院，灌溉閉門

中。后山寓勝果院，後庭有瘦柏，屢以水溉之，遂有生意。

暑中聞兼士之喪，泫然賦此。弟舊曆六月十一日生辰，越五日宴客於家，宴中疾驟作，即溘然長逝矣，傷哉

炎天旦夕幾風雷，過雨軒窗閉復開。酒畔偶然傳快語，人間是處有沈哀。荷塘香散花隨水，荆樹枝摧葉覆苔。白日看雲眠未得，虚期北使望中來。

再哭弟

一朝散手若爲情，六十年來好弟兄。更使後生思老輩，卻緣清德著能名。他年識字才餘種，此日爲邦苦用兵。老淚無多不供灑，木然翹首立秋晴。

題邁士畫四時山水

暖意端從寒裏出，陌間日日扇和風。春工點染真能事，水色山光旋不同。
過盡芳菲草木深，人間可愛是清陰。日長山静無塵事，會到悠然太古心。
雁落霜洲天宇高，江南草木未全凋。登山臨水將歸意，猶著當時舊柳條。
翠紅裝綴好山川，一代紛華數日看。得識域中真面目，賴君胸次有荒寒。

畫竹遣興

吴興太守醉東坡，耘老溪亭逸興多。梅道人亡無筆墨，風前當奈此君何。

次韻答湛翁見懷

聽雨軒中三日留，書來又是一年秋。水明樓夜難成寐，雲暗巑天倦出遊。城郭至今思去鶴，湖山終古屬閑鷗。四時光景傾杯裏，傾盡人間幾許愁。

十月十八日偕平君遊杭州道中作

野風拂面動車輪，多謝宵來雨洗塵。名利盡爲他日事，悲歡聊付現時人。正須松菊開荒徑，猶喜湖山稱老身。從此不愁行路遠，相攜來醉聖湖春。

湖上雜吟

湖光山色一舟中，去住無心任好風。四十年來看不厭，柳堤西畔夕陽紅。

湖上秋高柳未疏，蓮蓬折盡葉微枯。從來臨水登山意，不道愁中得所娛。

深椀茶清伏睡魔，通宵蟲語費吟哦。殘荷葉響晨光動，猶記年時小艇過。

人間常恨意匆匆，所好元來未易從。一事平生堪不朽，悠然來聽鳳林鐘。

竹林群鵲噪秋晴，滿路風和暖意生。直送遊人到山寺，琤琮坐聽冷泉聲。

蕭然閑地未能閑，鎮日僧房不掩關。競與遊人道魚樂，膠膠擾擾一池間。

四合岡巒隱暮煙，微茫燈火接遥天。劇憐初夜新弦月，漾水流輝送客船。

湛翁湖上招飲别歸有作

小艇暗沖荷梗去，秋衣微著雨涼歸。酒闌此際易生感，回首高樓燈火稀。

重九日作

湖山好處是吾鄉，秋日來游意興長。偶欲登臨窮遠目，非關風雨報重陽。吟詩何與催租事，涉世應無遠害方。高會龍山非此日，淵明自醉菊籬旁。

蘇州紀游

杭州游罷又吴城，不負清秋日日晴。虎阜獅林元自好，相看正要此時情。

戒幢寺裏一池水，拙政園中百歲藤。今古悠悠多少事，知他誰廢復誰興。

高臺麋鹿認遺蹤，離亂千年一再逢。夜半客船應有恨，寒山寺在不聞鐘。寺鐘爲日人取去。

玄妙觀前逢乞丐，强將吴語聒遊人。探囊安得有靈藥，療盡人間一世貧。

白門楊柳暮棲鴉，肯信詞人不憶家。車馬自來仍自去，蘋花橋畔夕陽斜。寄庵旅南京未歸。

説著滄浪意自清，世間隨分有塵纓。卻愁野水荒灣去，醉倒春風句不成。

蘇子美遊滄浪亭有『醉倒惟有春風知』之句。

次韻湛翁歲暮

湖山勝處合誅茅，雨冷雲昏念遠郊。得見梅開元有數，但占春至豈無爻。爛柯才了仙童局，懸橘差安逸叟巢。鄰壁學而聲已斷，剩從山鳥聽朝嘲。

自嘲用前韻

林下多時擬結茅，畏塗荊棘阻荒郊。光陰逝水無昏旦，憂患如山動象爻。往往沙鷗將故侶，年年社燕定新巢。我身貴矣不如鳥，莫待人嘲且自嘲。

戲題大千爲孝慈畫饋魚圖

寧可出無車，不可食無魚。無車得安步，無魚但茹蔬。張侯磊落人，避囂青城居。妙境等畫餅，眼飽腹饑虛。楊子念良友，欲令德不孤。乘興躡蹤跡，三五連襟裾。已慮緣木求，遂挈筐篚俱。出網看戢戢，入水想喁喁。張侯略拱手，含意拈髭鬚。平生爲口忙，風味愛大蘇。香炒青精飯，得此不願餘。即當觀哺啜，亦可事庖廚。憶昔癸未冬，清寒集成都。夜飲大風堂，貫柳得所漁。鸞刀不假手，爲客烹霜腴。叩門來不速，釜中爛可籲。形爛神則全，相語笑葫蘆。至今有餘味，飡勝仍欲酤。蕭條歲暮心，莫負紅泥罏。更憑寫生筆，回彼鱗鬣初。形神味俱得，安可少此圖。

飛槎

飛槎天上結新知，益覺人間景物奇。看取白榆星歷歷，何如紅豆子離離。

題子奇畫

綠竹無塵思，隨風自展舒。不知綺窗底，含意讀何書。

題朱竹

幾番圓月幾斜暉，迎得新涼送暑歸。不道停雲館中客，至今猶著舊朱衣。

麻雀得失詩

缺一原無法，摸雙自有方。神疏遭失碰，機好進嵌張。手爲欄和縮，眉因搶杠揚。無聊偏做夢，有趣老聯莊。忌諱誰能免，風頭不可當。扣牌真作惡，班位定能强。女愛男尤好，冬温夏反涼。但逢抬轎子，莫與搭城牆。

博弈賢乎已，人人佩聖言。超兹塵世界，游彼竹林園。海月撈非易，門風坐有翻。不行唯九老，頂好是三元。滿貫和真辣，尖張吃最鮮。要包三落地，莫管五更天。教授鄰邦有，牌經到處傳。倘修麻雀史，請附衛生篇。

近世麻雀牌戲無賢愚皆好之，余獨不解，而友朋中多有以此爲消遣者，得時從旁觀，暇輒以打油詩諷之。

丹砂

丹砂輪豔麗，美玉比貞堅。號作相思子，人情倍覺妍。

蔡君龍雲能承接祖國武術之優良傳統，深研精進，曾連續擊敗馬索洛夫十三次，後於一九四六年九月二日與美國重級冠軍拳擊家魯塞爾比賽未及四五合即擊敗之，致使彼不得不放棄比賽權，比來索詩輒漫賦贈一首

少林拳擊世莫當，動迅静定力蘊藏。蔡君得之制强梁，柔非終柔剛非剛。剛者先折柔轉强，妙門洞闢唯東方。技與道合及有此，一洗東亞病夫恥。

對竹二絶句　一九四八年

籜龍解籜本無心，便放新梢過一尋。薄酒酌來輪蘊藉，小詩哦罷起蕭森。

牆梢日暵雲林畫，牕葉風吟和靖詩。此趣自從閑裏得，落花飛絮不同時。

鵷雛自京寄詩，以東川詩友合爲發端，輒依體韻奉答

東川詩友合，各自數悲歡。道阻身爲客，時長影在官。江山仍有會，梅柳鎮相看。歷歷尋篇詠，明珠鏡玉盤。

東川詩友合，入夢蝶翩翻。青鬢堂堂改，心期往往存。杯停雲淡蕩，言語水潺湲。楊柳春來訊，烏啼白下門。

坐雨戲效誠齋體

小滿寒仍在，江樓酒幔斜。山河分九域，歌哭接千家。無事不愁雨，有錢還買花。牆陰細叢竹，看看又青些。

端陽節後二日爲余生辰，豫卿有書來因答

去歲曾題種竹詩，一春雨少見枯枝。枯榮莫道是天意，得地牆東有綠猗。
生老難逃少病苦，去來莫計願當今。一杯傾盡酡顔在，省識榴紅蒲綠心。
逝者如斯駒過隙，歸來又見燕將雛。眼前百事不改舊，但覺今吾非故吾。
干戈不失太平年，寒暑紛然一日間。聞見前人猶未及，此身何幸得相關。是日晨興即酷熱，過午陰雨驟涼如深秋矣。
哦罷新詩放酒樽，故交猶有幾人存。明年此日應無恙，更寄篇章與討論。

梅雨

五月晴來久，青梅半已黄。江樓蒸水氣，簷户暗天光。經雨蚓蛙鬧，逆風花竹香。汗收閑裏坐，卻要换衣裳。

晴雨

晴雨渾無定，風雷亦有因。幣增珠玉米，兵動草菅人。史事看來慣，危時老始親。三年江上計，猶得任

吾真。

雜感口號呈湛翁

歲月無多莫漫嗟，詩書堪作老生涯。后山慣喜蒙頭卧，一字吟成日已斜。
老去常愁酒琖空，一樽且喜故人同。避人避世都非計，兵氣銷除笑語中。
每過臨平動遠思，平岡塔影昔人詩。蜻蜓來往渾無定，只有荷風似舊時。
古人來者兩茫茫，此念平生未易忘。悲喜極時言語斷，不尋常事卻尋常。
兵戈動後百艱生，勝處欲行終未行。茂草荒園仍有意，從來足惜是人情。

湖上作

雨過風來水面涼，小舟輕槳泛湖光。田田荷葉扶新朵，瑟瑟松林掛夕陽。偶聽漁樵談得喪，好尋鷗鷺作平章。從新領略江湖味，樓外樓頭意興長。

聞喬大壯於蘇州平門梅郵橋投水死感成四韻二章聊寫悲思

君年未六十，霜鬢雪髯髭。行義清門後，文章太學師。詞宗戲呼我，名士欲推誰。來往閑蹤跡，難忘蜀道時。

醒久少狂語，愁深多妙文。傷心唯白酒，失意豈紅裙。化鶴終何慕，騎鯨忽此聞。梅郵橋下水，名重定因君。

晚酌遣興

涼意不成雨，夕陽猶在林。此時唯杜口，無事可關心。倦鳥歸何暮，哀蟬響到今。物情入杯琖，傾寫思彌深。

口占

板車轣轆動侵晨，卧愧街頭掃糞人。攬轡豈無天下志，室中亦自有風塵。

立秋後雨霽偶作

日出非一朝，月落非一夕。爲此朝夕計，日月共作息。今人猶古人，念念良足惜。來日異今日，悠悠竟何得。

促齡憂千歲，亦復可憐生。沈宴百不理，畢竟少人情。樞機發言行，榮辱未由名。無可無不可，要不負生平。

小户愛小琖，琖小仍有容。一呷雖易盡，歡然時復中。自從陶劉來，兹趣了無窮。復值新秋雨，天意蘇此翁。

今年虛度春，鶯語未到耳。倏忽已秋至，鳴蟬無久理。微物足啟予，高吟亦徒爾。匪嫌鳴不平，但畏聒鄰里。

一雨暑未退，再雨涼始生。一連三日雨，天乃愜人情。且勿關他事，愛此枕簟清。向來戒苟安，今日欲何營。

小詩二首

石室先生胸次寬，東坡居士腹便便。信同造物能容物，何止區區著渭川。

臨流倚石綠漪漪，只費石家墨一池。絶代風情簫協律，至今猶見樂天詩。

秋至

望秋秋已至，卻未帶秋涼。忍病非無益，祛煩正少方。魚潛一昭伏，龍戰幾玄黃。往事驚心眼，今看是故常。

中秋夜坐

今夕知何夕，歌翻水調新。一樽人待月，静夜月窺人。亂久忘憂樂，交疏靡怨親。匆匆佳節過，此事覺彌真。

題《三峽歸舟圖》

三峽最知名，愁人蜀道行。中原亂無象，徼外險猶平。寇退餘憂樂，帆懸閲死生。得歸非細事，珍重畫圖情。

唯有一首贈街頭流浪者

無藥能醫世上貧，貴生安得不謀身。自來不用一錢買，唯有陌頭車馬塵。

題伊近岑歸硯圖卷子用墨巢韻

一硯歷兩家，墨緣天所定。墨卿書經始，墨巢詩用賸。歸宗近來事，我聞發高興。圖詠明且清，無煩一劄塍。風流諸老翁，乹嘉擅名勝。巨幅三闕字，萬象並包孕。秋奩搜遺文，蘇齋推伊姓。取銘端溪石，石交紀瑞應。半璧仍合規，正與方矩稱。方圓義無忝，保此百朋贈。吾宗有小松，邁士，詩境冰雪瑩。爲君補亡圖，故實燦家乘。

題黄賓虹湖山欲雨畫

滿湖煙浪滿船風，遠近峰巒翠靄中。草氣林光會人意，一時點染畫圖工。

題竹

雨密風疏意自深，旋看鳳翥聽龍吟。此時頓覺少塵思，差抵淵明一撫琴。

題竹

不畏李廣彎弓，敢當米顛下拜。時承君子清風，静動兩無相礙。

又

舞鳳非無會，調鸞遂不堪。雨收餘潤在，生意入沈酣。

又

舉世風雲際，樊川詠羽林。此君非揖讓，俯仰亦何心。

又

謬被王猷賞，肩與日到門。蕭然在空谷，猶勝辟疆園。

題畫

梅花美人風，修竹君子德。石友厲貞堅，相對自怡悦。

題高逸鴻畫集

緑竹久無實，鳳鳥遂不至。松鼠跳櫟來，亦復有生意。
玉簪清淨理，長憶碧牕紗。秋來人世换，唯見鳳仙花。
幽蘭有佳氣，一向閟山阿。彝齋不可作，當奈所南何。
莊惠一時語，强爲口口稱。世間哀樂半，從來兩合繩。

落筆

石室先生清興動，落筆縱横飛小鳳。借君妙意寫篔簹，留與詩人發吟詠。

保三弟見余此幀而悦之，有欲得之意，即以奉貽並爲題句

風中無物不紛披，草偃蓬翻聽所爲。試看此君何意態，郤因軒翥見高姿。

題君匋印集

印人刻印派紛然，法秦規漢明淵源。中間宋元體變遷，細朱妙麗人所妍。何文花樣從新翻，後來皖浙各有傳。駸駸爭度驊騮前，聲名終竟歸才賢。誰歟作者海甯錢。

君匋先生屬題，余於此道爲門外漢，不合贊一詞。重違雅教，輒以俚句塞責，慚惶慚惶。

題竹

此君居處例平安，冬不蕭條夏轉寒。不解清湘何意思，欲將截作釣魚竿。

又

礙路當門莫厭渠，此君蕭灑世應無。黄塵鎮日紛如許，招引清風爲掃除。

又

炎涼不改示安意，斜整都無世俗情。宜帶風煙宜帶雨，歲寒更愛是霜晴。

題松聲琴韻録

二陶去已久，遺此松舉琴。泠泠意英接，謾謾風滿林。慨然起長吟，空欲惑人心。

墨竹

弄月吟風滿渭川，庾家園裏兩三竿。從知意足無多少，不具高情不解看。

卷八　一九四九——一九五八年

士則屢以篇什見示，吟事久應，愧無報章，近來稍閑，偶得四韻，即以奉教並簡同社諸君　一九四九年

天地悠悠未易知，干戈直欲絶民彝。草間躍出元多感，囊底探來卻費詞。拙政何須誚潘岳，露車猶自羨王尼。深沈歲暮宵寒裏，卧聽荒雞當賦詩。

次韻湛翁感事一首

域中兵火莽相連，江上春風又一年。幾見流亡返鄉里，時聞道路損車船。亡秦張楚唯三户，流水高山自七弦。漫道吟詩宗隱逸，祇應三復種桑篇。

次韻奉答湛翁人日見寄之作，時湛翁寓湖上錢王祠畔

晴開初日暖猶遥，憂樂千端共此朝。梅雪香中著和靖，蒲風劫外見參寥。草堂好句人千里，水閣閒情酒一瓢。料得詞邊舊芳草，漸隨春緑過湖橋。

題秦君寫生牡丹二絶句

崇效寺庭深色叢，蝶迷蜂醉短欄東。殢人夢境猶牢記，鎮日塵沙鎮日風。
江南春雨養花天，粉白緋紅各逞妍。會向秦郎覓圖樣，天彭洛下譜空傳。

生日漫吟答餘清

去年五月初七日，自寫詩篇寄與君。病樹留根猶待雨，新篁抽葉未捎雲。經時流浪親鄉土，小醉低佪愛夕曛。漱石枕流寧戲語，好將餘力嚼真文。

雨夜口占

雨餘蚓唱雜蛙鳴，枕簟微涼夢未成。偏是閒人有忙事，來朝應憶此時情。

題風雨中叢竹

風雨紛然鎮日間，牆陰叢篠例閑閑。一從鳳舞鸞翔後，葉葉枝枝不可删。

七月廿五日暴風雨中口占

挾怒風掀海水翻，逞威雨射屋山穿。開門曉出大行路，安得溪頭雙槳船。

題稚柳《林下麗人圖》

謝生動能理世紛，一静十日堅杜門。情知秋暑不可逭，安排筆硯同朝昏。解衣般薄真畫史，林下清風化四美。圖成攜示疾開看，古思今情在一紙。一人引吭若有聲，誰歟會得當時情。二人同心同回顧，遠隔猶尋聲處行。伯勞飛飛何所願，切勿驚使歌聲斷。逝川無盡意無窮，含意未伸良可歎。多時不逢范豫章，安得喚起陳履常。有益無益老始辨，白日去我何堂堂。君子竹，丈人石，題罷還君意不得。此卷長留天地間，從教舉世重顔色。

和答愉生

伎倆都無老卧輪，藐焉塵海一微塵。濠梁知樂元非我，木石從遊自有人。飲啄已干天下事，悲懽難了眼前身。四時正少閑風月，琖酒瓶花慣作春。

次韻湛翁霜降日湖上見寄之作

聆音察理愧師襄，肯共悠悠説短長。雁破秋空聲響遠，月移江樹影多方。一時人物風雲氣，九日尊罍松菊光。述往思來非細事，且收好句入奚囊。

雨窗讀汪八夢秋詞偶有感卻寄二首

秀句答汪八，醇醪見劉三。交遊念平生，契闊江之南。烏飛萬古空，魚躍千尺潭。此中有新意，與君試究探。翠柏青玉篠，庭前雨聲酣。

前期終須赴，後約終須踐。人生百年内，何事不當辦。喬松故落落，小卉亦粲粲。萬物各盡情，任真無所羨。莫嗤狂馳子，狂馳循道變。

題竹

老樹根盤地，新篁葉弄風。域中真實事，所見一般同。

憶北京　一九五〇年

多時不踏城東路，衫袖錨塵黯若無。見説新來秋氣爽，西山山色更蒼蒼。

緑城煙柳系人思，幾度枯榮朝市移。紅柿街頭論堆賣，尋常風味亦新奇。

放言酒後與茶餘，聞見當時已自殊。閑聽紅樓談故事，信書卻道不如無。

五月廿六日，與平君共載歸途，經北京路覆車微傷，因憶四十年前乘電車過静安寺下車仆道上事，戲作一首示平君

吾母昔謂我，善跌少劇創。兒時傾仆，頭目不傷，故母云然。門前東西路，夷險無故常。墮車静安寺，倏忽卌星霜。當時幽遠地，今日繁華場。與子共載馳，覆轍誰能防。仆起瞬息間，輕健老益當。此自出不意，群兒笑路旁。亦堪資嗢噱，莫道群兒狂。歸來拂衣塵，撫我皮上傷。相視復何言，往事難可忘。

玄隱見和覆車詩，有和詩求轉語之句，因再用韻賦示一首

哀樂故中人，新痕雜舊創。萬事付吟哦，吾愛陳履常。斑斑衣上塵，星星頭上霜。矢此翰墨志，愧彼功名場。擬議苟不密，蟻穴傾大防。千里敗一蹶，坦途非可當。同情自相惜，笑者亦在旁。念往不待來，世謂接輿狂。舉步戒高趾，卻曲庸何傷。寓言十八九，理得慎忽忘。

今年政七十矣，孟蘋索余自壽詩，率賦一首　一九五二年

多謝親交問起居，時寒時暖費乘除。去年種竹延新意，今日開樽餞故吾。愧向琴書委懷抱，欠從眠食用工夫。用大珠慧海法師答有源律師問語意。知非未覺當前晚，七十從頭讀異書。

答謝親友以佳什見賀

六十薄醉静不灣，七十高吟黄歇浦。東西南北車復舟，日往月來無頓住。冒翁平頭八十齡，李兄已過七十五。鶴髮親朋滿眼前，今實非稀稀在古。松柏本自忍霜雪，蒲柳居然能寒暑。蘇聯高年人四萬，小者九十綵衣舞。眠食勞動盡情性，分内長生天所賦。憂愁日少歡樂多，世界和平可爭取。大者遠者且莫論，細事逢人競誇詡。今年荔枝充街巷，坡老卻傳嶺南句。凡百今人勝古人，何止區區一壽數。

翌雲見示游金蕉北固四詩，輒戲用原韻奉答　一九五三年

金山望不見，遑問山中僧。孰膝雪腰石，吾愛可與能。行道道斯明，事理兩合繩。近來稍領悟，崇峻要攀登。

我聞乃如是，在山泉水清。中泠有本性，流俗少定評。多君虎頭癡，佳語目層城。山水具妙理，唯實非唯名。

耳熟北固名，乃在眼界外。經由文字緣，壯麗若可繪。望海邈三山，淩雲意先會。仙境即人間，虛構去甚大。

喜遊樂酒食，君當一二數。吟詩上潮鰣，盤蔬雜三五。晝長驟夏熱，榴火烘端午，飽食和來篇，用心猶足取。

爲曹勉功題黄賓虹蜀中山水畫册

我昔客巴蜀，裘葛七易更。久住群山中，一視頗與平。在山不羨山，長揖謝山靈。遠不到峨嵋，近未登青城。偶接游者談，彌復富詩情。冥想即在目，卧遊吾所能。歸來將十載，魂夢時牽縈。黄翁所到處，一一賦以形。展之几案間，儼讀蜀山經。力移何若此，愚公以愚名。吾亦愧空回，淹留竟無成。小詩質勉功，一笑罄壺傾。

和答湛翁虹橋集飲之作

眼底好湖山，坐卧恣遊觀。飆車半日程，賦物異所撰。澄清故滬瀆，顯現今輪奂。虹橋非金谷，聊堪集時彦。清秋天宇高，晴輝明海甸，正及菊花時，百叢芳粲粲。興酣罄樽罍，情至忘毫翰。松窗暖盡開，草徑柔可薦。乾坤一整頓，鼓舞及崖澗。觴詠雜莊諧，事理極證辯。

一九五三年歲除夜，稚柳見過，以日本景印東坡帖木竹石真跡卷子相贈，因與縱談國畫發展前途，至夜分乃罷，輒用卷中劉良佐、米元章題詩韻，寫成一首

迎新四更歲，革故一戎衣。世事貴明變，物情應見微。真知書畫益，莫歎米蘇稀。會得朝宗意，滔滔有所歸。

次韻方湖見示用雲峰韻之作　一九五四年

已從臘暖泮心冰，活計依然似醉僧。每爲麝煤開硤硯，旋看春蚓入谿藤。
風花又滿三千界，日月長明不盡燈。勝事人間祇如此，隨卷著句記吾曾。

寄題孫春苔菊花松柏寫生册子——孫在北京

爛醉秋光酒可賒，東籬故事説陶家。而今菊譜翻新樣，寫出前人未見花。
西山秋色入城來，無數秋花稱意開。屈子陶公吾臭味，靈苗千歲好重栽。
家家籬落起秋風，叢菊開時便不同。百叢開作萬花色，豔過春三二月中。
人人能作米丘林，形色黄花見匠心。若共東坡誇眼福，宋人園藝不如今。
拔地參天數十株，萬人來止共清娛。風濤入耳歡情動，勝過當年陶隱居。
皺皮不作炫時妝，閲世渾同日月長。翠葉糾枝飽生意，歲寒無改鬥風霜。

題稚柳十幅圖四絶句

君家赫也六法祖，稚亦神明規矩中。了得寰中真實義，直憑人巧代天工。

羅胸萬象總清新，活現毫端意態真。異異同同各如分，不將虚構費精神。

竹呈千個觀音相，文趙吴興兩逼真。我欲從君續薪火，一分天愧九分人。

章冒潘嬰盡有詩，一篇一幅鬥新奇。我來錦上添花樣，付與江南號詅癡。

一九五四年九月廿七日聞毛澤東同志當選爲中華人民共和國主席喜而有作

和衷共濟會懷仁，信任於今最足珍。一事史無前例在，人民領袖屬人民。

五年政教遂生成，愚者能賢暗者明。頌語尋常無可用，且聽六萬萬歡聲。

風流人物看今朝，不數彎弓射大雕。更爲和平開道路，海東潮接海西潮。

一九五四年七月爲慶祝憲法草案公佈而作此竹

心虚而圓，節高而堅。拔地兮參天，惟東方之德則然。

畫竹爲國慶日作

勁節參天，清陰在地。四方好風，相引而至。位之於喬松磐石之間，庶幾乎俯仰無愧。

雪中漫興用湛翁和嗇庵韻　一九五五年

幔薄寒侵坐，人稀雪打門。芳梅馳遠驛，緑蟻泛深樽。田野經霜凍，閭閻挾纊温。有年非帝力，新社起農村。

物情同湛翁和嗇庵韻

不因持布鼓，何故過雷門。涉世肱三折，辭家佛一尊。孤懷斷來往，密意寓寒温。此亦物情耳，難分俏與村。

題吴湖帆爲龍榆生畫《風雨龍吟室圖》

閲世卧雲壑，老松生龍鱗。油然無盡意，風雨一時新。

題劉定之肖像圖

鐵崖濟人稱於時，有孫好古曰定之。牙籤玉軸精裝池，能效米老之所爲。法書寶繪傳世稀，寸縑尺素當護持。人人有責盡者誰，整舊如新補所虧。進乎技矣道在斯，年高手熟心眼細。願爲世人傳其秘，毋令後來失此藝。

一九五六年六月

追懷魯迅　一九五六年

雅人不喜俗人嫌，世路悠悠幾顧瞻。萬里仍歸一掌上，千夫莫敵兩眉尖。窗餘壁虎乾香飯，座隱神龍冷紫髯。四十餘年成一瞑，明明初月上風簾。《劇談録》文戴有紫龍髯拂色如爛堪長三尺，水晶爲柄，清冷，夜則蚊蚋不敢進。魯迅喜夜談，故用此事。

書竹賀國慶

去年新筍滿林生，從此林園分外清。大地泠然風雨至，高枝已作鳳鸞聲。

伏老應邀來華訪問，爲賦一詩，以志盛況，兼寫歡悰　一九五七年

有朋遠方來，泠然御春風。陽和與之俱，懷新衆所同。熙攘出遊觀，倏忽閭巷空。奚止百里惠，欽此萬夫雄。和平新曆開，西歐接亞東。古訓今益信，天下本爲公。驚動凡耳目，煊赫雲從龍。合作列寧志，毛公繼孫公。伏老尤可愛，戲言足發蒙。落落景山樹，堪受大夫封。

爲建軍三十年而作

萬里長征舉世驚，卅年訓練重干城，孫吴成就新韜略，歐美矜誇舊典刑。尚力何曾忘德義，止戈原自爲和平。上甘嶺上銘勳在，不獨神州洗甲兵。

讀赫魯雪夫答美國記者問，適值十月革命四十周年紀念節日，因賦小詩以讚頌之，即爲蘇聯成功祝賀

邦命維新四十年，馬恩學説列寧傳。工農産值蒸蒸上，勝過空談禮運篇。
兒童聽吉老翁强，真個和親共樂康。武備畢修文事舉，昭然于此示周行。
久聞彈道學科名，火箭龍騰舉世驚。赫魯雪夫酣睡裏，衛星安穩御天行。
愛人終始要和平，不許人間起戰爭。基地星羅何所用，於今洲際縮行程。
名字雖同概念殊，自由平等有歧途。師俄道理今仍是，崇美心思舊已疏。
正告冥頑杜勒斯，中蘇直壯不容欺。已無實力横行處，卻到和平競賽時。
十億人民肩比肩，共開萬世太平年。天堂即是大馬革，人盡長生不羨仙。
雞鳴破曉日輪紅，相率而興歌大同。星際往來洲際樂，功成直在百年中。

欣聞長江大橋通車

長城阻往來，大橋利交通。驚人大興建，今古意不同。湯湯江漢流，巍巍龜蛇峰。流擬勤動汗，峰銘援助功。友邦信無私，人民忘其躬。標誌何方向，天下趨大公。利民無難易，凡事期畢工。舉此百年計，成於三歲中。前代莫能爲，政權決所從。真理準四海，何殊西與東。

澳門日報題辭

七年蓄艾握奇方，祖國仁風善奉揚。咫尺澳門無勿届，新聞日日動重洋。

賀散木六十

鄧公性愛酒，飲酒不愧天。興酣落筆風雨快，金石篆刻尤精妍。六十自訟彌自勵，含珠藴玉光潛然。我欲和公爲公壽，卻慚腹笥空便便。竊用古來賦詩義，佳句取自淵明篇。恰如公所願，唯酒與長年。

喜見人造衛星爲賦一首

人造衛星成，火箭送上天。有目所共睹，非魔亦非仙。彈道穿洲際，始信真實言。基地舊戰略，一旦將推翻。震驚五角樓，終夜不得眠。語默兩無可，張惶頗作難。作難何用處，回頭彼岸邊。群情惡爭奪，歌頌太平年。裁軍得人心，應齊蘇聯賢。科學可殺人，更能謀萬全。共産大道路，蕩蕩信無偏。我願書萬遍，付與萬口傳。

題伯鷹選注山谷詩，即用集中次荆公題西太一宫壁二首韻

風定桂香自在，雨餘荷氣沈酣。涪翁胸次丘壑，陰晴不測西南。

語脈隨時今古，人情接海東西。無隱猶然密在，汝邊誰爲指迷。

雪中和答湛翁次韻見寄之作

撥火鑪灰未冷，開封墨韻猶酣。塞向方知背北，識途終要指南。

霰雪仍分先後，陌阡不隔東西。楚鄉三户得衆，襄野七聖曾迷。

再次韻答湛翁

柳色春和已透，槐根戰夢還酣。知候雁來自北，乘風鵬運圖南。
爲學兼成己物，適國不擇東西。今日河清可竢，向來大道都迷。

憶舊遊仍用前韻

往事温尋夢裏，如聞稠酒芳酣。林表寒增霽色，城中望見終南。長安
著意碧難坊底，驚心萬里橋西。千古江流帆影，一時柳醉花迷。成都

斥右派份子二首

列强横行時，神州幾喪失。八年續新命，赤貧足衣食。誰歟致此者，布爾什維克。禦侮必盡心，新民在明德。建國有計劃，月進歲又益。鋼噸千萬計，糧斤壇千億。交通暢東西，水利連南北。弦歌不輟響，軍旅養神力。風俗易誇靡，文彩表正色。老安少者懷，達人由己立。實踐曆當今，比照念在昔。百廢一朝興，安得無缺佚。諍言規其過，凡百皆有責。功大不可掩，萬邦訝奇跡。熟視竟莫睹，非癡即國賊。

卓哉共産黨，建國遵大路。解放全人類，期躋大同宇。新力促前邁，舊念非複古。豈同别宗派，號社會民主。揭招信耀目，循實異所務。銘心代議製，隻爲便馳騖。自由與平等，此本抽象語。一旦具體化，真意始可悟。否即著爲令，一毫無益處。仇者何所誣，親者何所譽。滿腦空文章，眼中無黎庶。幸勿妄開口，事實不汝恕。試舉當車臂，螳螂寧知誤。吾民久一致，亦自有百慮。一致者何爲，民物共胞與。百慮夫何傷，仁智固其所。懇懇同路人，同甘還共苦。奸猾欲遂私，改轍卻回顧。且謬稱嚮導，今日誰能許。

近日見報端所載，全國各地揭發右派份子反黨言行有作

吾黨有狂簡，裁之安得已。君子惡下流，不善乃至此。一言以蔽之，明辨非與是。衆非不悖義，衆是利所止。天兮猶可違，違民無全理。禍福信無門，榮辱主在己。正路舍不由，彼哉狂馳子。

□人有政黨，不與他黨同。率由大道行，天下始爲公。團結勞動者，植基於耕農。戰勝惡勢力，黨實爲先鋒。一舉經濟改，再接文化隆。傳統那可忘，優秀必繼蹤。小苦致大順，良醫起病躬。鄰雞相和鳴，日出東方紅。此豈阿諛詞，已試有成功。利欲薰人心，遂爾不相容。詆毀無忌憚，千夫指而攻。群情所向背，足以見真風。此理都不省，何異瞽與聾。

奉賀蘇聯十月革命四十周年紀念節

近代唯物論，立言有本源。列寧善致用，帝俄變蘇聯。工農起奮鬥，布黨爲之先。興邦多難中，遇事不畏難。改革舊社會，遂及大自然。創造衛星成，所涉豈一端。宇宙盡可知，堅此世界觀。非唯學術貴，人類獲平安。示彼侵略者，無徒取自殘。聞者惡震驚，見者思齊賢。人民結營陣，共此節日歡。時代留史册，輝煌四十年。形容語有窮，美景信無邊。

感新懷舊和右任詩（原四首缺二首）　一九五八年

中山陵樹日青葱，細雨和風故不同。君儻來游應有興，霜花黃對白頭翁。

游侶當前大有人，可因感舊益懷新。尋常一字猶勞補，無缺金甌更足珍。

次韻湛翁見示豫制題墓辭，申意之作

天地無終極，吾生幸難久。新葉辭故林，昔月窺今牖。人列三才中，殆謂神不朽。賢達立德言，形影於何有。相將委運去，禽魚歸淵藪。流風翼百世，不復辨某某。老至自不知，人情敬耆耇。夫子黄鐘音，小大隨所叩。念彼伯牙琴，惜此淵明酒。戲言及腹痛，不愧平生友。

湛翁以聞蘇聯發射火箭已入太陽系比於列星，喜賦之作寄示，輒依韻奉同一首

發秘探奇到斗躔，新星驚動萬邦傳。何須竊藥方奔月，未用乘龍已御天。青鳥不言媧煉石，陽烏枉怕羿張弦。古今虚實無窮事，正使塵凡鄙學仙。

再用前韻詠蘇聯射探視月球火箭

衆星繞日紀行躔，臆測還憑故事傳。已辦飛船窺玉宇，何勞把酒問青天。詩情依託團欒樹，畫意形容上下弦。今日堅持可知論，羌無故實是神仙。

題湛翁飛箭行後

奇跡英雄別有躔，長空火箭世紛傳。星槎紀實真離地，騷客憑虚漫問天。象外行程超速度，環中破的控新弦。湛翁長句猶奇逸，彩筆生花不待仙。

今詩用奇事一首

今詩用奇事，古詩用奇字。字奇徒然奇，事奇人願知。蘇聯紅月亮，三次淩空飛。人心大鼓舞，先進須直追。鑽研新科學，技術破陳規。既要立宏圖，亦不忽細微。平凡而生動，有益即當爲。節約爲生產，勤奮競先時。除害到蟲鳥，興利積田肥。低水高灌溉，瘠土抗災饑。勞動運智慧，不受自然欺。石油地獻寶，鋼鐵人增資。行車沙漠變，通橋天險夷。歌聲上幹霄，傳真四海馳。祖國日新異，人類有光輝。譬彼老樹花，照耀無醜枝。即此二三事，不驚歎者誰。團結六億人，以黨爲軍師。不斷革命力，太山定可移。指日黃河水，清澈見鬚眉。

歌頌人民公社

人民紛紛建公社，意義不與原始同。在總路線指導下，基礎奠定年穀豐。鋼鐵相應更躍進，到處機器聲隆隆。工農聯盟互相長，工促農進農推工。遞推遞進願力大，形成文化新陣容。學者不貴讀死書，士兵隨事立奇功。商旅舟車繼晝夜，爲國服務秉大公。工農商學兵一體，政治掛帥思想同。人類生活入正軌，形體勤勞神和充。各盡所能取所需，此事實現指顧中。天堂荒誕何足道，人間佳境真無窮。六萬萬人幸福日，歡聲齊唱東方紅。

祖國頌

馬爾薩斯論，患在多人口。吾國所喜者，六億餘雙手。雙手愛勞動，一口復何有。食寡生者衆，此理新參透。按勞各取酬，寄生奪所醜。建國十年來，凡百有成就。保家衛國戰，勝接土改後。三年經濟復，五年計劃久。廢興非一朝，因革有步驟。從不畏艱難，且善利簡陋。方針路線定，群情樂循走。風聲樹邊疆，歡歌擊破缶。有如臂使指，全國一機構。繼續大躍進，提前三不朽。工農商學兵，協作情誼厚。農林牧副漁，五業爭暢茂。鋼煤日增産，棉糧連億畝。交通郵電網，四達十八九。文藝顯時尚，技術反保守。新聞動南美，古劇驚西歐。努力掃文盲，開心去俗囿。校外少遊童，坐中多健叟。婦女助家國，不獨工刺繡。事不論小大，理必辨然否。人我相與間，善揚惡匡救。聲譽國際隆，道義民族秀。何因得致此，爲有好領袖。睡獅已覺醒，誰敢再踐蹂。一怒安天下，固不在狂吼。建設要和平，和平結良友。熙攘海内外，來遊事非偶。京師壯樓觀，湖山媚花柳。耳目絶蚊蠅，環境無塵垢。瘟神悉遣送，不復爲災咎。日新又日新，盤銘今乃遘。祖國更可愛，近悦遠翹首。頌詞未盡美，取侑節日酒。

國慶日獻詞

年年歡度國慶日，年年景氣不尋常。今年更入新時代，人民公社遍四方。工農商學兵一致，團結發揮大力量。工人獻禮千噸鋼，農民獻禮萬斤糧。技術文化鬧革命，三軍萬民固國防。協作服務爲生産，交通網密利行商。總路線中各民族，衆星環拱黨中央。四海之内皆兄弟，遠來朋友亦雁行。人人酣歌人人舞，大氣鼓動聲洋洋。蘇聯衛星展鳳翼，何物美帝化豺狼。和平陣營有信念，願力定要除不祥。五風十雨人所能，兵氣銷爲日月光。

歡迎志願軍英雄戰士抗美援朝功成歸國三首

鴨緑江流水拍天，義師浩蕩凱歌還。三年戰決上甘嶺，一世勳銘山海關。衛國保家真有志，助鄰殺敵盡開顔。朝中雞犬相聞久，休戚分明脣齒間。

百戰揚威志願軍，八年血汗立奇勳。兵農甘苦仍相共，婦孺安危那許分。旅進尋常忘作客，師還萬衆惜離群。英雄兒女情長在，友誼朝中世罕聞。

大張撻伐衛和平，慷慨援朝事有名。三八線存彰信義，北南邦合待精誠，發揚人力興平壤，侵略狼心占漢城，愛國歸來好兒女，誓言更爲復臺澎。

獻給四川省革命殘廢軍人教養院課餘演出隊諸位英雄同志

奮不顧身殺敵，生還寄興管弦。盈耳洋洋活力，驚人淩厲無前。形貌雖缺神全，既歌且舞妙妍。事實構成奇跡，堅强排盡困難。革命樂觀主義，殘而不廢榮軍。吾黨願力弘大，裁成得見諸君。不是尋常曲藝，中有生命源泉。一聽一回鼓舞，百回仍自新鮮。

聽宣傳總路線之鑼鼓

鑼鼓震天地，新來不覺喧。明明動時意，息息静中緣。澈底理人事，從頭造自然。道通十九字，鼓足幹勁力争上游多快好省地建設社會主義，德邁五千言。

聽平羽同志講演社會主義民族新文化後有作

工人織布織成詩，千絲萬縷生光輝。鎔爐烈火化出詩，千錘百煉呈新奇。農民詩帶土膏氣，浸滛稻香麥浪裏。枇杷橘梨桃李梅，柏梁台體太原始。菊花不羨古時黄，要向春風争紅紫。密植接種有方法，編句排字得神理。勘探隊員更勇武，打開厚地億萬年秘密之寶庫。用彼原料造文化，兩京三都不足賦。此是社會主義大篇章，蒙頭苦索那像樣。衝鋒陷陣有實力，解放軍是詩壇將。工農兵齊顯身手，東西南北大合唱。彼和連雲起，聲聲不斷比宏亮。人類史開新紀元，民族乃見新氣象。賤子雖衰朽，尚有手腦在。額手先稱慶，甘心願下拜。學習再學習，得充躍進軍中走卒也不壞。

伯鷹索賦賀新婚詩戲吟二絶

擲果盈車老婦驚，種花一縣舊聲名。閒居不復吟秋興，簾捲黄花句早成。

蟹行文字託潛鱗，燈下纔翻博議新。莫遣香橙近纖指，中邊滋味雜酸辛。

大字報

大字報，大字報，不像壁報老一套。人民論壇新利器，用法簡易卻神妙。寫見寫聞寫建議，彼此批評不吵鬧。全市已出萬萬張，小事大事都提到。黨政工農兵學商，包括村社和街道。進行全民來整風，人人用此大法寶。大法寶，大字報，無聲無臭奏奇效。掃蕩六氣三主義，雙反徹底聽號召。何止一服清理劑，標本兼醫好藥料。人言可畏今益信，不分賢愚與老少。移風易俗氣象新，改變精神改面貌。要加速度大躍進，首先思想須改造。説改造真改造，不然貼你大字報。

學先進

學先進，比先進，最好還得趕先進。人人苦幹爲什麽？社會主義大革命。過渡時期路線長，健步邁往莫徜徉。抬頭試看先行者，已登峻嶺越高岡。紅安麻城模範社，畝産何止千斤糧。煉爐延齡幹勁大，又省又快多出鋼。京滬人藝比創作，種類已過四百强。卅六教授訂規劃，十七專家作提倡，更無一人甘落後，挑戰應戰舉國忙。老年不老少英俊，大家鼓起革命勁。學先進，比先進，到頭一齊趕先進。萬馬奔騰一馬先，須臾萬馬又在前。一切水準准國際，超英追美學蘇聯。黨憑預見發號召，人百年事我十年。群心向之無疑貳，説幹就幹不畏難。不畏難，有來歷，不矜不伐謙受益。月不忘能知所無，終日乾乾復夕惕。

歌唱農村大躍進

耕田一向靠雙手，於今扶著機械走。一雙仍是從前手，生産何止添升鬥。

滿天星星眨眨眼，滿地溝渠流漫漫。星星瞅著農夫笑，田邊唱著流水調。

相信井水出地泉，不信河水能翻山。從前想借龍宮宴，今天只要黨領導。大家動腦一起幹，排山倒海給你看。

大家不抬也不擔，小車轂輪滾得歡。五六百斤運不難，多快好省説不完。

幹部要學莊稼漢，喫苦耐勞好習慣。肩頭挑起大糞擔，放下擔子用早飯。

低産小麥變高産，豫鄂農社有肝膽。畝産三千五百斤，驚人卻並不自滿。自從思想解放過，清規戒律齊打破。有黨領導事必成，許多例中舉一個。

半邊天要撑起來

婦女一向守鍋臺，如今婦女心花開。走到工農隊伍裏，半邊天要撑起來。

工農姊妹幹勁足

工農姊妹幹勁足，條條戰線出英雄。比學趕幫想辦法，生産超額大成功。

没有一人肯閒空

解放婦女勞動力，食堂托兒起作用。爲了建設新社會，没有一人肯閒空。

學文化

婦女都來學文化，也是當前大事情。文盲帽子摘乾淨，技術才能更革新。

投入建設中

火煉思想紅通通，幹起活來熱烘烘。不論婦女與男子，不論青年與老翁。投入建設中，一樣起作用。

人民公社好

人民公社組織好，政社統一來領導。人物財力大集中，幹起活來有勁道。不怕水旱蟲災害，年年還是大增産。毛主席英明有辦法，改變了我國的一窮二白。

卷九　一九五九年——一百一十五首

解放十年雜詠絶句一百十五首　一九五九年十月

舊邦新命世紛傳，日月光華已十年。地大人多行有道，和平保障共蘇聯。
三寶功能盡發揮，和群禦侮辨途歧。平凡生動無窮事，説與旁人總道奇。
共産社會人世界，懷安老少育群倫。惡意妄談黨天下，識途非黨更何人。
天時地利促更新，現代裁成社會人。耕者有田工有産，聯盟能致太平春。
殃民制度理難存，人類重開新紀元。試看世界屋脊上，迎風映日紅旗翻。
不同言語卻同音，民族雖殊一樣心。平等自由人所願，依存相互抵堅金。
古訓安攘未足憑，焕然民族大家庭。試從苗舞夷歌裏，領取和親康樂情。
高原特有好風光，雪裏東風畦菜香。黑河神話已破産，勝利軍民歌意長。

西藏黑河草原據説比號稱高原上的高原的阿裏還要寒冷，一年中有二百七十三天是結冰日子，近年我們藏漢幹部及解放軍戰士挖開凍土種了幾十畝菜蔬供給自己，西藏古老『黑河長出莊稼，天都要翻過』的傳説就徹底破産了。

草原公社衆情酣，敕勒歌聲異苦甘。會見緑洲出沙漠，直令塞北作江南。
哀牢樹海緑連天，接葉交枝不計年。林裏苦聽飽風雨，芭蕉葉護小兒眠。

要火還須要太陽，出林歌唱意洋洋。新來卒歲有衣食，從此山林非裸鄉。
最怕惡人也怕牛，矮山病使衆擔憂。一朝害去情寬暢，更與耕牛結好儔。
主席曾居大老林，苗初沙問意彌深。工人黨理全民事，種族雖殊共此心。

苦聰人的家鄉是在我國最邊遠的西南邊境，屬於雲南省全平縣西南人煙稀少的哀牢山原始森林中。一直過著鑽木取火，架木爲巢，不穿衣服，用樹葉蔽體，專靠采野果獵野獸爲食的上古人類生活。不會耕種，連耕牛都没有見過，聽見牛鳴，便驚慌逃開。從一九五三年起黨政方面通過了哈尼、傣瑶家等少數民族的長時間幫助和宣傳才把苦聰族兩千多人從散居在山林深處搬移出來，見到了太陽。教會了使用耕牛種田，建立了一座新村，一個互助組，一個合作社。在反動時代他們怕壞人劫洗是從來不敢下山來的。兩年前，他們選出社主任苗初沙作代表去北京參加國慶典禮，他們至今感謝黨和毛主席的民族政策，決心跟著黨走社會主義道路。

山有新林水有魚，牛羊遍野自相呼。箕裘到處傳家業，坐食閒遊理合無。
棉糧增産爲衣食，煤鐵不徒關住行。農業駸駸工業化，人民公社合人情。
五年計劃奠初基，合作村農正及時。綱要卌條群所習，坦途有向更無歧。
祖述神農已足豪，風流人物看今朝。舜耕禹稼翻新樣，大地黄雲麥浪高。
一冬忙爲夏收成，迴異豳風上世情。農務貫通八字法，完成密植與深耕。
有棗如瓜志怪奇，新來油菜五人圍。農家真有無窮智，參透天公未泄機。
衆環一鍊自相隨，鋼以爲綱事所宜。並舉仍參張馳道，井然全國一盤棋。
柔鋼煉出堅强漢，沸鐵爐邊比熱情。結合土洋君莫笑，廿年一日看分明。
新人社會貴群謀，能動充分得自由。在昔移山空有志，於今北向調南流。

電站林林徧九州，流光動力應供求。工人事業開全局，大道行時得自由。

浪花翻電不奔雷，砥柱龍門見禹才。指日黃河清可鑒，滿街都是聖人來。

懷山襄陵禹改觀，不教洪水漫中原。惟遺水土流失患，幹蠱今看賢子孫。

神門河下有深淵，故事龍宫只妄傳。淵底盲魚尤可歎，至今終不見光天。

定使淮河聽指揮，蓄洪放閘任安排。已開荒野滋禾稼，更利行舟便往來。

一昨哄傳佛子嶺，近來爭説新安江。人民慧力無窮大，山可開移水可降。

舟車密結交通網，等是三軍海陸空。處變處常凡事豫，國家今有主人翁。

一窮二白舊家居，補白送窮心意舒。任是艱難過棧道，貿遷要使暢舟車。

長橋虹卧江漢水，高壩雲起十三陵。何止不愧都江堰，萬里新途第一程。

隨時平地起樓臺，三日相違廣廈開。海市蜃樓競神速，一真一幻漫相猜。

軸承運載滾珠圓，扁擔新來不上肩。操作萬般機械化，從今由半及於全。

村村鑼鼓鬧喧天，城市群來助種田。人貴自强非有種，何分下品與高軒。

從來少賤始多能，今日多能畏後生。舞動鐮刀運斤斧，裁成畫意與詩情。

萬紫千紅盡是花，和風暖日鬧蜂衙。要從實際論功用，未許輕心罷百家。

文化由來有古今，民風漸染一何深。家珍世系綿延在，千載猶聞金玉音。

技藝雖殊各有才，何妨齊上舞臺來。西鄰莫仗歌喉好，試與東鄰唱對台。

物材中用亦多途，珍寶增多國所需。廢置百年今始採，和闐白玉海南珠。

地不愛寶人出力，天下爲公信有之。事實昭然大躍進，懷疑論者是聾癡。

遠來走馬且看花，四海元來是一家。見智見仁隨分得，名言理解豈無差。

昔人歎不逮黄唐，盛世今應薄夏商。
物質精神日新異，此關過了盡康莊。

緑陰四望接城鄉，花果迎人笑語香。
風共塵沙不同至，昔人願望到今償。

南宋陳與義中牟道中詩云：『楊柳招人不用媒，蜻蜓近馬忽相猜。如何得與涼風約，不共塵沙一併來。』

爲人除害到蠅蝱，武術文工助發揚。
一雪亞東病夫恥，少年矯健老堅强。

健婦新群備德容，實行五好去三從。
真能解放全爲類，男女平權始奏功。

三好諄諄戒後生，不分學校與家庭。
領巾紅豈尋常色，此是先民血染成。

少年春日暎花新，老去冬陽挾纊温。
等是無私成萬物，冬春一氣妙之門。

五行本有昔云缺，事在人爲今見全。
兩地參天立人極，唯勞動者得真傳。

人民軍是全能手，商學工農力可兼。
一物不知儒者恥，空言對此豈無慚。

玉帛干戈頻轉化，止戈爲武意佳哉。
和平共處和平賽，事事和平解決來。

鴨緑江風浪拍天，英雄故事動民間。
救鄰一旦纓冠往，衛國三年奏凱還。

妄圖細菌戰横行，竟向昆蟲浪乞靈。
六萬萬人齊手撲，域中基本絶蚊蠅。

鼠牙雀角詩人怨，四害於今衆怒同。
無有一人不愛國，熱情盡見衛生中。

兵不厭詐基於義，學亦多方一是根。
相反相成世間事，海東言證海西言。

自古原非盡信書，致知格物亦多途。
於今致用須求是，老圃猶堪作範模。

一般學術有尖端，付與青年接壯年。
老大徒悲總無益，見賢且自思齊賢。

老學孜孜未有涯，日輪終古不停車。
物情無限還多樣，舊説何能便到家。

神農嘗藥久傳聞，扁鵲倉公帝子孫。
温故知新今日事，東流西派滙真源。

善讀古書方有益，誤傳今説竟何功。請看學究先生輩，只合編名右派中。

施政猛寬應天道，爲邦勤儉得人心。有誰肯飲貪泉水，無地仍籠惡木陰。

新來修正主義者，可憐無補費精神。終須解放全人類，事實何能亂僞真。

社會和平大陣營，儼然兄弟一般情。共存共進大協作，一往無前那計程。

雙反呼聲實啟予，更從四比用工夫。衆知勤儉能成業，百計千方共一圖。

黨與全民共整風，解除重負感輕鬆。山林城市頻來往，不若於今定不逢。

黨共人民心換心，多年無改到而今。何須洗腦才馴服，海外謠堪入笑林。

自家没奈自家何，我是人間大漩渦。跳出漩渦方識我，批評自我莫嫌多。

十七史從何處説，三千詩在亦容删。一言以蔽無邪思，要與諸公過此關。

人百能之已十之，新生活力自優爲。戒去浮誇君會否，人師元不愧經師。

一馬當先萬馬奔，前程無限地無垠。此行欲罷誰能罷，眼界常新又日新。

七十老翁仍有求，分當百五十春秋。天年詞義君須會，踰矩何曾得自由。

義師浩蕩下江東，淮海聲威草上風。激濁揚清到黄浦，百年基奠十年中。

洋場一向起西風，今日東風故不同。攘往熙來人世樂，老人館與少年宫。

滬瀆旋看無濁流，誰來更論龍鬚溝。百年污染一朝去，明德新民有所由。

人間吃飯尋常事，説是尋常卻異常。六萬萬人同一飽，從來無此好時光。

千年萬歲雪山水，今利用之來灌田。昔者何愚近何智，翻身合作始能然。

節約促成增産功，單純節約便凡庸。嫗言省費關思想，暮四朝三意不同。

河南一農社開節約糧食座談會，有一個老大娘説： 喫飯省費是一個思想問題，她主張蒸小饅頭用小碗喫飯，可以達到節約目的。

百貨供多求更多，奈他六萬萬元何。生多食寡舒財道，古訓新研得琢磨。

蚱蜢飛行越海洋，芙蓉么鳳亦相將。東方風趣西人慕，小扇檀香共奉揚。

先民處處法皇天，今日才能改自然。表裏精粗新格致，後生魄力過前賢。

自由世界本空言，多數窮愁少數歡。何似人民公社好，無憂無慮地天寬。

但覺當前事事新，百年出入亦多門。且拈書法明終始，莫讓牽絲斷一根。

黑河區有黃金窟，興安嶺育棟樑材。千年閉塞非無意，留待人民建國來。

黑龍江水映天長，兩岸人家盡樂康。鎮日相看渾不厭，青葱嶺樹接波光。

人口論對人手論，馬爾薩斯派應輸。六億多雙萬能手，定教缺乏變盈餘。

兩條道路走中間，説著中間有兩邊。和平共處五原則，東風吹送徧人寰。

如今夫子異前聞，四體長勤五穀分。等是普通勞動者，治平與此奏奇勳。

民可使由難始知，先行而後解言之。要從實踐明真理，故訓新參得所師。

少年整隊接先班，鼓角紅旗動晚天。莫道海倫園地小，曾供東海隊聯歡。

艦隊英姿耀海東，雄鷹意氣更橫空。兒童耳熟能詳説，八一南昌始建功。

乾淨攤場見市容，經營尤足驗民風。先人後己成盟約，振拔從來詐僞中。

里弄時時取所需，市場處處用工夫。何曾只是錢交易，社會相關德不孤。

近日詩壇見曙光，不須卻曲畏迷陽。且拋格律專情感，唱出歌謠意興長。

浪漫原同現實俱，先民未枉費工夫。硜硜論證誰經始，追溯當從天地初。

今番真個太平開，男女工農樂滿懷。記否當初腰鼓舞，帶將喜信入城來。

秋毫無擾取名城，大炮昂然未許鳴。曉出居民始驚動，紅軍街宿到天明。

成渝接軌遂通車，萬衆來觀道路遮。最喜漢陽老機械，六十年後得參加。

遊山昔日要肩輿，今日匡廬走汽車。風物都隨時代異，勞人休息樂籧籧。

論事評人要至公，斟今酌古莫由衷。已知蓴菜非羊酪，更向時空判異同。

智慧都從積累來，古爲今用莫疑猜。多聞廣見徵文獻，誰願關門作秀才。

五四才過六一來，歡騰節日好安排。不知老至今尤信，青少年中作伴回。

總路線原無限長，兩條腿走莫徬徨。分明照見前途景，燈塔無時不放光。

躍進何曾有盡頭，五年成果兩年收。指標調整民尤信，勞動高潮匯衆流。

五年計劃兩年完，騰出工夫整弱環。盡美仍須求盡善，崇山更上一重山。

鋼鐵用途分土洋，棉糧增産抗災荒。安排從速醫窮白，所得何曾失不償。

愛社才能説愛家，於今公社正揚花。莫將私小妨公大，著意當前護幼芽。

精神物質奠新基，公社生涯衆所期。六億多人成一體，誰能强迫與謾欺。

唯當革命進行日，秩序才能是正常。一事令人發深省，自由世界最荒唐。

新生力量植根深，衆志成城那可侵。天道人言無足恤，只緣事事得人心。

工農結隊向前行，新事新人世所驚。知識份子非無用，要與革命付精誠。

有眼無心識泰山，感情用事故冥頑。絲毫無損大躍進，只是陷身右派邊。

新興東亞莫斯科，一洗前朝舊老巢。日照天安門不夜，廣場雷動萬年歌。

漫説當年樣子雷，於今營造更奇恢。大會堂邊歡宴室，五千人共舉金杯。

蕩蕩長安大道新，年來雲集五洲人。樓臺金碧參差現，經始民來三十旬。
老舍文章妙剪裁，新風氣見大娘才。自從宣佈開國日，到處龍須溝盡摧。
荆公刻意歌元豐，偶遇豐穰歸帝功。何似今人成績大，相看詩筆愧渠工。

卷十

一九五九—一九六七年

一九五九年四月廿九日，全國人民政治協商委員會會議閉幕，周恩來主席設茶會款待老年委員三百八十餘人。余亦與焉，精誠相接，一室融然。因憶劉禹錫與米嘉榮詩云『唱得涼州意外聲。舊人唯數米嘉榮。近來世事輕先輩，好染髭須事後生。』感而有作，戲呈座上諸公

不知老至共開懷，長短隨人各盡才。幾輩髭鬚渾染得，莫嗤獨爲後生來。

題稚柳爲毛效同畫山水

此山非真復非假，毛公愛詩尤愛畫。萬變即在不變中，謝家六法胡爲者。我來品題慚當行，阿私所好畏謗傷。一事指出君會否，此乃中華山與水。

五四運動四十年紀念日雜感

會賢堂上閑風月，占斷人間五十年。一旦趙家樓著火，星星火種便燒天。
巧言惑衆者誰子，庸妄名流誤國家。不願反帝反封建，卻談五鬼鬧中華。

當日青年色色新，打孔家店罵陳人。烏煙瘴氣終須掃，但恨從來欠認真。
無頭學問昔曾嗤，朱晦庵評韓退之《原道》是無頭學問。厚古崇洋等失宜。可畏後生尤可愛，不應弟子不如師。
成毀紛紜四十年，史編五四要增删。不是中國共産黨，看誰重整好河山。

上海解放十周年紀念日作

五月廿八日

雄師一鼓下江東，淮海聲威草上風。黄浦揚清助湔濯，十年等奏百年功。

擁護八中全會公報與決議

成就於今更不同，兩年遂畢五年功。指標依舊超先進，路線由來向大公。始創經營多險阻，右傾思想欠明通。了無神秘唯求實，素解應從工與農。

迎新口號四首

一九五九年歲末作

英雄獻寶取經回，三面紅旗耀日開。多少平凡勞動者，相看儘是不凡才。
一九六零新紀元，駸駸看度驊騮前。工農商學兵群裏，婦女能擎半面天。
人人忘我爲人民，爭取日新又日新。九域河山明似錦，花開遍地四時春。
神州非復舊傳聞，人力能通衆妙門。從此東風吹不斷，和平一氣轉乾坤。

二月廿八日雨夜，保權赴婦女賽詩會歸

一九六〇年

賽罷歸來雨滿衣，問君贏得幾囊詩。紅勤巧儉無窮事，風絮吟成未是奇。

贈王林鶴謝文雨同志三絶句

王謝嘉名系電橋，風流人物數今朝。尋常百姓家中燕，盡把新巢換舊巢。
自由思想辟尖新，此事前人望後人。科技珠峰仍峻極，攀登終有史占春。
六十年代老誰甘，話自平凡實不凡。多謝諸君敦促我，勤研新墨注毫尖。

美帝久占我國領土臺灣，憤而賦詩，以致聲討

臺澎金馬吾疆土，强盜終難久占侵。反帝時時盡天職，打狼處處見人心。炮嚴已送瘟神去，索緊能將紙虎擒。同理同心民氣壯，呼聲怒接海潮音。

中國共産黨成立紀念獻詞

喜救無棄物，善救無棄人。昔徒聞其語，今乃見其真。全仗黨領導，踏出道路新。十月革命後，發跡東海濱。長征二萬里，奮鬥四十春。遵義重奠基，主義尤精純。制伏左右傾，一切爲全民。是非大明辨，階級詳分析。勞動和知識，互結有夙因。興無滅資戰，必勝方還軍。端正世界觀，乃見敵與親。以此易風俗，蒸蒸風俗醇。以此教群倫，群倫無迷津。黨真勝太陽，照亮人心神。共産大道中，庶幾可立身。眼前三紅旗，總路線爲根。躍進再躍進，工農各獻珍。愛此家社國，扶持忘辛勤。六萬萬同胞，同登錦繡茵。追隨十年餘，誨我何諄

諄。略無芹曝獻，泰山愧微塵。當師青壯年，取法英雄群。筋力難爲禮，萬歲祝生辰。

爲朝鮮解放十五年紀念作

上甘嶺勢峻，板門店譽高。朝鮮兩名地，舉世爲之驕。解放十五年，締造不畏勞。徹底事革命，正義無屈撓。南北必統一，三八線虛標。陣營吾方大，善鄰敦邦交。衛國同禦侮，矜伐非所褒。和平共建設，亦足以自豪。帝國土壤裏，定有戰爭苗。此論具真理，當前猶昨朝。萬一須慎防，衆聲怒於潮。團結民主力，無物比堅牢。

畫竹奉祝越南民主共和國成立十五周年

瞻彼竹苞，維越南是豪。籜龍解籜，上幹雲霄。清風扇和，鸞笙鳳簫，萬民以歌以遨。

絶句二首

在黨的以農業爲基礎，工業爲主導方針之下，展開保糧保鋼運動，萬衆歡欣，積極響應，來歲豐收，可以預定。因賦小詩二首以志，即作爲迎新之頌。

江柳春前茁嫩芽，江梅臘盡見餘花。郊原習習東風動，吹暖城中百萬家。

旱潦頻仍歲轉豐，全憑人力勝天工。神州今日開新曆，莫慨黄唐不我逢。

韡波先生爲其母曾太夫人刊紀念集因奉題一首

健婦持門户，興家歷時艱。瑣瑣百務理，乃復能力田。相夫事重闈，教子成英賢。令譽溢海外，不獨閭里間。及今見曾母，女宗並古先。允矣庸言行，懷哉七十年。慈惠表懿德，孰不謂之然。庶幾後代則，付與彤管傳。

春節獻給崇明圍墾諸同志　一九六一年

英雄年代看今朝，梅柳江天興最饒。新肆酒香滲歌裏，故園春色上眉梢。灘蘆讓地初開畝，海水因堤永退潮。戰勝自然真有種，崇明島上萬夫豪。

豫卿兄自杭來視我，並以龍井茶相餉，别後用東坡西湖戲作韻奉寄七首，兼示稚柳，即希和答，以博歡笑

佐談清茗願新償，猶記兒時重紫陽。陝西南部紫陽産茶，昔居山中，以此爲佳品。七十九年誰得似，信知逢吉是康强。

相逢得失已相償，乘興龍遊到溧陽。一事尤堪稱快慰，解將柔弱濟剛强。

筆債由來未易償，不論虞褚與歐陽。於今書苑從新起，孰是南强與北强。

老寫疏篁夙願償，猗猗曾見渭之陽。勸君從此不食肉，持與簫韶試比强。

朱老分瓜願乍償，也同小謝度迷陽。今時真到人間世，披拂東風意興長。

人壽河清如願償，喈喈鳴鳳在朝陽。鄉邦文物珍圖史，二子風流一世强。

久欠湖遊也擬償，隨花穿柳踏春陽。年年説罷無行動，總比完全忘卻强。

辛丑人日偶成寄南北諸友人

萬紫千紅竟一奇，天時人事兩相宜。已過七十九人日，差了百年半局棋。江檻風湍新畫稿，草堂松竹舊題詩。於今彩勝翻花樣，地北天南系所思。

附：初稿

臘尾春頭一段奇，天時人事總相宜。已逢七十九人日，才著百年半局棋。江檻風湍初入畫，草堂松竹舊題詩。衆中彩勝翻花樣，北柳南梅系所思。

伯鷹先生以往復見和二首垂示，輒用韻奉酬

寸長尺短事非奇，鵬鷃高低各有宜。楚霸廢書因學劍，荆公琢句爲輸棋。好憑無量勸君酒，愧對多能和我詩。往境早如雲影過，非關少暇懶尋思。

鵷雛腐鼠動人思，蝶夢莊生幻入詩。涉世慣經三部曲，爛柯竟了一枰棋。群言淆亂精妍要，上藥和平久服宜。晚學漸除名利縛，於尋常事卻驚奇。

人日詩韻示保權

非新奇事亦多奇，弋雁加梟與子宜。安頓何須三畝宅，鬥爭終爲一盤棋。不知老至仍耽畫，每到春來且賦

詩。縱使悠悠嘲管趙，吳興名勝系人思。

爲曹美成先生題亞子黄初嗣嚮集

亞子頗天真，十足名士氣。肆口發議論，信手寫詩句。牢騷實滿腹，尠與時事會。公子宜明季，代移異其趣。惜哉狂熱情，忽隨江流逝。

四月八日上海市中國書法篆刻研究會成立題詩

家家圖畫有屏風　王安石，每歲煙花一萬重　陳與義。更拂烏絲寫新句　陸遊，忽驚雲海戲群鴻　蘇軾。

題南湖煙雨樓二絶句

南湖灩灩漾清波，擊楫中流起浩歌。潤遍人間愛煙雨，不須辛苦挽天河。

看過煙雨看朝暾，四十年來樓閣新。前頭無限光明道，不負當初嚮導人。

中國共産黨四十周年紀念日作

風雨縱横故作難，東方日出换人間。太平可致誰能阻，四十年來闖數關。

從頭整頓舊山河，七億人民舞且歌。結伴工農遵大道，先鋒隊好自無差。

君匋先生出示文衡山書畫真跡卷子索題，戲吟二小詩應教

枝枝葉葉總相關，風雨窗前戛珮環。自是文家有緣分，直從篔穀到衡山。

看竹無須問主人，題圖亦可信傳聞。詩中畫意分明見，畫裏詩情欠十分。

聽日本合唱團訪問演出廣播有作

東京無阻北京遊，東亞人民要自由。一變同文舊時調，新聲合唱大豐收。

兩京普照日輪紅，盈耳高歌海上風。致力人間真實事，舞臺奕奕鬥爭中。

和杜宣西湖新詠

多時未踏杭州路，魚鱠蓴羹孰主賓。歷歷詩中尋往事，明明湖上看遊春。兩排桃柳風光活，四合岡巒氣象新。

水面風過生細浪，小船來往動潛鱗。

乍暖還寒二月天，湖邊風物正清妍。鳥歡魚樂新花港，樹老亭幽舊冷泉。遠足從來爲山水，移情是處有雲煙。

君詩合瀹清茶讀，浮白何須費十千。

答人問晨起早晚

鳳皇竹實難叨與，野鶴軒車亦可乘。日出東方天下曉，不因雞唱始晨興。

用放翁對酒戲詠韻

拂拂風和春甕酒，融融日暖故枝花。烏絲新句猶堪寫，始信人生未有涯。

題孫性之先生思親記

孝弟人之本，玆言故不刊。舊邦新受命，尤賴子孫賢。

收聽轉播世界乒乓球比賽在北京舉行實況有作

五洲選手集春臺，乒乓場因友誼開。得勝當仁原不讓，有爭於義亦能裁。風雲拍動驚揮斥，中日球傳競往來。觀衆萬餘齊鼓掌，長江三峽吼奔雷。廣播全場鼓掌聲，雖長江三峽雪浪狂吼也不過如此。

追懷魯迅先生七絶句（缺一首，首句是『鄖其山與章川島』）

少時喜學定庵詩，我亦離居玩此奇。血薦軒轅荃不察，雞鳴風雨已多時。

遵命文章語最工，望中依約大旗紅。轅南轍北日以遠，終與洪流匯海東。

一人筆勝萬夫豪，壇坫巍然左翼高。怒向騣騣成冷對，卻與此處見風騷。

敵我分明異愛憎，吐詞中晚不同程。一從喚起全民後，更使青年樂繼承。

過時議論從來有，往往流風及後生。取捨得宜終有益，莫輕於此論虧成。

莽莽黃塵蔽遠天，歲朝閒話酒樽前。因君此際成追憶，百快當前一惘然。

爲魯迅先生誕生八十周年紀念作

踽踽一朝跡，泱泱四海風。世人輕部吏，吾黨重文雄。見遠明懸的，憎深巧引弓。革新無限力，鼓舞藝林中。

辛亥革命五十周年紀念感慨

白旗獵獵武昌城，遥接金田起義旌。開闢亞洲先進路，者番獅子睡才醒。

浙江潮水拍天流，江上居人飽百憂。五十年間成敗論，鳶飛魚躍察來由。

舉國欣欣説共和，始興功在不能磨。繼承若非共産黨，五四新潮付逝波。

革命長車不斷開，舊新民主妙安排。瞻來念往情何限，烈火熊熊起燼灰。

豫園口占

墨翻得意樓中雨，筆舞點春堂上風。今是昨非人世換，全心不遠此園中。

通尹先生以寄弟詩二十四韻見示索和輒依韻戲作奉酬

鳳至千年瑞，鵬飛系里程。古今幾因革，天地一清寧。始覺開新運，真堪致太平。一軍張楚項，三户滅秦嬴。寶藴山爭獻，瓊樓柱共擎。羣英忘帝力，四海動歌聲。公大形爲社，金湯志作城。白窮增憤悱，淆濁得澄清。有歲無豐歉，隨時應昃盈。理明心與物，事別實和名。東起風吹草，西流火散星。衆等新袵席，誰守舊門庭。並舉工農業，同伸動植情。已從南嶺嶠，遥接北龍廷。大國沙文戒，新型社會成。和平如衆願，富庶遂紛呈。夫子今之傑，人師世可經。效忠看璞獻，應響有鐘鳴。此日隨趨步，同時勉利貞。譬之猶艸木，不復判畦町。世味甘杯琖，人情美鮓鯖。坐中聞某在，域外想孤征。何以文爲戲，都緣事可聽。歸來期哲弟，和答慰先生。

題潘素《雪峰圖》

墨井精靈造化工，黛螺著粉雪山同。蘭閨亦有吴生筆，點染才分詠絮工。

題《初曦樓圖》

羿射九日落，一日獨煌煌。照耀幾千年，浮雲時在旁。萬里有明晦，層層翳扶桑。剪彼繁枝葉，大地復輝光。西没東斯升，衆目向東方。雞鳴天下曉，來往方熙攘。輕帆曳明曦，晨波隨風揚。樓頭納海氣，恍登日觀望。興象非一端，順詠安所詳。初曦俄中興，昭昭歲月長。

題京昆劇團彙報演出

不取中郎似虎賁，相敖優孟契於神。千秋功罪舞臺上，切莫較量作戲人。

杜甫誕生一千二百五十年紀念作

一九六二年

詩老聲名大，洋洋四海風。陰何猶可學，鮑庾定誰雄。史實官書外，民情秀句中。由今視天寶，彌念杜陵翁。

見湛翁八十生辰詩，余與之同歲生，因次其韻

行年八十矣，踏地頂高天。服食非關病，吟哦勝坐禪。春風吹歲歲，野草茁年年。嘲本無心解，愚㰴抑是賢。

湛翁答謝諸友人詩二首，因次其韻奉酬

視聽聲塵外，交遊卷帙中。佼書言有極，通變事無終。今古仍相契，人天亦可通。論文吾豈敢，花下待携笻。坐上賓非舊，樽中酒已空。傳家止忠孝，忤俗亦癡聾。稍覺情懷改，逸憐歲月同。滿街人盡聖，清任递殊風。

和行嚴題貫華閣圖詩

通志堂空歎渺然，珊瑚閣壞委荒煙。卻教江上三重構，再結人間未了緣。月照高林倦鳥依，江南塞北共清暉。山靈應記深宵語，落葉滿天何處歸。白虎居然夢在斯，不因生死負心期。身名等是一陳跡，除卻湖山世豈明。

悼亞農同志

卅年閱世制枯榮，一旦離群感死生。斗酒只雞原戲語，莫憑腹痛論交情。鮑叔豈無知己分，蘇章猶有故人心。悲歡離合世間事，老去情多不自禁。

題王履模景山聽鴉詩

高柳參差雲影低，紅樓相望與雲齊，夢回四十年前事，賸欲從君覓舊題。

忘老吟選序　一九六三年

晚年惟好静，萬事不關心。此已成過去，非當論現今。新花生老筆，大業起高吟。等是常文字，康哉治世音。

慧仁先生出此佳拓見示，並索題字，輒成四韻

鶴壽不知紀，篆銘傳至今。江流損石刻，筆勢惜淘金。真逸南朝格，上皇千載心。涪翁著手眼，妙法此中尋。

觀文史館諸公武術表演有作

謝公鸜鵒舞應休，只合清談共一流。何事暮年壯心在，□刀長劍繞身柔。

挽旭初

問訊吴中日幾回，寄庵僕馬久虺隤。茂陵消渴終難免，錦瑟追思未易猜。往往交情殊水醴，明明世事要鹽梅。尋常契闊猶興感，況自渝州别後來。

六月廿四日，與文史館諸公會於豫園，評選書畫攝影，歡談歸而口占一首，戲呈同座以博笑樂

雨中攝景罷，涼意散輕雷。翰墨能瞻國，江山亦效才。點春堂上坐，忘老隊中來。偶動兒時興，欣然懷豆回。席上有五香豆，此間名産也，懷之而歸。

一九六三年十月一日，收聽轉播，首都慶祝大會盛況，振奮人心，遂成四韻

高秋麗日大旗紅，萬國歡騰赤縣中。足食足兵知可信，人饑人溺視如躬。當年腰鼓開新運，此日謳歌徹遠空。欲把餘毫書德業，言詞有盡事無窮。

二友圖　張宗祥補菊予畫竹

胸無成竹卻寫竹，顧他黄花補不足。謂爲清秋二友圖，不管旁人論何如。閬老自謙也多餘，呵呵。

打油詩二首戲贈魏新　七月三十日

鐵拐李仙改姓名，魏新裝扮出南京。雄心折服雙輪下，蛙勢來遊竟未能。
當年元是好難看，鐵拐攜來頓改觀。海上仙人齊拍掌，明年更去采和仙。

一千九百六十三年七月三十一日夜半記事，戲作贈魏進

已過三更睡正香，敞開窗户夜風涼。忽聽樓板一聲響，魏進先生滚下床。

魏進先生滾下床，一聲不響喜洋洋。出不由户前年事，跳下三樓也未傷。

書小刀會起義事爲點春堂補壁

一九六四年春

金田雲旆蔽江流，海上紅巾競裹頭。伐罪吊民功業在，至今父老説周劉。

小刀躍起敵千軍，民氣東南一旦伸。今日點春堂上立，羹牆如見百年人。

寄題安吉吴昌碩先生紀念館三首

吾郡湖山美，風流古到今。雷鳴嘲瓦缶，笙聲自同音。書畫能開派，詩篇苦用心。來觀愁應接，此道即山陰。

藝苑推袁久，鄰邦仰此賢。芳流東海上，名邁昔人前。鄧趙相驂靳，黄齊孰後先。雄强扛頂力，猶有印章傳。

牢落鄉先輩，紛紜近百年。弁陽沈夕照，喬木起蒼煙。花鳥欣昌運，風雲變舊天。超山梅好在，從此發新妍。

無量往矣，慨然有作

無量卒於一九六四年十二月七日　一九六五年

橘緑橙黄倏，青天散彩雲。翩然騎鶴去，千里惜離群。大道仍車馬，音塵非所聞。於時何得喪，亹亹費罏薰。

端陽節近有作

侵尋八十三重五，蒲綠榴紅未厭頻。飡勝喜逢新節物，知非愧作舊時人。滔滔天下川歸海，擾擾世間風動塵。穩住乾坤一亭在，杜陵詩語意彌真。杜詩有『乾坤一草亭』之句。

樸初贈詩即用其韻答謝

君詩贊我意洋洋，差勝當年西楚王。信手之間仍有象，精心而外更無方。三端已試過人慧，一得終慚説己長。常語相聞莫輕訝，漢唐通變賴齊梁。三端見《韓詩外傳》，謂文士之筆端，武士之鋒端，辯士之舌端。衛夫人『筆陣圖』云：夫三端之妙莫先乎用筆。朴初屢次參加國際會議與敵人作鬥爭，口誅筆伐，無往不勝，反動者遂不得逞。

讀樸初詩竟，偶有所觸，再用來韻，戲成一首

墨海瀾翻歎望洋，雷同姑妄説宗王。家雞野鶩村言語，卧虎跳龍俏比方。妙跡人亡仍物在，舊聞源遠自流長，東風小助臨池興，閑送呢喃出畫梁。

樸初再用前韻見寄，戲答三首

沙門且莫喜洋洋，禊帖仍歸俗姓王。萬卷枉經今日眼，千金惟買古時方。不勞文外尋矛盾，且聽人間論短長。

卻怕謝公批劄尾，何來鼠子敢跳梁。

蘭亭聚訟鬧洋洋，今日連根剷大王。虞寫褚臨都是幻，鼠須繭紙定何方。隸行異代殊妍質，碑簡分工各短長。二篆八分相遞讓，不然安見宋齊梁。

南北書流匯海洋，隸分章草代相王。一源羲獻分師古，三體鍾繇異用方。藝苑花爭千種豔，史車輪轉萬年長。追隨時代開新局，欲渡盈盈要石梁。

夢後

鶯辭舊樹燕還家，夢後樓臺日未斜。留得風光與芳草，遲遲飛盡滿城花。

燈下聽人讀報有作

震旦發雷音，霄雲敢作陰。笑開圓月口，照亮衆星心。鷹擊長空杳，龍騰大海深。風流非在昔，人望到於今。

頃得京中友人説及馬路新聞，《蘭亭》自論戰起後發生許多不正當的地域人事意見，分歧揣測，仍用前韻賦此以闢之

論戰何分南北洋，更無人事涉張王。交鋒專對蘭亭敘，卻病多求海上方。胸中疑團文脈亂，言符事實理由長。誠然好辯原非惡，軻也棲遑枉論梁。

偶讀東坡和回先生題東老壁上詩，戲用其韻。書後藉以解其末章之感二首

人情每喜樽常滿，家樂終因善有餘。東老庵中平淡處，回先生句卻教書。

酒至欣然杯自盡，詩成率爾墨無餘。匆匆留與人間看，信手榴皮壁上書。

湛翁見酬二絶句，感慨彌深，因用來韻戲答，不足言詩，聊博一笑

往事猶堪説短長，老年隨分有閑忙。年年慣見寒梅發，雪裏高枝未易忘。
仍歲驅車盡許同，賓筵醴酒未嘗空。無能差有清時味，偏愛僧樓幾杵鐘。

戲題摹錢舜舉畫高士梅鶴圖卷

説到梅花憶放翁，逋仙也有鶴相從。惟多一個憨童子，强著荒寒寂寞中。

孝權爲我寫我和北大一文成，因戲題稿後六言二首　一九六六年

夢裏炊煙散後，醉鄉酒味消時。陳跡又成陳跡，我知知我者稀。
苦君精心勾勒，粗成小小畫圖。昔日爭稱北大，今朝合唱南無。

再題二首

時現東鱗西爪，難窺首尾神龍。居然破壁飛去，驚煞當年葉公。
儘管汝邊密在，不妨吾無隱乎。缺文猶可成史，盡信不如無書。

今生

昨死今生豈等閒，教看日月换新天。人人都有興邦責，要樹標兵學少年。

卧病院中，同生同志以水仙相贈，賦此答謝

玉花翠葉水中仙，息息生香發妙妍。相視與君同一笑，門前江水遠連天。

題文伯所書虎字三幅二首

帝虎訛形成一家，若論真是卻差些。懦夫容易被欺侮，聲勢虛張舞爪牙。

椽筆連書虎三紙，帝修反動貉一丘。大談特談色不變，武松自有鐵拳頭。

韶山頌　一九六七年

韶山湖南之一村，村名已被天下聞。虞舜去今數千載，簫韶幽眇無由神。誰歟能出韶山新，屹立旋轉乾與坤。我實見之欣逢辰，謳歌洋洋聲遏雲。弘毅睿智難比倫，馬列真理賴以伸。教人行動不離群，如水有源木有根。史車終古無停輪，工農推挽歷堅辛。社會印有階級痕，滅資興無必認真。民主專政屬人民，大非大是必有分。鬥批團結用力勤，令敵懾伏友益親。利害爲衆不爲身，愛憎分明情誼敦。偉大時代新經綸，文化戰爭觸靈魂。煆練能教民意純，人間正道知所遵。鞏固政權立殊勳，全面鬥爭天地人。愚公有子子有孫，革命不斷樂無垠。寰球傳習寶書文，一言便可解世紛。實事求是各有因，路線觀點常細論。抗帝反修張我軍，敢於勝利去妖氛。社會主義葆青春，資本主義永沉淪。世界導師聖舵手，功大不居名益增。同盟知己四海存，近悦遠來何所云。韶山杲杲升朝暾，紅光永耀天安門。

補遺

寒食日遊百花亭

晴氣已復濁，虛館可淹留。微花耿寒食，始覺在他州。自問鼙鼓聒，不恨歲月流。亂代有今夕，兹園況堪遊。雲移樹蔭失，風定川華收。曳杖新城下，日暮禽語幽。羣行意易分，獨賞興難周。永嘯以自暢，片月生城頭。

題詠莪堂爲朱鏡宙作　一九四一年

詠莪堂前風樹悲，詠莪堂上補笙詩。空言繼志知無益，立此鄉閭百世師。

雁蕩山高飛瀑懸，此情無改視當年。莫言堂構尋常事，明發興懷見子賢。

爲臺静農題獨秀佚詩　一九四八年

静農索題仲甫稿，旅羈無蹤難爲詞。攜共東來一開視，忍讀當日杭州詩。

鶴坪樹老鶴不歸，存放之感徒爾爲。還君詩卷意未已，君將何計塞吾悲。

飲新茶

新茗如新人，穎鋭不可當。老成喜藴藉，不掛齒頰旁。問者竄山澤，龍鳳安得將。慨想蔡端明，慚愧士大夫。行天生物有德人，制易其常視彼狂，藥資云何出秫粱。期絶亂萌心，非必返上皇。七盌且莫辭，繞此槎枒腸。

十三陵水庫工地是人民的大學校

一九五八年六月二十二日

古跡十三陵，不爲人嚮往。今者大水壩，天地亂高産。旱澇從此除，衣食唯土壤。長城誠偉觀，比兹義無當。故事念民勞，新謡樂民享。十萬衆一心，功成若神創。社會主義好，躍進隨所向。貫徹總路綫，明哉共産黨。事理顯一役，勝聽十年講。階層齊振奮，聞見增信仰。勞動有領導，工地無首長。一切遵紀律，幹勁爲之旺。運石笑風生，推車汗雨暢。巾幗亦鬚眉，父老猶少壯。强弱時調整，速度握諸掌。一日等廿年，實踐非虚謊。協作利生産，團結好榜樣。政治得人心，統一衆思想。一能應萬變，百科明真妄。人類新教育，其力雖限量。彼自由世界，何敢肩背望。平凡此大學，生動世無兩。願爲函授生，傳習成風尚。

歡呼古巴勝利

古巴戰士真英雄，捍衛祖國立大功。美雇傭軍紙老虎，不堪一戰掩旗鼓。反帝人民站起來，堅持正義誰能摧。呼籲和平同一口，五洲到處有朋友。人民從來不孤立，團結力量爲抗敵。肯尼迪、臘斯格，蔗漿雖甜吃不得。古巴開遍革命花，勝利必然歸古巴。花旗妄想遮天下，請看天下是誰家。

欣聞首都各界人士隆重集會，爲我解放軍英雄戰士第三次擊落美制U－2型偵察機以及近年國防連續勝利殲敵慶功，不能無詩，因而有作

英雄團結好人民，報國精忠解放軍。防海防空常得勝，歡聲雷動頌奇勳。
高空低空偵察來，總難逃避掌心雷。美機漠視前車轍，玩火應教化土灰。
第三高飛機上天，依然命定入黄泉。我軍神勇强於羿，慣透雲層射紙鳶。
美帝甘爲天下敵，從來不變害人心。朝鮮戰後東南亞，警惕人人意轉深。

詞

卷一 一九〇五—一九二八年

望江南

秋雨後，幽絶海棠時。一水盈盈簾未捲，相逢嗔喜費人思。密意不曾知。　蘭燼落，香麝散霏微。道是曉風吹夢斷，分明月色映羅幃。此境太淒迷。

菩薩蠻

新詞歲歲題紈扇，銀河夜夜當窗見。冰簟卧黄昏，秋心那許温。　竹桃開已久，緑雨欺紅瘦。涼意逐秋飛，秋歸人未歸。

清平樂

塵懷中酒，清夢都吟瘦。離緒西來銷盡否，嶽色河聲依舊。　兩行官柳鳴蟬，鞭絲界破蒼煙。淡淡斜陽疏雨，秋情猶記當年。

灞陵風色，柳眼欺人白。隨處相逢隨處别，夢斷吴江煙月。　門前一帶長橋，隔花何處吹簫。儘有送人雙淚，年年流盡江潮。

采桑子

嬉春記得年時事，寶馬春遊。散盡春愁，燕語春風滿畫樓。　木樨香裏秋聲老，閣了蘭舟。嫩約還休，箏雁淒零不自由。

風入松

瓶荷

水風多處立娉婷，暗葉簇花明。畫橈過盡渾無影，蕩紅芳、鴛夢曾醒。涼滿水晶宮闕，簾衣一夜秋生。　寒漿素綆汲金瓶，供養水雲輕。未開先自愁摇落，有空房、冷露香凝。三十六陂何處，一屏涼月無聲。

好事近

傷秋蝶

孤館雨初收，風瘦蝶飛無力。何事尋芳來晚，祇荒荒秋色。　莊生夢境是邪非，底處問消息。消受一生花裏，早香塵凝碧。

阮郎歸

新春寄弟

明霞一桁門簾新，熏爐通晝温。蛛絲香罥去年塵，花枝猶未貧。　天末感，病中身，何堪酒入唇。花前長憶遠遊人，裁詩報早春。

浣溪沙

春恨年時没處尋，一春情比一春深。開簾獨坐怕春陰。　醒醉兩般無好計，等閒消息待青禽。寒香數點故人心。

玉樓春

苔階深處無人到，中酒獨來情緒少。春痕滿地落梅多，踏遍青青池畔草。　看花歲歲傷懷抱，飛燕未歸花事早。更尋高處倚危闌，閑看垂楊風裏老。

玉樓春

爐煙枉被風吹斷，舞袖年時空便旋。斂眉深坐不逢人，咫尺屏山猶自遠。　高樓暗鎖垂楊苑，夜雨初晴寒尚釅。銀缸如月照無眠，何處愁來從未見。

阮郎歸

緑窗掩夢儘無聊，幽蘭香息饒。十年影事忽如潮，芳魂影外招。　晴不定，是花朝。春寒故故驕。青山埋恨路迢遥，無人吹玉簫。

浣溪沙

開到桃花愛薄晴，溪橋流水夜來生。掠波雙燕儘逢迎。　又是一年春意思，不堪幾日酒心情。朝來籠被聽新鶯。

睡起心情懶不禁，最無聊賴是鶯聲。采香逕裏喚人行。　卻憶去年今日事，緑楊風暖坐春城。淡煙芳草又清明。

春恨來時理玉簫，畫樓煙罨柳條條。不堪獨上望舟橋。　依舊春山含笑靨，無花無酒也魂銷。此情如夢復如潮。

蝶戀花

小苑獨來鶯語後，草緑和煙，襯出花紅瘦。簾幕陰陰人去久，彩繩芳樹都依舊。　柳絮飛殘曾見否，愁雨愁風，何事今番又。春恨懨懨成病酒，那堪芳序年年有。

百二韶光今幾許，燕子來時，那識春情苦。拈遍落紅無一語，小樓受盡風和雨。　過眼遊絲紛萬縷，驀地牽愁，知向誰邊去。千古傷心人不數，斷腸枉説江南路。

采桑子

閒情一例難拋卻，臨水登山。今日何年，宿醉猶濃欲晝眠。　樓臺歌管聲都咽，無語愁邊。燕子簾前，蹴遍彈愁五十弦。

浣溪沙

吟盡春愁夢乍醒，無聊塵土有涯生。爭教微尚不關情。　酒後風懷花落拓，眼中人事蝶將迎。行雲流水本無聲。

浣溪沙

夢斷樓臺望轉深，一春煙鎖到而今。簷前依約墮青禽。飛過畫簾留不住，楊花飄泊總無心。傷春人卻在簾陰。

浣溪沙

中秋夜雨，拈此寫怨

十二闌杆十二樓，玉櫳瑶蕈一時秋。雨絲漠漠恨難收。樓外燈光清比月，闌邊心事細於愁。哀蟬落葉此生休。

更漏子

鎖窗寒，春無力，淺夢不成消息。梅靄薄，柳煙輕，暗中聞雨聲。推錦枕，垂翠袖，獨自香銷時候。簾不捲，有誰知，淚痕紅滿衣。

浣溪沙

荷葉香清露氣濃，赤闌橋畔倚微風。不知身在帝城中。記得年時湖上路，扁舟花裏偶相逢。曉妝臨水對芙蓉。

浣溪沙

雨過猶聞隱隱雷，乍涼天氣好池臺。荷花自在向人開。但恨花無人耐久，此時堪賞莫停杯。人生何事待秋來。

浣溪沙

曉日槐陰露未乾，夜來新雨更宜蟬。聲聲不斷警人眠。羅袂涼時思蕙葉，小屏紅處見湘蓮。惹人尋思早秋天。

木蘭花

西山卧佛寺曉起

新蟬高樹生涼吹，似與西山添爽氣。階前夜雨淨無痕，林表朝霞紅映翠。此時多少蕭閑意，古佛頹然唯是睡。遊蜂不入寺中來，門外槐花金布地。

西江月　一九一八年

五月七日生辰作

户外猶懸艾葉，筵前深映榴花。端陽過了數年華，節物居然增價。新我原非故我，有涯任逐無涯。人生行樂底須賒，好自心情多暇。

西江月

腦後儘多閒事，眼中頗有佳花。飯餘一盞雨前茶，敵得瓊漿無價。　午睡一時半晌，客談百種千家。興來執筆且塗鴉，遣此炎炎長夏。

西江月

眼底憑誰檢點，案頭費甚工夫。天然風月見真吾，漫道孔顏樂處。　拄笏看山也得，乘桴浮海能無。人生何處不相娱，隨分行行且住。

西江月

不道死生有命，便云富貴在天。現成言語不能言，讀甚聖經賢傳。　流水高山自樂，名韁利鎖依然。老牛有鼻總須牽，繞得磨盤千轉。

減字木蘭花

贈友

會賢堂上，閑坐閑吟閑眺望。高柳低荷，解愠風來向晚多。　冰盤小飲，舊事逢君須記省。流水年光，莫道閑人有底忙。

采桑子

西京新年作

新年競作新裝束，愛著新衣。愛著新衣，十四十三小女兒。　濃妝不管旁人笑，忽地顰眉。忽地顰眉，羽子拋空惱著伊。

羽子：新年女兒玩具，制如毽子。

十拍子

西京送春作

叵耐東風作惡，無端吹雨吹晴。惱亂楊花千百朵，催囀黃鸝三兩聲。尋春春已行。　等是良辰佳日，依前水秀山明。短笛誰家歌一曲，不似當時韻最清。何堪憶洛城。

卜算子

雨止出流螢，遥共星光大。靜愛微明動太虛，我自閑中卧。　花發舊年枝，月照新來我。似舊還新無限情，只是情無那。

思佳客

西山道中

十丈紅塵一霎休，偶憑林壑散羈愁。晚風吹帽臨官道，小輦催詩紀舊遊。　雲淡淡，意悠悠。亂蟬聲裏雨初收。柳光嵐翠知多少，又是新來一段秋。

憶秦娥

對玉簪花作

年時別，新詞一曲情淒切。情淒切，霎時兒雨，霎時兒月。　藕花池畔音書絕，玉簪雖好何堪折。何堪折，少年情事，早秋時節。

玉樓春

藕花池畔音書絕，二十餘年如電掣。當時總是有情癡，此日竟成無淚別。　人間無計相抛撇，唯有春花秋夜月。花原長好月長圓，春去秋來情不竭。

浣溪沙

題子穀紅葉疏鐘詩後

紅葉疏鐘有夢思，行雲脈脈意遲遲。此情唯有自家知。　晴雪遠山光暗澹，疏枝曉日影披離。荒寒時節倍憐伊。

采桑子

再題

憑誰寫出相思夢，紅葉疏鐘。紅葉疏鐘，葉落鐘休夢轉空。　而今夢也無從做，何處相逢。何處相逢，除是秋林葉再紅。

山花子

寒夜羈旅中，聽鄰人吹尺八、彈琴，盡成幽怨之音矣，賦此寄意

户外輕霜暗濕衣，簷前新月又如眉。心事萬重雲萬里，夜寒時。　尺八吹成長笛怨，七弦彈作兩情悲。多少棲鴉棲不定，盡南飛。

望江南

無限事，歡少恨偏多。都説銷愁唯有酒，卻看酒盡奈愁何。莫若且高歌。

何限意，夢短夜偏長。剩自將心托明月，青天碧海好相將。千里共輝光。

天上月，何事照人間。才共蛾眉舒窈窕，卻隨鸞鏡鬥嬋娟。圓缺總無端。

雲外月，夜夜總清朠。碧海青天情不竭，嫦娥拋卻睡工夫。光景莫教無。

好事近

霜重月華明，照澈東西南北。也有心兒一個，是人間月色。　茫茫雲海萬千重，重重自相隔。了得一般無礙，仗些兒心力。

浣溪沙

寒夜作

青女飛霜頗耐寒，素娥攬鏡怯衣單。林間風動葉聲乾。　雲鶴去來三萬里，梅花開落一千年。海波引起與同看。

浣溪沙

題子庚《瀷絳宧詞》

天北天南任轉蓬，一生心事屬冥鴻。詞人老去酒樽空。　舊恨暗於殘月色，新詞豔作好花叢。幾時花月又春風。

南鄉子

何處可登臺，淡日暉暉晚景催。剩有小花籬外見，誰栽。雪裏青松是上才。　莫道不歸來，知否梅花待著開。人意似梅梅似雪，皚皚。一曲陽春醉滿懷。

減字木蘭花

鳳舉以紅葉裝貼震先小照册上，頗有韻致，戲作此詞

西京風味，紅粉佳人千百隊。一夜秋霜，十里楓林耀日光。　卷頭好在，一樣枝頭紅不改。生面能開，留與詩人點綴來。

好事近

今日見晴空，明日陰晴難度。一任天公做弄，有誰能管著。　飛來群鵲鬧斜陽，半點無拘縛。別是一般滋味，看人家歡樂。

思佳客

共鳳舉談賦此

心事千般各有因，猜時那有見時真。話言一一傳天使，煩惱重重縛愛神。　情繾綣，意殷勤，年年見慣月華新。語君一事君須會，莫道嫦娥是故人。

浣溪沙

群鵲歡噪林間，被獵人驚散

獵獵霜風競打圍，砑然鳴處鳥爭飛。和平從此遂無期。　麋鹿林中游不得，雁鴻雲外起還疑。人間何處可忘機。

臨江仙

贈友

惜惜惺惺無限意，四弦並作心弦。一弦一撥往來彈。人生多少事，總是訴悲懽。　悲裏四時非我有，歡時啼笑俱妍。連環欲解苦無端。君看窗外月，今夕又將圓。

南鄉子

寄遠

狂態醒時真，不把澆愁酒點脣。一笑淩風三島去，何因。兩地平分月一輪。　見説早梅新，折取高枝寄遠人。莫作尋常梅萼看，憑君。雪裏霜前最有神。

玉樓春

少年心事觀花眼，秋豔也同春色看。回頭紅葉下楓林，昨日畫圖今日換。　四時卻似車輪轉，日暮天寒天不管。更於何處説春情，雪裏疏梅三四點。

江城子

雪中游嵐山晚歸作

萬松相對意蕭然，雪迷漫，更清妍。非霧非花，做就四垂天。玉宇璚樓天上有，卻不道，在人間。　鳥聲如説晚來寒，水沉山，碧潺湲。乘興遊人，緩緩放歸船。莫上長橋橋上望，燈火暗，保津川。

南歌子

往歲夏日，雨後至荷塘，適值新荷競放，花瓣舒時，輒作微響，如小兒玩具中輕氣球破。當時歎爲奇妙，屢欲賦之未就。今日雪中出遊，心意閑遠，偶然憶及，遂爾追題，未盡形容，聊當記載而已

柳外雷輕轉，塘前雨乍晴。偶然來聽放荷聲，恐有蜻蜓飛過已先驚。　珠迸琴弦滑，香添笛韻清。有聲有色更多情，疑是青峰江上遇湘靈。

定風波

云君病中，屬兒輩寄書促歸，因賦此以慰之

一紙書來感歲華，二年何事苦離家。春色不關人聚散，撩亂，芳梅依舊滿枝花。　病裏須防愁作祟，閑睡，醒時兒女任喧譁。待我歸來春未半，相見，從新花月作生涯。

清平樂

梅

女兒裝扮，的的驚人眼。濃抹新來渾未慣，愛著緑輕紅淺。　看他雪裏霜中，居然韻遠香融。莫待柳絲牽引，先教嫁與東風。

臨江仙

詠春

鬥草拈花新活計，衆中誰最顛狂。薄情狂蕩是春光。才添梅額細，又畫柳眉長。　紅紫從今看不了，蜂媒蝶使齊忙。莫教蕩子早還鄉。留他三二月，處處醉芬芳。

菩薩蠻

梅花綽約冰肌白，茶花豔發胭脂色。昨夜月如銀，相看愁殺人。　年年樓上望，只爲春來上。待得乳鶯啼，揚花過別溪。

蝶戀花

將去日本，因憶往歲平安神宫觀櫻之遊，賦此贈别鳳舉，鳳舉亦將歸江西，故有末句

開到櫻花春色賤。不放春歸，早是春過半。看看緑陰沉酒盞，家家人醉離春宴。　往歲春情扃水殿。又見梅花，莫道春還淺。我已歸心牽柳線，牽情更過江南岸。

減字木蘭花

遥憶京中楊柳，倚聲頌之

參天風韻，些子春光渾占盡。洩洩昌昌，始信人間是樂鄉。　陶潛張緒，標格何堪同日語。千手觀音，雨後應能見佛心。

情天好住，只在長條牽系處。無限精神，接引從來多少人。　春三二月，不放離人輕易別。縱使春歸，依舊殷勤挽落暉。

減字木蘭花

寄云君

春情好在，情共春融深作海。海闊無邊，波浪軒然更接天。　從來踽踽，不會人前相爾汝。莫放春過，新婦相看漸作婆。

朝中措

看看春又到庭階，著意遣梅開。昨日青鸞消息，今朝芳草情懷。　餘寒猶在，早春天氣，煞費安排。不到風和日暖，鶯兒那肯歌來。

長相思

曉寒生，晚寒生。淡淡陰中薄薄晴，流鶯三兩聲。　曉山横，晚山横。芳草連雲尚未能，春風千里情。

憶春心，怨春心。才爲花晴又作陰，翻憐春意深。　待相尋，莫相尋。除了梅花便不禁，餘寒猶在林。

玉樓春

春日寄玄同

年年縱被春情誤，莫道春情無著處。海棠開了好題詩，綠柳陰濃聽燕語。　人生自有真情緒，不合空教愁裏度。與君俱是眼前人，領取從來無盡趣。

清平樂

讀稼軒粉蝶兒詞：『昨日春如十三女兒學繡，一枝枝不教花瘦』之句，一時興至，遂成此闋

陰晴不定，省識春心情。著盡輕愁和淺悶，恰似女兒身分。　繡花繡草年年，絲絲縷縷情牽。慵裏莫抛針線，好教繡遍河山。

思佳客

偶然作，寄兄弟姊妹

有甚閒愁可皺眉，稼軒句。新來愛誦稼軒詞。歸心已共春波遠，離緒還應草樹知。　思勝事，憶兒時。海棠楊柳盡垂絲。東風庭院深深地，病後閑中總覺宜。

臨江仙

春日抛人容易過，花朝寒食清明，新來心事付流鶯。千回百囀，終覺有餘情。　客裏看花花有恨，問花無語堪驚，東風相約那邊行。朱朱粉粉，都不似平生。

清平樂

東風不住，開落花千樹。遮斷歸程無望處，一霎紅香滿路。　春人怕聽春鶯，春光漾殺春情。最是無心芳草，年年處處青青。

一剪梅

海燕飛來趁歲華，認取春回，卻已堪嗟。幾番風細雨斜斜，落了梅花，開了櫻花。　望眼樓頭暮靄遮，欲破閒愁，除是新茶。年年芳草遍天涯，送我還家，伴我離家。

減字木蘭花

爲援庵題陳白沙所書心賀詩卷

崖山風月，千古精誠相對接。省識堂堂，一卷昭然日月光。　狂心飛鶴，動静隨時都是學。活活乾乾，此趣於今腕下傳。

思佳客

一夜西風裂敗荷，人生無酒也當歌。舊歡新恨相將在，好月佳花莫放過。　花易謝，月如何，小窗虛處月明多。黄昏便擁秋情睡，未到黄昏睡得麽。

南柯子

雪裏梅初落，風前柳乍低。年時曾共水偎期，等是無憑情事惹人思。　夢好沉吟過，香温取次稀。風懷打疊付新詞，不道一年容易又芳時。

山花子

曉起盆花漠漠寒，語人消息料應難。依舊情懷依舊事，早春天。　臘凍漸銷梅似雪，東風不放柳生棉。小閣春燈長夜飲，記當年。

浣溪沙

燕子來時作

黯淡情懷與酒宜，細風吹雨一絲絲。落紅庭院燕來時。　深恨遠情都是夢，野花芳草自成癡。人生何事數心期。

相見歡

一九二七年

新來愁恨無端，菊叢殘。滿地夕陽黄葉暮鴉天。　浮生事，歌垂淚，酒開顔。好是春花秋月自年年。今番已是春歸，莫相猜。看取早梅開了水仙開。　香盈袖，情依舊，且徘徊。除卻當時明月没人來。

浪淘沙

歲暮卧病和周晉仙明日新年韻

隨處不論錢，惟有閑眠，夢中新曲聽哀蟬。驚覺心情渾天耐，懶泛觥船。著我小梅邊，也是良緣，横江一笑更欣然。才共水仙温舊事，明日新年。

人月圓

奉題蘭臺先生《清代學者像傳》

虎頭點染傳真筆，思古起幽情。千秋一瞥，鴻都事業，麟閣功名。尋吾所契，奇奇怪怪，古古清清。披圖相對，先生羡我，我羡先生。

卷二 一九三〇——一九三三年

蝶戀花

人面花光相映發。脈脈佯佯，人與花無別。密意濃情和酒呷，東風沉醉芳菲節。　幾度名園驚蛺蝶。南國佳人，標格真奇絶。儀態萬方風與月，相逢疑是驂鸞客。

減字木蘭花

題寫真

眼長眉細，玉樣晶瑩花樣麗。儼若翩其，流利端莊信有之。　衆中鶴立，巾幗於今堪第一。笑靨愁心，誰識衷情一往深。

思佳客

十一月廿四日曉起，陰陰欲雪，從來煩惱都上心來，寫此遣悶

坐想行愁懶似雲，陰陰天氣易黄昏。向來總覺秋情淡，不道人情淡十分。　從夢裏，話情親。醒來依舊没精神。而今剩飲相思酒，一醉方知味道醇。

浣溪沙

十一月廿四日雪，與權弟話去歲杭州大雪中相送情事，感賦

湖上年時一段情，旋逢旋別太忙生。滿天風雪送人行。　今日雪中應置酒，酒杯到手莫辭傾。須知歡醉勝愁醒。

減字木蘭花

人涉邛否，終日皇皇須我友。千百年來，一樣人情看不開。　誰能抛撇，春日佳花秋夜月。酒樣醲情，一醉從來不易醒。

減字木蘭花

迷離惝怳，才說歡娛還悵惘。忒煞情多，淺笑佯嗔奈若何。　明明如月，莫管當前圓與缺。將缺成圓，此事從來一任天。

菩薩蠻

從來不說黃花豔，新來更覺黃花淡。生性愛濃妍，明妝明鏡前。　詞華驚座客，學士班頭立。膽小卻尋常，宵來阿母旁。

浣溪沙

十一月三十夜不寐有作

漫把人間比夢間，夜長容易不成眠。淺歡深恨兩無端。　悵惘出門翻悵惘，纏綿憶舊倍纏綿。明明圓月照俱還。

圓月真堪擬似人，夜寒霜冷倍清新。不曾天際有微雲。　焰焰爐中初著火，蓬蓬座上自生春。一顰一笑十分真。

歡會翻成獨自歸，者般滋味亦新奇。明知缺月有圓時。　莫使深情生淺恨，剩將無寐答相思。自憐終不抵憐伊。

各有才華各擅場，相逢相賞莫相忘。衆中本自不尋常。　的爍花光暉麗日，嬋娟月色鬥清霜。四時氣備好平章。

日日相逢意態新，些些閒事慣煩人。無聊畢竟是前因。　劇裏人情驚電掣，平時語態喜春温。十分可念任天真。

花正芬芳月正圓，吟花弄月一凝然。當前花月好姻緣。　已覺花中驚綺麗，卻教月裏愧嬋娟。始知花月爲人妍。

減字木蘭花

是真非假，瀲灩杯光花月夜。弄假成真，醉後笙歌惱殺人。　兩般情味，明日清醒今日醉。來者無多，惜此精微一剎那。

南鄉子

憶昔遊

歲暮若爲情，雪後斜陽分外明。哀樂眼前推不去，銷凝。一半陽和一半冰。　難忘是盈盈，雙槳中流一葉輕。明月照人人弄月，涼生。荷葉荷花儘送迎。

木蘭花

花開堪折直須折，春去秋來剛一瞥。從今且莫管閒愁，歡樂來時懽樂煞。　萬千言語何由說，一種心情難忘卻。當前都是陌生人，除了無邊風與月。

浣溪沙

未必人間勝夢間，人間隨處有關山。離時容易合時難。　滿酌一杯歡樂酒，開懷痛飲任頹然。十分甜蜜是辛酸。

緑轉黃回信可能，世緣難斷夢難成。思量止止又行行。　滿飲一杯生命酒，者番醉了不須醒。醒來一切恐無憑。

夢是愁成夢轉工，編愁作臆本來空。屏除愁緒更無蹤。　去便相思來又怨，相思相怨可相同。夢魂顛倒一生中。

虞美人

十二月八日作

無情卻被多情惱，爭信多情好。人間若是本無晴，不會長空歷歷有明星。　天公應悔當初錯，月落星還墮。能教終古月長圓，未必人間隨處有悲歡。

臨江仙

十二月九日作

對酒當歌歌當哭，休教醉了還醒。眼中人事太峥嶸。不因長劍在，始作不平鳴。　了卻此生非易事，行行重復行行。最難忘是月明明。何時真可掇，狂笑上青冥。

卜算子

五月一日作

話到盡頭時，歡與悲無別。脈脈佯佯意態真，一一難忘卻。　花向密中疏，月自圓時缺。此意茫茫欲問天，天也無言説。

浣溪沙

五月十七日作

閒事思量耐味尋，從來言淺意翻深。百花時節幾春陰。　任使中邊甜似蜜，休教辜負石蓮心。一生相報是沉吟。

卷三　一九四〇—一九四二年

菩薩蠻

寄庵誦其侄女詠盆中白梅詞有云：『昨夜月明時，春歸人未知。』余偶有所觸，因借其句成此調

畫樓寒夜燒銀燭，愁聞笛裏關山曲。換卻繡衣裳，十分憐淡妝。　踈櫺香息淺，漠漠爐煙斷。昨夜月明時，春歸人未知。

菩薩蠻

新詞休共佳人唱，風前花底多惆悵。爭信酒杯寬，醒時沉醉難。　關山千里別，又見初弦月。銀漢自迢迢，南飛烏鵲高。

踏莎行

玉露團團，金風細細。看來總是驚人意。幽篁不分獨檀欒，高梧何故先憔悴。　有限詩情，無邊秋思。年年儘有登高地。地偏心遠到而今，黃花肯共東籬醉。

瑣窗寒

散葉庭荒，驚秋露白，夜涼如水。風摇碎影，分入一窗相對。已更深、照人未眠，暗燈破寂垂殘穗。似遠江冷宿，孤蓬煙浪，倦遊滋味。　憔悴，行吟地。更念亂傷離，近來心事。深尊漫把，醉了無非獨自。想春江、花月宴闌，賸歡斷夢猶未墜。謝啼螿、伴我沉吟，爲説相思意。

紅羅襖

用清真韻

遠楚銷凝盡，猶自未成歸。歎水闊山長，征程千萬，尊前可有，風月相知。　奈此際、鴻杳音稀。西窗剪燭誰期。秋色暗江籬，憶舊日、賸結夢中悲。

漁家傲

十月廿九夜，雷雨達旦，適聞江南近來寒甚，因有作

撼枕驚雷仍電驟，微暄已失三秋候。天意不如人意久。翻覆手，陰晴一例難參透。　夜雨洗秋應更瘦，青林卻自添朝岫。聞説江南唯泥酒。憐翠袖，蕭蕭晚竹寒生後。

虞美人

短瓶菊叢中，芙蓉豔發燈前，忽有欲謝之意，感賦

芙蓉沉醉西風晚，省識紅妝面。也無離合也無愁，贏得一生嬌豔鬥清秋。　折來長伴金英好，願與歌難

老。料應未慣對青燈，憶是十分憔悴不勝情。

臨江仙

細雨還晴晴又雨，落英已自繽紛。萋萋芳草礙行人。歡情餘白袷，暖意失紅巾。往日有誰堪共惜，流鶯不解傷春。離騷心事遠遊身。西江何限水，南陌幾多塵。

清平樂

巴渝芳草，緑遍連天道。此日江南應更好，誰信歸期尚早。闌邊雨潤煙迷，青枝溼度黄鸝。不意遠山眉嫵，新來也有顰時。

玉樓春

依前省識桃花面，幾日東風隨處見。遠山爭學畫時眉，流水更横臨去眼。多情漸老春光賤，浪擲榆錢拋柳線。繁紅著酒太醺人，回前來遊無一半。雕闌又拂春風暖，不道天長人更遠。旋驚浪蘂望中休，卻惱遊絲空裏亂。江流那管西人怨，東下連波無顧反。蓬萊清淺幾時曾，三見梁間棲海燕。

漁家傲

客裏光陰聞杜宇，桃花水漲爲津渡。唯有春歸無間阻。來又去，黯然幾陣黄昏雨。幕燕年年仍好住，輸他王謝堂前侶。畫棟雕梁知幾許。君莫誤，連雪芳草來時路。

浣溪沙

心字羅衣透淺紅，迴廊細細落花風。不成小立意猶慵。　短睡易醒終是夢，微波可託更無蹤。惱人雙燕語匆匆。

玉樓春

柳枝低曳黄金縷，暗拂朱闌迷繡户。春殘庭院更無人，落盡香紅風不住。　緑波賸自溶溶去，任是無情知去處。江南歸夢有時醒，記取雲中天際樹。

高陽臺

題《涉江詞丙稿》

小字簪花，清詞戛玉，芳馨乍展銀箋。百囀流鶯，共誰惜取華年。深情不著淒涼語，怕淒涼、卻道無端。最關心，片片飛花，樹樹啼鵑。　江南夢斷歸何處，有輕帆數點，遠浪浮天。細説清遊，儘多平楚蒼煙。而今陌上無歌管，縱聞歌、肯近尊前。待愁來，不是低吟，總合閑眠。

臨江仙

煙草淒迷緑遍，風花撲簌紅稀。少年情事酒杯知。新來隨意飲，意好復誰期。　乳燕堂前初見，子規夢裏曾啼。莫憑遠志笑當歸。自從新病後，解識藥籠非。

鷓鴣天

新夜樓頭月似梳，若逢三五解圓無。鵾弦怕向愁中斷，鸞鏡端從別後疏。　追往事，説當初。個人情分未應殊。柳絲牽系丁香結，取譬同心那得如。

漁家傲

遥思長吟過夜半，情懷唯許青燈見。月落又添窗色暗，更五點，夢中驚起鄰雞唤。　欲往報君青玉案，側身東望關河遠。莫爲五噫腸九轉，人世换，定巢隨處逢新燕。

拜星月慢

四拂垂楊，遥連芳樹，永日書堂歸燕。梅額新妝，已多時輕换。舊家事，競説新來粉黛羅綺，總入芸香薰染。別館弦歌，但聞聲不見。　甚東風、乍拂夭桃面。有誰知、未當尋常看。歲歲秋檻春池，任閒情勾管。念分飛、社燕還相伴。落花恨、又著江南岸。尚未是、西去陽關，卻天涯人遠。

臨江仙

朱户小窗憑夢到，愁生午酒醒時。蝶飛鶯囀日遲遲。枝頭新緑暗，春後落紅稀。　錦瑟平生渾不識，漫驚弦柱頻移。年華都付子規啼。巴山前夜雨，江岸舊痕迷。

臨江仙

經歲不歸歸已晚，曲闌小徑應迷。望中江樹與雲齊。高樓春去，偏是日長時。　春夢易醒人易老，朱顔好映深卮。近來愁對雨絲絲。暗添心事，莫遣個人知。

生查子

花枝亞小闌，似共人憑處。一夜緑楊風，暗盡庭前樹。　黄鸝枝上啼，紫燕闌邊語。不見舊年人，仍是前時雨。

臨江仙

江檻藥闌人事改，草堂看盡新題。東川仍有杜鵑啼。花開花落，幾度唤春歸。　夜雨乍添新潤好，苔階緩踏晴泥。舊時情緒舊時衣。故人天末，知否酒痕稀。

清平樂

初食粽

小盤新粽，無計留春共。紅褪香羅金縷鳳，比似榴花情重。　撩人節物些些，龍舟江上年華。怕到端陽時節，一尊常是天涯。

祝英台近

蚓吟長，蛙語鬧，月影漾池館。翠被微寒，寂寂夜過半。殘燈肯照無眠，試温短夢，甚處是、東勞西燕。細尋檢。遥寄錦字題封，流年暗中换。幾疊新縫，寒暖意千萬。待教真個承平，西窗重到，更説與、巴山幽怨。

祝英台近

日遲遲，風細細，紅做海棠暖。深步花間，欲語意先滿。依前草徑迷煙，蜂狂蝶舞，怎道是、無人庭院。未曾遠。猶記雙燕窺簾，太液舊池畔。緑遍春波，照影更相見。待教細訴芳心，重拈新句，便短夢、也都驚斷。

漁家傲

紅亂春衣香滿袖，玉纖攀惹金絲柳。雙燕似人新著酒。無步驟，交飛雨細風斜後。　人是少年春亦久，春歸誰信人依舊。便是無情應僝僽。空回首，春濃年少何時又。

減字木蘭花

共寄庵談感而賦此，即呈寄庵

中年易過，檢點從來真少可。無盡無休，來者堪追底用憂。　平生志業，不負當前風與月。莫問兒曹，足與吾流未易遭。

濁醪清醴，風味平生應視此。不惠不夷，人物前頭食蛤蜊。　翰林風月，各有千秋何用説。能者得之，一笑相看盡我師。

巴山夜雨，做盡愁聲仍解止。葉底殘紅，明日晴來未要風。瀘州白酒，半琖一杯時在手。爭比茶香，鄉味杭州不可忘。

盤紆山徑，隔嶺人家看卻近。一樣江天，不似江南好放船。三年問俗，堪笑平生思入蜀。萬里橋東，難得情懷勝放翁。

應天長

琵琶又撥新弦索，博取滿場人意樂。道閑卻，爭閑卻，月暗燈明無處著。當初真有約，歸去畫樓朱閣。昨夜五更風惡，霎時吹夢落。

應天長

流波一去知難再，夢短歌長無計奈。花相會，月相對，此際故人千里外。愁深情似海，情重怎生擔待。翻是了無牽掛，能教人意快。

鷓鴣天

四月山居物候移，子規聲裏囀黃鸝。水紋乍展琉璃簟，樹色還分翡翠幃。白團扇，夾羅衣。新情梲觸舊歌詞。無多風雨和雲過，又遣輕寒上鬢絲。

虞美人

初夏山居雨後作

四山重疊留人住，遮斷來時路。料應留著聽啼鵑，不到杜鵑啼歇莫教還。　出山流水渾閒事，儘有悠然意。春花春草總難留，禁得幾番陰雨便如秋。

玉樓春

亭亭緑葉擎紅朵，水面日長無計那。莫憑涼意願秋風，蓮子成時花已墮。　笑筵肯放芳尊過，雪藕調冰歡亦頗。赤闌橋畔舊年人，檢點當前無一個。

玉樓春

碧桃開盡紅榴過，便是黄梔無一朵。不因年少最憐伊，但覺少年終去我。　樓臺夢後仍高鎖，明月照人添酒涴。蘋飄雲散上弦愁，小晏當時真計左。

小重山

紅是相思緑是愁。徘徊花謝下，未能休。幾番客裏罷春遊。梅雨後，涼意在簾鉤。　老去減風流。縱教逢舊燕，也應羞。江山如此一凝眸。山隱隱，江水自悠悠。

蝶戀花

鎮日相思無處著，江檻花闌，一例成蕭索。薄酒一杯聊自酌，明明圓月當簾幙。　萬事休休還莫莫，聽雨聽風，已是春歸卻。縱使春歸應有約，明年江上看紅藥。

青玉案

翠禽兩兩珍叢底。卻不道、情如此。醇酒著人春夢裏。雨窗初瞑，風簾還起，醒醉都無意。　望中可有青鸞使。客舍光陰似流水。珍重江南書一紙。遠山重疊，連雲千里，黯黯生離思。

水龍吟

一椽準擬幽棲，野煙漠漠迷林表。徑迴地僻，暗塵還惹，層巒自繞。花糝融泥，鶯歌斷雨，但餘芳草。算西南浪跡，清遊未試，春又去，人空老。　極目關河古道，倦沈吟、者番懷抱。故人不見，闌干依舊，酒邊殘照。去國蘭成，登樓王粲，鄉愁多少。縱雲羅萬里，秋風動也，怕飛鴻杳。

虞美人

相如卧病文君老，賸有尊罍好。琴心依約似當年，已是塵生弦柱莫教彈。　悲歡從古依人在，花月年年改。高樓花近月徘徊，未必畫梁雙燕肯重來。

生查子

幽花拂碧漪，圓月開妝鏡。無月便無花，天與安排定。　春從酒琖空，夜向高樓迴。銀漢自橫斜，不照驚鴻影。

青玉案

舞衣金縷愁多少，曲未罷、尊先倒。月暗燈明人意鬧，當時猶説，定場賀老，衆裏琵琶好。　霖鈴雨濕關河道，往事悲歡信難了。休共巴渝彈古調，畫粱塵散，燕歸還早。陌上餘芳草。

菩薩蠻

古今萬事東流水，杯中領取從來意。淺把復深憑，此時誰最能。　天從人所願，不遣濃情淡。留與少年人，春長花月新。

菩薩蠻

好風不至微過雨，小池波上蒸成縷。森木亂鳴蟬，殘陽何處山。　蒲葵裁作扇，持向塵中見。旋旋葛衣涼，晚庭花蘂香。

清平樂

黄梅過了，緑樹驚蟬噪。客裏光陰依舊好，留得幾人年少。　夕陽西下休嗟，餘暉爛爛成霞。更幻愁心作月，流光照遍天涯。

青玉案

新來多感還多病。更不遣、清尊近。雨潤單衣猶自冷。朱樓應記，簾垂燕並，漠漠爐煙靜。　情懷不怕闌杆迥，怕對當時舊鸞鏡。付與江山情不盡。芭蕉乍展，綠箋誰省，音信無憑準。

菩薩蠻

斜陽煙樹驚遊目，連雲芳草低迷綠。細細落花風，馬嘶人語中。　江南歸尚早，莫説江南好。一雨客衣單，此時情最難。

青玉案

觥船載得愁多少。酒易盡、愁難了。歸燕簾櫳人悄悄。子規才住，新蟬又噪，斜日明林表。　故國山河雲浩渺，目斷長安舊來道。離亂心情難自好。高樓花近，當時杜老，一樣傷懷抱。

青玉案

娟娟初月生新暈。恰相稱、人情分。帶結同心香一寸。輕羅乍掩，繡鴛還並，生怕明燈近。　醉勻褪粉添嬌困，愛鬥花枝對鸞鏡。事與孤鴻成去影。珠樓春夢，銀河秋訊，密意憑誰問。

清平樂

落紅低舞，細細風吹雨。燕子不來人又去，緑盡小庭芳樹。　江花江草年年，雙堤歸夢如煙。往事新情多少，剩教都付吟箋。

拜星月慢

地覆輕陰，空摇狂絮，了卻一番春事。曲院回闌，憶當時同倚。最惆悵，盡日、江樓高處凝望，細數歸舟天際。一霎羈愁，被驚風吹起。　歎瑶池、阻絶雲千里。傳芳訊、未有青鸞使。盼斷細字銀鉤，抵千金一紙。漸鳴蟬、斷續殘陽裏。催詞賦、又動悲秋思。怎奈向、庾信生涯，老江關獨自。

西平樂慢

荇葉盟鴛，藕花眠鷺。難忘帶閣漣漪。晴碧江天，正憐佳日，翻令倦翼思歸。念綺席蘭情漸散，塵鏡朱顔暗换，高樓夢鎖，分明繡幙低垂。應歎梁泥燕落，頻點涴、罷弄玉琴徽。　泛蹤隨葦，流年逝水，獨酌沈沈，客舍深卮。閑試想、夭桃好發，緑柳仍陰。儘許橋邊系艇，陌上連車，不會芳盟再誤伊。偏恨眠前，關山萬里，一抹平蕪，伴此斜陽。更上層樓，教人望極天西。

清平樂

雨巒煙障，六月蠻江上。濕透芭蕉新緑漲，緑意添寒深幌。　稱身薄薄吴綿，知曾幾夢爐煙。何日五湖一舸，輕衾小簟閑眠。

八聲甘州

奈西風未動，杳冥冥長空已雲羅。盼天開金境，塵清瓊宇，愁洗銀河。恨事當前還滿，蕉葉雨聲多。明暗蓬窗底，書劍銷磨。　春黯旋成秋麗，促酒邊倦客，强起高歌。幻文貍山鬼，窈窕媚煙蘿。立蒼茫、人間何世，有魯陽、空自解揮戈。腰横笛，載扁舟去，流響層波。

高陽臺

明日立秋矣愀然賦此

乍飲冰漿，旋收羅扇，新來天氣全殊。繞屋枝條，不關晴雨扶疏。吾盧信美非吾土，況涼飆、又動輕裾。漫輕嘲，張翰當年，只爲鱸魚。　鬢絲輸與垂楊緑，共流紅照影，幾度愁予。舊葉新詞，天涯有恨重書。秋來春去江南岸，伴銷凝、應是平蕪。怕歸遲，漾碧秦淮，不比當初。

水龍吟

高蟬嘒嘒驚秋，客窗長日人初倦。一番雨過，斜陽烘潤，涼颸送晚。小檻幽香，曲屏密意，誰家庭院。似年時蹤跡，清遊未了，趁輕夢，期相見。　事與春雲俱散，又誰教、夢緣偏短。早知今日，爭如未遇，東風人面。裁璧爲環，紉蘭作佩，多時經慣。剩待將月上，含光留影，住高樓畔。

高陽臺

無限山河，無窮壁壘，更看無盡遥天。痛飲長吟，輸他幾輩豪賢。旌旗未共殘虹捲，又西風、鼙鼓闐然。最驚心，獨自登臨，花近危闌。大河流阻長淮闊，送雙魚尺素，不到江干。柳意槐情，都應付與鳴蟬。黄雲萬里行人少，莽中原、葵麥迷煙。說荒郊，戎馬新來，猶自屯田。

高陽臺

四合岡巒，萬重樓閣，雨涼曾試宵弦。西子明妝，秋來一倍堪憐。傷心湖水依前緑，亂菱花、暮靄蒼煙。更誰攜，芳侶來遊，重上蘭船。　淒涼莫怨關山笛，怨當時明月，偏照關山。折柳飄梅，幾人淚落尊前。曉星不動長河迥，料姮娥、應悔嬋娟。怕遲遲，靈鵲橋成，江冷楓丹。

綺羅香

瑶殿旋空，雕闌未改，都記從來吟句。猶是人間，不隔軟紅塵土。池水漫、風皺春波，苑花静、日晞秋露。更千章、古柏參天，繡苔如篆徧行路。　迢遥望斷京國，總被清遊惱徹，還牽情住。地勝人宜，易就眼前歡聚。搖暗緑、荷蓋擎時，認墜紅、畫橈停處。料横橋、塔影沈沈，夢痕難細數。

八聲甘州

題旭初畫觀瀑

問何因石破，更堪驚百道瀉流泉。甚無晴無雨，横空飛沫，四遠迷煙。萬里西來安穩，塵涴總宜湔。杖笠猶堪用，徙倚巉邊。　最好江鄉歸去，訪赤城舊侶，未要輕還。恐難償此願，微契借君傳。乍相忘、丹青妙筆，恍風生、襟袖意泠然。何須更，誦興公賦，郭璞遊仙。

鷓鴣天

題旭初畫蘭

瓊蘂清疏翠葉長，短叢幽谷細生香。丹青不取尋常本，濃淡都成別樣妝。　矜品格，占風光。放翁何事費平章。梅花高韻差孤冷，擬佩同心那可忘。

清平樂

題旭初畫梅

清愁難識，開落關山笛。花是主人人是客，莫負尊前月色。　孤山鶴去千年，西湖歸夢如煙。不見當時處士，暗香疏影依然。

浣溪沙

題旭初畫菊

爲少淵明一輩人，東籬寂寞罷開尊。落英枝上久成塵。　忽有疏花生眼底，擬尋幽石倚松根。細看秋意已嶙峋。

山花子

旭初畫櫻筍，因追憶玄武湖櫻桃之美感題

巾扇飄零類轉蓬，撩人節物忒匆匆。酒醒天涯人未倦，有誰同。　玉筍斑斕開錦襁，珠櫻的皪寫筠籠。

湖上回舟風細細，夢魂中。

酒泉子

戲題旭初畫水仙

環佩歸來，江上風清月白。寳爐温，畫簾隔，久徘徊。　玉盤金盞難留客，今夕知何夕。莫相偎，吹横笛，恐驚梅。

八聲甘州

對流光、客舍最驚心，切莫數歸期。奈梧桐庭院，幾番雨過，易到涼時。畫裏春情好在，卻换薄羅衣。又是荷花少，緑漲秋池。　舊恨何時能了，便尋常細事，還惹尋思。步林園春晚，獨自送斜暉。倚風前、乍醒殘醉，看餘紅冉冉下青枝。團芳蝶，過闌幹去，又罥蛛絲。

賀新郎

碧海看明月，奈幾番風驚雨横，銀河俱没。已動秋來悲涼氣，更做荒庭悽絶。謄把卷、孤吟自發。莫恨古人今不見，縱古人得見何由説。千載事，亂於髮。　悲笳乍起聲如裂。共窗前、長溝流水，盡情嗚咽。不管愁人難安頓，總使傷心銷骨。況强虜、今猶未滅。莽莽神州烽煙裏，看青山緑水經年别。又飛起，蘆花雪。

風入松

無端影事十年回，短夢費疑猜。春風也識人憔悴，總年年拂柳驚梅。幾曲鶯歌散後，一簾花雨歸來。

餘香小徑獨徘徊，屐齒没蒼苔。緑陰沈晝風光老，念芳蘭知爲誰開。料想宵來明月，經時還照樓臺。

八聲甘州

自題詞稿

渺涼雲、四合掩青空，雨洗出新秋。對紅翻蕉葉，緑添桐韻，併是清愁。怕起登高望遠，歸思總難收。澹澹雙江水，相與東流。

恨事平生有幾，愧未能趙瑟，不解吴謳。但斜行矮紙，盡意寫離憂。算無憀、美人芳草，甚情懷、終擬託靈修。牆陰下，聽孤蛩語，肯爲誰休。

虞美人

亂山欲截東流住，卻被東流去。浪翻孤月又多時，爭信滔滔逝者竟如斯。

門前也有西流水，終與東流會。勸君莫問水西東，惜取飄花墜葉幾番風。

蝶戀花

雨織鮫綃寒細細。帶霧含煙，目斷遥山翠。攀折桂花香染袂，知誰會得淹留意。

此際心情當日事。兩兩相看，記取飛鴻字。緑葉於人無好計，紅蕉半落生秋思。

清平樂

送春歸處，便是秋來路。林表斜陽紅易暮，泫泫草頭清露。　小窗晨鵲昏鴉，短籬紫蓼黄華。雁陣霜風淒緊，倚樓人在天涯。

絳都春

和竹山韻

春痕似畫，記江燕舊識，當時王榭。繡閣宴回，月上初更明燈掛。笙簫過卻沈沈夜，易風折酴醾堆架。縱教扶起，零瓊委翠，怎經長夏。　嬌姹。修娥斂黛，恨紗暗秀句，秋添涼榭。認取勝情，都在餘香輕羅帕。紅塵猶自隨車馬。更莫問樓陰花下。從今未要春歸，爲伊倦也。

玉樓春

當時南浦曾輕别，肯信芳菲真易歇。無端蹤跡共萍分，賸可心情和夢説。　藕花未了清秋節，三五盈盈還二八。載將穠李四弦風，來蕩桃根雙槳月。

水龍吟

年年總盼春歸，卻無人解留春住。韶光好景，從來都换，鶯歌燕舞。過雨横塘，回風曲徑，隨波飄絮。算匆匆開落，紅芳萬種，和春到，還同去。　迢遞關河日暮，戀餘暉青蕪迷路。底須凝望，舊家臺榭，江南芳樹。只有霎時，醉中人物，依稀如故。待停杯唤月，且來伴我，向高寒處。

生查子

秋紅霜未添，夏緑風猶展。目斷北來鴻，心系南歸雁。　怕上舊樓臺，還怯新蘭檻。總道莫思量，已自思量遍。

六醜

用清真韻

記荷風乍起，翠葯小、横塘輕擲。舊鴛散餘，波塵隨去翼。難認蹤跡。盡意低回處，漫恁紅豆，繫綺情南國。羅巾淚涴餘芳澤。殢酒長亭，驚歌短陌。前遊共誰追惜。傍雲階月地，如見還隔。　秋窗宵寂，暗燈痕暎碧。亂點梧桐雨，渾未息。天涯怎奈羈客。正孤吟對影，霎時愁極。風簾泠、漸侵巾幘。拚一枕、捱盡殘更輾轉，夢回伊側。從今後、莫誤潮汐。想趁流、正有江南棹，還應見得。

西江月

感憶兒時並南山晨出子午谷口，豁然見朝日於天地之際

子午谷前日出，居然平視曈曈。牛車歷鹿地天通，未覺風塵澒洞。　五十年來人事，催教老卻兒童。金烏來去已匆匆，莫更峰頭迎送。

月下笛

用清真體韻

小檻沿波，遥空度月，水明沈璧。牆隈岸曲，引起誰家愁笛。共梧桐飄落數聲，耳邊斷續應盡識。想梅花舊譜，頻添新韻，訴人情臆。　回腸自轉，賸獨倚闌杆，細吟輕拍。聽秋最苦，況久關河爲客。夢幽窗、瘦蛩倦啼，迸珠露點成淚滴。黯凝愁，過卻連雲，雁足無信息。

傾杯

讀寄庵秦淮夜集，呈半櫻舊作，追懷往還，感歎林翁之逝，依韻賦此

一碧秦淮，萬紅吳苑，愁心易結難釋。會友宴樂，秉燭晝檝，卻惱人箏笛。茫茫百感狂吟地，倒玉山誰惜。流傳麗句，堪儁賞、疊疊輕箋蟬翼。　夜白還因雪後，静移蟾影，曾見鴻泥跡。看歲月崢嶸，人生如寄耳，誰能留得。祖別尊罍，懷歸詞賦，歷歷同爲客。望天北，愁日暮，斷雲空識。

淡黄柳

寄庵賦此，見調依韻酬之

霜前柳葉，猶帶江南色，此際吟情輸白石。任付紅牙按拍，愁向垂虹舊橋側。　淡煙積，遥山自凝碧。綺窗底、點梅額。怨輕分薄鬢成雙翼，雁陣書空，暗添心字，唯有愁邊見得。

絳都春

晴暉做暖，正天與晝長，芙蓉明院。翠幕繡筵，不比尋常清秋宴。華堂畫燭深深見。共歡笑、稱觴齊滿。醉中仙侶，吹簫引鳳，戲窺妝面。　人遠。金英在把，領籬畔勝趣，頻擎芳琖。舊袖舊痕，新曲新情秋深淺。月圓花好人如願。更待取、江樓歸燕。紫煙籠處春多，地寬天健。

江神子

清尊秀句漫相酬。蓼花洲，夕陽樓。不是梧桐池館，也驚秋。臨水登山閑送目，山脈脈，水悠悠。　霜空鳴雁櫓聲柔。誤歸舟，記前遊。拋卻吴城不住，住他州。瓜苦三年仍在眼，除夢裏，可無愁。

臨江仙

山雨沈階風動牖，宵魂又落江湖。閒愁不共歲華除。滴殘紅蠟淚，還解照流蘇。　天半層樓迷海市，憑誰問訊何如。彩雲明月未相踈，當時梅萼在，應有寄來書。

蝶戀花

不見來時江上路，霧引煙籠，一抹無情樹。任是年年腸斷處，行人總伴啼鵑住。　天際孤帆催夢去，聽水聽風，短枕巴山雨。梅萼新來何意緒，江南又與春相遇。

臨江仙

百折闌干情不盡，高樓有恨誰知。樓前流水故遲遲。洗紅空墜葉，鐫怨罷題詩。　真使人間無好會，不應更有良時。南枝未雪已垂垂。春風先在手，切莫放空卮。

卜算子

題傅抱石畫用稼軒韻

不署昔賢驢，不學前朝馬。偶爾風情愛苦瓜，無意稱尊者。　善鼓不張弦，善注何須瓦。寫得松風萬壑間，聽取無聲也。

漁家傲

旭初病腰以久卧寡歡，因取所關雜事，戲成是解，以博笑樂，此中人語，外間正未易知也

蓋代功名從所用，不須更試炊時夢。今日爲梁他日棟，非戲弄，卧龍本自堪陪奉。　唯有騷心難控縱，天長水遠誰相共。惠盼蘭情吟又諷，都驚動，牛腰新卷沈沈重。

虞美人影

旭初用歐公韻爲題所藏真，因和之

春留人處春還去，惱亂一庭煙雨。踏徧柳陰歸路，獨自朝和暮。　歲華易老情難訴，忍聽東風鶯語。長記故臺芳樹，暗拂鴛鴦浦。

臨江仙

題行嚴詞稿

老去填詞英氣在，雙江無盡東流。人間最好是高樓。雲山遮不住，千里入凝眸。　作計功名收拾了，翻從文字雕鎪。風情堪與少年儔。燕梁春又到，安穩下簾鉤。

鷓鴣天

擬稼軒

年少何因總白頭，白頭仍作少年游。逢花便覺三春在，有酒猶能一醉休。　松底澗，柳邊樓，更看雲起聽溪流。閑忙濃淡平平過，且説人間有底憂。

生查子

題稚柳畫白桃蝶石

蝶夢乍醒時，猶記天臺客。長立待東風，唯有玲瓏石。　枉自愛桃花，褪盡當時色。劉阮莫重來，重來頭總白。

臨江仙

密霧籠燈朝未散，濛濛濕透簾衣。望中漸遠漸低迷。嶺雲如有接，荏苒過江湄。　莫怪不來來總去，更應無計留伊。胡妝頻爲好花移。江樓前夜夢，併入覺來時。

浣溪沙

日射油窗霧乍開，黛螺山色壓闌來。闌前萬一見江梅。　攬鏡華年思錦瑟，巡簷歡意託金杯。他鄉休負好樓臺。

曲玉管

用柳耆卿韻

寶篆閑銷，珠簾不卷。闌幹幾曲留人久。欲愛當時花月，江上清秋。對明眸。　莽莽雲飛，軒軒波起，失群斷雁應難偶。四望菰蘆，暝色還沙洲。恨悠悠。　似此江山，儘供取、興王圖霸，怎知大海揚塵，麻姑又話新愁。忍欢游。只先春梅蘂，尚解殘年心事，不須料理，雨雪天涯，獨倚危樓。

山花子

立春日作

刻意吟秋宋玉悲，牆東孤負蠟梅肥。昨夜春從江上至，更誰知。　雨態做成人意懶，寒情憑仗酒杯持。小閣熏爐添晝永，説年時。

清平樂

望江樓下，江水奔於馬。千古風流人物假，留得瞿塘閒話。　先開梅萼旋空，小闌昨夜東風。即是春情未改，都歸啼鳥聲中。

臨江仙

不信銀屏猶有恨，宵來夢過牆東。歸時已是五更鐘。容光何皎潔，曉月在簾櫳。　自古遊仙終有詠，杜蘭萼緑應同。英雄老去美人空。悠悠山共水，長日鎮相逢。

于公近有句云『山似英雄水美人』。

鶯啼序

用夢窗韻

東風弄簾乍起，墮蛛塵罥户。旋看取、梅萼都稀，似惜春到遲暮。記瑶殿、霏霏雨雪，生香帶暖依瓊樹。驟陰晴，芳徑還過，但飄狂絮。　小閣初筵，醉裏暗恨，惱玉煙綺霧。妒蛾怨、棲蝶深叢，那時曾秘情素。繡芳華、無生恨切，費多少、春蠶冰縷。甚扁舟，空泛煙波，等閒鴛鷺。　登樓望極，去國愁多，四方正兵旅。別後歎、輕孤蘭盼，未損英氣，萬里相關，晦明風雨。新亭忍淚，功名非願，闌干還見垂楊陌，況流波、漲緑臨江渡。從來總説，吴城老卻今生，底緣更離鄉土。　沈吟舊曲，打疊新詞，付麝煤染苧。便待與、西窗同展，對影青鸞，鬢嚲雲迷，笑低花舞。經時事往，應無人記，逢春把酒愁意緒，訴離悰、此日憑弦柱。唯思隔之横塘，畫檝來游，尚能認否。

浪淘沙令

歲除逼矣慨然，用周晉仙明日新年詞韻，同旭初作

踏破砌苔錢，底處閑眠。怱怱春鳥接秋蟬。已自悲歡難訴了，怕上歌船。　行過菊籬邊，又遇梅緣。東

風拂面故依然。今日賸堪循例道，明日新年。

驕馬錦連錢，芳草芊眠。美人鬢翼麗於蟬。遊冶長堤渾不耐，卻上蘭船。　年少著春邊，刻意良緣。而今眼底事茫然。入手屠蘇才了得，明日新年。

訴衷情

年年金琖醉金英，晝閣宴秋晴。紅妝格外齊楚，長記此時情。　尊更把，句還成，祝長生。幾時風月，重到當前，共看承平。

虞美人

菊花清豔芙蓉好，已是秋光老。年年風雨送重陽，誰道今年白酒尚能香。　南山不共東籬改，依舊悠然在。寂寥千載一淵明，隨分霜叢來來漫飡英。

祝英台近

陌間塵，江上水，各自送春去。燕燕飛來，仍傍畫樓住。可堪拂地垂揚，遊絲千尺，更不見、系花驄處。　最悽楚，寫寄別後相思，哽咽對燈語。舊約無憑，空認夢中路。賸教囑咐青禽，人間天上，好爲我、殷勤探取。

祝英台近

題旭初畫梧桐池館

緑生波，紅綴樹，依約舊池館。圖畫春風，客意自先暖。是誰倚定爐煙，蒲團坐穩，更不管、飛鶯語燕。思何限，難忘别後江南，當時燕鶯伴。莫笑情多，無分世緣淺。好教囑咐梧桐，圓陰密葉，漫輕爲、秋來驚散。

卜算子慢

題旭初風雨歸舟圖用柳屯田韻

挐舟好去，乘興閒遊，滿意波光嵐翠。一霎沈陰，做就晚來天氣。動歸愁、煙樹蒼茫裏。恰似載、一船畫稿，風絲雨點相繼。漂泊離鄉里，感風雨孤舟，亂山長水。縱有芳醪，怎解遣愁一二。看當前、誰會淒其意。仗水墨、千烘萬染，寫人生如寄。

漁家傲

題旭初爲公武所作望雲圖

慈竹成陰清可愛，慈烏反哺情無改。負米歸來心意快。春長在，北堂歲歲嬉萊彩。此日遠遊無計奈，登臨多難還堪慨。親舍迢遥雲覆蓋。窮眼界，白雲更接青山外。

滿庭芳

題旭初山居圖

杜宇聲停，杜鵑花謝，空山寂寂春非。清陰長晝，松翠漸成幃。不分鳴蟬乍起，頻嘶斷、暮雨斜暉。驚即候，西來伴侶，猶自未應歸。　依依。留滯久，荒蕪院宇，且展襟期。漫無端長歎，怕有人知。恰似南枝倦羽，渺長天、何處歸飛。青山外，知誰念我，容寄寫懷詩。

菩薩蠻

湖風細細湖波起，湖樓飽飲湖光美。最愛水紅菱，冰盤人共清。　年年湖上約，總被菰鱸錯。今日又西風，藕花零亂紅。

賀新郎

是處堪愁絶。聽聲聲、巴山夜雨，芭蕉都裂。舊恨難湔空惆悵，新恨又添淒切。賸坐對、一尊芳冽。自起挑燈燈花落，問燈花、可爲人離别。慵欹枕，眼初合。　小窗依舊燈明滅。有雙江、遥波流夢，扁舟催發。流到西湖長隄外，鷗鷺驚人華髮。最使我、念伊冰雪。共繞六橋橋邊路，看湖山處處成蕭瑟。踈柳上，掛殘月。

卷四　一九四二——一九四五年

長亭怨慢

暗銷盡、金爐沈炷。是處相望，緑窗朱户。雨冷雲温，鳳吟鸞盼渺何許。玉房深掩，偏不耐、春寒冱。弄笛裹陽關，驚散落、江梅無數。　雪住。共泥香消後，漸漸化爲飛絮。遊人易老，幾禁得、緑陰芳樹。萬一是、緩緩花開，怕塵陌、歸來迷路。算猶有高枝，忘了流鶯啼處。

三姝媚

寄庵瓶供三色蘭，淡緑、淺黄與深紫，而紫者尤異，俗呼爲墨蘭，因託詠焉

空山春又到，正香清無人，綺窗初覺。誤説緗梅，記絳綃籠夢，佩環聲杳。淺碧輕黄，都未稱、伊人幽窅。染就深痕，偏異沅湘，衆芳情貌。　春事人間還早。怪暗色經塵，卷中人老。邃谷年華，賸幾安弦柱，偏依新操。算結同心，應自有、東皇知道。待與臨池鐙畔，容光更好。

一絡索

不憒檻花發，舊香都歇。十年長是被春拋，甚夜夜人如月。　一任素衣塵黦，不緇霜髮。此心浩蕩逐江

流，總付與閑鷗没。

蝶戀花

商略眼中雲錦字，日射疎櫺，花影分明是。病裏關心寒暖事，羅衾毳被從頭記。　一向韶光東逝水，過了清明，更覺情懷異。飛絮漸多花滿地，樓臺還對平蕪起。

朝中措

錦函香息別來殘，短枕夢痕寬。依舊踏青挑菜，春衣可耐輕寒。　緑楊風起，萬絲金縷，齊上欄杆。不是晴和天氣，蝶蜂鬧也應難。

虞美人

自壽

黑頭六十非年少，霜髮添還早。榴花紅上酒樽來，此際漫相嘲弄玉山頹。　平生未苦功名絆，也少風流伴。經綸總付墨池多，再寫麻箋十萬看如何。

玉堂春

無多芳草，誰信天涯春早。是處流鶯，又弄新簧。最憶東園，柳徑初過雨，一院輕陰護海棠。　珠箔飄燈前夜，翻教春夢長。零落梁泥，未定新巢燕，禁得楊花爾許狂。

定風波

旋看飛紅化作泥，雨餘幽草碧萋萋。陟嶝穿林山徑滑，愁殺，新晴又聽竹雞啼。　已爲落花成小病，休更，春光猶在夕陽西。昨夜夢尋江上路，如故，兩行煙柳暗長隄。

鳳銜栝

分明同宴還同醉，便忘了別離滋味。放下金樽，更曲闌同倚。流不盡，春江意。　水天長，帆影細。怕只有、舊鷗能記。惱亂春來何限，笙歌地，不遣歡情至。

阮郎歸

流鶯久囀蝶交飛，看花人未歸。去年風暖百花時，爲花留住伊。　枝裊娜，葉低垂，芳華都付誰。斬新草色上單衣，盡闌春晝遲。

西平樂

匪石來鑑齋留一日，談讌歡甚，歸賦此詞見示，因用柳屯田韻奉酬

是日還逢是夕，落莫閑心緒。隨喜文期酒會，翻覺平生勝賞，都付從來舊雨。銷凝此際，愁黯江雲隴樹，且延佇。　心事遠，堪細語。漭浪春深故國，睍睆鶯遷繡谷，好趁芒鞋去。便攬結、狂朋散侶。搴芳作佩，采藍盈匊，應盡是，系情處。莫説良時易度。小窗自翦，殘燭唯聞杜宇。

鷓鴣天

病裏逢春不當春，風飄雨散静無塵。年時總被楊花惱，今日楊花似避人。山隱隱，水粼粼，更無一事最清新。無端夢過江南岸，十二珠樓起暮雲。

塞孤

用柳耆卿韻

説春來，又是芳菲歇。碧草萋萋爭發，幾許旅懷愁遠別。新過雨，川途滑。平林表，莽煙霞，幽徑裏，閑風月。甚尊中酒，依舊芳洌。獨倚百尺闌，乍見瑶宫闕。慘慘鵑聲啼澈，怎不教人歸思切。偏歲歲，逢佳節。江上水，緑如油，波浪至，還成雪。好風光果爲誰設。

虞美人

東風情淺從來慣，偏向花間見。滿枝吹落總無餘，不管幾多粉粉與朱朱。芳塘也有人來往，是處停雙槳。岸花隄絮逐流波，便與東流流盡奈愁何。

生查子

楊柳岸邊樓，總伴春鶯住。儘是水東流，不解將愁去。都來一向愁，幾許閒情做。最好莫關情，恰有關情處。

渡江雲

用周美成韻

春江緣底事，水翻岸側，鷩鷺起眠沙。恨情生倦旅，到處因依，信宿又移家。飛英作雪，更幾日、過盡芳華。憑試探、新來音訊，户外惱啼鴉。

咨嗟。平蕪煙繪，亂柳風梳，記吴門白下。歡易闌、歌塵凝扇，燈影籠紗。相逢應共瑶台月，道阻長、愁望蒼葭。清夜怨，沉沉夢落簷花。

南柯子

座上無餘醖，花間有斷鶯。輕雷乍過夕陽明，此際十年心事未能平。

菰黍依前熟，芸蘭分外清。水邊歌吹與誰聽，看取亂山當户暮雲横。

阮郎歸

群山西住水東流，如斯更不休。迢遥天末起高樓，有人樓上愁。

直北處，是神州，何堪憶舊遊。春城草木望中收，微陰便似秋。

歸朝歡

雨透風酣涼意足。更著輕雷如轉轂。從來枕上有關山，卧遊仿佛經行熟。穩眠輕簟竹。蘭巾荇帶還相束。燕歸來、未成解愠，空把哀弦蹴。

水遠山長閑縱目。鵲噪鴉啼紛斷續。無人來往喜跫音，誰知枉剖雙魚腹。把君詩卷讀。心情沉醉甘醽醁。等閒聽、不如歸去，何日準期卜。

南柯子

紫燕巢珠閣，黃鸝坐綺筵。落花流水不相便，今夜風清月白似當年。　乘興開尊俎，隨時試管弦。舊來情分舊來歡，爭信朱顏青鬢不如前。

玉樓春

擬小山

朱樓依約春雲裏，樓上盈盈樓下水。四弦撥盡一簾風，未抵秋娘沈恨意。　柳條荏苒扶難起，攬結青蕪空滿地。春光暗向酒邊來，春未醉時人已醉。　多時怕整遊春轡，南陌東城知此意。無情芳草色萋迷，有恨流鶯聲細碎。　春深便擬扶頭睡，晴日烘人渾似醉。算來已近落花天，未必綠楊風不起。

阮郎歸

食果偶有憶

微青李苦綠桃酸，甘瓜未入盤。餘情盡付荔枝丹，輕綃著手難。　楊柳岸，木蘭船，藕絲冰樣寒。來禽寫就有誰看，人情直等閒。

采桑子

三年世事如翻水，歷盡滄桑。幾話興亡，看取乾坤百戰場。　江山勝處應無改，不負年芳。猶有垂楊，萬縷千絲引興長。

人間成毁原難料，莫著忙時。若有天機，待問天來隻自知。 平生弘願區區是，盡力爲之。組練生輝，梭往梭來但一絲。

一花五葉天生就，只是多情。莫道無成，腰石舂糧卻最能。 從今會得西來意，鳥度雲横。未隔平生，無著天親本弟兄。

西方有美人如玉，美目揚兮。舞袖傲傲，擅得壇場更莫疑。 琵琶也是春風手，呼喚來遲。遮面多時，弄盡當筵絶代姿。

妒余衆女工謡諑，阻絶蓬萊。鳳去鸞猜，誤盡平生鴆鳥媒。 蜃樓海上參差起，八表陰霾。試轉輕雷，會見天闕詄宕開。

浣溪沙

青李來禽次第新，花飛鶯囀不辭頻。爲誰憐取眼前人。 檻曲易遮長短恨，樽空難貯淺深春。隔簾脈脈望晴雲。

喜遷鶯

蜂意鬧，蝶情慵，惆悵一春中。撩人鎮日滿簾風，舞斷石榴紅。 攜樽酒，歌楊柳，醒醉都難消受。不辭人散酒闌珊，獨自落花前。

浣溪沙

汗簟淪肌漂夢回，飆車疑誤轉輕雷。了無涼意上階台。　永晝晴空雲絮少，斜窗夕照樹陰開。玄蟬著力喚秋來。

菩薩蠻

瀟瀟幾陣芭蕉雨，乍涼枕簟清無暑。摇夢一燈青，歸舟煙浪生。　平分鷗鷺喜，萬里清江水。過盡緑楊隄，香深荷葉低。

阮郎歸

高梧葉葉自翻風，秋情千萬重。雨餘涼吹入疏櫳，關山淺夢中。　驚覺後，去年同，江流更向東。長波和月漾遥空，迢迢銀漢通。

千秋引

綺窗曉，景致從新辨。喜雨初收、寒猶淺。漸秋陽、照出芙蓉面。脂輕粉薄天然現。花弄巧，人含笑，歡滿院。　芳樹瑶臺情所羡。地久天長花作伴。唯金英是霜中選。寫南山、倒影盈樽酒，年年此日排歌宴。千歲豔，萬年調，都翻徧。

鳳銜杯

白醪可解人情性，不遣向、花間常醒。蝶粉蜂香，亂嬉春衫影。更添箇，黄鸝請。　好風光，難比並。無奈是、舊時花勝。簾捲高樓、樓外江天迥，煙暖平蕪静。

解語花

波外翁見示上元翌夕和清真韻，因同賦

含姿絳萼，弄色輕綃，春霧和香射。練光明瓦，魚龍戲，舞久露濃月下。笙歌豔雅，又幾許、靈珠入把。攜手歸，温倚熏籠，巧韻疏蘭麝。　猶似年時苑夜，念金鼇玉蝀，誰伴遊冶。寄愁書帕。添沈恨、正阻渡江胡馬。情懷異也。爭忍待、燕來花謝。歡夢闌，閑過燈期，拚綺筵都罷。

鷓鴣天

題行嚴入秦草

稠酒醺人意興加，秦川風土儘堪誇。依前杜曲通韋曲，别是楊家接李家。　開廣陌，走香車，長安市上舊繁華。欲從何事談天寶，萬古殘陽噪亂鴉。

玉樓春

當時未必輕相慕，少游句。解道秦郎清麗句。十分樽酒更斟些，心字人人憑細注。　顛狂醉舞瑶台絮，日暖風和芳草路。遠山長傍彩雲横，曲水暗流明月去。

玉樓春

多情芳草無情絮，遮斷天涯留不住。送春每上澗邊樓，總是子規啼日暮。　晴川歷歷知何處，不見輕舟橫遠渡。一江春水碧於天，閑付向來鷗與鷺。

浣溪沙

緑樹陰陰可奈何，相留相送一聲歌。當時人物本無多。　蝶粉旋粘新蘂落，燕泥還共舊香和。夕陽欄檻瞰流波。

浣溪沙

小徑當時數落梅，鶯歌蝶舞鎮相催。豔陽節序付金罍。　花錦頻頻移檻楯，柳綿旋旋裏樓臺。經人行處莫重來。

臨江仙

癸未端陽日

江上年年逢午日，今番恨少榴花。銜泥海燕趁風斜。樽前無限意，青眼對流霞。　偏是杭州新夢好，金盤仍薦枇杷。彩絲角糉繫年華。當時誰解道，門外即天涯。

采桑子

溶溶流水依依柳，人在江南。人在江南，説著燕臺意興酣。　丁香結子朱藤謝，孤負春三。孤負春三，莫問當時二月藍。

玉樓春

悲歡似與人情遠，杜宇無聲鶯罷囀。夜蟲吟月亂雞鳴，孤枕夢回眠舊館。　落英芳草江南岸，細雨斜風三月半。當時不道別離難，長日相看衣帶緩。當時有『可憐三月半，微雨濕東風』之句。

唐多令

臘雪懶驚梅，寒花何意開。看夕陽又下樓臺。清酒滿樽猶未飲，數聲笛，耳邊催。　閒事費疑猜，江天無雁來。卧空庭老樹蒼苔。誰緪新弦彈月上，留照影，共徘徊。

玉樓春

東風漠漠江頭路，又是一年春欲暮。燕應無意覓新巢，花可有情辭故樹。　多時不向吴城住，午枕每愁歸夢誤。依前芳草亂晴雲，緑徧江天相際處。

泛清波摘編

用小山韻

凝香几小，押暖簾輕，閒事心頭尋味好。片紅堪惜，每喜花遲怨春早。芳堤道。風帆影裏，雨柳聲中，無數夢痕都過了。燕翼鶯吭，占得遊蹤恨多少。　靄雲渺。題字漫隨亂流，攬鬢正思芳草。長恁牽舟岸邊，霧昏花曉。故鄉杳。角糉舊節又逢，楊梅寄將難到。一例歌筵醉席，爲誰傾倒。

相思兒令

江水洗將愁了，還向酒邊生。飛絮落花，欄檻，閑裏送陰晴。　爲我且問流鶯囀，新簧分付誰聽。如何千偏匆匆，不教一字分明。

減字木蘭花

芳菲時節，容易繁紅看非雪。醉句狂篇，此計平生信是賢。　黄鸝三兩，喬木空山堪勝賞。江上新來，岸草連雲撥不開。

少年游

紅厓會飲，分韻得從字，賦贈同坐故舊

紅厓盤磴，輕風吹送，杖履略雍容。故人相見，豪情猶在，談笑酒樽空。　人生此際，登高能賦，何好不吾從。但未白頭，及時行樂，常著少年中。

睿恩新

用珠玉詞韻

未開梔子勻黄色，浸玉怨瓊英新拆。誤問窗、夢乍醒時，認羅帳、舊來香息。　寄與臨風脈脈，花露暗、帶將愁滴。又天涯、蒲緑榴紅，看節序、端陽漸逼。

歸田樂

用小山韻，詞中第二語韻改押晤字

漫把遊絲數，漸引起、惱人心緒，便即花前吐。奈花竟不會，鶯好留住，只恐聞聲又飛去。　登樓還獨語，看滿徑斜陽黄昏到否。謝堂歸燕，未擬尋常晤。是誰最記得，送春行處，煙亂平蕪暗風絮。

浣溪沙

乙酉仲春，湛翁自樂山寄書來，附小詞一闋。蓋山居寂寞，聊復陶寫，以遣幽憂。昔者，小山自敍所作，謂爲《樂府補遺》，良以詞意所涉，皆古今來人人胸臆所蓄，未經道出者耳，正是所遺非今日新有之事也。嘗思人情相去不遠，古之與今，南之與北，哀樂諒復相同，其間但有淺深之分，無根本之異。湛翁寂寞之心，正余懷所具，亦即衆感所必照者也。詩人每言解人難得，此自別是一事。若夫當情愜理，言必由衷，斯長吟往復，自相契合，又安見其得解之難哉

流急雙江瀉月明，路長三峽看雲行，月沈雲散意難名。　鬢影緑回歌畔柳，花光紅醉酒邊鶯，但逢春日莫無情。

春到人間不計程，匆匆寒食又清明。閒愁芳草一時生。　是處堂前逢語燕，幾時湖上伴歌鶯。柳堤花隝最關情。

二月江南柳線長，杏花微雨燕泥香。者般光景怎禁當。往事易成今日恨，閑身應爲看花忙。非關杜老愛顛狂。

柳暖花寒意未和，時晴時雨一春過。當春樂事總無多。百折闌邊深淺酒，萬紅叢裏短長歌。人生不老待如何。

訴衷情

擬珠玉詞

留人不住送人行，煙柳望中青。春暖春寒朝暮，愁接短長亭。吟舊句，感今情，念平生。此時此地，多少風光，閑付啼鶯。

年年花下喜逢人，不道惜離群。駸駸長陌車馬，朝雨浥輕塵。憑後約，證前因，更傷神。從今唯有，觸目牽情，嶺樹江雲。

故枝新有好花開，妍暖放春回。明年知在何處，相對且銜盃。人意好，莫疑猜，定重來。誰能辜負，楊柳和風，燕子樓臺。

蝶戀花

憑仗今情思往歲，花氣春濃，猶取人間媚。緑酒未傾歡已醉，朱絃可解當筵意。去去芳叢回繡袂，過眼飛紅，相送東流水。重疊遥山深淺翠，朝籠暮罨經行地。

滴滴金

清明用珠玉詞韻

雨晴草釀新香息。菜花黄，野煙碧。此際相看漸頭白，空有人相惜。　清明一向愁羈客。酌金罍，醉春色。滿目江山念離隔，況華年堪憶。

山亭柳

用珠玉詞韻

蓬轉東川，趁風月閑身，貪醞美鬥花新。巫峽至今無改，空勞暮雨朝雲。幾折巴江東去，還解殷勤。　江淹别賦流傳徧，當時一樣黯銷魂。牽情事，惜花人。爲愛天真爛漫，芳菲肯負穠春。青鳥不知人意，飛近紅巾。

阮郎歸

夢遊仙

娉婷百朵碧池蓮，香光樓閣鮮。滿樓風月會神仙，一觴千萬年。　調玉管，弄珠絃，新聲揚妙妍。歌詞更道藕如船，相攜彼岸邊。

踏莎行

絲竹銷憂，鶯花送老，年年塵土長安道。日長風暖不逢人，山廻水轉迷芳草。　杜老清詞，蘭成新調，愁來讀更傷懷抱。柳煙濃處是江南，如今還説江南好。

燕歸梁

江上花開趁蝶尋，拚買醉千金。困人晴暖又沈陰，能幾日已春深。　豔陽節序，鶯飛草長，相望到而今。子規夢裏擁輕衾，曉窗雨，覺來心。

虞美人

答湛翁見寄

林花慣作新裝束，競惹遊人目。層巒點黛水拖藍，處處煙簑雨笠似江南。　飛紅已逐東流遠，莫道春遠淺。光風草際弄新晴，欲向緑陰濃處聽啼鶯。

清和時候憐芳草，眼底天涯道。江湖滿地滯行舟，歲歲門前春水接天流。　明年擬辦東歸去，櫻筍堆中住。量船載酒恰相便，醉卧緑楊堤畔晚風前。

此生一任兵間老，莫負清樽好。衆禽百卉是吾鄰，看取一番風雨一番新。　乾坤整頓知非易，也是尋常事。石林茅屋有灣碕，與子平分風月復何疑。

踏莎行

草草杯盤，寥寥笑語，閒愁知有安排處。高花自在倚春風，無心低逐江流去。　蝶舞方酣，鶯啼如故，青蕪没盡門前路。此間信美不如歸，爲誰更向他鄉住。

海國長風，山城苦霧，雲情縈惹江頭樹。人間能有幾多程，迢迢不斷天涯路。　花底閑行，樽前小住，忽忽燕子來還去。尋常事已不尋常，年華總被東風誤。

踏莎行

鴂雛先生以近作渝州春暮高陽臺詞見示且囑同作因賦

未要啼鵑，幾曾飛絮，匆匆便道春將暮。枝頭新緑漸宜人，可耐芳紅無著處。　倚進高樓，望窮遠樹，分明不見江南路。馬蹄陌上化春泥，驚心一夜風和雨。

西江月

代簡

夢裏江山無恙，歸時花鳥欣然。從來樹下即門前，省識春風人面。　遠道輕行萬里，於今又是三年。菊新松茂竹平安，乞得宫亭如願。

豪興差同海嶽，寫成十萬麻牋。寸縑尺素盡論錢，卻對端明顔汗。　老去幾莖白髮，換來醉句狂篇。者般活計半忙閑，十二時中流轉。

卷五　一九四五—一九四九年

玉樓春

垂垂又見江梅發，空醉剛圓杯底月。誰家擫笛唱陽關，落盡霜花終未歇。　江南驛路何超忽，欲寄一枝春好折。衝寒湖上記曾過，門巷皚皚深尺雪。

玉樓春

年年長作梅花伴，花好未應和雪散。香寒意暖度春宵，銀炬高燒芳酒滿。　樽前花下情何限，只惜舊人無一半。明朝有意好重來，但得看花休恨晚。

玉樓春

新來天氣陰晴半，風物不殊情繾綣。梅心綻白雪微微，柳眼回青春淺淺。　流光似水知難返，排日賞花人漸换。看伊和淚舉離觴，淚滴空觴還自滿。

玉樓春

十年前事思量徧，春夢未醒人未遠。酒邊舞態蝶翩翻，花裏歌喉鶯宛轉。　新詞一字情千萬，閒事閒情無計遣。春風江上且登樓，江水不如人意滿。

玉樓春

輕陰恰稱斟芳醞，薄醉閑慵何所恨。山桐初葉雨絲絲，江柳未花風陣陣。　池塘草緑添春韻，臨水依然青在鬢。心情可似舊年時，驛使相逢頻借問。

燕歸梁

未必杯深抵意深。別恨重斟，東風吹暖舊園林。花灼灼，柳沈沈。　回梯欲下疑無路，遥凝佇，小樓陰。一年光景一年心。歎往跡，已難尋。

臨江仙

新燕交飛渾未慣，輸他舞袖輕盈。年年南陌復東城。一樽花下，長記別時情。　麗日和風遊更好，朝來忘是清明。煙波江畔踏青行。春愁如草，已向岸邊生。

金錢子

余與劉子季平，清末邂逅於杭州。過後既久，詩酒相得。季平家華涇有黄葉樓之勝，一往訪焉。斯人云亡，寒燠屢易，感今思昔，殆難爲懷。會繁霜夫人命題其遺稿，因用夢窗詞韻，賦此解以寄慨。

藏息華涇，愛滿樓秋趣，頓驚黄落。天末故人稀，逢驛使空吟，句中芳萼。系情最有幽蛩，老莓牆羅幄。贏得是聲名，半生湖海，鳳飄鸞泊。　西泠舊遊約。晚鐘動、移舟翠靄薄。無言但嗟逝水，憑年少豪情，總還空漠。飛飛曾是摩天，歌野田黄雀，攜清酒、脣乾儘許霑濡，費人斟酌。

金琖子

亂後來湖上賦此，用夢窗韻

重到西湖，認傍湖村舍，晚秋籬落。堪憶是孤山，尋菊徑荒時，故林梅萼。樹巢老鶴應歸，幾緑陰張幄。山繞水準鋪，駐影殘陽，小舟空泊。　湖上舊鷗約。臨波見、新霜染鬢薄。浮雲至今未改，任曉醉昏吟，水風漠漠。林間葉墜鏗然，有驚飛群雀。多少事、休問後日明朝，且傾尊酌。

西江月

聽雨軒漫吟呈湛翁

聽雨軒中來暮，殘荷葉已無多。瓜皮艇子蕩平波，輕夢曉窗初破。　對面孤山無恙，乞漿不見頭陀。謂曼殊。鳳林鐘動意如何，漫道今吾故我。

四十年來舊侶，八千里外生還。雙堤緑樹故依然，著意西泠橋畔。　世事一枰棋局，人情方丈杯盤。孤山林下曉風寒，會見天心數點。

西江月

用湛翁見和，酡字韻留別

小住居然三宿，此生已恨緣多。鷗邊旋旋起圓波，一任輕舟掠過。　把卷長吟意遠，舉觴一笑顏酡。有情風月奈伊何，閑處差堪著我。

浣溪沙

京滬道上，晨車過陸家浜，望中有作

秋盡江南未見霜，霧收原野半青黄。飛鳴群雀弄朝陽。　西子湖風吹縹緲，陸家浜水接微茫。車輪無盡轉迴腸。

浣溪沙

猶似明燈照夜分，舊時月色眼前人。思量無語對鑪薰。　離席風花吟醉句，回車霜葉惜餘春。桃源何止可逃秦。

菩薩蠻

菊匀紅粉清於綺，燈前會得霜中意。長記採芙蓉，所思千萬重。　海天雲蔽月，繞樹烏飛絶。寒夢雨淒淒，高樓聞曙雞。

酹江月

奉酬湛翁湖上春寒見懷之作，用來韻

寒鴉啼後，正愁中卻見，松篁高節。千載風流林處士，湖上孤吟梅雪。雪阻春來，梅添春瘦，風日無顏色。悄然林下，此時情遠神惻。　唯有驛使能傳，江南春好，往事空懷憶。肯信今年春不至，長此東園岑寂。江柳舒眉，山桃破靨，漸透新消息。暖回陵谷，爲君起倚長笛。

玉樓春

和湛翁湖上春遊韻

湖水無聲流漫漫，百二韶光過又半。綠楊仍向大堤垂，芳草不關人世换。　多時未接鶯和燕，處處樓臺風雨徧。惟應花底自開樽，常恐酒添花已減。

滿庭芳

次韻答湛翁湖上送春

林綠分煙，岸紅沈水，風光宜雨宜晴。至今湖上，猶著舊丹青。多少蘭舟過卻，誰追惜、夢墜香零。一春事、悲歡休問，閑付與啼鶯。　心驚仍在眼，幾家樓閣，幾處池亭。借年時別琖，重析餘酲。倦客歸來懷抱，共隄柳、萬葉齊傾。相知意，七條弦上，山遠水泠泠。

燭影揺紅

和答湛翁

如此湖山，大堤儘有人來去。一春見慣是飛花，幾日閑風雨。把酒高樓日暮。醉沈吟、朱顔好駐。萬千哀樂，無限思量，知他何故。　王謝堂空，燕來又被風簾誤。畫簷蛛網黯銷魂，觸目江淹賦。猶有流鶯相與。傍雕闌，依依舊樹。畫遲人静，風暖寒消，濃陰迷路。

滿庭芳

感時賦此解，以示平君

梅子繁時，柳綿飄後，江南春事堪嗟。畫屏桃李，猶自用年華。未怪銜泥社燕，參差度雨細風斜。陌頭樹，兒童底事，飛彈打棲鴉。　些些塵夢短，滄桑岸谷，猿鶴蟲沙。念五湖泛宅，遠海浮槎。休問人間何世，紉蘭佩，芳意交加。仙源好，遡紅未遠，洞口覓餘花。

玉樓春

初食洞庭山枇杷，味甚甘美，漫賦此解與權誦之

枝頭梅子輸黄色，堆著金盤相映白。去年云是小年成，惆悵江南晚歸客。　尋常門巷無消息，冬葉春花空歷歷。多時酒畔惜餘酸，今日中邊翻似蜜。

玉樓春

邁士折贈園中紅玫瑰、白夾竹桃，此解謝之

玫瑰綠刺多豐韻，夾竹桃開新傅粉。春歸猶有賞花天，客舍荒園無可恨。　多君勝事仍相引。折取繁枝情不盡。花罌静對闇生光，户外遊蜂槍蝶陣。

望海潮

喪亂未已，怨懷無讬，倚聲賦此，用淮海詞韻

歡蹤無據，閒情誰記，高秋慣醉黄華。簾底聽弦，樓頭縱目，霜空雁落平沙。何處舊停車，念亂山遥水，幽思頻加。日暮天寒，翠分修竹那人家。　關河又起悲笳。看飄殘紺葉，開到緗花。南嶠遲春，西窗話雨，吟懷盡委長嗟。燈暗曲闌斜。待風清月白，應誤啼鴉。未恠當時，任憑一琖送天涯。

千秋歲

壽平君

菊筵開早，十月陽春到。樽前唱，千年調。今朝猶昨日，自覺情懷好。人盡説、十年後更看年少。　福分元非小。眼底無煩惱。公家事、今番了。伴將仙鶴舞，索共梅花笑。偕隱計，紅顔綠鬢長相保。

青玉案

飲茅台酒，陶然有作

驅車峻阪臨無地，合早作，歸休計。槃案之間聊卒歲。閑中風月，老來書畫，用盡平生意。　西南酒美東南醉，萬里浮雲過吴會。説著西湖仍有味。柳橋花港，是經行處，魚鳥還相委。

臨江仙

夜讀北宋人小詞有作

一向歡娱能有幾，春情秋思無窮。年來禁得落花風。百尊斟酌了，扶醉繞珍叢。　萬事古今休細論，大江淘盡豪雄。海塵三見意匆匆。合將長笛起，吹恨月明中。

青玉案

偶憶杭州萬安橋上酒樓買醉情事，忽忽已四十餘年矣

萬安橋上閑生事，仗杯杓，相料理。酩酊歸途人笑指。酡顔猶昔，情懷老矣，但未白頭耳。　杭州好去仍歡喜，怕問當時舊鄰里。載酒買花誰辦此。平湖流夢，年年如是，月白風清裏。

鷓鴣天

風雨重陽感最多，今年九日卻晴和。一秋少菊仍思酒，幾輩登高且放歌。　尋故事，歎流波，長房無術避兵戈。到頭閉户凝然坐，奈爾追歡車馬何。

臨江仙

上元後三日夜宴，醉歸戲作

燈火闌珊簫鼓歇，匆匆過了元宵。脣乾口燥念來朝。春盤生菜好，鄰里且招邀。　襟上又添新酒涴，輕狂莫漫相嘲。胸中壘塊底須澆。逢場作戲耳，無意擬劉陶。

減字木蘭花

偶吟寄湛翁

酒邊花底，緑鬢朱顔今日是。待到來年，一樣春三二月天。　三長兩短，説與旁人渾不管。收拾西東，著向肩頭一擔中。

相逢俱老，惟有湖山依舊好。夢裏人間，總覺忙時勝似閑。　春風著力，開落千紅非所惜。莫是無情，斂目攢眉過一生。

卷六　一九四九—一九七〇年

風流子

題秉三適園憶舊圖

春到鷓鴣溪，溪風换、新緑動淪漪。愛遊目榭臺，恣情花鳥，共歡親故，賞異新知。更芸帙，香迷延閣路，福地使人疑。梅石護亭，玉壺留樣，至今翻寫，昔日苔枝。　從來兵戈際，山河改、何限廢圃荒池。唯有故家喬木，偏費尋思。算秦火燒殘，蠹魚食罷，世間文字，卻見神奇。此理語君須省，莫但戲欷。

鷓鴣天

湖上春寒，湛翁寄小詞來，因次其韻

江上閒居有送迎，定巢新燕看生成。風前月下何多思，酒琖詩囊共一傾。　今日事，往時情，不應春意未分明。杏花折向街頭賣，破曉高樓帶雨聽。

鷓鴣天

湛翁和答來，再次韻酬之

萬紫千紅一笑迎，暖風寒雨釀春成。甘回新茗初堪味，酸著稠醪乍可傾。　一往意，百年情，攢眉入社老淵明。不妨樂事從頭數，是處逢歌是處聽。

鷓鴣天

次韻湛翁戲題收音機

蝶往蜂來競送迎，花稀葉密半虧成。尋常別後言都斷，萬一逢時葢可傾。　猶有恨，不無情，匣中電火暗還明。莫輕下里巴人調，思婦勞人著意聽。

鷓鴣天

偶成仍用前韻

客至無心倒屣迎，真須上番竹看成。年淹乍覺天將老，杯淺猶思海可傾。　塵世事，暮春情，不愁風雨愛晴明。流鶯又囀新簧了，莫道年時已慣聽。

往者還來送者迎，一春花發柳陰成。年光枉爲悲歡老，人命能教意氣傾。　川上歎，世間情，長空鳥跡最分明。多時未出南塘路，新語於今倘可聽。

木蘭花

共平君讀小山詞戲作

年時怕作遊春計，燕語鶯歌還少味。無休無盡落花風，漸遠漸多芳草意。　春歸卻在輕寒際，嫩綠陰籠盤馬地。新來愛誦小山詞，三復街南樓北字。

南柯子

庚寅午日作，是日天氣清和如首夏也

柳外湖波綠，花間草徑香。石榴紅豔意難忘，幾度杭州蒲酒醉年光。　裹黍滄新粽，研芸佩小囊。枇杷不減向來黃，今歲清和候裏過端陽。

南柯子

和榆生見贈韻

碧與朱同色，茶將薺共甜。莫憑言語鬥新尖，且煮青梅笑點水晶鹽。　雨細偏宜竹，風多好下簾。若非燕燕即鶼鶼，眼底相看相惜復何嫌。

不見吟瓜苦，相逢味蔗甜。鮎魚上到竹竿尖，淡啜蓴羹也得底須鹽。　筵畔先安枕，廛中早下簾。東勞看過看西鶼，等是一場春夢夢何嫌。

四園竹

用清真韻題冼玉清《琅玕館修史圖》，圖爲湖帆所作

匀霜翠玉，秀韻寫風扉。几安卷帙，窗送暮朝，消息芸幃。出户庭，先念切、山河表裏，井梧秋到能知。燕翩其，良辰過盡春秋，還餘舊社心期。未怪銅仙忍淚，追往思來，費卻新辭。書滿紙，信史筆，於今未應稀。

減字木蘭花

題陳蒙安《亭角尋詩圖》

斬新亭角，畫裏相看猶似昨。南宋江山，比擬今時未覺妍。先生未老，出手居然千歲調。春袖風清，正要融然坐後生。

西河

頌我志願軍，兼爲朝鮮祝福

朝鮮事，鬧個翻天覆地。誰來揮動魯陽戈，西方有美。中華兒女要和平，何能置之不理。凍裂膚，寒殭指。不礙義師行止。清川江上苦鏖兵，紅旗宵起。試聽降虜感恩詞，世間仁勇無比。人民十億據堡壘。怕甚麼、一撮華爾。祝福漢城更始。向華沙和會歸人擬議，東亞波蘭將毋是。

木蘭花令

七十生日，寄庵用山谷詞韻見賀，因依韻答之

無弦琴上南薰手，參得人天消息透。舊寒小勒雨前花，新暖乍舒風裏柳。推排不去還相就，便旋衆中長舞袖。今時莫作古時看，酒滿歌酣人盡壽。

木蘭花令

酷熱中不能伏案誦習，遊思無著，輒再用山谷韻戲成二闋解愠云爾

千金方藥不龜手，莊叟卮言參易透。都無清興動官梅，剩可狂情攀路柳。獲麟絶筆書差就，涕泗霑袍雙掩袖。世尊乞食卻尋常，爲要衆生無量壽。

一時覆雨翻雲手，百步枉穿楊葉透。早聞九日下扶桑，真見千軍屯細柳。板門相會推還就，掩口胡盧漸短袖。拚教蟲豸一齊來，欲共大人論夭壽。

玉樓春

再題《白蓮圖》

未開先自愁揺落，四十餘年前寓居湖州詠瓶荷之句。叵耐當時情索莫。年年風雨動江南，出水田田魚戲樂。把君新卷香清若，萬朶紅蓮無處著。調冰雪藕豈尋常，雙槳來時猶似昨。

減字木蘭花

題文懷沙離騷今繹

美人芳草，此語尋常都解道。爭比靈均，文彩昭然歷劫新。　蛟龍不起，汨水至今清且瀰。故事難忘，五月南風粽惹香。

西江月

中華人民共和國憲法草案公佈作

一部人民憲草，形成萬衆歡呼。看新勝利看前途，穩步和平過渡。　今日揚聲國際，當年東亞孱夫。平凡生動啟雄圖，建設人人義務。

西江月

三月廿日上海市民主黨派民主人士和無黨派民主人士社會主義自我改造促進大會，萬人遊行中口占

日射天安門暖，風翻黃浦江高。五條公約互相要，自我齊心改造。　理論不容玩弄，紅專端賴習勞。工農文教接高潮，請看今天步調。

千秋歲

一九五六年六月十九日，爲歡迎由瓦·安·切庫羅夫海軍中將率領來中國作友好訪問之蘇聯艦隊而作

海天明晶，波上紅旗耀。人盡喜，佳賓到。英雄攜手處，壯氣彌江表。真友誼，和平事業長相保。　旅大

精神好。貫澈東南島。未來事，今能料。共存新世界，國際騰歡笑。應紀念，波日阿爾斯基號。

南歌子

得白石老人逝世之耗，痛悼無已，因賦南歌子一首以道意

昔歎黄賓老，今悲白石翁。百年畫苑起秋風，到處蝦鬚蝌眼得相逢。　國際聲名重，人間歲月豐。不隨湘綺舊樓空，始信當年門客勝王公。

西江月

奉題魯庵先生集印圖

丹鼎何如煅灶，養生端在怡神。擲砂成米枉辛勤，且作鴻泥留印。　三萬六千夏日，才過一半青春。與君金石證前因，共醉蒲觴芳醞。先生今歲正五十，即以爲壽。余亦五月生，故有末句。

阮郎歸

題謝稚柳爲毛效同畫山水

高山流水伯牙琴，寥寥弦外音。此情無古亦無今，千秋感不禁。　閑水墨，好山林，其間有會心。勝游何事入山陰，隨緣應接深。

減字木蘭花

歡迎金日成首相來訪

北京平壤，迎送歡聲同一暢。人物風流，相國於今尚黑頭。　朝中壁壘，保障和平無所畏。黄浦潮高，擬似同舟意氣豪。

南鄉子

金日成首相來華訪問，將臨上海。欣聞之餘，賦呈小詞，藉達歡忱，兼爲祝福。

人物仰鄰邦，長白高峰鴨緑江。重睹舊時山共水，非常，省識他鄉是故鄉。　南北久相望，獵獵紅旗照海洋。傾巷出遊看首相，堂皇，一氣長生沆瀣光。

臨江仙

迎接五一國際勞動節

國際歌聲迎五月，洋洋盈耳薰風。紅旗飄映海西東。兆民俱鳳翥，萬國共龍從。　實踐馬恩真理論，亞非日見成功。工人階級作先鋒。加强團結力，投入鬥爭中。

西江月

在廣播中聽到黨八中全會公報和決議全文，喜而賦此

總路線中計劃，兩年躍進完成。人民公社賽金城，基業十分穩定。　干勁仍須鼓足，不容向右欹傾。眼

前奇跡世人驚，事實何能否認。

哨遍

爲解放十年國慶日紀念作

爛爛卿雲，旦復旦兮，萬象光明裏。喜神州，到處揚紅旗，更顯出江山宏麗。十年耳，非唯足兵足食，得民信任尤無比。問天下爲公，遵行大道，誰能實現玆事。有工人政黨具真知，是革命先鋒隊一支。克儉克勤，不矜不伐，與人更始。　嘻。今日何時，人民公社紛然起。農務爲之本，工兵商學相依。正遍地花開，東風拂面，何分原野與城市。讓煤鐵棉糧，琴棋書畫，一切皆超國際。齊肩快步進無已，信人世之美在於此。試泛覽千載，流觀四海都遍，如斯者有幾。聽取觀察之家，著文驚讚，杜波依斯。同心同理固非私，不期然皆大歡喜。

減字木蘭花

元旦試筆

千紅萬紫，總在東風圈子裏。旋轉乾坤，更要堅强一輩人。　六十年代，大好工農新世界。還看今朝，六億神州盡舜堯。

臨江仙

張閬聲七十九歲生日索詞，戲成一闋奉贈

瀟灑風流張子野，平生觴詠相娛。新遮眼法是抄書。神仙三食字，槖籥一舟爐。　七十九年人事改，仍教伴著西湖。太平風物勝當初。柳隄曾試馬，五十年前舊事。花港且觀魚。

減字木蘭花

三月一日文史館即席賦，爲農事祝願

風光悦目，春水拖藍山翠簇。望麥成秋，著意田間管理儔。倉盈珠玉，雀自飛來追也逐。順雨調風，寫就宜年帖子紅。

千秋歲

用辛幼安詞韻爲七一建黨四十年紀念作

向陽花草，總覺精神好。從塞上，通江表。山河明氣象，大地勝歡笑。人民黨，今年四十歌難老。魔障全推倒。幸福人間到。看成就，真非小。合群創造力，鼓舞乾坤了。新路線，五洲十世供參考。

阮郎歸

上海市文學藝術工作者第二次代表大會開幕，喜而賦此

鶯飛蝶舞草芊眠，百花爭妙妍。江南春水好行船，米家書畫攤。茶座敞，集群賢，莊諧相後先。清和光景太平年，歡情入管弦。

減字木蘭花

九月廿六日，人民廣播電臺邀請文史館諸老人吟詠古體詩詞録音，以備國慶十二周年市慶祝節日之用，即席口占二闋

高吟低唱，萬紫千紅同日放。換了人間，莫笑諸翁學少年。古爲今用，李杜蘇辛人所重。轉益多師，總覺新知勝故知。

青年朋友，聽了莫徒開笑口。北調南腔，不是一般歌舞場。古人往矣，活力依然詩句裏。生意無涯，老樹逢春也著花。

菩薩蠻

國慶十二周年紀念節日感興，賦得小調一闋，作爲微薄禮物，敬獻給黨

茫茫原野星星火，紅旗展處東風大。不朽井岡山，長征人已還。成城六億志，換了人間世。日月更光華，繁榮革命花。

定風波

一九六二年國慶獻詞

丹桂香中醉月圓，晴秋雲散愛江天。菊酒更添新甕滿，如願，田家準備慶豐年。佳氣東南連九有，非舊，遠方觀國集群賢。四海從他寒暖異，同氣，斟寒酌暖共欣然。

水調歌頭

今年國慶前夕有雨，晨即放晴，喜而有作，用東坡韻

一雨洗塵土，萬里見青天。十二春來秋去，功業邁千年。千萬高樓廣廈，不怕迅雷風烈，不怕雪霜寒。漫説天堂好，公社在人間。　繁華境，花的皪，草芊眠。徹雲萬衆歡唱，腔與月爭圓。那管天不做美，只要人能立志，煉石補天全。請看今朝事，人物最嬋娟。

水調歌頭

論學二王法書文字寫竟，用劉後邨詞韻跋尾以自嘲

多暇實非易，勝事每相關。群鴻遊戲雲海，几淨硯差安。未入山陰道上，已是不遑接應，猶看白鵝還。安欲換凡骨，是處覓金丹。　柹葉紅，蕉葉緑，付叢殘。老僧饒自枯寂，門限鐵爲閑。後五百年休問，十二時中須管，坐席幾曾寒。殃及霜崖兔，不得老崇山。

水調歌頭

端陽節近，仍用前韻，賦此遣懷

八十逢重五，又過一年關。脊樑豎起猶可，修竹報平安。幼時瘦挺，吾父戲呼之爲竹竿。現在休輕放過，來者必須趕上，往者莫追還。聆善仍牢記，差勝老師丹。　詩言志，書記事，接遺殘。存誠善世吾分，邪思所當閑。老矣頭還未白，留住少年叢裏，共歷歲時寒。解聽心弦響，流水復高山。

臨江仙

和張泠僧壽八十詞

老馬識途羊引駕，世間飽歷風霜。天教留住少年場。散仙張子野，癡漢顧長康。　南北東西行已慣，難忘曲院荷香。與君更賭百年强。湖山佳勝地，來往聽松篁。

附原詞：臨江仙

張宗祥

我馬君羊差一歲，聞君鬢未生霜。踏春賭酒少年場。如今皆耄耋，且喜各安康。　手寫詩篇傳世久，墨花字影皆香。臨池健筆最雄强。家馨承竹墅，逸致畫幽篁。

定風波

五月初七日，泛舟太湖遣興

軋軋機輪放艇行，晴風拂水浪微生。欲訪陶朱尋故事，誰是，蠡湖今日十分平。　遠近峰巒迎送慣，湖畔，煙波萬頃記初程。八十年光人未老，一笑，攜家來此看雲橫。

采桑子

眼明今日湖州路，原野秋陽。新樣風光，清遠湖山見故鄉。　太平時代人難老，八十尋常。文藝逢場，要爲工農服務忙。

千年調

保權六十生辰，用辛幼安詞韻賦菊花詞一闋爲壽，藉見性情，以博笑樂云爾

秋菊有佳花，百卉齊傾倒。不與芙蓉競豔，桂花爭好。風流標格，只索樽前笑。東籬畔，對南山，偕陶老。　重陽過後，青女輸她拗。卓爾傑立霜下，傲懷自曉。落英益壽，此事説來巧。聽年年，頌清高，聲未了。稼軒有句云：要知黄菊清高處，不入當年二謝詩。

減字木蘭花

題寄庵詞二闋

蘋花橋畔，可奈垂楊鴉噪晚。卻話巴山，聽雨焚香未是閑。　生花筆在，老去聲名猶可愛。長住吴城，從古詞人最有情。昔歲遊蘇州，適寄庵在南京。因憶之有詩云：白門楊柳暮藏鴉，誰信詞人不憶家，車馬自來仍自去，蘋花橋畔夕陽斜。

翰林風月，千載如斯何用説。舊樣翻新，看取嶔崎一代人。　闌苕碧海，翡翠鯨魚咸自在。裝點河山，正要新詞被管弦。

水龍吟

應西泠印社之邀來湖上，用稼軒詞韻賦呈與會諸公

印人皖浙分疆，千秋各有風雲際。承先啟後，趙侯袖腕，吴翁簪髻。更看孤山，西泠結社，莘莘諸子。到六十年代，昇平今日，才滿足，復興意。　久罷遊湖笠屐，最關心、老梅開未。薄陰籠水，同雲釀雪，新來天氣。高閣筵開，遠方朋至，豪情堪此。待春來聽取，流鶯笑語，破花間淚。李義山詩云：鶯啼如有淚，爲濕最高花。

浣溪沙

湖上客舍，與豫卿閒話因贈

小雪霏微集卻難，風來湖上暮增寒。此時説酒便欣然。　四合岡巒温舊夢，萬重樓閣改新觀。即論小住亦前緣。

卜算子

一九六二年十二月十四日，應西泠印社之招，小住湖上數日，未曾出遊。十八日將别西湖歸去，因戲用辛幼安詞韻，賦此解嘲

不上泛湖船，不跨遊山馬。失卻湖山交臂間，來此何爲者。　風勸莫窺園，雨逼人衣瓦。冷待西湖事有因，負責由天也。

卜算子

讀日報有作，用幼安詞韻

見首便稱龍，伏櫪終爲馬。八十年來世路間，多少經過者。　弦曲直於鉤，玉碎全於瓦。真理分清是與非，不畏群言也。

新梅。

浣溪沙

一九六三年元旦偶占，呈文史館諸公

冬至微陽動琯灰，雞鳴報曉海天開，樓頭初日照人來。　又是一年晴意思，更看百歲老情懷，故枝灼灼著

沁園春

譴責美帝侵略南越，用稼軒帶湖新居將成詞韻

正告爾曹，頭破血零，好歸去來。記聯軍曾碰，中朝壁壘，飛機今化，南越塵埃。五角樓驚，白宮慌亂，一世之雄安在哉。能不怕、把邊和迫擊，接演幾回。　虎狼那慣長齋。切莫信、坐談會定開。要爭豔霜中，還看傲菊，報春雪裏，全仗寒梅。越戰日强，美侵必敗，禍事根株敵自栽。東南亞，豈能容殘寇，長此徘徊。

醜奴兒近

三月十一日欲有所作，適讀稼軒仿易安體醜奴兒近詞，因借其韻成之

一場會晤，聚散匆匆兒價。怕問訊、勞人恰好，供招自畫。兩全衣鉢，要搞毁積善之家。甘心向敵投降，來個用夷變夏。　口不應心，和平爲貴，教人血灑。風雪街頭，不像平常清暇。衆眼分明，看吊桶七上八下。這回把戲，玩得特好，還説甚話。

高陽臺

湛翁先生以補植皋亭瑩樹書感之作見示，因依韻奉酬

天意難知，人生易老，長空鳥度雲横。無恙湖山，儘多謝館王亭。今番不用埋憂計，看松篁、各自青青。料向來、密葉長根，未便凋零。　人間至頤誰能惡，但薪傳不絶，火種星星。千載風流，記曾鶴紀鐫銘。梅花自伴逋仙住，況門前、五柳陰成。閲年年、新樣風光，寒食清明。

卜算子

戲用稼軒詞韻爲國權題

翻起墨池龍，驚動文林馬。火捺青花備衆妍，西洞之佳者。　唐楷或研泥，漢隸應磨瓦。青石吴興炫晉賢，不及端溪也。

尉遲杯

旭初卧病吴門，以和清真詞見寄，情詞悽愴，因用韻奉酬，以寛其懷

江南路，又一片綠靄迷煙樹。湖山换著新裝，猶識河橋遊處。蘋花舊影，長留與清波接遥浦。儘白門、岸柳撩人，亂鴉啼罷驚去。　從來愛説吴中，有佳麗、林園名勝相聚。秋月春花清平日，誰放過、尋常歌舞。人間夢、終須醒卻，休更向、醒時囈醉語。老襟懷、大海般寛，健來應是仙侶。

品令

看雷鋒，真是個一代青年榜樣。做萬般人民新事業，干勁足，有方向。　不願矜誇先進，不圖一身安享。只知道、忘我埋頭去，緊緊地，跟著黨。

水龍吟

參加上海市文聯第二届第三次會後作

吹開頭上烏雲，乾坤浩蕩東風裏。大家接過，雷鋒槍桿，武裝自己。還有八連，一塵不染，身居鬧市。願傾心學習，全心創作，無産者，新文藝。　革命進行到底。把紅旗、高高舉起。亞非風暴，拉美火焰，震驚天地。相互支持，人民億萬，同心同氣。看東方日出，百花爭豔，换人間世。

漁家傲

爲歌頌建國十四周年國慶作

多面紅旗風展送，江山一統群環拱。無限工農兵智勇。興邦用，平凡事業仍生動。　國際風雲從播弄，向來公道人心共。革命神州原有種。無私閔，堅持真理吾從衆。

西江月

聞我軍擊落美國 U2 飛機，喜而有作

任爾美機鬼秘，難逃射手追蹤。木牛流馬奪天空，葛亮神州有種。　行不義多必斃，得人心者成功。原來虎樣紙燈籠，只有自焚作用。

西江月

喜聞十一月一日我空軍某部在華東地區上空，又夢落美制蔣匪U2飛機一架，解放軍戰士又一次立了保衛祖國之大功

赤縣和平領域，不容U2機來。既來休想再逃回，在我掌心之内。　前犯已加懲處，繼行打更應挨。智仁忠勇展長才，請看人民部隊。

沁園春

毛澤東主席七十祝辭

一柱擎天，萬里無雲，四海無波。喜紅旗揚起，乾坤浩蕩，東風拂遍，遐邇融和。六億人民，齊登壽域，見者驚誇安樂窩。國慶日、聽天安門外，動地謳歌。　神州大好山河。人更覺今朝壯麗多。看馬列真文，功高粟帛，孫吴神武，力止干戈。玄圃桃繁，仙山棗大，松柏常青帶蔦蘿。無私頌，爲群倫祝福，歡醉顔酡。

沁園春

用劉後邨詞韻賦此遺興

千古紛紜，幾輩狐裘，幾人緼袍。歎一車兩馬，棲遑道路，浮家泛宅，震盪波濤。遷客多憂，勞人易感，不寫風詩即賦騷。知何世、聽雞鳴犬吠，虎吼狼嗥。　丘墟没盡蓬蒿。便葬送成名豎子曹。看風流人物，英雄事業，足兵隴畝，足食隰皋。不數漢唐，即今歐美，敢與神州試比高。齊歡唱，有飛昇靈藥，益壽蟠桃。

八聲甘州

參加春節座談會有作，連日大雪

看今年處處喜春來，英光遍神州。甚從來隻説，東南名勝，王謝風流。組就工農兵隊，勇敵萬貔貅。保得金甌固，步步登樓。　更有漫天飛雪，與蒼蠅凍死，不把留情，這無情天地，勝算人謀。人今信、人間正道，只進行、革命莫移遊。須努力、精神物質，全面豐收。

滿江紅

衛國保家，衆志成、銅牆鐵壁。今朝看、人民高興，妖魔嗥泣。射日豈輸后羿績，移山真比愚公易。仗神州、六億一條心，銷槍鏑。　全世界，風雷急。强盜夥，末日廹。蘑菇雲騰起，非一朝夕。資滅無興爭不已，乾旋坤轉情尤激。把革命徹底進行來，誰能敵。

一枝花

甲辰春節，老人宴集，席間戲用稼軒詞韻賦此，以博笑樂

東抹西塗手。北調南腔口。襟懷寬幾許，量升斗。好自向人間，談説前和後。萬事看長久。任愚智仙凡，隨處是非總有。　且莫要、臨流驚面皺，往往空搔首。看時常自遠，來朋友。儘一向歡欣，不著些然否。風亞門前柳，似笑先生，悟妙理還須濁酒。

一枝花

讀報有作，仍用前韻

批判不停手。誅伐不離口。浩然有正氣，沖牛斗。儘高舉紅旗，功貫千秋後。日月光華久。看鏡下妖魔，色色形形都有。　　鬧革命，從來眉不皺。殲敵斯爲首。況今朝天下，皆朋友。緊聯合起來。必勝誰能否。倒拔垂揚柳，無敵神威，使正義渾如醴酒。

一枝花

在京時，仲弘同志約與馬（一浮）熊（十力）二老，夏（承燾）傅（抱石）諸公會食。席間縱談，莊諧間作，所獲良多。歸來追憶及之，遂成此闋。仍用稼軒醉中戲作詞韻寄奉，哂覽即希指疵

莫管八叉手。或者三緘口。世間原具備，量才斗。看盧駱楊王，何事爭前後。名利迷人久。把枷鎖打開，一切于人何有。　　億萬遍，風來水面皺。值得頻回首。多交些直諒，工農友。解觀過知仁，且識是中否。割去肘間柳。治病救人，共暢飲回春暖酒。

一枝花

乙巳春節宴集，仍用前韻賦此

大道同攜手。歌唱同開口。六條標準在，仰山斗。看年已先人，豈可甘人後。建設須長久。仗接力青年，能者行行都有。　　那管得，肌膚枯且皺。莫作群龍首。願結爲歲寒，松柏友。共切磋琢磨，明辨然和否。任是閑蒲柳，一拂春風，生意暢沈酣美酒。

西江月

春節，戲呈畫院諸公

昨日霏霏瑞雪，今朝朗朗晴空。人間萬事待東風，江柳嶺梅驚動。　　畫苑生花妙筆，從來巧奪天工。開門喜見滿堂紅，莫負工農雅頌。

少年游

參加上海市人民代表大會及政治協商會議後，欣然有作

東風吹動四時春，萬象競更新。群英會上，風流人物，能武又能文。　　神州好樣爭傳頌，無敵是人民。領空領海，域中域外，不怕起風雲。

西江月

爲中共中央防治血吸蟲病九人小組作

血吸蟲雖渺小，侵人便致沈痾。傷農害織歉收多，影響民生實大。　　除惡從根著手，先須普滅釘螺。全民力量勝華佗，豈讓瘟神逃過。

黨爲人民造福，九人防治組成。不容蟲害更流行，保障農村繁盛。　　除盡天災人禍，環球同此昇平。東風吹放柳條青，現出人間仙境。

西江月

病室口占

八十四年虚度，分應了此餘生。百年醜樹又逢春，著朵花兒俏甚。　從此伐毛洗髓，誓將舊染除清，肩挑手做學猶能，一切爲了革命。

減字木蘭花

瞿禪題秋明長短句稿見寄，即用其韻奉答

風流言笑，九域歡心連海表。歌動塵驚，調利天然叶四聲。　東吴西蜀，傾蓋無緣情漠漠。卷裏相逢，微尚猶堪識此翁。

尋常談笑，隨喜莊諧超意表。新樣堪驚，試聽今朝雅頌聲。　八年巴蜀，酒食紛紜情淡漠。無處重逢，苦憶樽前抱石翁。當年同座中，傅君抱石已逝世。

玉樓春

與湛翁先生晤談，因贈

人間總覺春如海，萬紫千紅常自在。定香橋畔有高樓，無限湖光開眼界。　百年人事從頭改，魚躍鳶飛新意態。與君猶是現時人，老至不知同一快。

青玉案

六日晨起，至柳浪聞鶯，適有黃鸝鳴於樹間

柳鶯濃處鶯聲老，春已去、人遲到。昨日湧金今更好。清和時節，湖山佳麗，處處多香草。　江南名勝知多少，千古風流人物渺。舊樣翻新感樂道。歌臺舞榭，英雄輩出，始信人間妙。

采桑子

衛星發射成功了，繞地周遊。繞地周遊，蘇美遥看在下頭。　東方紅奏淩雲曲，志壯聲遒。志壯聲遒，響徹乾坤五大洲。

衛星造射原非一，還看今朝。不躁不驕，保衛人民志氣豪。　測遥號子頻相續，朗勁諧調。響透重霄，革命歌聲功不消。

補遺

浣溪沙　一九四一

開落桃花算一春，香泥馬踏又成塵。舊巢新燕乍窺人。　可耐沈吟詩婉約，最無聊賴酒芳温。尊前切莫任天真。

玉聯環　張伯駒夫婦畫蘭石著青補梅屬題

幽蘭不著當年恨，帶縈香韻。石根相倚忒玲瓏，此時見、人情分。　數點梅花清潤，歲寒心印。雪中猶自喜春來，春解勸、傾芳醖。

拂霓裳

改晏元獻詞

慶生辰，慶生辰是百千春。開雅宴，畫堂高會有諸親。霜花矜品格，雲鶴現精神。倍歡欣，對良時、好景意中人。　今朝祝壽，祝壽數，比松椿。斟美酒，齊心同願獻金尊。一聲檀板動，一炷蕙香焚。禱仙真，願年年今日，喜長新。

感皇恩

改稼軒詞

春事到人間，十分花柳。喚得笙歌勸君酒。酒如春好，春色年年依舊。青春元不老，君知否。　席上看君，不同松瘦。一様與春鬥長久。庭闈嬉笑，舞動萊衣長袖。更持金盞起，爲君壽。

玉樓春

巴山鶯語清於玉，時向愁中歌一曲。憑將無限意悠悠，瀉作嘉陵江水緑。　波長意遠還相續，際地浮天看不足。莫攜尊酒莫登樓，醉了空勞心與目。

采桑子

題《懷雲圖》

梨花散盡春消息，畫簾垂清。畫簾垂清，細雨聲中燕又歸。　溪風柳線仍牽引，倒轉船兒。倒轉船兒，天際雲中見所期。

千秋歲

奉祝周老伯母沈太夫人百齡上壽　一九五五年

遐齡王母，海上春長住。家居事，躬調處。年年稱慶日，輕健看歌舞。瑶池宴，月華生處逢仙侶。　昔與賢郎語，情誼逾親故。登堂拜，虧禮數。從新開歲月，萊綵雲仍伍。千秋歲，侑觴詞獻慈顔豫。

西江月

蘇聯發射第二地球衛星，隨手寫成此詞　一九五八年

又見衛星第二，規模六倍於前。蘇聯科技啟新編，星際學家驚歎。　聞道花旗玩具，成功還待來年。赫然有物在遥天，載著誰南仙犬。

聞美國設計之衛星才十餘磅，比之蘇聯所制者，直當以玩具視之耳。

西江月　一九五八年

爲蘇聯發射載人太空船成功，歡欣讚歎而作

星際旅行開始，蘇聯直接遥空。加加林氏立頭功，太空船迎送。　政治優先科技，方能顯此神通。東風繼續壓西風，世界和平可頌。

附散曲一卷　一名《長打短打》又名《匏瓜庵小令》

中呂朱履曲

公武招飲秀野軒，賦此贈之

秀野軒中綠雨，江湖夢裏蒼煙。珠蘭香散佛燈前。先生風韻別，小子性情偏，愛粗茶供淡飯。

仙呂寄生草

紛忙裏成何趣，消閒裏有甚思。萬般不過同和異，千年不了非和是。一生只有醒和睡，好安排幾韻自家詩。且休提兩個彌陀字。

中呂朱履曲

自詠

飲啄從來易足，居行一應隨緣。老之將至性情偏。蓮社客，玉堂仙。攢眉都不管。

南吕 四塊玉

贈公武

幾雙曲，一卷經，將軍老去好風情。騷人韻致輸他勝，清也清，真也真，君試省。

遊四門

旭樓招飲綠陰深處，作此謝之

綠陰深處最情親，恍作北平人。病軀漸對雞和筍，主意太殷勤。醺有酒，未沾唇。

遊四門

百年宴我於忘機世界，酒香冽而不敢飲，戲呈一首

忘機世界坐團團，喫到第三餐。只差八寶無油飯，好菜許多盤。乾一盞，下喉難。

遊四門

坐間戲呈叔平四兄

忘機世界不宜晴，夜宴更消停。邊談邊喫真高興，海量四先生。升再喝，兩三成。

遊四門

公武談牛燒鍋事有感而作

牛燒鍋子是良材，風味實佳哉。東西好喫人人愛，偏遇子山哀。欸没有，帶將來。

遊四門

文章遊戲本尋常，没事要思量。閑吟閑唱精神旺，寫寫又何妨。忙揺筆，兩三行。

雙調清江引

大家做詞歌不愛，除了霜厓外。冀北馬群空，好個盧前在。閑來湊趣兒，真不壞。

南吕 四塊玉

贈右任

詩太白，草伯英，關中老漢最知名。梨花美釀堪中聖。東閣深，北窗明，閑意境。

遊四門

聽旭初談驢子愛揖，始肯過橋事，作此紀之

大家騎馬莫稱豪，不過比驢高。須知驢子先生傲，這事也蹊蹺。瞧長揖，送過橋。

南吕 一封書

真真不相思，怎安排，幾首詩。真真要相思，怎沉吟幾闋詞。風吹榴子依前結，雨打楊花澈底稀，怕分離。又分離，恰在春三二月時。

遊四門

五月廿一日，嘉陵江畔作

嘉陵江水緑摇空，漲落太匆匆。小船滿載勞迎送，平日也相同。轟今在，亂離中。

雙調楚天遥帶清江引

人説酒杯寬，爭比天和海。海天細看來，尚有邊兒在。説寬甚處寬，説隘隨時隘。一個有情天，都被多情礙。　地小迴旋君莫怪，已算無窮大。絶他世上緣，割此人間愛。不知那答兒是真暢快。

越調天淨沙

午倦時作

生來不是佛陀，閑來怎念彌陀。依舊不才是我有，何不可伸腰幾個呵呵。

遊四門

先生生小怕周遊，眼病是根由。一乘小轎安排就，可喜又堪憂。牛牽率，恐無休。

遊四門

廿五日傍晚，防空洞中作，應公武教

一聲警報起悠悠，空襲又臨頭。防空洞裏相厮守，也算是同舟。雠百世，不能休。

遊四門

新來僕人戴青海有謂其不堪作勤務兵者，因以此嘲之

大名青海賽昆侖，藍布一身村。厨刀放下難安頓，畢竟是凡人。渾有務，不堪勤。

遊四門

詠燕子，同公武作

銜泥辛苦是經營，盼得小巢成。畫梁點綴多齊整，歲歲寄深情。輕風雨，莫須驚。

南仙吕 傍粧臺

用李中麓所作首尾二句成此

醉醺醺，千紅萬紫釀三春。與君都是嬉春客，忘了自家身。蠶因作繭甘心縛，蝶爲憐花盡意嗔。前生果，今世因，得饒人處且饒人。曲參參，銀河暗淡斗闌幹。向來説千里同明月，卻忘道萬里隔關山。書長總是無聲恨，夢短猶堪有限歡。身須健，心要寬，得偷閒處且偷閒。

仙吕 寄生草

休怪你多疑惑，非關他少志誠，四時難得行春令。一生最好遊春興，各人都有傷春病。好端端總是没精神，鬧洋洋也會嫌孤另。

豆葉黄

和戴中甫韻

雨寒衣被欲裝綿，日出煙消草樹鮮。若得登山必造巔，幾時還訪戴，當心遇著仙。

中呂 喜春來

宜晴宜雨花時過，忽熱忽涼天氣多。有人問我怎銷磨，閑過活忙底是吟哦。

仙呂 遊四門

冀野墮車傷腰爲賦之

小車載重路難行，跌得不分明。當街扶起盧參政，無暇與通名。驚腰折，事非輕。

遊四門

海秋攜餅入防空洞，公武因以餅字屬作遊四門小令，爲戲成之

防空有洞莫相請，因餓卻無情。若能坐睡兼攜餅，可以歷昏明，行無事，過平平。

中呂 醉高歌

答冀野三首

本來不動何如，卻要開心夜雨。爲他不論甜和苦，皺著眉頭湊句。

一燈情味何如，清夜簷前細雨。非因聽得蛩吟苦，那有驚人秀句。
客中情味何如，隨意吟風看雨。自家一晌知甘苦，不共疏爭鬥句。

中呂 醉高歌

憶兒時山居三首

山中黄菊何如，歲歲風風雨雨。清清冷冷不爲苦，省得伴人覓句。
山中老桂何如，數數落花似雨。兒時樂事思量苦，付與夢中作句。
梧桐枝幹何如，從不驚風怕雨。早凋似爲詩人苦，成就知秋好句。

中呂 醉高歌

懷森玉安順二首

山中今日何如，可有閒情聽雨。閑來也有閑來苦，拉住樵夫對語。
簑衣斗笠何如，依舊斜風細雨。從來不解吟詩苦，留下放翁恨語。

中呂 醉高歌

調冀野二首

柳腰比似何如，禁得幾番驟雨。於今其識陶潛苦，不是風流趣語。
一丸白藥何如，好似旱天遇雨。霎時便減先生苦，許子公武初非妄語。

中呂 醉高歌

柬冀野仍用原韻

先生莞爾何如，也會呼風喚雨。兩賢何必還相苦，說去說來四句。

予曩鈔得尹默先師二十四首曲子，喜極。文人於詩詞曲各體無所不能，無所不工。惜數量太少，不能窺全。近得周金冠先生所輯沈尹默佚詩集，有十三首爲予所無，因補全，周氏從一九四六年十二月二日中央日報星期三第九版上輯録，有盧冀野匏瓜庵小令序。言曲之緣起，極有參考價值。因録於後。

二〇〇三年五月戴自中謹記

匏瓜庵小令序

盧前

歲已卯（一九三九年）吴興沈尹默先生西上，始相晤渝州上清寺陶園。時與長沙章行嚴丈（士釗）詩簡唱和，疊一韻至百數十首不休。見前爲北詞，乃假喬張諸集以製。先生天機活潑，妙造自然。偶爾命筆，趣合元賢。非詩即曲，朝夕不輟。嘗自戲呼爲長打短打。三原于公所謂『君能左揖關漢卿，又使長沙見獵驚。山河百戰一枝筆，長打短打俱聞名』者也。既而乃居金剛坡上，肆力於詩，屏曲不爲。總舊稿以授前曰『子其爲我訂之』，遂寫三十七首爲一卷，《匏瓜庵小令》者，先生所自署云。

新詩鈔

上卷　一九一八——一九二〇年

鴿子

空中飛著一群鴿子，籠裏關著一群鴿子，街上走的人，小手巾裏還兜著兩個鴿子。

飛著的是受人家的指使，帶著鞘兒翁翁央央，七轉八轉繞空飛，人家聽了歡喜。

關著的是替人家作生意，青青白白的毛羽，温温和和的樣子，人家看了歡喜。有人出錢便買去，買去喂點黄小米。

只有手巾裏兜著的那兩個，有點難算計。不知他今日是生還是死。恐怕不到晚飯時，已在人家菜碗裏。

人力車夫

日光淡淡白雲悠悠，風吹薄冰，河水不流。

出門去，雇人力車，街上行人，往來很多。車馬紛紛，不知幹些甚麼。

人力車上人，個個穿棉衣，個個袖手坐，還覺風吹來，身上冷不過。

車夫單衣已破，他卻汗珠兒顆顆往下墮。

月夜

霜風呼呼的吹著，
月光明明的照著。
我和一株頂高的樹並排立著，
卻沒有靠著。

《新青年》四卷一期（一九一八·一·十五）

宰羊

羊肉館，宰羊時，牽羊當門立；羊來芊芊叫不止。
我念羊，你何必叫芊芊；有誰可憐你？
世上人待你，本來無惡意。你看古時造字的聖賢，說你『祥』，說你『義』，說你『善』，說你『美』，加你許多好名字。
你也該知他意，他要你，甘心爲他效一死！
就是那宰割你的人，他也何嘗有惡意，不過受了幾個錢的趨使。
羊！羊！有誰可憐你？你何必叫芊芊。
你不見鄰近屠户殺豬半夜起，豬聲悽慘，遠聞一二里，大有求救意。那時人人都在睡夢裏，那個來理你？
殺豬宰羊，同是一理。羊！羊！你何必叫芊芊？有誰可憐你？有誰來救你？

落葉

黄葉辭高樹，翩翩翻翻飛，大有惜别意。
兩三小兒來，跳躍東西馳，捉葉葉墮地。
小兒貪遊戲，不知憐落葉；旁人冷眼看，以爲尋常事。
天公不湊巧，雨下如流淚，一雨一晝夜，葉與泥無異，黏人脚底上，踐踏無法避。
如葉有知時，舊事定能記。未必願更生，春風幸莫至。

大雪

小雪封地，大雪封河。
封河無行船，封地無餘糧。
無行船，乘冰床；無餘糧，當奈何？

《新青年》四卷二期（一九一八·二·十五）

除夕

年年有除夕，年年不相同。不但時不同，樂也不同。
記得七歲八歲時，過年之樂，樂不可當——樂味美深，恰似飴糖。
十五歲後，比較以前，多過一年，樂減一分。難道不樂——不如從前爛漫天真。
十九娶妻，二十生兒。那時逢歲除，情形更非十五十六時——樂既非從前所有，苦也爲從前所無。好比歲燭，初燒光明，霎時結花，漸漸暗淡，漸漸銷磨。

我今過除夕，已第三十五，歡喜也慣，煩惱也慣，無可無不可。取些子糖果，分給小兒女——我將以前所有的歡喜，今日都付你！

《新青年》四卷三期（一九一八·三·十五）

雪

丁巳臘月大雪，高低遠近一望皆白。人聲不喧嘩，鳥鵲絶跡。理想中的仙境，甚麼瓊樓玉宇，水晶宫闕怕都不如今日的京城清潔！人人都嫌北方苦寒，雪地冰天；我今卻不願可愛的紅日，照我眼前。不願見日，日終當出。紅日出，白雪消，粉飾仙境不堅牢！可奈他何！

《新青年》四卷四期（一九一八·四·十五）

月

明白乾淨的月光，我不曾招呼他，他卻有時來照著我；我不曾拒絶他，他卻慢慢的離開了我。我和他有什麽情分？

公園裏的二月藍

牡丹過了，接著又開了幾欄紅芍藥。路旁邊的二月藍，仍舊滿地的開著。開了滿地，没甚稀奇，大家都説這是鄉下人看的。

我來看芍藥，也看二月藍。在社稷壇裏幾百年老松柏的面前，露出了鄉下人的破綻。

耕牛

好田地，多黏土，只是無耕牛的苦。
難道這地方的人窮，連耕牛都買不起？
聽説來了許多人，都帶著長刀子，把這個地方的耕牛，個個都嚇死。
嚇死幾個畜生，算得甚麼事？不過少種幾畝地，少出幾粒米。
好在少米的地方也少人，那裏還愁有人會餓死？

《新青年》五卷一期（一九一八・七・十五）

三弦

中午時候，火一樣的太陽，没法去遮攔，讓他直曬著長街上，静悄悄少人行路，衹有悠悠風來，吹動路旁楊樹。

誰家破大門裏，半院子緑茸茸細草，都浮著閃閃的金光。旁邊有一段低低土牆，擋住了個彈三弦的人，卻不能隔斷那三弦鼓盪的聲浪。

門外坐著一個穿破衣裳的老年人，雙手抱著頭，他不聲不響。

《新青年》五卷二期（一九一八・八・十五）

生機

枯樹上的殘雪，漸漸都消化了。那風雪凜冽的餘威，似乎敵不住微和的春氣。
園裏一樹山桃花，他含著十分生意，密密的開了滿枝。
不但這裏，桃花好看，到處園裏，都是這般。

刮了兩日風，又下了幾陣雪。
山桃雖是開著，卻凍壞了夾竹桃的葉。地上的嫩紅芽，更殭了發不出。
人人說天氣這般冷，草木的生機恐怕都被挫折。誰知道那路旁的細柳條，他們暗地裏卻一齊換了顏色！

赤裸裸

人到世間來，本來是赤裸裸。
本來沒污濁，卻被衣服重重的裹著，這是爲甚麼？難道清白的身不好見人嗎？
那污濁的，裹著衣服就算免了恥辱嗎？

《新青年》六卷四期（一九一九·四·十五）

小妹

自從九月六日起，我們的舊家庭裏少了一個你。
小妹！我和你相別許久了，我記得別你時，看得很清楚——白絲巾蒙著你的臉，身上換了一套簇新綢衣服。

人力車上坐著一位青年的女子，他用手帕托著顋——認得他是誰？仔細看來卻不是你。

路上遇見三三兩兩攜手談心的女青年，他們是誰？聽來聲音卻都不像你。

幽深的古廟裏，小小一間空屋，放著一張塵土蒙著的小棹子，人説你住在這裏，我怎能夠相信呢？你從前所説的緑陰陰的柳樹，清瀏瀏的河水，和那光明寬敞的房子，卻都在那裏。

《新青年》六卷六期（一九一九・十一・一）

白楊樹

白楊樹，白楊樹，你的感覺好靈敏呵！微風吹過，還沒搖動地上的草，先搖動了你枝上的葉。

沒有人跡的小院落裏，樹上歇著幾個小雀兒，啾啁啾啁不住的叫，他是快樂嗎？這樣寂寞的快樂！

除了啾啁啾啁的小雀兒，不聽見别的聲響。地下睡著的一般人，他們沈沈的睡著，永遠沒有睡醒時，難道他們也快樂嗎？這樣寂寞的快樂！

白楊樹，白楊樹，現在你的感覺是怎麽樣的，你能告訴我嗎？

秋

秋風起，一日比一日惡，天氣漸漸冷了，樹葉漸漸黄了落了。

紅的、白的、紫的、黄的、緑的、粉紅的，滿庭院都是菊花。沒有蝴蝶來，也沒有蜜蜂來，連唧唧的蟲聲也不聽見了，那各色的花，他們都静悄悄的各自開著。

被雨打折了的向日葵，天晴了，他仍舊向著日，美滿的開花，美滿的結實。

海棠呀，風仙呀，在清陰樹下小瓦盆裏不怕人來採，自由自在開著他的又瘦又小的花。枯樹枝上掛滿了豆菱，豆菱上還帶著兩朵三朵豆花，和一垂兩垂豆莢。
白蓼花，紅蓼花，經了許多雨，許多風，紅的仍舊紅，白的仍舊白，不曾吹折他的枝洗褪他的顏色。
秋！這樣光明鮮豔的秋！

《新青年》七卷二期（一九二〇・一・一）

熱天

通紅的太陽光，被綠陰陰的大樹，完全遮住了。
就地架著幾竿劈開的長竹管，通過清亮亮的流水。
一匹白馬站在石槽邊飲著，時時抬起頭來，鼻中呼呼的噴，他遍身的毛都濕透了。
牽馬的人，卸下大的艸帽子，墊著坐在地上，袒開胸膛，摇著扇子。
高枝上的蟬聲，斷斷續續不住的叫。
路旁幾個歇息的人，都睡熟了。
小瓜攤上，陳列著幾個切開了的瓜，攤下放著小瓦盆的涼水，赤裸裸的小孩子，站在旁邊，看著赤膊老人叫賣。
『知了』『知了』的聲調，漸漸覺得他和濃陰調和了。
很大的太陽光，都被驅逐到濃陰以外，濃陰招得微風來了。

九年七月四日於北京

下卷

一九五六——一九五八年

口占七首

思想改造

『放下屠刀，立地成佛』。
可是
單單手放下是不中用的。
一副面具它不能夠永遠遮蓋住你的本來面目，
而且
人們也都不會是那樣的健忘。

老人

黑格爾把他所著重提出來的『絶對理念』比作老人，
他認爲老人運用任何語言，

都會使它的内容格外豐富,
因爲其中含有他全部生涯的經驗。

可是,
老人也有他可怕的一面:
他們都或多或少地有著不易消除的成見。

祖國文化史上許多有總結性的標記

『前無古人,後無來者』。
這是過分强調『現代』底言詞——是抹殺歷史意義的言詞。

無論是
有巢氏、燧人氏……
或者是
畫八卦的伏羲、嘗百草的神農、播種的后稷、制字的倉頡、作筆的
蒙恬、造紙的蔡倫。就是廟堂中的
孔仲尼也不能例外,他們都是
遠古以來建設人類社會的無數先行者的繼承人——具有創造能力的繼承人。
他們遺留下來的東西總是

歷代文化積累的總結——不過是臨時性的總結。
因此，他們
每一個人的名字都應該看作是
祖國文化發展過程中總結性的標記吧！

没有今天就没有明天

『窮則變，變則通，通則久』。
一向貧困衰落的鄉村，變成了富裕繁榮的鄉村，
這絶對不是出於偶然，
人民英雄不會『無用武之地』的！

有了以前土地改革的今天，
就會有組織起各式各樣互助組的明天，
有了以前長年互助組的今天，
才有農村合作化的明天，
有了半社會主義合作社的今天，
必然會有社會主義合作社的明天，
有了社會主義高級社的今天，

當然生產高潮的明天就會繼續不斷地到來的。

今天的一切都是爲了明天，
而明天就是未來的今天，
沒有今天就不會有明天。
繁榮富裕的鄉村不斷地更加富裕繁榮起來，
這絶對不是出於偶然，
人民英雄們大大有可以『用武之地』。

邊分析邊綜合

不要不屑於學習單純的事物，
真理它就是極其單純的啊！
不要以爲單純的終久是單純，
它是複雜事物的本根。

我們要不斷地分析事物，同時
我們也要不斷地綜合事物，
當我們運用這個法則時，
我們要當作解決繁分數算式來處理。

一件小事的問答

你會愛污泥嗎?
　我當然不會愛它。
那麼,
你愛蓮花嗎?
　我很愛它的清潔香色。
是不是這樣:
你愛的花願意它長好,你不愛的泥就隨便否定了它的一切。
　是的,一定會這樣去做。
那可有點危險,實際上,
你不是一個真真懂得愛蓮的人,
你忽略了一件平凡而重要的事情,它們二者之間的作用關係。

廢品

一個參加了管弦樂隊的青年,
每當演奏時,
他吹著短短的一枝小管,他卻不能很好地使這枝小管起著諧調的作用,
發出它在合奏中應有的音韻,
頓時間,這枝小管不特變成了充數之『竽』,

而且簡直等於不成器的廢品。
於是乎這位青年也獲得了同樣名稱。

人怎麼會成爲廢品？
不免要發生疑問，
必須追究造成這樣事件的責任，
自己的愛好和決心，
一般的安排和教訓。
人怎麼會成爲廢品，
不免要發生疑問，必須追究造成這樣事件的責任！

一九五六年二月十六日——十九日

寫工作總結的公式

開場寫一般工作情況，
寫得越長就越顯得漂亮。

接著寫工作成績，
首先要肯定優點，
不必謙讓，

那怕優點中還覺得有些不甚妥當。

然後必須尋出一些缺點，
不管是犯了原則性的錯誤，
或者是小小的事故，
這多半總是由於客觀方面的環境造成，
但應該承認這也是由於主觀方面的努力不足。

最後，
要寫一大段經驗教訓，
且必須提出
虛心接受，
誠心改正。

這樣寫成一篇總結文章十分完整。
可以交卷，
可以得到備案的保證。

寫大會發言稿的公式

首先來幾個擁護，
切不可有遺漏之處。

中間，
選擇些『當講的話』痛快發揮，
有的可以用輕鬆的言詞，
有的可以用激昂的語調，
總之，
要賺得會場中幾陣掌聲，
或者是引人發笑。

末了，
再來一個『……而奮鬥』，那就更好，
可以說一聲『完了』。

一九五六年二月二十二日

敘利亞的同情者

中近東的風雲，不斷地湧向大馬士革。這是敘利亞的首都，曾經爲穆罕默德所贊禮，它是地球上的天堂。

石油一直在灌澆著暴利貪圖者的欲火，殖民主義者想借用他們的夥伴——奧斯曼帝國復辟的夢想的魔手來散播火種，打著如意算盤，採取閃電方式從敘利亞燒起，燒亂阿拉伯國家，好趁火打劫，再進一步燒到地球上他們認爲須要燒掉的地方。

可是，敘利亞人民本不是軟弱可欺的，也不是孤立無助的，試聽聽敘埃聯合軍隊的整齊步伐，蘇維埃聯盟的宏亮警告，中華人民共和國的支持言論，其他國家裏的正義呼聲。

玩火者們清醒些吧！社會主義陣營裏一架强大滅火機——第一顆地球衛星已經出現在天空中，整夜不停地環繞著地球巡禮，它滿載著維護永久和平的真摯意願和無比堅强的力量，準備著爲人類和平服務，消滅戰火。

一九五七年十月十八日

臺灣海峽的風浪

臺灣海峽中
掀起了季節性的颶風狂瀾，
這卻從來不曾嚇倒過
我們富有閱歷勇敢而機智的海員。

這幾天，臺灣海峽的風浪
確實掀翻得驚人，
但是也絕對威嚇不了
我們從暴風激雨驚濤駭浪中

誕生而成長的人民英雄海軍。

大家看吧！今天的臺灣海峽風浪
惟一可能性：
只是把浮載著侵入我國領海的
敵人龐大艦羣
就在這裏，讓它一齊覆没，一齊
永遠沉淪。

一九五八年九月

右新詩二十九首。係分二部分。第一部分是在《新青年》雜誌上的十八首詩。第二部分是五十年代所留存的。先生作爲五四運動的一名勇士，和由他推薦任北大文科學長的陳獨秀及北大同仁如胡適、劉半農等一起向封建勢力的舊文化進行猛烈的攻擊。新文化運動打頭陣的是白話詩，白話詩的出現是在一九一八年一月十五日，即五四運動前一年。先生早年所作，數量不多，而質量甚高。一九二二年八月，亞東圖書館出版的北新所編《新詩年選》是我國新詩的第一部選集，收四十一位詩人八十九首新詩。先生一人就占了五首。《月夜》評注是『這首詩大約作於一九一七年的冬天，在中國新詩史上算是第一首散文詩，其妙處可以意會而不可以言傳』。此書附録一九一九年詩壇略紀亦云：第一首散文詩而備具新詩的美德的是沈尹默《月夜》。先生《三弦》被夏丏尊、葉聖陶選入《國文》百八課中，和魯迅、胡適齊名而無愧。這次輯録《新青年》中十八首排列、分段，均照《新青年》雜誌，惟《劉三來言子穀死矣》一首五古另編入舊體詩，紹常之紹，改爲尋字，系根據原稿改（編者注：詩見本書第二十七頁『詩　卷二』）。以後不見有白話詩刊出。據先生自述，後期在一九二一年左右旅居日本西京時所作，未曾發表過，抗日戰爭時，悉數遺失了。第二部分作於五十年代，隨作隨棄，不曾結集，所以收得不多。其中《口占七首》有哲理内含，頗能啟人。《寫工作總結的公式》及《寫大會發言的公式》諸詩，切中時弊，頗有諷喻。惜這樣作品不多。配合形勢，亦寫了一些，因重視不夠，所蒐有限，只能如此。末了用錢仲聯在《中國近代文學叢書》序言中云：『如新文學的巨擘俞平伯、沈尹默諸先生，晚年都不寫新體白話詩，而改寫古體詩詞便可爲證。』故此，將白話詩放在最後，簡述如斯。

戴自中記於乙酉端午後二日先生誕辰一百二十三年紀念日

輯後記

我哭吾夫子，凄然泪涕多。松高山拄昊，壑低水流河。弄翰羲之法，吟哦子美詞。僊歸東海路，籟寂定風波。師遺囑骨灰撒入海裏，末故及之。

入室隨夫子，師從十四年。融融爲我語，誨誨誘人先。忍辱終能忍，堅貞意更堅。佳音傳後逝，吾計蒐遺篇。『文革』初起，先生即遭衝擊，文稿全毁。且病貧交迫，十分凄涼。今春末，友人從北京傳言，周恩來于全國新聞工作者會議間探問先生近狀。先生知後，精神爲之一振，心頭憂鬱頓減。然再生障礙病血，日趨嚴重，本月一日，乘鯨僊去。

這是我在一九七一年六月四日參加家屬舉辦小型沈尹默追悼會歸後所寫的二首悼詩。爲了紀念先生，我業餘時間花在『吾計搜遺篇』上。

先生是五四新文化運動之先驅，名震文壇。其古體詩詞造詣亦深。然文化斷層，世人只知先生爲横絶一代之書法大師，詩名反被書名所掩。先生很看重其詩，曾言，我無字不入詩，爲詩壇之公認，平心而論，我之成就當以詩爲第一，詞次之，書法最下，世人不察，譽我之書法，實愧哉矣！

予有幸在先生晚年，侍奉左右。目覩耳聆，得益匪尠。照理搜鈔遺文是很方便之事，然在特殊年代中，『文革』成了文劫。先生一生心血，數十本文稿，一夜間化爲塵灰。能不惋惜。雖然，先生在世時曾面告：『我的詩外面流傳得不少，老友章行嚴（士釗）有我很多詩稿。我北大時的老學生朱豫卿（家濟）鈔了我不少詩詞，香港大學之曾履川（克耑）也有我不少詩稿。解放後，陳毅父子、王一平都有我不少詩作。詩逾萬，無法蒐齊。詞可能比較容易些。』『文革』後，獲知朱豫卿死于『文革』，無法直接聯繫，通過馬巽伯先生，知豫卿有一子在上鋼三廠任工程師，就冒昧去函，却石沈大海。章受之（可）亦曾去信，回函言沈老自是大家，詩作應當傳世，家有二册沈尹默手稿，自可孤後，六大間房縮小爲三間，又患小中風，心愛之物無法取出云云……未幾即逝。謝稚柳先生曾告我，曾履川雖逝，但其有一子住四川北路海寧路口之一幢大厦裏。本想去拜訪，可沒有介紹信，再者父所好子未必所好，只得作罷。予本一介無名百姓，無緣結識大幹部，雖有綫索，也得作罷。

『文革』前，在《新民晚報》《文匯報》《解放日報》及書法展覽會上鈔了不少先生之詩詞。爲了鈔更多詩詞，就處處留意，特別是沈尹默家裏故紙堆裏尋找，朋好中去找，出版物中找，哪怕是一首二首，都不遺漏。慧仁翁先生有先生一卷長卷，寫重慶時所作詩，喜極，借來鈔録。見齊魯出版《執筆五字法》内有不少重慶時詩作，亦鈔録。見先生手稿《念遠詞》及殘稿《歸來集》，都一一鈔寫。記得施舍（蟄存）贈我一本《雍園詞鈔》，先生《念遠詞》《松壑詞》各一卷都在。蓋《松壑詞》早知其名而未見其詞，亟鈔録之。知一九五二年徐森玉謝稚柳出資爲紀念沈尹默七十壽誕所刊印《秋明室雜詩》《秋明長短句》之長短句即出自《念園詞》《松壑詞》及家藏《秋明長短句》本之選集。不久，從友人處覓得先生爲汪辟畺（方湖）先生呈稿之復印件。又從張充和女士藏《沈尹默蜀中墨跡》、周金冠《沈尹默先生佚詩集》補得不少詩。新近又見劉鳳橋先生藏章行嚴舊物近三百首詩，其中一百三十二首爲予所無，臺灣養正堂出版《沈尹默先生詩書集》大多爲臺静農所藏，其中二十二首失蒐，山東陳梗橋兄寄來蕲永所收《沈尹默與章士釗卷》十一題十二首詩，其中九首爲予所無。又《南歸車中無聊再和裟韻得三首》及《題文徵明〈烹茶圖〉》一併補上。經過三十年努力，共輯得詩一千二百四十八首，詞、曲四百五十九首，新體詩上下兩卷。自信到目前爲止，這個集子是較爲全面的。當然離原稿數量，差距甚大。待以後再補輯。在蒐集過程中，曾得到已故的蔣維崧先生、胡問遂先生、翁闓運先生及周金冠、李杏保、陳梗橋、劉鳳橋、費聲錢、謝靖宇諸兄大力鼎助。特别感謝李維宜女士、包懷民仁棣及女兒戴燕爲此集電腦排字所作出努力。已過耄年的美國華人張充和女士審稿鑑别真僞，並書寫封面題簽，謝稚柳先生、蔣維崧先生爲扉頁題簽，使本集增色。在此，向他們致敬，也了卻弟子感謝先師多年栽培之虔誠心願。

二〇〇六年秋弟子戴自中拜記

近兩年來拍賣會上，常有先師作品問世，其中有不少詩詞之作爲予所無，承謝靖宇、張一鳴及先師孫子沈長慶見告，請上鋼新村街道黨工委電腦補録之，特此致謝。所可惜的事，三位題簽之老人一個也不在世了，不能見到本書出版，甚爲惋惜。

二〇一五年九月十六日秋弟子戴自中再記

末附諸家序跋評隲，只蒐同時代人，後人評隲不蒐。

諸家序跋評隲

《秋明室詩稿》序

蔡元培

沈君尹默，既應時勢之要求，與諸同志提倡國語的文學，時時爲新體詩。則輯録庚戌（即一九一〇年）以來舊作，爲《秋明室詩稿》以示余。余維吾國之詩，以抒情爲限，情之表示，自以《禮記·經解》『温柔敦厚』四字爲正宗。太史公所謂『好色而不淫，怨誹而不亂』，亦其義也。齊梁以後，始有輕薄側豔之作。中唐以後，始有粗厲生硬之作。承其流者，務撏扯僻典，蓋和險韻，矜使才氣而已，非所以抒情也。清季以來，健者好效宋體。間有一二以佻冶自喜。而君所作，乃獨不失温柔敦厚之旨。宜乎君所爲新體詩，亦復蘊藉有致，情文相生，與淺薄者不可同日語也。

九年（一九二〇年）五月二十六日

抄自《蔡元培全集》

題《秋明小詞》

朱孝臧（彊邨）

意必造極，語必洞微。而以平淡之筆達之，在汴宋與蘇、晁爲近。把臂九能，殆無愧色。

孝臧拜讀

跋《秋明小詞》

朱孝臧（彊邨）

昔人謂倚聲一道，大才易，清才難。君才可謂清矣。一卷冰雪文，避俗手自攜，佩服佩服。

孝臧讀注　一九二七年

題《春蠶詞》

劉季平（三）

纏綿況味知何似，之死詩人詠靡他。身後是非誰管得，借陸游句。不須臨鏡蹙雙蛾。

一九三三年

再題一首

此身正似蠶將老，坡老真爲我賦詩。翻恨吐絲絲不盡，從容慷慨兩難時。

劉三題於一九三四年

《念遠詞》序

夏敬觀（吷盦）

文體之演變，非一時之力也。詞之興，自詩演爲令，令演爲慢體。雖變而流必溯源，源道爲流，其間有一貫之道焉。而學者從流溯原，或自源濫流，所入不同，所成則一。君鄉先賢張子野以令詞法入慢，而慢體成。閩人柳耆卿亦然。所不同者，子野用縮筆從蜀派來，耆卿用放筆從南唐二主來，各得一訣。而耆卿又多取於唐之法曲，宋之大曲也。君小令造詣至深，能寫前人未盡之意，兼采南北宋之長。故爲慢詞，雖澀調亦出之自然，不覺艱苦。觀集中若曲玉管，若塞孤，若泛清波摘遍諸調，常人所難。君則行所自如，可證也已。十年前誦君《秋明集》，又聞君論詩論詞之旨，皆主放筆爲之，純任真氣，不規規於字句繩墨間。余嘗録君數詞以證君自道語。寇氛既熾，君避蜀中，不復能以文字共談讌。昨年君歸，相見喜極。而所居道遠，市廛雜還，一閃之失，懼爲轍塵。往還不易，恒數月不一面。寇雖退，不復其常。吾輩之艱困且過之，誠不料世變之亟，抑至於此也。攬卷悲吟，視君蜀居詞所道，固尤有膺心沈恨、莫之能泄者，願浮一大白，讀君續所爲詞。

戊子春夏敬觀序（一九四八年）

評《秋明長短句》

沈兆奎

尊作詞不犯詩，詩不犯詞，一手兩筆，足見工力之深。且學珠玉而去其豔，學稼軒而去其粗，學夢牕而去其晦，清雋之氣乃與六一爲近。奎於詞律實不當行，但就意所喜者，印本圈出。寫本則訴衷情三調，滴滴金（清明），踏莎行（絲竹銷憂），虞美人（答湛翁）三調，踏莎行（草草杯盤、海國長風），西江月（代簡）二調，玉樓春五調之二四，臨江仙（新雁交飛渾未慣），浣溪沙（猶似明燈歸照夜分），玉樓春（和湛翁湖上春遊），燭影摇紅（和湛翁），玉樓春（枇杷），望海潮，青玉案（茅臺酒、萬安橋），減字木蘭花（寄湛翁）二調，鷓鴣天（收音機）諸闋，皆可喜可誦也。

兆奎偕評一九五一年

轉應曲　題念遠詞

汪東（旭初）

悽斷。悽斷。滿目山河念遠。擘將鈿合瑶簪。地北還兼海南。南海。南海。中有驚鴻影在。

寄庵一九四二年

題《秋明長短句》

冒鶴亭

清言名理，絡繹奔赴。而中有奇采，如對列御寇，見其御風泠然善也。

疚齋冒廣生識一九五二年

題《秋明長短句》

汪東旭初

玉樓春

秀師喝斷蘇黄手，絶倒宗風參不透。從教香象渡恒河，何似黄鸝鳴翠柳。小山樂府新編就，書罷墨池翻汙袖。珠璣錯落韻琤瑽，金石豈能同此壽。

寄庵一九五二年

周作人文摘録

那時做新詩的人實在不少，但據我看來，容我不客氣地説，只有兩個人具有詩人的天分。一個是尹默，一個就是半農。尹默早就不做新詩了。把他的詩情移在别的形式上表現。一部《秋明集》裏的詩詞即是最好的證據。尹默覺得新興的口語與散文格調，不很能親密地與他的情調相合，於是轉了方向去運用文言，但他是駕御得住文言的，所以文言還是聽他的話。他的詩詞還是現代的新詩，他的外表之所以與普通的新詩稍有不同者，我想實在只是由於内含的氣分略有差異的緣故。

豈明《楊鞭集·序》　一九二六年五月三十日

胡適談新詩

……我所知道的新詩人，除了會稽周氏弟兄之外，大都是從舊式詩、詞、曲裏脱胎出來的。沈尹默君初作的新詩是從古樂府中化出來的。例如他的人力車夫（新青年四，一。）

日光淡淡，白雲悠悠，
風吹薄冰，河水不流。
出門去，雇人力車。街上行人，往來很多；車馬紛紛，不知幹些什麽。
人力車上人，個個穿棉衣，個個袖手坐，還覺風吹來，身上冷不過。
車夫單衣破，他卻汗珠兒顆顆往下墮。

稍讀古詩的人都能看出這首詩是得力於『孤兒行』一類的古樂府的。
新體詩中也有用舊體詩詞的音節方法來做的，最有功效的例是沈尹默的三弦：（《新青年》五，二。）

詩略

這首詩從見解意境上看來，都可算是新詩中一首最完全的詩。看他第二段『旁邊』以下一長句中，旁邊是雙聲；有一是雙聲；段，低，低，的，土，擋，彈，的，斷，盪，的，十一個都是雙聲。這十一個字都是『端透定』（D，T）的字，模寫三弦的聲響，又把『擋』『彈』『斷』『盪』四個陽聲的字和七個陰聲的雙聲字（段，低，低，的，土，的，的，）參錯夾用，更顯出三弦的抑揚頓挫。

汪東文摘録

詩詞初好陳簡齋，其後詩益恬適，味澹而永，五言上趣阮陶，殆與神合。倚聲則轉以珠玉、六一爲宗，賦物紓情，並歸沉厚。

《寄庵隨筆》一九四八年

喬大壯寄姚鵷雛函摘録

尹翁近詩頗多，並皆佳妙。即此韻亦有重和之作。

曾劬謹啟十四日（約一九四六年）

馬一浮寄劉百閔函摘録

自來以理語入詩最難，唯淵明能之，樸而彌雋。沈尹默先生五言風神標格，深得力於陶公。亦不刻意唯取其貌，是以爲高。

公純足下　一九四四年十二月三十日馬蠲叟

奉答沈尹默寄示雜詩二首

馬一浮

嗣宗詠懷作，千古稱高才。淵明唯飲酒，不爲晉宋哀。後賢擬百一，無乃非其儕。遊仙既冥漠，詠史亦蒿萊。達人各有會，所遇無嫌猜。攬君感寓篇，令我翳眼開。萬物自芸芸，天網信恢恢。卓立百世下，斯志不可回。子昂與太白，連袂翩然來。愧予擊壤謡，何以報瓊瑰。

詩人悟無常，復知物不遷。斯理或非謬，寧分儒與玄。老莊及山水，並以樂其天。辭岍豈不麗，支許辯亦賢。苟會無言宗，何必西來禪。迷行有歸路，希世無長年。但隨往化滅，孰知天地先。彌縫計已拙，戲論良可蠲。尚想出陰棹，終耕下潠田。仰觀不動雲，寄意長流川。

《蠲戲齋詩編年集》甲申下

長沙章先生桂游詞鈔序摘録

吴縣汪東寄生以詞雄於曹侣，顧寄生未得導余爲詞，余反强寄生氾濫於詩且二年。最近，寄生爲之言曰，吾詩逸不如尹默，放不如孤桐。行且自反求竟詞功爾。余忽驚其言，怦然若有所會。

辛巳八月章士釗（一九四一年）

夏瞿禪信函一件

尹默先生著席：陳君從周乞得

尊集頃已郵到，高揖馮、歐，俯視周、吴，曷勝

敬仰。俚詞一闋，聊申謝悃

並祈

哂政專此敬承

起居

晚學夏承燾上　四月十六日（一九六六年）

望江南　分詠近代詞家十二首之沈尹默

姚䳭雛

左列諸君子，彊老、鶴老、湛翁謹得奉手。彦通、陳君尚慳一面。其餘皆投分有素，切相期者，卅餘年來，存殁參半。懷人感逝，悽結彌襟。豈獨尋攬篇章懷味芳華而已。至於薄殖寡聞，甄搜苦隘，無關愛憎，大雅亮之。

秋明老，點筆發春妍。側帽紅樓微醉後，拖筇芳草短籬前。花氣淡於煙。沈尹默

後記

陳佳鳴

在中國近現代歷史人物中，沈尹默先生堪稱文化巨人。十年前，有朋友爲收藏一件沈尹默先生書法長卷《孫過庭書譜》徵求我的意見，我脱口而出的是：一部現代中國書法史，沈尹默是繞不過去的人物。其實，何嘗只是書法史？現代文學史也同樣繞不過沈先生去，以在陳獨秀創辦的，作爲新文化運動旗幟的《新青年》雜誌，和李大釗、魯迅、胡適、劉半農、錢玄同、周作人等一起，擔任編委，並在這本雜誌上發表了中國文學史第一篇散文詩《月夜》的地位，現代文學史焉能繞過這段史實？如果考量以《新青年》爲標誌的新文化運動對『五四運動』，對五四革命青年，對中國新民主主義革命所起的影響，即使在中國近代正史上，沈先生也自有相當的地位。這也是在上海解放後，沈尹默先生成爲陳毅在上海第一個拜訪的民主人士，並被聘爲第一届上海市人民政府委員會委員的原因之一吧，六零年，沈先生被聘任爲被比作現代『翰林院』的中央文史館副館長；又連續幾届任全國政協委員與人大代表，如此殊榮，絶非僅僅將先生作爲一位書法家來考量的。作爲蔡元培時期與當時的民國頂級學術名流同爲北大教授，又接任聲名顯赫的『民國四老』之一的李石曾爲北平大學校長，再任中法大學校董兼教授，後再任江蘇省教育廳廳長的沈先生，在中國現代教育史上，也應有一席之地。所以，沈尹默先生在一部中國現代史上，真可當的起『國士』之譽矣。

然而，由於衆所周知的原因，絶大多數國人只是因爲書法才知道沈尹默。一九六六年，我讀小學一年級，那時就知道，有一個人寫的大字報，因爲字太好，一到夜裏就被偷偷拿掉，這個寫字的人，就是沈先生。『名下無虚士』，沈先生的書法，在民國時，就與于右任齊名，並稱爲『南沈北于』。一九二一年，沈先生爲蔣介石之母王太夫人書寫墓誌銘，可説風頭之健，一時無匹。目光如炬的大鑒賞家、書畫家謝稚柳先生曾説：數百年來，書家林立，蓋無人出其右者。大書家陸維釗先生説：沈書之境界、趣味、筆法，寫到宋代，一般人只能上追清代，寫到明代，已爲數不多。可見其書法的高度。而且難能可貴的是，沈先生還是一位書法理論大家，他的特出貢獻，在於從古代典籍中鉤沉稽古，發微抉隱，把古人深自珍秘，艱澀難解的書法奥密，結合自己的實踐，用淺顯樸實的語言，詳加整理闡述，撰寫了《歷代名家書法經驗談輯要闡義》《二王法書管窺》等許多書法理論著作。這與沈先生在六十年代初與郭紹虞、潘伯鷹等先生發起成立上海中國書法篆刻研究會以及在上海市青年宫舉辦書法講習等活動一起，掀開了新中國書法復興的序幕，並且對當代中國書法的發展，影響巨大。

但據沈尹默之孫沈長慶先生説，沈老自認其一生成就，『當以詩爲第一，詞次之，書法最下。世人不察，譽我之書法，實愧矣哉！』（《沈尹默年譜·序》）沈先生這樣自評，當然有其内在邏輯。然所謂『世人』，當僅指其晚年時，沈先生寓居上海後，尤其是那段特殊時期。因爲沈先生早期其實是以詩著稱的，狂傲如陳獨秀，在劉季平家見到其寫的詩，第二天就徑直找到沈家，稱其詩做得很好。雖然後面是快人快語的批評了沈先生的字『其俗在骨』，然而可以想見，陳獨秀主動上門結交沈尹默，一定是極欣賞其詩才，而不會是因其字寫的不好吧。後來，在陳獨秀主編的《新青年》雜誌裏，沈尹默發表了《月夜》、《三弦》等十八首新詩，儼然成了新詩的旗手，也足以佐證陳獨秀對沈先生詩才的推崇。與沈先生同時代許多文化名人也都曾盛譽其詩歌成就。如周作人評論新詩時説：『那時做新詩的人……只有兩個人具有詩人的天分，一個是尹默，一個就是半農。』；錢玄同談及沈詩時認爲『他對於舊詩是有詣極深造的』；馬一浮贊沈先生的五言詩『風神標格，深得力於陶公，有淵明詩樸而彌雋』的氣象。而沈尹默先生在北大所開的講席，也是講詩的。如是種種，足見其詩歌成就在民國時期，在現當代文學史上的重要地位。中國是詩的國度，孔夫子編定《詩經》以教化生民，稱爲『詩教』；唐代以詩取士，這在世界各國各民族中，是獨有的。在中國古代的士大夫乃至以後的文人心目中，詩絶不僅僅是一種文學藝術，而是近乎宗教的精神追求。成爲一位詩人，幾乎是所有文人都有的夢想。沈尹默先生想必亦是以詩爲『名山事業』的，一生吟哦詠歎，琢磨推敲，詩作逾萬。然沈先生書名太盛，以至於在後來詩名爲之所掩，無奈之下，遂有『世人不察』之歎。

而就是這樣一位以詩爲一生追求的大詩人，在那場浩劫中，年逾八旬的老人卻親手將多年累積的手書詩稿，浸泡在水中化爲紙漿……

究竟有多少佳構力作成廣陵絶響，没有確切的記録。可以確定的卻是，這位中國近現代重要詩人的詩作已無完璧。

沉痛之餘，作爲沈先生的入室弟子，戴自中先生從此將搜尋先生的佚詩作爲後半生的目標。此册《詩詞集》的編輯時間，歷時三十餘年，應該算得上不多見的記録了。三十餘年間，戴老師從圖書館的陳年舊報間，以沈先生流傳世間的書法作品上，從沈先生詩友的唱和作品中，搜求追索，尋蹤覓跡。每有所獲，戴老師欣喜不已，如本書戴老師所撰《分卷説明》載：『近見周金冠之《沈尹默佚詩》，有匏瓜庵小令，十三首爲予所無，喜極，因亟録之。』但更多的卻是空無所獲，如戴老師記著早年曾見過著名女畫家周煉霞的一幅《貴妃上馬圖》，上有沈先生所題的《水調歌頭》。一次周煉霞來探望師母褚保權，戴老師詢問此事，周告文革中被造反派抄家抄去，下落不明了。戴老師在《分卷説明》中亦有記，歎曰：『廼憾事也。』

戴自中先生從十六歲隨沈先生學書始，隨侍沈先生左右凡十三載。沈先生逝世後，又繼以參與沈尹默故居的整理、展覽、管理工作，搜集、研究、編輯沈先生詩詞集。可以説，雖然戴老師自身在書法、詩詞、國學各領域亦建樹頗多，但總其一生，在學習、研究、弘揚沈尹默先生的書法、詩詞、道德學問上化了絶大的精力，譽其爲沈尹默研究的權威，是實至名歸、當之無愧的。此册《沈尹默詩詞集》的成書，即是明證。

可惜的是，戴自忠先生未能於生前目睹此書的正式出版，終爲憾事。

海上沈尹默法書收藏家羅錦偉先生，於戴老師生前，爲請教關於沈先生書法、以及生平事蹟的學術問題而常登門拜訪，故熟知本書的來龍去脈。羅兄的收藏中，有數套計幾百首沈先生的手書詩稿，如沈先生寫給諸保權女史的情詞《春蠶詞》就有完整書稿。因而曾嘗試在所藏詩稿中搜尋是否有戴老師未見之佚詩，然竟至一無所獲。可見戴老師搜集功夫之深，錦偉兄亦唯有感慨系之矣。

羅錦偉先生的祖父羅燧麟公（一九一〇—二〇〇九）乃晚清民國間大學問家羅振玉之姪，畢業於南京中央大學新聞系，也是一位飽學之士。解放前曾任國民黨黨報《中央日報》國内新聞版總編輯，後又任《新聞日報》總編輯。抗戰勝利後，燧麟公自重慶至上海定居，所購住宅與沈尹默先生住所當時都屬狄思威路，相距幾分鐘的距離，兩公本屬舊交，遂時相過從。一日偶然聊到沈先生齋號「秋明室」出處，沈先生告之曰：爲愛唐代大詩人王維五言律詩《泛前陂》首句「秋空自明迥」之意境，因以「秋明室」額其居也。即書此詩持贈燧麟公，書作現爲錦偉兄保存至今。此事學術界頗多猜測，錦偉兄於是專門撰文闡明之。以此推之，羅、沈兩家其實也算得世交，而戴自中先生與錦偉兄又續一段亦師亦友的因緣。更值一述的是，由這段因緣，又生發出一個意義更大的事件。錦偉兄的朋友兼事業上的合作夥伴，雲豐産業發展集團總裁董彬先生，本就自幼習練書法，富有藝術情懷，一段時間來，與錦偉兄一起，觀摩沈尹默法書，經常拜訪戴自中先生，由此對沈先生詩詞書法的藝術成就、歷史地位有了深刻的認識，同時十分欽佩戴老師的書法與學識，遂成戴老師真正的關門弟子。爲了繼續研究發揚沈先生文學與藝術遺澤，董氏雲豐集團更是慨然出資，建立震艮文化藝術館，以成列沈尹默先生的書法作品及相關文獻爲主，同時設立戴自中紀念室。可以想見，作爲沈尹默先生晚年定居至逝世，並掀開現代中國書法史上極爲重要一頁的上海，現在又多了一個紀念、展示、研究沈先生詩詞、書法藝術的活動平臺，對於繼承發揚沈先生的文化成就，一定會發揮深遠的意義。因此，現在由董彬先生、錦偉兄來完成戴老師的遺願，落實是册《詩詞集》的付梓，倒確是水到渠成，順理成章的了。

錦偉、董彬兩兄囑我爲沈先生這册詩詞集寫點文字，當時是秉著願爲玉成這件美事而作點貢獻的一股豪氣應承了，而真到了下筆的時候，心中卻是有些忐忑的。一則是人微言輕，雖是滿懷對沈先生的崇敬之心和對戴自中先生的感佩，但我的文字在增光添彩的意義上，肯定是起不了什麽作用的。二則雖然作爲曾經的文學青年，對於詩詞一道，亦一度癡迷，然而通讀了沈先生的這近一千七百余首詩詞，卻哪裏還有談詩論詞的膽量？

然轉念又想，沈先生的學問成就及一生事跡，那已然是一種歷史存在，在沈先生而言，定謂『知我罪我，其唯春秋』。就目下而言，真要找一位所謂『够資格』對沈先生一生成就作評價的，一時間真還想不起來。既如此，由一位沈先生的崇拜者，後學晚進如我輩，寫一篇學習心得，倒也没有什麽不適當的。

其實，寫一篇文字，重要的並不是有多少闊論高見，最服人的是真實，最感人的是真心。而本書的付梓面世，也正是緣於戴自中先生、羅錦偉兄、董彬先生出於對沈尹默先生的一片真心，以及其他在戴老師搜尋佚詩過程中，錦偉、董彬諸位落實出版過程中，朋友們的真誠幫助下得以完成的。如本世紀初，張充和先生就曾對這本詩詞集進行了首次審校，並題寫了《秋明詩詞集》的書名；這次出版，又請華東師範大學中文系教授韓立平先生進行了再次審校；出版社的楊柏偉先生、章玲雲女士更是做了大量編輯工作；耿忠平先生又寫了關於錦偉、董彬兩兄與本書淵源的文章。把這些我所知道的真實緣由，記録於文字，也算不負所托了吧？

與錦偉兄就本文内容探討時，錦偉兄忽然感嘆道：『本書出版日期應該在十二月頭上，正好是戴自中先生過世三週年。』這倒是没有預先計劃好的，可見冥冥之中，自有機緣天數。戴自中先生在這部書上花了半世心血，在其辭世三週年紀念日，本書出版，應可告慰戴先生了。

海上後學陳佳鳴撰於抱膝廬

二〇二三年八月二日

附録

懷念我的表兄戴自中先生

吴 曙

我的表兄戴自中先生已經過世兩年了……可是，隨着時間的流逝，我對他的懷念，非但没有消淡，反而與日俱增。平時在我作畫之餘，經常翻閲其遺作更增無限思念。

其實，真正從心裏認可表兄子元（戴自中的字）的才華還是在我五歲那年。一九六〇年我五歲，外婆（洪景漪，寧波人，民國著名女畫家、攝影家）從重慶返回上海，曾帶着年幼的我去海倫路五〇四號沈尹默的家，拜見了名望卓著的大書法家沈尹默爺爺和他夫人褚保權婆婆，這才知道原來我所熟悉的表哥子元竟然是他們的學生和入室弟子，我就此對我的表哥心生敬意。還記得我小時候非常貪玩，特别是逢年過節的時候，寧波人總有習慣送點自家做的糕點給親戚朋友。我則被安排在每個佳日把長輩做的糕點送往戴自中表哥家。有次在我送糕點去的時候，見到子元表哥和大伯父（戴父）父子倆正趴在書桌上辛苦練字。我記得當時天很熱，他們倆只穿着背心，摇着扇子，汗流浹背地在努力臨帖……這樣刻苦練字的場面至今恍如眼前。而當時年幼的我實在是無法理解他們爲何這樣專注地練習書法，這樣有多累啊！我的子元表哥就是這樣數十年如一日地堅持練習書法。他這種持之以恒的精神告訴我如果想要做成一件事，是真的需要付出極大的精力乃至整個生命的。他們父子

楊寶英（戴自中夫人）、戴自中、吴曙（從左起）

倆那種鍥而不捨的學習精神，深深地影響着我，感染着我，令我敬畏，不敢懈怠。也讓我理解到什麼是頑强的人生，什麼是藝術的追求。

我的外婆洪景漪曾經説過，當年他們在北京和重慶生活，曾目睹好友沈尹默老先生在物質條件非常艱苦的情況下，遍臨『二王』、褚遂良及趙孟頫等諸家墨迹，特别是對晋唐法帖用功尤深，融會貫通後，形成了一種清勁雅健的特有風格。

我的表哥戴自中投入沈尹默先生的門下，並跟隨沈尹默先生學習了十三個年頭；在沈尹默先生的點撥下，我的表哥不管是詩詞還是書法，都上了一個新的臺階，有了更高的境界。我的表哥戴自中在老師沈尹默先生的指導下，從古人書法中汲取營養，並堅持以『認真』二字對古帖勤學苦練，又在不斷創作中逐漸形成了一套自己的書法實踐體系。從表哥後期的書法作品來看，在唐楷或者行草中加入沈尹默先生的筆墨韵味，這使得他的書寫有了自己的獨特風格。腕力尤其見功夫，遲澀遞鋒也成爲其作品中的主要節奏。不温不火，内裹却厚重雄强。表哥戴自中先生的書法也就不僅僅擁有帖學書法的精巧靈活，也不僅僅是如魏碑書法的直率瀟灑，而是拙樸與自然相合併不逾規矩。

子元哥在一九五八年有幸成爲沈尹默先生的入室弟子。沈老先生無論學識、人品、書法修養都吸引我表哥戴自中終身追隨和仰慕，特别是在『文革』的日子裏，每星期天他依舊一早就從市中心的十六鋪趕到海倫路沈宅，風雨無阻，一直到晚飯後才回家。這樣一直堅持到一九七一年六月一日，沈尹默先生過世。

表哥戴自中生前每次和我聊天的時候，都會説起在沈尹默老師那裏研習書法中的點點滴滴，並每每感慨萬千。也正是由於沈尹默先生的諄諄教導和耳提面命，我的表哥戴自中先生才能從一個原本對書法充滿興趣的懵懂少年，逐步成長爲一個有一定造詣的書法家。

人的生命有限，但藝術的精神永恒……一代又一代的前輩們在這條艱難的藝術道路上勤奮探索，這也將成爲我們前進的動力，並鼓勵我們砥礪奮進，勇攀不息。

在此衷心感激董彬先生和羅錦偉先生的熱情支持，使得表哥戴自中以畢生心血編輯整理的《秋明詩詞集》得以出版，彌足珍貴。

寫於癸卯秋月

道不盡的師生濃情

耿忠平

由於我鍾情中國傳統書畫藝術，故而對同好者有天生的好感。今年春，在朋友的聚會上，認識了滬上沈尹默作品和文獻收藏家羅錦偉先生。幾次聊天，他的收藏故事令我興趣大增，從而成就了這篇拙文。

羅錦偉是一個低調的人，他常說：我不是圈内人，進入收藏純屬偶然。言語間流露出一種既來之則安之的平和心緒。原來，他的那些有關沈尹默的收藏主要是來自於他的祖父和戴自中先生的贈與。他的祖父羅燧麟先生，一九一〇年出生於浙江海寧一個書香門第。早年畢業於南京中央大學新聞係，曾擔任國民黨黨報《中央日報》國内新聞版編輯、總編輯；一九四五年起擔任《新聞日報》的總編輯。新中國成立後，被重新分配到中國工商銀行上海市分行工作。一九六二年因病退休，『文革』中倍受衝擊，以讀書打發日子。由於當時羅宅和沈宅坐落在狄思威路（現上海溧陽路）的兩側，閒暇時，羅老常散步至鄰近的至交沈尹默家中喝茶；而每每聊到開心處，沈老常以書作相贈，如各種詩詞文鈔，大大小小的作品等等，不一而足。特別是在『文革』時期，沈老受到無端衝擊，身心十分痛苦；而老友的每次偷偷來訪，也給沈老帶來了無比的寬慰。一九六六年初，沈尹默因腸梗阻開刀康復後，心情十分愉悦，連着寫了兩張八尺整紙内容相同的『毛澤東詩詞七首』行草巨製，準備送給兒孫輩留做紀念。怎奈，當時造反派已經在到處抄家，人人自危，相關的作品都不敢要。一日，羅老到訪，沈老聊起此事無奈摇頭，於是羅老要了相對較差的那一件回家。二〇〇九年羅老去逝前，將歷年來的沈尹默作品都遺贈給了長孫羅錦偉。

羅錦偉説，在二〇〇九年收到這批作品時，雖然工作繁忙，但面對祖父留下的記憶，還是花了一年多時間進行了整理和修復，之後由於當時對書法藝術並不感興趣，所以决定把這些藏品賣掉。於是選擇了中國知名拍賣公司保利，二〇一二年的春天，這批藏品被送進了北京保利拍賣公司。保利印了圖録，並答應先辦展然後再拍賣（這就是二〇一三年保利公司『秋明室故紙』展覽的源頭）。就在此時，羅錦偉忽然萌生了一種依依不舍的感覺，急切地想瞭解沈尹默的過往。於是，在某個周二的下午（當時沈尹默故居紀念館只有每周二下午才開放）他來到了海倫路，推開了沈尹默故居紀念館的大門。羅錦偉回憶説，當時他清楚地記得，去的那次故居展廳内漆黑一團，便嚷了幾聲，於是一位慈眉善目的老人聞聲從樓上走下來。她説，在故居的開放日，上級文管部門會派一個管理員來協助開放管理，由於實在没有人來參觀，這個孕婦管理員下午就在展廳中架了個小床休息，所以展廳也就黑燈瞎火了……羅錦偉聽後感到十分失落，這與心中的神聖之地好像實在難以關聯。説話的這個老人就是沈尹默夫人褚保權的侄女褚家璣——沈尹默故居紀念館的館長。當知道羅錦偉的來意後，她就相約上樓聊天……之後，他就常去故居看望褚家璣老師。通過聊天、看書、查文獻資料，模糊的沈尹默形象也就逐漸清晰了起來。

沈尹默，原名君默，字中，號秋明、匏瓜、聞湖蘧廬生，别號鬼谷子。祖籍浙江吴興竹墩村。一八六六年，沈尹默的祖父沈際清和父親沈祖頤隨左宗棠到陝西，並二代爲官，在興安府漢陰廳（今陝西省安康市漢陰縣）定居生活。沈尹默出生於一八八三年，早年留學日本，直到一九〇七年才第一次携家回歸湖州故里。

沈尹默以書法名聞天下，研究當代書法史，他是一座巍峨的豐碑，是一位繞不過去的大師。他的書法以楷書、行書見長，書作清俊圓潤，勁健秀逸。在民國書壇就有『南沈北于（右任）』之譽。曾任文化部副部長的徐平羽稱贊沈尹默的書法藝術成就『超越元、明、清，直入宋四家而無愧』。謝稚柳認爲沈尹默之書法：『數百年來，書家林立，蓋無人出其右者。』沈尹默著有《書法藝術的時代精神》《二王法書管窺》和青年朋友們談書法》《秋明室雜詩》《沈尹默書法集》等。他以『二王』體系爲本體，從技法實踐到書學理論探索，化古開今，建立了獨特的書法體系，對現代書法研究、書法教育、書法普及做出了重大貢獻。

除書法家外，沈尹默還有多種身份，如學者、教育家、思想家。他先後執教於杭州浙江高等學堂、北京大學、北京女子師範大學，歷任北平大學校長、河北省教育廳廳長等。與陳獨秀、李大釗、魯迅、胡適等同爲《新青年》編輯，是『五四』新文化運動的先驅。新中國成立後，歷任中央文史館副館長、上海市人民政府委員會委員、上海市文聯副主席、上海市書法篆刻研究會主任。

從中國現代文學史來看，沈尹默還是一位彪炳史册的詩人。早年，他順應歷史發展潮流，高舉文學革命的大旗，積極推動以提倡白話文爲標誌的新文化運動。在劉半農的《初期白話詩稿》中，收録有魯迅、胡適、沈尹默、劉半農等人的白話詩，其中以沈尹默的詩爲最多。如他的代表作《三弦》《月夜》《人力車夫》等，在當時一直爲人傳誦，可見其影響力之大。胡適在《談新詩》中評論當時有影響的白話詩人康白情、俞平伯、周作人等的作品時，他對沈尹默的新詩評價最高，也是最恰如其分的。

其實，作爲北京大學中文系教授的沈尹默，五歲時啓蒙學詩詞，有着極爲深厚的古典文學修養，在詩詞創作上也有很深的造詣，他一生筆耕不輟，創作了體量龐大的舊體詩詞。如一九二五年一月《秋明集》上下册，由北京書局印行，這是沈尹默最早的詩詞著作。在當時的詩壇，他以『清雋、飄逸、婉約』的風格聞名於世。一九四六年重慶印行《念遠詞》《松壑詞》兩種詞集。新中國成立後，一九八三年和一九八四年出版《沈尹默詩詞集》《沈尹默小楷》和《沈尹默手書詞稿四種》。詩詞創作是沈尹默一生的自豪，他曾説：『我無字不入詩，爲詩壇之公認。平心而論，我之成就當以詩爲第一，詞次之，書法最下。世人不察，譽我之書法，實愧哉矣！』

經過多次與褚家璣的接觸，身爲清華大學碩士高材生的羅錦偉，雖然對沈尹默的藝術成就和地位已有所瞭解，但根據手上的部分文獻資料進行對比，仍有許多不解的謎團需要解惑。爲此，在二〇一二年下半年的某一天，在拜訪褚老師時，褚老師特地請來了與羅錦偉祖父相識的沈尹默入室弟子戴自中先生。自此，進一步深入研究的想法便有了新的通道。於是，羅錦偉也就第一次走進了戴自中的『隨緣草堂』。

戴自中家在浦東耀華路的一幢大樓内，他一家三口住在二樓，爲了静心創作，便又在八樓租了一間做工作室，後又搬到了十二樓。工作室不大，除了一張大書桌用於書寫創作外，就是塞滿了書的書櫃，墻上掛着戴自中書寫的『隨緣草堂』鏡框。就在這逼仄的空間裏，戴自中沉浸其中，或書寫，或讀書，或整理資料，或接待來訪者……

在如此的環境中，羅錦偉向戴自中老師提出學習書法的請求，每月上課一次。戴老師欣然同意，就這樣直到二〇二一年戴自中先生因病去世爲止。

羅錦偉告訴我，戴老師教學是從臨習《智永行草千字文》開始的，他起初一度堅持每天抽空臨帖，在每次見面授課時，戴老師總是講得很耐心，並在羅錦偉帶來的臨帖作業上圈圈點點仔細批改，指出不足和改進的方法。怎奈他似乎總是進步不明顯，並爲此很是忐忑不安。後來，因爲事務纏身，又實在抽不出時間臨帖，也不想累着老師，雖仍然每月去『隨緣草堂』看望老師，但主要是瞭解圍繞關於沈尹默的各種軼事，以及戴老師與沈尹默之間的師徒故事。羅錦偉告訴我，他藏有一個沈尹默《論書詩卷》，曾不解其中的『曾家兩童生馬駒』爲何意？戴老師看後脱口而出道：『這「曾家」就是曾克耑，也叫曾履川，沈老在很多詩詞裏都寫到他，如「勸履川學書」就是這個典故。』聊得興起，戴老師經常是引經據典，或隨手從身邊的書堆中取出相對應的資料來講解。還有很多沈老的舊聞，比如范韌庵的火腿事件，沈尹默如何在上海古籍書店托王壯弘淘碑帖的，還有他和胡問遂之間的往事……戴老師講着一口『石骨鐵硬』的寧波話，羅錦偉雖然勉强都能聽懂，但如果講到某個具體人名時，也都會先寫在紙上，然後讓戴老師確認。羅錦偉説對於他的執拗，戴老師也是十分耐心和認可的。

出生於一九四二年的戴自中，家學淵源，自小便喜歡書法。一次，他無意中看到了沈尹默的字，仰慕之心油然而生。一九五八年他又在一本雜誌上讀到沈尹默寫的《書法論》，茅塞爲之頓開，於是給雜誌社去信，談了讀後感，並附上了自己的習作。孰料，幾天後就收到沈尹默弟子、書法家拱德鄰的回信，説是受沈先生的委托，邀請他到沈先生家去聽課。於是，十七歲的戴自中，第一次走進海倫路五〇四號的大門，繼而成爲了沈尹默的弟子。

在沈尹默的諄諄教導下，戴自中刻苦練習，不僅逐漸掌握了擫、押、鈎、格、抵『執筆五字法』，還養成了懸腕書寫的良好習慣。他先尊師命以臨趙孟頫的《三門記》爲主，兩三個月後，先生看了臨作，認爲戴性格與帖不符，遂改臨褚遂良的《伊闕佛碑》，並開列了十餘張學書法提綱，讓其仔細揣摩和研習。進而又習《張黑女碑》和智永、陸柬之諸帖，用功尤深，書藝大增。他的書法以行楷見長，運筆嚴謹精緻，結體遒勁密麗，氣象神閑端朗，深得秋明書藝之風範，他是中國書法篆刻研究會（即如今上海書法家協會）最早的會員之一。

在上海的書法界，戴自中是公認的『沈尹默傳人』。因爲他不僅傳承了老師的藝脈，更重要的，他還繼承了老師善作舊體詩詞、精通國學和寫作的文脈。他編輯了《秋明詩詞集》並撰説明文字、《沈尹默傳略》《沈尹默先生年譜簡編》等重要的歷史文獻，并發表了《沈尹默小草千字文後記》《著名女書家褚保權》等數十篇文章。二〇〇九年七月在上海豫園商城華寶樓舉辦的『戴自中書法及藏品展』中，有不少作品是他的自作詩，其淵博的學識由此可見一斑。

戴自中爲人忠厚，做事踏實，拜沈老爲師後，每周都要到沈尹默老師家三四次，除了研習書法、詩文外，還經常幫老師研墨，或幫着做些雜事，深得老師一家的信任。多年來，在老師和師母的引薦下，戴自中有緣問學於程千帆、沈祖棻。他與胡問遂、謝稚柳、蔣維崧、施蟄存、王静芝、馬巽伯、顧易生、沈邁士、陳佩秋、吴湖帆、張充和、任政等名家皆有翰墨往來，洋洋灑灑，蔚爲大觀。這又從另一個側面，見證了戴自中的人品。

一九七一年沈尹默去世後，戴自中依然照顧師母褚保權，並幫着做事，做到了盡心盡力。而師母和師兄褚家立更視戴自中爲自家人，如師母在日記中有當年爲他介紹女朋友的記載，十分温馨。一九九一年師母褚保權去世，他參與沈尹默故居的籌備工作，二〇〇七年沈尹默故居紀念館成立後，他被聘爲永久顧問。

在與戴自中的多年接觸後，羅錦偉對沈尹默的認知也有了一個質的飛躍，決心盡己所能，致力於收集和收藏沈尹默的相關史料和物品，仰慕之情溢於言表。爲此，戴自中特題寫多幅『慕秋室』相贈，以彰心緒。

羅錦偉的愛好也深深地影響了他的好朋友、事業合作伙伴董彬。與别的企業家不同，董彬自幼十分喜愛書法藝術，平時有空就鋪紙揮毫，以此調養身心。他還曾多次隨羅錦偉去戴老師家中請教書法技藝，頗有心得，與戴老師一直保持着亦師亦友的交情。他同時也是一位富有戰略眼光的企業家，認爲良好的文化氛圍是企業的精神力量，只有如此，企業才能有長久發展的動力。於是，他決定斥巨資，建立八百平方米的『震艮藝術館』，用於專題陳列沈尹默書法作品和文獻資料，以此來打造一個真正的海派文化品牌，提昇企業競争力。特别是當年羅錦偉送到保利的這批拍品，由於某些原因而止拍，正是這場陰差陽錯的耽擱，爲進一步豐富藝術館的展品奠定了厚實的基礎。

戴自中身體較爲羸弱，心臟也曾安過支架，當聽到要建藝術館這個喜訊後，仍抱病題寫了『沈尹默紀念館』『百年巨匠沈尹默』等多件條幅，並對羅錦偉説，這些或許將來用得到。在羅錦偉得到相關題字的兩個月後，二〇二〇年十月十二日，羅錦偉去看望病中的戴自中老師，此時他已病得形銷骨立，木訥地坐着，讓人非常心痛。羅錦偉寬慰他説，等老師病好了，我開車再帶老師出去走走，陪你去漢陰……他没有接話，若有所思地説，我給你寫幾個字吧！他拿了一本剛出版的《沈尹默文獻》，介紹了一番後，又顫顫巍巍地在扉頁上題了贈款。他寫得很慢，很吃力，字也没有了之前的緊致，章也鈐倒了。他抱歉地看着，羅錦偉則拿過印章在旁邊又補鈐了一個。

羅錦偉回憶道：『當天，戴老師説：「三十年來，我一直在不遺餘力地收集沈尹默老師的詩詞作品，《秋明詩詞集》也已經結集成册，但還没有出版。」我聽後馬上答道，如有需要我幫您出版。他看着我説：「那我給你一個拷貝吧！」分别時，我留下了一個空白U盤。不料兩個月後，我參加了戴自中老師的追悼會。此後，我一度十分悲痛，難以釋懷，戴老師一生追隨沈尹默先生，把整理老師的著作，作爲他一生的事業和精神寄託，却唯獨没有了他自己。後來，在規劃震艮藝術館設計時，董彬和我決定開設一間「戴自中紀念室」，以此紀念戴老師的教誨。戴師母楊寶英知道後説，戴自中一生没有住過這麽好的地方啊！』

二〇二二年六月初的一天，羅錦偉在辦公室突然想要去探望一下戴師母。他馬上開車去到戴老師家，只見房間内堆滿了書籍和雜物，堆得已經高過了人頭，而戴師母正在整理東西。一問才知道，原來已經退還了租借的工作室，把許多書籍雜物都搬到了家裏，足足占了一個房間，給日常生活造成了非常不便。戴師母并且表示，已請物業讓收廢品的人來看過，明天打包就要全部拿走。羅錦偉一驚，立刻與師母商量達成共識，請求師母把這些藏書及雜物全部贈送給自己留作紀念。臨别時，羅錦偉並從師母手中接過了戴老師的《秋明詩詞集》U盤，和一份授權代爲出版的文字委托書。

坐在羅錦偉爲了這些書籍專設的書房内，我説，如遲一天或許一切都改變了。羅錦偉笑答，這是天意，老師送我這些書，再過幾年我退休了，就可以和戴老師一樣埋首讀書了。

前幾天，羅錦偉發來《秋明詩詞集》電子文件，告之準備出版，以了却戴自中老師的心願，並命我寫此文，以記録一段真實的師生情緣。於是，我把此文件轉給了出版人楊柏偉，他見後連連稱好，立刻列入出版計劃中。

沈尹默曾説自己創作的『詩逾萬，無法搜齊。詞可能比較容易些』。的確，他一生西安、杭州、北京、重慶、上海四處奔波，所作詩詞文稿除在報刊上發表的外，一部分未刊或唱和贈送朋友而流失。特别是在『文革』中，『先生一生心血，數十本文稿，一夜間化爲塵灰』。爲此，沈尹默去世後，其家人在家中舉行了一個小型的追思會，戴自中參加完回家後，寫了兩首悼念詩，立志將以『吾計搜遺篇』作爲自己今後的人生目標。

從此，戴自中把所有的業餘時間，留在了各種報刊出版物、書法展覽、老師的故紙堆裏、朋好之中，處處留意鈔録，哪怕是一首兩首，都不遺漏。功夫不負有心人，二〇〇五年此集已成，他在後記中寫道，『經過三十年努力，共輯得詩一千二百四十八首，詞、曲四百五十九首，新體詩上下兩卷。自信到目前爲止，這個集子是較爲全面。當然離原稿數量，差距甚大。』但由於各種原因，此著無緣問世。二〇一五年，他在後記中又補寫道：『所可惜的是，三位題籤之老人一個也不在世了，不能見到本書出版，甚爲惋惜。』

的確，在這幾十年中，不僅『已過耄年的美國華人張充和女士審稿鑒別真僞，並書寫封面題簽，謝稚柳先生、蔣維崧先生爲扉頁題簽，使本集增色』的三位長者，還有許多大力鼎助的師友，如胡問遂、翁闓運、費聲騫等都已謝世。『而了却弟子對先師多年栽培虔誠之心願』，成了戴自中未了的心病。

從某種意義上來説，羅錦偉是沈尹默的再傳弟子。如今，由他來完成戴自中老師的心願，實在是功莫大焉的善舉，也是告慰老師在天之靈的最好方式。

作爲本書最早的讀者之一，我謹以此文，向戴自中致敬！向羅錦偉敬禮！

二〇二三年七月十五日揮汗平順堂窗下

二〇二三年八月二日再改

董彬的藝術情懷

耿忠平

董彬，滬上一位成功的企業家。他們董氏三兄弟經過二十多年的辛勤耕耘和拼搏，使一家名不見經傳的小型運輸公司，華麗變身成爲一家集倉儲、運輸於一身的大型物流企業，躋身上海同行業的前三名。但這些並不是我所關注的重點，而作爲企業主要管理者、總裁董彬身上的那一腔藝術情懷，才是我興趣的聚焦點。知道董彬的大名，緣起於他的合伙人、沈尹默作品及文獻收藏家羅錦偉的介紹。書法是董彬從小的摯愛，無論在什麼情況下，都没有放棄過對書法的追求。羅錦偉還曾把董彬介紹給書法家戴自中，討教筆墨的秘籍，技藝大增。因爲崇拜沈尹默的書法藝術成就，他不惜以重金拍回了沈尹默的作品《宋人法書》四册。爲了更好地營造企業文化氛圍，他創辦企業報、書畫院、辦展覽，又斥巨資建立震艮文化藝術館等等。

後來，我得到了一本由董彬簽名贈送的《看雲起——雲豐産業發展集團紀實》的專著，通過作者潘大明厚達五百頁的圖文介紹，使我對董彬有了一個基本的認識。某日，羅錦偉發來信息説，董彬總出差回來了想約我聊天，並參觀一下公司的總部。那是癸卯大暑後的一個炎熱下午，走出地鐵高橋西路站，拐進公司大門，滿目皆是堆叠起的集裝箱和成排的倉庫，羅錦偉在辦公樓電梯口迎候我，他説，推窗看去，目光所及的都是我們的自有場地。在通往董彬辦公室的過道中，看見墻上掛着不少字畫，仿佛走進了某個書畫展廳，感受到了濃濃的藝術氣息。羅錦偉介紹説，這其中有部分書法作品就是董彬總的手筆。

走進董彬寬敞的辦公室，我們隔着大茶桌相對而坐，喝着茶聽他聊昔日的故事。董彬的老家在安徽天長農村，父親是村支書，母親勤勞善良，是一個父嚴母慈的傳統家庭，過着清苦而温馨的生活。董彬出生於一九七一年，他是長子，還有兩個弟弟，雖然在上海打拼了二十多年，普通話仍然隱含着安徽的鄉音。

董彬告訴我，與同齡孩子不同，他從小喜歡和比自己年長的人一起玩耍，這樣能學到不少東西。他家隔壁住着一户何姓人家，由於是地主成分，在村裏不受待見。但少年董彬却不管這些，管老人叫何爺爺，老往他家跑，因爲何爺爺家有好多好多的藏書，這在農村是極其罕見的。同時，何爺爺也還寫得一手好毛筆字。每到過年時節，同村人就請他寫春聯，小董彬看着這一切，内心充滿了欽佩。也因爲時常去看何爺爺寫字，讓老人心生喜歡，平時除了手把手地教小董彬寫毛筆字，有時還給他講文學、歷史、詩歌，或是做人的道理。

在《看雲起》書中，董彬這樣回憶道：『在天長，何爺爺的文學、書法等方面的造詣都是一流的。他在生命的最後那幾年，時常把我叫過去，讓我把寫的字給他看。他告訴我，寫字一定要有自己的特點，心裏能想到、手裏就要能做到。這不是單純依靠别人的教導和指點可以達到的境界，需要自己的歷練，不然是達不到書法要求的，也只能停留在一個寫字匠的水平上。他的眼光很高，對我期望也很高。』

學書法、好讀書、勤思考，伴隨着董彬從少年成長爲青年。初中畢業後，雖然考上了高中，但孝順的他聽從了父親的話去上班了。也是因爲寫着一手漂亮的毛筆字，他又成爲了鎮派出所的協警，專司各種報警、調解等事務筆録，還要協助派出所所長寫年終報告。這樣一干就是六年，爲他日後做企業管理工作奠定了基礎。他説：『如果没有何爺爺，可能也就没有今天的我了。』感激之情溢於言表。

二十世紀九十年代中期，董彬的弟弟董雲、董平先後來到上海，先是打工，憑着勤奮和對商機的靈敏，開創了他們自己的企業。不久，董彬也來到上海幫忙，至此，三兄弟開始各司其職、齊心協力經營着自己的企業。

我知道，所謂學歷，只是個人學習階段的證明，並不代表他所擁有的智慧，但讀書却是獲得智慧的捷徑。多年來，不斷地讀書求知一直是董彬的頭等大事。他既喜歡讀文史哲的經典，也愛看各種雜書，更樂意接受系統的專業學習。他先後就讀於上海交通大學海外管理學院和華中師範大學網絡教育學院，從現代物流供應鏈管理、工商管理，到書畫藝術品鑒賞以及國學，這些知識被他在實踐中巧妙地化作企業管理的財富和智慧，以及滋養人生的源泉。他説，知識只有活學活用，用好了，才是你自己的。

董彬很健談，因爲知道我此行的目的，交談自然是圍繞書法和藝術展開的。他對歷代書法名家名作，如數家珍，同時又有着自己的偏愛。説話間，他轉身拿出一只大手提袋，裏面是一叠厚厚的元書紙，展開一看，是他臨《蘭亭集序》《祭侄文稿》《靈飛經》和《石鼓文》的習作手稿，我細細地翻閱着，雖然是臨習之作，從一點一劃、一招一式的筆墨中，能讓人感受到王羲之的温文爾雅、顔真卿的磅礴氣勢、鍾紹京的秀媚舒展、大篆的遒勁凝重，也更能體會出他的認真和執着。

董彬笑道：這些是平時練習的作業，每當拿起毛筆，我都會想起戴老師當年的教誨，不敢懈怠。他又説到：事實上，臨帖是一種學習的方式，不僅可以瞭解和掌握書家那嫻熟、高超的筆墨技法，還可從中體悟到他們廣博的學識修養和爲人處世的道理。習字培養了我的興趣愛好，讓我懂得該如何自律，更讓我有了可以隨時静下心來，沉着面對一切的定力。接着，他又謙虚地説道，數千年的書法史，猶如一座巨大的寶庫，對其認識，我還只屬於一個小學生，學習永遠在路上。活到老學到老，還有三分學不到，這才是不斷學習的真趣。此時，他的臉上洋溢着燦爛的笑容，我也被他的真誠所感動。

隨後，董彬邀我去參觀設在雲豐總部三樓的上海『四海書畫院』陳列室。當打開門，只見四周墻上掛滿了各種書畫作品，有色澤明快的油畫，有意境深遠的山水，有水墨淋漓的花鳥，亦有筆走龍蛇的書法，琳琅滿目，目不暇接。他饒有興趣地告訴我，畫院以『以人爲本，學術交流，多元融合，傳承創新』爲宗旨，自二〇一九年成立以來，吸引了上海、安徽兩地衆多書畫家、藝術家參加活動。二〇二〇年秋，與上海市老科學技術工作者協會書畫研究會、上海浦東新區圖書館共同舉辦書畫展，展覽在社會上取得廣泛好評，也促進了企業與社會各界的廣泛聯繫，體現了企業的文化傳承和擔當。同時，這也讓喜歡書畫藝術、有一技之長的員工，在心底裏産生一種天然的親切感和歸屬感，從而影響到其他員工，並增强企業的凝聚力。一個企業，有了經濟、文化兩大支柱，它的發展後勁就大了。

當我問到開設震艮文化藝術館的初衷時，董彬告訴我：這還得從羅錦偉説起，我們相識有十多年了，他曾是一家上市公司的高管，是有業務往來的客户。因爲我們有共同的愛好，又成了戴老師的弟子，如今又成了合伙人。震艮源於易經八卦，震表示東方，艮則指東北；震代表老大，艮代表三子。我在家是長子，董平是老三，是兄弟倆公司的名稱，也是藝術館名的由來。前幾年，公司在市中心得到了一塊八百平方米場地，由於董彬認識到了書法巨匠沈尹默的人文歷史價值及企業文化發展的需要。經過再三權衡，決定建立一個書法藝術館，以陳列沈尹默的書法作品及相關文獻爲主，同時設立戴自中老師的紀念室，以此懷念我們的師生緣。藝術館旨在弘揚中華優秀的傳統文化，以學術研究，培養人才，把普及公衆藝術教育融入到企業文化中，從而促進企業良性長久的發展。

據羅錦偉介紹，震艮文化藝術館現在已經完成了設計招標，進入了施工階段，一切都在按計劃順利推進中，預計明年在沈尹默的誕辰日開館迎客。

我想，在寸金寸土的上海鬧市區，一家清静雅致的藝術館，人們既可欣賞沈尹默的書法藝術，又可静心研讀文獻資料，瞭解一個立體的沈尹默……這是一個企業的自覺擔當，更是海派文化的幸事。

癸卯六月二十日於海上

校閲《秋明詩詞集》題詩八首

韓立平

千首詩輕萬户侯，百年事供兩吟眸。世人誤作書家看，寥落深衷春復秋。
寺韻賡酬百戰回，巴渝烟月一孤桅。縑緗琬琰歸何處，故國江山半劫灰。
大晏情懷小晏癡，漫拈筠管寫清詞。山河破碎人如夢，念遠傷春無盡時。
新青年勇拓新詩，未到中年卻罷師。安頓餘生平仄裏，傷心不欲淺人知。
長打短打皆可堪，衛星火箭入詩談。現成好語收羅盡，活潑天機得飽參。

注：沈尹默自稱其詩曲為長打短打。

風流宋韻到秋明，海上書壇擁旆旌。俗骨謗誣身並滅，由來青史有公評。
詩心盈溢潤毫心，俯仰乾坤憂思深。海派後昆多巧匠，雕蟲篆刻等聾瘖。
垂金屈玉奪神工，竹素紛披霜雪中。人世經年付塵劫，未妨明澈是秋空。

注：羅錦偉先生撰文言秋明之號出自王維詩『秋空自明迥』。

圖書在版編目(CIP)數據

秋明詩詞集/沈尹默著；戴自中編. —上海：上海書店出版社，2024.1

ISBN 978-7-5458-2338-7

Ⅰ.①秋… Ⅱ.①沈… ②戴… Ⅲ.①詩詞—作品集—中國—當代 Ⅳ.①I227

中國國家版本館CIP數據核字(2023)第204060號

策　　劃 上海震艮文化藝術館
顧　　問 沈長建
審　　校 張充和　韓立平
責任編輯 楊柏偉　章玲雲　何人越
封面設計 汪　昊

秋明詩詞集
沈尹默 著　戴自中 編

出　　版 上海書店出版社
(201101　上海市閔行區號景路159弄C座)
發　　行 上海人民出版社發行中心
印　　刷 江陰市機關印刷服務有限公司
開　　本 710×1000　1/16
印　　張 24.25
版　　次 2024年1月第1版
印　　次 2024年1月第1次印刷
ISBN 978-7-5458-2338-7/I.574
定　　價 128.00圓